고려시화총서 ❹

역주 역옹패설

櫟翁稗說

고려시화총서 ❹

역주 역옹패설

櫟翁稗說

이제현 지음 / 박성규 역주

보고사

차 례

『역옹패설(櫟翁稗說)』에 대하여

1

익재(益齋) 이제현(李齊賢, 1287~1367)은 고려 후기 중국 원(元)나라의 침탈로 피폐해진 고려 조정에 참여하여 정치가로, 문인으로 편력하면서 고달픈 삶을 살았다.

그는 충렬왕(재위기간 1274~1308)에서부터 공민왕(재위기간 1351~1374)에 이르기까지 일곱 왕을 섬기면서 정치가로서의 소임에 충실하였다. 또한 당대의 문풍에도 깊은 관심을 보여 문체의 변화를 위해 노력하였고, 문장을 통해서 우방과 교린하였던 이문화국(以文華國)의 선봉이 되기도 했다. 그는 고난에 찬 시대를 살아가면서 겪었던 다양한 삶을 문학작품으로 순화시켜 많은 사람들에게 감동을 안겨 주었고, 당시의 정치적·사회적 이데올로기 부재상태에서 봉건적 왕권주의를 강화하기 위한 유학 사상을 그의 중후한 고문에 담아 강조하기도 하였다. 그의 문학작품에 나타나는 이러한 특징들은 고려 후기 문인들의 의식세계와 문학적 역량을 가늠케 하는 중요한 잣대가 되기도 한다.

이제현은 주권을 상실할 정도로 피폐해진 당대의 시대현실이 안고 있던 문제점들을 직시하고, 이에 적극적으로 대처하기 위하여 무엇보다도 우리 역사에 대하여 지대한 관심을 가지고 있었다. 이러한 관심은 『국사』를 편찬하거나 고려 역대 왕들에 대한 사찬(史贊)을 써서 남기는 등 역사저술로 구체화되었다. 여기에서 그가 당대의 부조리한 현상에 즉물적(卽物的)으로 대응하기보다는 문제의 본질을 올바로 파악하고 전진적으로 그 해결 방법을 추구하였음을 알 수 있다. 그의 이러한 노력들은 그가 남겨놓은 문집인 『익재난고(益齋亂藁)』 10권 속에 여실히 드러나고 있지만, 이와 함께 그가 편찬한 『역옹패설』에서도 역사와 문학을 통해서 새로운 통로를 찾아보려고 하였다. 『역옹패설』은 일반적으로 『파한집(破閑集)』·『백운소설(白雲小說)』·『보한집(補閑集)』에 이어서 나온 시화집으로 문학 비평서로서의 존재적 가치를 부인하기는 어렵다. 그러나 『역옹패설』에 역사와 문명에 대한 이제현의 관심과 생각을 보여주고 있는 부분이 적지 않으므로 『역옹패설』의 가치를 단순히 문학비평서로만 한정하는 데에는 문제가 있다. 그러므로 『역옹패설』에 대한 전면적이고 균형 잡힌 인식을 위해서는 『역옹패설』 속에 시문학 비평에 관련된 내용과 함께 이제현이 문명사적 시각에서 역사와 현실의 다양한 문제점을 성찰하고 극복해보려고 한 사실에도 주목해야 할 것이다.

2

『역옹패설』은 전·후집으로 구성되어 있다. 전집에서는 왕조의 정통성과 제도, 사회적 규범과 이데올로기 등에 관한 내용으로 이루어져 있고, 후집에서는 기존의 시화집과 마찬가지로 문학이론이나 시평에 전일(專一)하고 있으므로 전·후집의 내용이 유별나다.

『역옹패설』의 저작동기는 그 서문에서 살필 수 있다.

> 지정(至正, 원나라의 순제의 연호) 임오년(1342) 여름에 비가 달포를 그치지 않고 내려 문을 닫고 지내니 찾아오는 사람조차 없었다. 답답한 마음을 떨칠 수 없어 벼루를 들고 나가 처마 끝에서 떨어지는 빗물을 받아 먹을 갈아서 친구들 사이에 오고간 쪽지 편지지들을 이어 붙여서는 때때로 기록할 것이 생각나면 그 내용을 적고서 끝에다 '역옹패설'이라고 제목을 붙였다.

서문의 첫머리에 쓴 글을 보면 이제현이 여름 장마에 갇혀 지루하게 시간을 보내다가 심심파적으로 자신의 생각을 자유롭게 적었다는 것이다. 그러나 그가 56세라는 장년의 한창 일할 나이에 관직에서 물러나 칩거한 채 두문불출하고 있었다는 것은 예사로운 일이 아닐 것이다. 이제현이 역대 왕의 측근으로서 적극적으로 현실정치에 참여하다가 이때에 자의에 의해서 관직에서 물러났던 것은 고려 조정에 발호하고 있던 부원세력(附元勢力)의 공격에서 벗어나기 위한 방편이었다. 그들이 고려 조정의 권력을 장악하여 양심적인 대소 관료들에게 위협을 가하고 있었으므로 정치현실에서 물러난 이제현은 2년여에 걸쳐 고뇌하면서 『역옹패설』 집필에 열중하였다. 비록 서문에서 자신이 쓰는 글이 단순히 파적거리에 지나지 않는다고 간곡하게 말하고 있지만 그가 오랜 정치적 경륜과 학문적 소양을 갖춘 사람이라는 점에서 『역옹패설』을 단순히 '패설'이라는 이야깃거리 정도로 간주하기는 어려울 것이다. 그러므로 원나라 추종세력에 의해서 관직에서 물러난 그가 자신이 처해 있던 현실의 부조리를 깊이 천착하여 문명사적 시각에서 문제점을 해결해보려고 『역옹패설』이 쓰여진 것으로 볼 수 있다. 이러한 현실적 동기와 함께 그가 『역옹패설』을 저작한 또 다른 동기는 당대의 창작기풍을 진작시키고, 초기 시화집 출현 이후의 문학을 새롭게 정리하려는 것에 있다고도 할 수 있다.

3

『역옹패설』 속에는 인문문화의 다양한 담론들을 소개하고 있다. 그러한 내용들 가운데 먼저 고문과 고문에 정통한 문장가들에 대하여 남다른 관심을 보이고 있다. 『역옹패설』의 여러 곳에서 이제현이 문장의 전범(典範)으로 중국 당나라의 한유와 유종원의 작품을 내세우고 있는 것에서 당나라의 고문정신을 새롭게 진작시켜 도본문말(道本文末)의 전통적 문학관을 부각시키려는 의도를 엿볼 수 있다. 그가 충선왕과의 대화에서 당대의 현실이 비도덕적이고 피폐해진 이유를 고문의 침체에서 찾고 있어 시대를 회복할 수 있는 이데올로기가 고문이 추구하는 유학이고, 그 유학을 진작시킬 수 있는 사람이 경서를 밝히고 덕행을 닦는 명경행수지사(明經行修之士)임을 강조하고 있다.

또한 『역옹패설』에서는 우리 역사에 대한 잘못된 편견을 불식하고 사실에 바탕한 왕조의 정통성 문제를 재정립하는 데에 관심을 기울이고 있다. 그 예로 고려 중기의 학자인 김관의(金寬毅)가 그의 저서 『왕대록(王代錄)』에서 태조 왕건(王建)의 '建'자가 그의 조부인 의제(懿帝) 작제건(作帝建)과 아버지 세조(世祖) 융건(隆建)에 공통으로 쓰인 것을 두고 과거 고려 개국 이전에는 순박한 풍습을 숭상하여 혹시 그럴 수 있을 것이라고 기록한 것을 두고 이제현은 그러한 작명법(作名法)이 일찍 신라에서부터 시작된 것임을 강조함으로써 왕건이 자신의 조부와 아버지의 이름을 범한 사람이 아니라는 반론을 제기하였다. 이러한 역사적 왜곡의 심각한 사례로서 중국 제자백가(諸子百家)의 한 사람인 순자(荀子)가 자기의 스승 자궁(子弓)을 공자와 같은 반열에 두고 병칭함으로써 유가의 정통성을 훼손하고 있는 사실을 예거함으로써 자신의 주장에 정당성을 부여하고 있다.

또한 『역옹패설』에서 편찬자 이제현이 관심을 보이고 있는 것은 당시 원나라 지배체제 아래에서 국민들을 제대로 보호 못하는 관료들 때문에 나라의 기강이 무너지고 있는 현실이었다. 이렇게 당대의 관료체제가 무너져 국가의 기강이 해이해진 원인을 무인집권기에 시작된 정방정치(政房政治)에서 찾고 있다. 이 정방정치 하에서는 정치실권자가 마음대로 사람을 관직에 천거하여 임명하였으므로 합리적이고 전통적인 관료체제가 형성되지 못했다. 『역옹패설』에서는 이러한 파행적인 방법에 의하여 관직을 얻어 정치에 참여했던 무인집권기의 금의(琴儀)·김창(金敞)·박훤(朴暄) 같은 사람들은 관료로서 우민화(愚民化)를 획책하거나 지나친 가렴주구로 백성을 도탄에 빠뜨리는 사악한 관료이고, 이와는 달리 한광연(韓光衍)·설문경(薛文景) 같은 사람은 염직(廉直)한 청백리로서 조행(操行)이 단정하고 생활이 검소하여 귀신을 감복시킬 만하다고 하여 상반된 성격의 관료들을 소개하고 있다. 『역옹패설』이 편찬되던 그 당시 상층계급의 관료들이 원나라와 고려 두 정부 사이에서 줄다리기와 이합집산을 거듭하며 안민부국(安民富國)을 위해 헌신하기보다는 개인적 이익과 영달 추구에 탐닉하였으므로 편찬자 이제현의 고민이 『역옹패설』에 그대로 반영되었음을 알 수 있다.

『역옹패설』은 당시 지식인이자 문인인 이제현이 자신이 오랫동안 가슴에 품고 있던 생각을 온축해서 기술한 것으로 그 내용은 당대의 역사문화는 물론이고 정치적 관심사와 문학에까지 확산되어 있다. 그러므로 그의 문학에 대한 담론도 당대 사람들이 가지고 있던 문학적 관심을 충실히 소개하는 내용으로 이루어져 있다고 하겠다. 『역옹패설』 후집의 첫 항목에 무거운 역사 담론이나 경론(經論)과 함께 왜 장구(章句)를 조탁전각(彫琢篆刻)하는 것에 연연하느냐는 어떤 객(客)의 물음에 대하여 『시경』이 표방하는 공리적 문학성이 문학의 본질이 아니라는 것으로 답을 대신하고 있다. 여기에서 보면 『역옹패설』에서 고문의 중요성을 거듭 강조하기도 했지만 인간의 아름다운 정서를 재미있게 묘사한 시나 산문도 그에 못지않은 가치를 가지고 있다는 이제현의 문학관을 엿볼 수 있다. 후집에 소개되고 있는 시나 산문에 관한 얘기는 다른 시화집과 마찬가지로 우리의 문학을 문학사적 시각에서 조감하면서 개별 작가들의 작품을 품평하는 서술방법을 사용하고 있어 이는 『역옹패설』을 시화집으로 규정하는 중요한 근거가 되기도 한다.

4

『역옹패설』에 패설이라는 말을 덧붙인 것에서 순수한 시화집으로 편찬된 것이 아니라는 느낌을 가지게 된다. 실제 서술된 내용을 살펴보더라도 전체 내용 가운데 시평이나 시와 관련된 일화가 차지하는 비중이 역사나 정치제도와 관련된 내용에 비해서 높지 않으므로 『역옹패설』이 단순한 시화집이라기보다는 당시의 문화비평서로서의 성격이 더 강하다고 하겠다. 그러나 우리나라 고려 중기에 시화집이 중국의 송나라 시화집을 읽고 촉발되어 나왔지만 우리의 시화집이 중국의 그것을 원형 그대로 수용하기보다는 변용하여 독특한 체제를 형성하게 되었다. 이는 중국의 시화집이 시와 관련된 담론으로만 이루어진 반면에 우리나라 시화집은 패설의 성격에 가깝게 다양한 인문지식을 전달하는 데 충실하다는 것이다. 이전에 나온 『파한집』·『백운소설』·『보한집』에서 그러한 양상을 충분히 살필 수 있고, 『역옹패설』도 그대로 따르고 있다. 그러므로 우리나라의 시화집 성격으로 본다면 『역옹패설』 또한 우리의 독특한 형식의 시화집으로서의 정통성을 지니고 있다고 하겠다.

일러두기

1. 본 역서는 조선조 순조 14년(1814)에 간행된 갑술본(甲戌本)을 원본으로 하였다.

2. 한글로 번역하는 것을 원칙으로 하고, 평이한 문장으로 직역에 충실하고자 했으나 경우에 따라서는 의역하기도 했다.

3. 이 책을 번역함에 있어 지금까지 역간(譯刊)된 여러 종의 번역서를 참고하여 전문(全文)의 번역에 완벽을 기하고자 했다.

4. 원문에서 잘못된 부분은 각주에서 그 이유를 밝히고 바로잡았다.

5. 원문에 부기(附記)된 주(註)의 원문과 번역문은 각각 글자체를 작게 하여 해당 원문과 번역문에 병기(倂記)하였다.

6. 원문에 나오는 내용 가운데 독자의 이해를 돕기 위해 각주가 필요할 경우 각주를 달되 그렇지 않은 경우에는 가급적 풀어서 기술했다.

역옹패설 전집 1

櫟翁稗說 前集 一

역옹패설 전집 서문(櫟翁稗說前序)

至正壬午夏, 雨連月, 杜門無跫音, 悶不可袪. 持硯承簷溜, 聯友朋往還折簡, 遇所記, 書諸紙背, 題其端曰, 櫟翁稗說. 夫櫟之從樂, 聲也. 然以不材遠害, 在木爲可樂, 所以從樂也. 予嘗從大夫之後, 自免以養拙, 因號櫟翁, 庶幾其不材而能壽也. 稗之從卑, 亦聲也. 以義觀之, 稗禾之卑者也. 余少知讀書, 壯而廢其學, 今老矣, 顧喜爲駁雜之文, 無實而可卑, 猶之稗也. 故名其所錄, 爲稗說云. 仲思序. 益齋自號櫟翁, 以對稗說.

지정[1] 임오년[2] 여름에 비가 한 달 넘게 계속 내려 문을 닫고 지내니 찾아오는 사람조차 없었다. 답답한 마음을 떨칠 수 없어[3] 처

1) 지정(至正) : 중국 원나라 순제(順帝)의 연호(1341~1367).

2) 임오년(壬午年) : 충혜왕 복위 3년(1342)이며, 당시 이제현의 나이는 56세였음.

3) 답답한 마음을 떨칠 수 없어 : 이 말은 이제현이 반왕정파에 몰려 관직에서 물러나 방황하던 때를 말함. 이제현이 심양왕 고(暠)를 추종하던 무리들의 공격을 받아 왕위가 위태롭게 된 충혜왕을 도와 사태를 수습하고 다시 충혜왕을 호위하여 원나라 조정에 들어가 고려와 원나라 두 정부 사이의 오해를 불식시키고 고려로 돌아왔으나 왕이 자리를 비운 사이에 전열을 재정비하여 다시 왕권을 노리던 심양왕 추종자들의 모함을 받아 관직에서 물러나 칩거하던 54세에서 57세까지의 전전긍긍하던 처지를 말함. '後至正六年 庚辰. 忠惠王 後元年 先生五十四歲, 四月東歸,

마 끝에 떨어지는 빗물을 벼루에 받아, 친구들과 서로 주고받은 쪽지 편지지를 이어 붙여서는 때때로 기록할 것이 생각나면 편지지 뒷면에 그 내용을 적고서 끝에다 『역옹패설(櫟翁稗說)』이라고 제목을 붙였다. 역(櫟) 자에 낙(樂) 자가 붙은 것은 소리를 나타내기 위한 것이다.[4] 그러나 재목감이 되지 못하여 해(害)를 입지 않은 것이 나무로서는 즐거운 일이 되기 때문에 '낙' 자를 붙인 것으로도 볼 수 있다.[5] 내가 일찍이 벼슬아치가 되었다가 스스로 벼슬에서 물러나 어리석은 본성을 지키기 위해 역옹(櫟翁)이라고 자호하였으니, 이는 재목이 되지 못하여 장수할 수 있기를 바라는 뜻을 나타낸 것이다. 패(稗) 자에 비(卑) 자가 붙은 것 또한 마찬가지로 소리를 나타내기 위한 것인데, 글자의 뜻으로 보면, 돌피는 벼 종류 가운데서도 하찮은 것이다.

나는 어려서 글을 읽을 줄 알았으나 장성해서는 학문을 그만두었더니 지금은 늙어 버리고 말았다. 돌이켜보면, 내가 자질구레한 글

有題齊化樓酒樓詩. 旣還, 群小益煽, 先生屛迹不出.'(『익재선생(益齋先生)』「연보(年譜)」)

4) 역(櫟) 자에 …… 위한 것이다. : 역(櫟) 자는 의부(義部)인 木자와 성부(聲部)인 樂자가 합쳐져 이루어진 형성자(形聲字)라는 사실을 말하고 있음.

5) 재목감이 되지 …… 볼 수 있다. : 상수리나무[櫟]는 재목감이 되지 못하기 때문에 오히려 사람에게 벌목 당하는 해를 입지 않음으로써 더 즐거울 수 있다는 이제현의 생각은, 마음을 비우면[虛心] 화를 면할 수 있고, 쓸모가 없으면[無用]온전한 삶을 누려 천수(天壽)를 다할 수 있다는 장자(莊子)의 무위자연(無爲自然) 사상에서 연유한 것임. '匠石之齊, 至於曲轅, 見櫟社樹, 其大蔽數千牛, 絜之百圍, 其高臨山, 十仞而後有枝, 其可以爲舟者旁十數. 觀者如市, 匠伯不顧, 遂行不輟. 弟子厭觀之, 走及匠石曰, 自吾執斧斤, 以隨夫子, 未嘗見材如此其美也, 先生不肯視, 行不輟, 何邪?曰, 已矣, 勿言之矣! 散木也. 以爲舟則沈, 以爲棺槨則速腐, 以爲器則速毁, 以爲門戶則液樠, 以爲柱則蠹, 是不材之木也, 無所可用, 故能若是之壽.'(『장자』, 「인간세(人間世)」)

을 즐겨 써놓았으나 그 글들이 실속이 없고 비천하여 마치 하찮은 돌피와 같은 것에 지나지 않는다. 그러므로 그 기록한 바를 '패설(稗說)'이라고 하였다.

중사[6]가 서문을 쓴다. 익재가 역옹이라고 자호하여 이를 패설에 대응시켰다.

---

6) 중사(仲思) : 고려 후기의 문신인 이제현(李齊賢, 1287~1367)의 자. 이제현의 호는 익재(益齋), 역옹(櫟翁), 관재(實齋)이며, 시호는 문충(文忠)임.

전-1 懿祖世祖諱下字, 與太祖諱并同. 金寬毅以開國之前俗尙淳朴, 意其或然, 故書之王代錄. 懿祖通六藝, 書與射妙絕一時, 世祖少蘊器局, 有雄據三韓之志, 豈不知祖考之名爲不可犯, 而自以爲名, 且以名其子乎. 況太祖創業垂統, 動法先王, 寧有不得已而恬於非禮之名乎. 竊謂新羅之時, 其君稱麻立干 麻立, 方言橛也. 新羅之初, 君臣聚會, 立橛爲其君位, 因號其君曰麻立干, 謂當橛者也. 干則新羅俗, 相尊之辭. 其臣稱阿干大阿干, 至於鄕里之民, 例以干連其名而呼之, 蓋相尊之辭也. 阿干或作阿餐閼粲, 以干餐粲三字, 其聲相近也. 懿祖世祖諱下字, 亦與干餐粲之聲爲相近, 乃所謂相尊之辭聯其名而呼之者之轉也, 非其名也. 太祖適以此字爲名, 好事者遂傅會而爲之說曰, 三世一名, 必王三韓. 蓋不足信也.

의조(懿祖)와 세조(世祖)[7] 이름의 아래 글자인 건(建)은 태조의 이름인 건(建)과 모두 같다. 김관의(金寬毅)[8]는 개국 이전에는 풍속이 순박함을 숭상하였으므로 혹시 그럴 수 있었을 것이라고 생각하여 『왕대록(王代錄)』[9]에 그렇게 썼다. 의조는 육예[10]에 능통하였으며

---

7) 의조(懿祖)는 태조 왕건의 조부인 경강대왕(景康大王)으로 이름은 작제건(作帝建)이며, 의조의 장남인 세조(世祖)는 태조의 부친인 위무대왕(威武大王)으로 이름은 융건(隆建)임.

8) 김관의(金寬毅) : 고려 중기 의종(毅宗) 때의 정치가이자 학자로 벼슬은 검교군기감(檢校軍器監)에 올랐음. 당시에 여러 사람들이 개인적으로 보관하고 있던 문서를 수집하고 정리하여 의종 때 『편년통록(編年通錄)』을 편찬하였는데, 이 책은 편년체(編年體)의 역사책으로 고려 초에 만든 『편년통재(編年通載)』와 예종 때 홍관(洪灌)이 이것을 보완하여 찬술한 『편년통재 속편』 등을 개찬(改撰)한 것으로 보여지지만 현존하지는 않음. 다만, 여기에 수록되었던 고려 시조에 관한 설화가 『고려사』 첫머리에 수록된 「고려세계(高麗世系)」에 인용되고 있어 귀중한 역사자료가 되고 있음.

9) 왕대록(王代錄) : 왕대존록(王代宗錄)을 가리킴. 고려 왕실에 관련된 사항을 기록

그 중 글쓰기(書)와 활쏘기(射)에 있어서는 당대에 뛰어났고,[11] 세조는 어려서부터 재능과 도량을 갈고 닦아 삼한을 통합할 뜻을 둔 사람이었거늘,[12] 어찌 할아버지나 아버지의 이름을 범할 수 없다는 사실을 알지 못해 부조(父祖)의 이름을 자신의 이름으로 삼거나 또 아들에게까지 같은 이름을 지어줄 수 있었겠는가? 더구나 태조는 나라를 세워 왕통을 수립함에 있어 걸핏하면 선왕(先王)의 일을 본받았는데, 무슨 부득이한 일이라고 하여 예에 어긋나는 이름을 지어 마음 편하게 사용할 수 있었겠는가? 가만히 생각해보니, 신라시대에는 왕을 마립간(麻立干)이라 하였는데, 마립은 방언으로 말뚝을 뜻한다. 신라 초기에 임금과 신하가 모여 회의를 하게 될 때에 말뚝을 세워 임금의 위치를 정하였

한 책으로 고려 의종 때 김관의(金寬毅)가 편찬하였는데, 모두 2권으로 되어 있었다고 하나 현전하지 않아 편찬 시기와 간행의 동기 및 목적 등은 알 수 없음. 또한 체재 및 내용도 확인할 수 없는데, 다만 『삼국유사』와 『익재난고』 등에 이 책의 단편적인 내용이 인용되어 있어 그 대강을 짐작할 수 있을 뿐임. 지금까지 알려진 단편적인 내용들을 통해 볼 때, 이 책은 왕실의 혼인・생자(生子)・즉위・의례(儀禮)에 관련된 사항이 기록된 것으로 우리나라 최초의 왕실족보라고도 할 만함.

10) 육예(六藝) : 중국 주대(周代)에 행해 졌던 여섯 가지 교과목에서 나온 것으로 예(禮)・악(樂)・사(射)・어(御)・서(書)・수(數) 등임. 예는 예용(禮容), 악은 음악, 사는 궁술(弓術), 어(御)는 마술(馬術), 서는 서도(書道), 수는 수학(數學)으로 육덕(六德:知・仁・聖・義・忠・和), 육행(六行:孝・友・睦・婣・任・恤)과 합쳐 경삼물(卿三物)이라고 하는데 경대부(卿大夫)가 인물을 선발할 때 표준으로 삼았으며, 덕행에 뛰어난 사람을 현자(賢者)라고 하는 데 대해 이것에 뛰어난 사람을 능자(能者)라고 했음. 기술이기는 하지만 예로써 중(中)을 가르치고, 악으로써 화(和)를 가르치듯 덕행을 닦는 데에도 관계를 가지고 있음.

11) 글쓰기(書)와 활쏘기(射)에 있어서는 당대에 뛰어났다. : 이 말은 『고려사』 「고려세계(高麗世系」에 나오는 말로, '作帝建幼而聰睿神勇 … 及長, 才兼六藝, 書射尤絕妙.'

12) 재능과 도량을 갈고 닦아 삼한을 통합할 뜻을 둔 사람이었거늘, : 이 또한 『고려사』 「고려세계(高麗世系)」에 나오는 말로, '元昌生四男, 長曰龍建, 後政隆, 字文明, 是爲世祖, 貌魁偉美鬚髯, 器度宏大, 有并呑三韓之志.'

다. 그러므로 임금을 마립간이라 불렀으니, 이는 바로 말뚝의 위치에 있는 자를 뜻한다. 간(干)은 신라 풍속에 서로를 높이는 말이다. 그 신하를 아간(阿干)[13] · 대아간(大阿干)[14]이라 하였으며, 먼 시골의 백성들조차도 예사로 '간(干)'을 그 이름에 붙여서 불렀으니, 대개 이는 서로 높이는 말이다. 아간을 혹 아찬(阿餐) · 알찬(閼粲)이라 부르기도 했으니, 간(干) · 찬(餐) · 찬(粲) 세 자의 소리가 서로 비슷하기 때문일 것이다. 의조와 세조의 이름 아래 글자 또한 간 · 찬 · 찬의 발음이 서로 비슷한 것과 같은 경우이니 곧 이른 바 서로 높이는 말로 그 이름에 붙여 부르던 것이 변용된 것이지 이름 글자는 아니다. 태조가 마침 이 글자로 이름을 삼은 것에 대해 일을 꾸미기 좋아하는 자들이 마침내 억지로 끌어다 붙여 "3대가 같은 이름을 사용하면 반드시 삼한의 임금이 된다."는 말을 꾸며냈으니, 믿을 만한 것이 못된다.

전-2 寬毅又云, 道詵見世祖松嶽南第曰, 種穄之田而種麻也. 穄之與王方言相類, 故太祖因姓王氏云云. 父在而子改其姓, 天下豈有是理乎. 嗚呼, 其謂我太祖爲之乎. 且太祖逮世祖仕弓裔, 弓裔之多疑忌, 太祖無故, 獨以王爲姓, 豈非取禍之道乎. 謹按王代宗族記國祖姓王氏, 然則非至太祖始姓王也. 種穄之說, 不亦誣哉?

---

13) 아간(阿干) : 아찬(阿飡)으로 신라 시대의 17 관등(官等) 가운데 여섯째 등급에 해당됨.

14) 대아간(大阿干) : 신라 17관등 중 다섯째 등급으로, 『삼국사기』에는 유리왕 때 제정되었다고 기록되어 있으나 520년(법흥왕 7) 율령 반포 때 제정된 것으로 추측됨. 이벌찬으로부터 대아찬 벼슬까지는 진골 이상인 자만이 받을 수 있고 중요 국사(國事)에 참여할 수 있었으며, 공복(公服)은 자줏빛이었음.

김관의가 또 말하기를,

> 도선[15]이 송악 남쪽에 있는 세조의 저택을 보고, '메기장[穄]을 심을 밭에 삼을 심었다.'라 하였는데, 제(穄)는 왕(王)의 우리말과 비슷하기 때문에 태조가 왕(王) 씨로 성을 삼았다.

라 하였다. 아버지가 멀쩡히 살아 있는데 아들이 그 성을 고치다니, 천하에 어찌 이러한 이치가 있겠는가? 아! 우리 태조께서 그렇게 했단 말인가? 또한 태조께서 세조에 이어 궁예(弓裔)[16]의 밑에서 벼슬을 하였으며, 궁예는 의심과 시기심이 많은 사람으로 태조가 아무런 이유도 없이 홀로 왕(王)으로 성 씨를 삼았다면, 어찌 화를 불러들이는 길이 아니었겠는가? 삼가 『왕대종족기(王代宗族記)』[17]를 살

---

15) 도선(道詵, 827~898) : 신라 말기의 승려이지만 오히려 풍수설의 대가로 잘 알려져 있음. 호는 연기(烟起). 자는 옥룡자(玉龍子)·옥룡(玉龍). 전남 영암 출신. 846년(문성왕 8) 곡성 동리산(桐裏山)의 혜철(惠徹)을 찾아가 '무설설(無說說) 무법법(無法法)'의 법문을 듣고 오묘한 이치를 깨달았다고 함. 태조 왕건이 그와 상면한 적은 없으나 크게 영향을 받았으므로 인종이 선각국사(先覺國師)라는 시호를 내렸음. 저서에 『도선비기(道詵秘記)』, 『도선답산가(道詵踏山歌)』, 『송악명당기(松岳明堂記)』 등이 있음.

16) 궁예(弓裔, ?~918 재위 901~918) : 후삼국 중의 한 나라였던 후고구려(후에 마진摩震, 태봉泰封으로 개명)를 건국한 사람. 한때 전 국토의 2/3 가량을 차지하는 등 세력을 크게 떨쳤으나, 말년에는 미륵신앙에 기반을 둔 신정적(神政的) 전제주의 정치를 추구하다가 918년 6월 이에 반발한 정변이 일어나 왕위에서 쫓겨나 죽임을 당했음.

17) 『왕대종족기(王代宗族記)』 : 고려시대에 편찬되었던 고려왕조에 관한 역사책. 『왕씨종족기(王氏宗族記)』 혹은 줄여서 『종족기(宗族記)』라고도 하였는데, 현전하지 않으며 따라서 저자·편찬연대·권수·체재·내용 등을 모두 알 수 없음. 다만 『역옹패설』과 『고려사』의 고려세계(高麗世系), 순암(順菴) 안정복(安鼎福)의 『동사강목(東史綱目)』 등에 이 책 내용의 일부가 인용되어 있을 뿐임. 내용은 모두 고려 태조 왕건의 선대에 관한 것으로, "국조(國祖)의 성은 왕씨이다."라는 기록과 "국조는 태조의 증조이고 정명왕후(貞明王后)는 국조의 비(妃)이다."라는 기록인데, 모

펴보니, "국조(國祖)[18]의 성은 왕씨이다."라 하였다. 그렇다면 태조 때에 처음 성을 왕 씨라고 한 것이 아니니, '메기장을 심었다는 설[種穄說]'은 또한 거짓이 아니겠는가?

전-3 又言, 聖骨將軍虎景生阿干康忠, 康忠生居士寶育, 是爲國祖元德大王. 寶育生女, 配唐貴姓而生懿祖, 懿祖生世祖, 世祖生太祖. 如其所云, 唐貴姓者, 於懿祖爲皇考, 而寶育皇考之舅也, 而稱 爲國祖何也. 又言, 太祖追尊三代祖考及其后妃, 考爲世祖威武大王, 母爲威肅王后, 祖爲懿祖景康大王, 祖母爲元昌王后, 曾祖母爲貞明王后, 曾祖母之父寶育, 爲國祖元德大王云. 略曾祖而書曾祖母之父, 謂之三代祖考, 何也. 按王代宗族記云, 國祖太祖之曾祖也, 貞明國祖之妃也. 聖源錄云, 寶育聖人者, 元德大王之外祖也. 以此觀之, 國祖元德大王, 是唐貴姓者之子, 而於懿祖爲考也. 貞明王后, 是寶育之外孫女, 而於懿祖爲妣也. 其以寶育爲國祖元德大王者, 誤矣.

또 말하기를[19],

성골장군(聖骨將軍) 호경(虎景)[20]이 아간(阿干) 강충(康忠)을 낳고,

두 『고려사』의 고려세계에 인용된 김관의의 『편년통록』의 기술내용과 다르므로 여기에 대해 이제현은 『왕대종족기』의 기록이 옳고 『편년통록』의 내용이 잘못이라고 말하고 있음.

18) 국조(國祖) : 고려의 시조를 말하며, 태조의 증조부이자 의조의 부친을 가리킴.

19) 또 말하기를 : 『고려사』 「세계(世系)」에서는 '李齊賢曰……'로 하여 말하는 주체를 이제현이라고 하였음.

20) 호경(虎景) : 고려 태조 왕건의 5대조로 고려왕실의 세계설화(世系說話)를 기술하고 있는 『고려사』 「세계」에 나오는 인물. 그는 성골장군(聖骨將軍)이라 자칭하며 백두산으로부터 각처를 유랑하다가 개성 부소산(扶蘇山) 왼쪽 골짜기에 정착하고

강충이 거사(居士) 보육(寶育)을 낳았으니, 그가 곧 국조(國祖) 원덕대왕(元德大王)이 된다. 보육이 딸을 낳았는데, 그 딸이 당(唐)의 귀성(貴姓)[21]에게 시집 가서 의조를 낳고 의조가 세조를 낳고 세조가 태조를 낳았다.

라고 하였다. 이 말과 같다면, 당의 귀성이란 사람은 의조의 아버지가 되고, 보육은 의조 아버지의 장인이 된다, 그런데 보육을 국조라고 말한 것은 무엇 때문인가? 또 말하기를,

태조가 3대의 조고(祖考) 및 후비(后妃)를 추존하여 아버지는 세조 위무대왕(世祖威武大王), 어머니는 위숙왕후(威肅王后), 할아버지는

이곳에서 어떤 여인과 결혼하여 가정을 마련하였다고 함. 어느 날 9명의 동네 사람과 평나산(平那山)에 사냥을 갔다가 날이 저물어 굴속에서 자려 할 때 갑자기 호랑이가 나타났으므로 혼자 이를 물리치기 위하여 굴 밖으로 나갔으나, 이미 호랑이는 자취를 감추었고, 별안간 굴이 무너져 굴에 있던 9명은 모두 압사하였음. 집에 돌아가 주민들에게 이 사실을 알리고 죽은 사람을 장사지내기 위하여 먼저 산신에게 제사를 올리자, 산신이 나타나, "나는 이 산을 지키는 과부인데 그대와 결혼하여 그대를 대왕으로 삼아 함께 신정(神政)을 베풀겠다."고 말한 뒤 그를 데리고 사라졌음. 이때부터 주민들은 그를 대왕으로 모시고 사당을 세워 제사를 지내게 되었는데, 호경은 밤마다 꿈속의 사람처럼 본처에게 나타나 동침하여 아들을 낳았으니, 바로 그 아이가 강충(康忠)이며 강충은 서강 영안촌(永安村) 부자의 딸 구치의(具置義)와 혼인하여 보육(寶育:元德大王으로 추존)을 낳았다고 함.

21) 당(唐)의 귀성(貴姓) : 『고려사』 「고려세계」에 의하면, 여기에서 당나라의 귀성을 가진 사람은 당나라 현종(玄宗, 재위 712~756)의 뒤를 이어 왕위에 오른 숙종(肅宗, 재위 756~762)을 가리킴. 숙종이 태자로 있을 때인 753년에 산천을 유람하기 위하여 바다를 건너 예성강의 서포(西浦)에 도착했다가 조수(潮水)가 빠지는 바람에 배를 띄우지 못하고 개성으로 들어와 보육의 둘째 딸인 신의(辰義)와 동침하여 태조 왕건의 조부인 의조(懿祖) 작제건(作帝建)을 낳았다고 함. '唐肅宗皇帝潛邸時, 欲遍遊山川, 以明皇天寶十二載癸巳春, 涉海到浿江西浦, 方潮退, …… 遂至松嶽郡, 登鵠嶺, …… 寶育認是中華貴人, 心謂果符術士言, …… 代以辰義, 遂薦枕. 留期月, 覺有娠, 臨別, 云我是大唐貴姓, 與弓矢曰, 生男則與之, 果生男, 曰作帝建.'

> 의조 경강대왕(懿祖景康大王), 할머니는 원창황후(元昌王后), 증조모(曾祖母)는 정명왕후(貞明王后), 증조모의 아버지 보육(寶育)은 국조 원덕대왕이라 하였다.

라고 하였다. 증조(曾祖)를 생략하고 증조모의 아버지를 써서[書] 3대라고 말한 것은 무슨 까닭인가? 『왕대종족기』를 살펴보니,

> 국조는 태조의 증조이고, 정명은 국조의 비(妃)이다.

라고 하였으며, 『성원록(聖源錄)』에는,

> 보육성인(寶育聖人)이라는 이는 원덕대왕의 외조부이다.

라고 하였다. 이것으로 보면 국조 원덕대왕은 곧 당의 귀성이라는 이의 아들로서 의조에게는 아버지가 되고, 정명왕후는 곧 보육의 외손녀로서 의조의 어머니가 된다. 보육을 국조 원덕대왕으로 삼은 것은 잘못이다.

전-4 又言, 懿祖得唐父所留弓矢, 涉海而遠覲. 然則其志深切矣, 龍王問其所欲, 卽求東歸. 恐懿祖不如是也. 聖源錄云, 昕康大王卽懿祖之妻龍女者, 平州人豆恩坫角干之女子也, 則與寬懿所記者, 異矣.

또 말하기를,

> 의조가 당 나라 사람인 아비가 남긴 활과 화살을 가지고 멀리 바다를 건너 찾아뵈었다.

라고 하였다. 그렇다면 그 뜻은 깊고 간절하다고 하겠지만, "용왕(龍王)이 의조에게 하고 싶은 일을 물으니 곧장 대답하기를 동쪽으로 돌아가고 싶다."고 하였다는데 의조가 그렇게 말하지는 않았을 것 같다. 『성원록』에,

> 흔강대왕(昕康大王) 곧 의조다.의 처 용녀(龍女)는 평주(平州) 사람 각간(角)干[22] 두은점(豆恩坫)의 딸자식이다.

라고 하였으니, 이는 김관의의 기록과는 다르다.

전-5 王制曰, 天子七廟, 三昭三穆, 與太祖之廟而七. 諸侯五廟, 二昭二穆, 與太祖之廟而五. 祭法曰, 王立七廟, 一壇一墠, 諸侯立五廟, 一壇一墠. 漢韋玄成等以爲, 周之所以七廟者, 以后稷始封, 文武始受命爲王, 是以二廟不毁, 與親廟而七也. 劉歆以爲, 七者, 其正數, 可常數者也. 宗, 變也, 不在數中. 苟有功德, 宗之, 不可豫爲定數. 於殷有三宗, 周公擧之, 以勸成王. 由是言之, 宗, 無數也, 如韋氏之說七廟, 唯周制而已.

「왕제(王制)」[23]에 이르기를,

> 천자의 사당은 칠묘(七廟)로 이루어져 있는데, 소(昭)에 3위(三位), 목(穆)에 3위(三位), 그리고 태조의 묘를 합하여 칠묘가 되고, 제후의 사당은 오묘(五廟)로 이루어져 있는데, 소에 2위, 목에 2위, 그리고

---

22) 각간(角干) : 신라 17관등의 첫 번째 위계로 이벌찬(伊伐飡)이라고도 함.
23) 왕제(王制) : 『예기(禮記)』의 왕제편을 가리킴.

태조의 묘를 합하여 오묘가 된다.[24]

라고 하였다. 제법(祭法)[25]에 이르기를,

왕은 일곱 사당을 세우고 하나의 단(壇)과 하나의 선(墠)을 두며, 제후는 다섯 사당을 세우고 하나의 단과 하나의 선을 둔다.[26]

라고 하였다. 한나라 때 사람인 위현성(韋玄成)[27] 등은

주나라가 일곱 사당을 모신 것은, 후직(后稷)[28]을 처음으로 제후에 봉했고, 문왕과 무왕이 마침내 천명을 받들어 왕이 되었으므로, 두

---

24) 소목(昭穆) : 고대 종법(宗法)의 제도에서 조상의 신주를 사당에 모시는 차례를 말함. 남쪽을 향하여 중앙에 시조를 모시고, 그 왼쪽에는 2세, 4세, 6세의 신주를 차례로 모시는데 이를 소(昭)라 하고, 오른쪽에 3세, 5세, 7세의 신주를 차례로 모시는데 이를 목(穆)이라고 함. 『주례』춘관(春官) 소종백(小宗伯)에 '辨廟祧之昭穆.〈鄭玄注〉 父曰昭, 子曰穆.'

25) 제법(祭法) : 『예기(禮記)』의 제법편을 가리킴.

26) 단선(壇墠) : 고대에 제사를 지내는 터를 말하는 것으로 흙을 높이 쌓아 만든 곳을 '단(壇)'이라고 하고 땅을 닦아 만든 곳을 '선(墠)'이라고 함. 고조(高祖)보다도 더 먼 선조를 제사지내는 데는 단을 사용하고 그것보다도 더 먼 선조를 제사지내는 데는 선을 사용하는데 즉 단과 선은 어떤 선조에 대하여 특별히 기원할 일이 있으면 임시로 제사를 모시는 곳이고 그럴 필요가 없으면 단선의 제사는 지내지 않는다고 함. 또한 선(墠)에서 제사 지내는 조상보다도 더 먼 선조는 귀(鬼)라고 부름. (『예기(禮記)』 제법편 참고.)

27) 위현성(韋玄成) : 중국 전한(前漢) 시대에 재상을 지낸 사람으로 그의 아버지 위현(韋賢)도 재상을 지냈으며, 두 부자가 경서에 밝았다고 함.(『전한서』 권73)

28) 후직(后稷) : 중국 주나라의 시조. 농경신(農耕神)으로 오곡의 신이기도 함. 성(姓)은 희(姬), 이름은 기(棄). 『사기(史記)』「주본기(周本記)」에 의하면 유태씨(有邰氏)의 딸로 제곡(帝嚳)의 아내가 된 강원(姜原)이 거인의 발자국을 밟고 잉태하여 아들을 낳았으나 불길하다고 하여 3차례나 내다버렸지만 그때마다 구조되었다고 함. 후에 요제(堯帝)의 농관(農官)이 되고 태(邰 : 지금의 섬서성 무공현武功縣 부근)에 책봉되어 후직이 되었음.

사당을 헐지 않았기 때문에 친묘(親廟)와 더불어 칠묘(七廟)가 된 것이다.

라고 하였다. 유흠(劉歆)[29]은

(천자의 사당이) 일곱이라는 것은, 정해진 숫자로써 변할 수 없는 숫자라 할 만하다. 종(宗)[30]은 변할 수 있으므로 묘(廟)의 숫자에는 포함되지 않는다. 만약 임금 중에 진실로 공을 이룬 사람이 있다면 그를 종으로 삼을 수 있기 때문에 미리 그 숫자를 정할 수 없는 것이다. 은나라에 삼종(三宗)이 있었다는 사실을 주공이 거론하여 성왕(成王)[31]에게 이를 권하였다.[32]

---

29) 유흠(劉歆, ?~BC23) : 중국 전한(前漢) 말의 학자. 이름은 수(秀), 자는 자준(子駿). 서지학(書誌學) 즉 목록학(目錄學)의 창시자. 처음 부친인 유향(劉向)과 함께 궁중의 비장서(秘藏書)를 교열하였으나 유향이 사망하자 아버지의 유업(遺業)을 계승, 천하의 서적을 모아서 중국 최초의 분류 도서 목록(分類圖書目錄)인 『칠략(七略)』을 완성하였음. 그의 『신론(新論)』 29편은 육가(陸賈)의 『신어(新語)』, 가의(賈誼)의 『신서(新書)』의 정신을 이어 과거의 사실을 서술하여 시국을 비판한 정치적·사상적 의견을 모은 것이었지만 남송 때에 없어졌음.

30) 종(宗) : 임금 묘호(廟號)의 하나로 덕망이 높은 임금을 뜻하는 말임. 이러한 공덕이 있는 임금의 신주는 아무리 대가 멀어져도 철폐하거나 옮기지 않는데 이러한 신주를 '불천위(不遷位)'라고 함. 『공자가어(孔子家語)』「묘제해(廟制解)」에 '天下有王, 分地建國設祖宗. 〈王肅注〉 祖有功, 宗有德.'

31) 성왕(成王, BC1055~1021) : 중국 주나라 제2대 왕으로 무왕의 아들인 희송(姬誦)을 이름. 숙부인 주공 단(周公旦)의 도움으로 치세기간 동안 태평성세를 이루었음.

32) 은나라에 삼종(三宗) …… 성왕(成王)에게 권하였다. : 중국 은(殷, BC1600~BC1046)나라는 거의 600년에 가까운 기간 동안 30명의 왕이 군림하였는데 이들 왕 중에 '종(宗)'이 들어가는 시호를 받은 왕이 세 명이 있었으므로, 주공이 성왕에게도 그런 시호를 받기를 권했다는 것임. 양왕(襄王) 무정(武丁)이 고종(高宗), 24대 정왕(定王) 조갑(祖甲)이 세종(世宗), 25대 공왕(共王) 늠신(凜辛)이 갑종(甲宗)이라는 시호를 받았으니, 이러한 내용에 대해서는 『예기집설(禮記集說)』 권108에 자세히 기록되어 있음. '殷有三宗, 祖甲日太宗, 太戊日中宗, 武丁日高宗, 亦有德而可宗. 周公作無逸, 擧殷三宗, 以戒成王, 然則三宗, 亦爲不毁之廟也.'

라고 하였다.[33] 이러한 이유로 말해 보건대, '종(宗)'이라는 것은 일정한 숫자가 없는 것이고, 위씨가 말한 것과 같은 천자의 일곱 사당은 오직 주나라의 제도일 뿐이다.

商書, 伊尹曰, 七世之廟, 可以觀德, 七廟之制, 其來舊矣. 班固以劉說爲是者, 此也. 其昭穆之不易, 晦庵朱子, 以左氏大王之昭, 王季之穆, 文之昭, 武之穆, 及顔師古父爲昭, 子爲穆, 孫復爲昭者, 反復論之. 今按鄭玄曰, 遷廟之主,[34] 以昭穆, 合藏於二祧之中. 亦謂昭穆各以其亭, 藏於二祧也. 其曰合藏云者, 謂衆昭合藏於左祧, 衆穆合藏於右祧也, 非謂昭穆皆合藏於右祧, 而遷於左祧, 然後之壇之墠而之鬼也. 孔穎達曰, 禮, 三年喪畢, 遠祖遆遷, 新主入廟, 計昭穆之次, 昭次入昭廟, 穆次入穆. 此其說明甚, 又無可疑者也. 閔黙軒漬, 乃謂昭當遷爲穆, 穆當遷爲昭, 至著論以譏朱子. 今考其世代編年之書, 又謂昭穆萬世不易, 何其說自相矛楯如此. 閔公在慶陵時, 作世代編年, 後奉德陵命, 又作一書而名編年綱目. 昭穆之論, 二書不同也.

『상서(商書)』에 이윤(伊尹)[35]이 "칠세(七世)의 사당에서 그 조상의 덕을 볼 수 있다."[36]고 하였으니, 칠묘(七廟)의 제도는 그 유래가 오래 된 것이다. 반고(班固)[37]가 유흠(劉歆)의 설이 옳다고 한 것도

---

33) 이 사실을 유흠이 주장하였다고는 확인할 수 없지만, 이와 같은 내용이 『전한서』 권73, 『자치통감』 권33 등에 보이고 있음.

34) 목판본에 '生'으로 되어 있으나, 다른 문헌들을 살펴본 결과 '主'의 오자로 판단됨.

35) 이윤(伊尹) : 중국 은나라의 현명한 재상. 이름은 지(摯).

36) 칠세(七世)의 …… 덕을 볼 수 있다. : 이 부분이 『상서』 태갑(太甲) 하(下)에 실려 있음.

37) 반고(班固) : 중국 후한 초기의 역사가로 자는 맹견(孟堅). 반고가 편찬한 『한서(漢書)』를 보완해서 완성시킨 여류 역사가 소(昭)의 오빠. 아버지 표(彪)의 유지(遺

이 때문이다. 그 소(昭)와 목(穆)을 바꿀 수 없다는 문제를 두고 회암(晦庵) 주자(朱子)[38]가, 좌씨(左氏)[39]가 '대왕(大王)은 소(昭)이며, 왕계(王季)는 목(穆)이며, 문왕(文王)[40]은 소요, 무왕(武王)[41]은 목이라고' 한 말과[42], 안사고(顔師古)[43]가 '아버지는 소가 되고, 아들은 목이 되며, 손자는 다시 소가 된다'고 주장한 설을 가지고 반복하

志)를 이어 20여 년의 노력 끝에 『한서(漢書)』를 완성하였음. 79년 여러 학자들이 백호관(白虎觀)에서 오경(五經)의 이동(異同)을 토론할 때, 황제의 명을 받아 『백호통의(白虎通義)』를 편집하였음. 문학 작품에 「양도부(兩都賦)」 등이 있음.

38) 회암(晦庵) 주자(朱子, 1130~1200) : 중국 남송의 유학자. 이름은 희(熹), 자는 원회(元晦), 회암은 그의 호이며. 후대 사람들이 그의 높은 학문적 성취를 기려 주자라고 높여 불렀음. 그는 주자학을 집대성한 유학자로, 24세에 이연평(李延平)과 만나 그의 영향 하에서 정씨학(程氏學)에 몰두하고 다음에 주돈이(周敦頤), 장횡거(張橫渠), 이정자(二程子)의 설을 종합 정리하여 주자학으로 집대성하였음. 그의 저서로는 『사서집주(四書集注)』, 『주역본의(周易本義)』, 『자치통감강목(資治通鑑綱目)』, 『주자어류(朱子語類)』 등이 있음.

39) 좌씨(左氏) : 공자(孔子)와 같은 때에 살았던 노(魯)나라 사람 좌구명(左丘明)을 말함. 그는 공자가 편찬한 역사서 『춘추』를 쉽게 해석한 『춘추좌씨전(春秋左氏傳)』의 저자로 유명하며. 춘추시대 여덟 나라의 역사를 수집하여 역사서 『국어(國語)』를 편찬하였음. 좌구실명(左丘失明)이라는 사마천의 말 때문에 그를 맹좌(盲左)라고도 부름.

40) 문왕(文王) : 중국 주(周)나라의 기초를 닦은 명군. 이름은 창(昌), 서백(西伯)이라고도 부름. 계왕(季王)의 아들, 무왕의 아버지. 덕치에 힘써 유가들로부터 이상적 군주로 칭송 받았음.

41) 무왕(武王) : 중국 주나라의 제1대 왕(?~?). 성은 희(*姬*). 이름은 발(*發*). 은 왕조를 무너뜨리고 주 왕조를 창건하여, 호경(*鎬京*)에 도읍하고 중국 봉건 제도를 창설하였음.

42) 대왕(大王)은 …… 무왕은 목이라고 : 이 말은 『좌전』희공(僖公) 5년조에 그대로 기록되어 있음.

43) 안사고(顔師古, 581~645) : 중국 당나라 초기의 문신으로 자는 주(籀). 관직은 중서시랑(中書侍郎)·비서소감(秘書少監) 등을 역임하였음. 유교의 경전인 오경(五經)의 교정에 종사하였고, 그것을 주석한 『오경정의(五經正義)』의 편찬에도 참여하였음. 저서로는 문집 60권이 있음.

여 논하였다.[44] 지금 상고하건대 정현(鄭玄)[45]이 "체천(遞遷)된 신주(神主)[46]는 소와 목으로써 두 조묘(祧廟)[47] 가운데 합하여 간직된다."[48]고 하였으니, 역시 소와 목이 각각 그 차례대로 두 조묘에 간직된다는 말이다. 그 소와 목이 '합하여 간직된다'는 것은 여러 소를 좌측 조묘에 모아서 간직하고, 여러 목을 우측 조묘에 모아서 간직한다는 것을 말한 것이지, 소와 목 모두를 우측 조묘에 합하여 간직하다가 다시 좌측 조묘에 옮긴 후에 단(壇)에 가고 선(墠)에 가며 귀(鬼)로 간다는 말이 아니다. 공영달(孔穎達)[49]이

44) 좌씨(左氏)가 …… 반복하여 논하였다. : 이 말은『주자어류(朱子語類)』권90에 그대로 실려 있음.

45) 정현(鄭玄, 127~200) : 중국 후한 말기의 대표적인 유학자. 훈고학, 경학의 시조로 일컬어질 만큼 후인들의 존경을 받았음. 그는 경학의 금문과 고문 외에 천문, 역수에 이르기까지 광범위한 지식욕의 소유자였음. 그가『역경』,『서경』,『춘추』등의 고전을 배운 뒤 40세가 넘어서 낙양을 떠날 때, 마융(馬融)이 "나의 학문이 정현과 함께 동쪽으로 떠나는 구나"하고 탄식하였을 만큼 학문에 일가를 이루었음. 경서 주석과『의례(儀禮)』,『논어』등 교과서의 정본작업에 평생 진력하였음. 그의 저서 중 완전하게 현존하는 것은『모시(毛詩)』의 전(箋)과『주례』,『의례』,『예기』의 주해뿐이고, 그 밖의 것은 단편적으로만 남아 있음.

46) 체천(遞遷)된 신주(神主)[천묘(遷廟)] : '원묘(遠廟)'라고도 불리는 것으로 보통은 오묘(五廟) 이상이 되면 신주를 옮긴다고 함. 칠묘(七廟) 중 고(考), 왕고(王考), 황고(皇考), 현고(玄考), 조고(祖考)의 오묘(五廟)는 매월 제사를 지내지만 원묘(遠廟)인 조묘(祧廟)에는 사시에 한 번 밖에 제사를 지내지 않음. 또 태묘(太廟)의 제도에 따르면 가운데는 시조를 두어 그 신주를 옮기지 않으며, 좌우에는 삼소(三昭)와 삼목(三穆)을 두어 천자의 부(父), 조(祖), 증조(曾祖), 고조(高祖), 고조지부(高祖之父), 고조지조(高祖之祖) 등 모두육대(六代)를 모신다고 함.(『예기』「제법편」참조)

47) 조묘(祧廟) : 고조 이상의 먼 조상을 모시는 사당으로 여기에 대가 다한 신주를 모셨음. 한유(韓愈)의「체협의(禘祫議)」에 '其毁廟之主, 皆藏於祧廟.'

48) 체천(遞遷)된 …… 합하여 간직된다. : 이 말은『예기주소(禮記註疏)』46권에 실려 있음.

49) 공영달(孔穎達, 574~648) : 중국 당나라 초기의 유학자로 자(字)는 중달(仲達).

예(禮)에 삼년상이 끝나면 먼 조상의 신주는 다른 데로 옮겨 가게 되고 새로운 신주가 사당에 들어가게 되는데, 소와 목의 순서를 살펴 소에 해당하는 신주는 소묘(昭廟)로 들어가고, 목에 해당되는 신주는 목묘(穆廟)로 들어간다.[50)]

라고 하였으니, 이 설은 너무 명백한 사실을 말한 것이어서 의심할 여지가 없다. 묵헌(默軒) 민지(閔漬)[51)]가 '소는 옮기게 되면 마땅히 목이 되어야 하고, 목은 옮기게 되면 마땅히 소가 되어야 한다'고 강하게 논하여, 주자를 우롱하기까지 하였다. 지금 그가 지은 『세대편년(世代編年)』이란 책을 살펴보니, 또한 소·목(昭穆)은 영원히 바뀌지 않아야 된다고 하였다. 어찌하여 그 말들이 이처럼 모순된단 말인가. 민공(閔公)은 경릉(慶陵)[52)] 때 『세대편년(世代編年)』을 지었고, 뒤에 덕릉(德陵)[53)]의 명을 받들어 또 다른 책을 저술하여 『편년강목(編年綱目)』이라 하였다. 그 두 책

어려서부터 영민하여 수(隋)나라 양제(煬帝)가 그의 재능을 시기하여 암살하려고 할 정도였음. 당나라 태종(太宗)의 신임을 받아 국자감의 좨주(祭酒)·동궁시강(東宮侍講) 등을 역임했음. 문장·천문·수학에 능통하였으며, 위징(魏徵)과 함께 『수서(隋書)』를 편찬하였고, 왕명에 따라 고증학자 안사고(顔師古) 등과 더불어 오경(五經) 해석의 통일을 시도하여 『오경정의(五經正義)』 170권을 편찬하기도 했음.

50) 이 말은 『춘추좌전정의(春秋左傳正義)』 권 60에 실려 있음.

51) 민지(閔漬, 1248~1326) : 고려 후기의 문신. 자는 용연(龍誕), 호는 묵헌(默軒). 그는 정가신(鄭可臣)이 지은 『천추금경록(千秋今鏡錄)』 7권을 권부(權溥)와 함께 교열, 증수하여 『세대편년절요(世代編年節要)』를 편찬했고, 또 『본국편년강목(本國編年綱目)』 42권을 편찬하였음. 역사서에서는 그가 성리학을 알지 못해 주자(朱子)의 소목론(昭穆論 : 종묘 신위의 차례를 말함.)을 그르다고 한 것을 편벽되다고 평하고 있으나 이러한 평가는 조선조 성리학자들의 견해로 보임. 저서로는 『묵헌집(默軒集)』이 있음. 시호는 문인(文仁).

52) 경릉(慶陵) : 고려 제25대 왕인 충렬왕(忠烈王, 1236~1308, 재위 1274~1308)의 개성에 있는 능호(陵號).

53) 덕릉(德陵) ; 충렬왕의 아들인 고려 제26대 왕인 충선왕(忠宣王, 1275~1325 재위 1298, 1308~1313)의 개성에 있는 능호(陵號).

에서 소와 목에 대해 논의한 내용이 서로 일치하지 않다.

兄弟相代者, 公羊以爲 昭穆同班, 孔穎達曰 兄弟相代, 卽異昭穆, 則設令兄弟四人俱立, 祖父之廟, 卽以從毁, 故知其理必不然. 公羊子但言其同班耳, 孔氏并其世數而論之, 惜乎有未盡也. 若兄弟五人俱立, 將毁其一耶, 與未毁者, 其親同爾, 將不毁歟. 昭若穆爲四廟矣, 是則兄弟之爲同班, 宜也. 但五人俱立, 則爲五世, 其以同班不議迭毁乎? 愚意兄終弟及者, 視親廟, 其義固有降殺矣. 親廟以七世五世迭毁, 安知兄弟不以三世毁也, 然不可以臆斷也. 我國先君兄弟相代者, 太祖之子惠, 定, 光, 顯王之子德, 精, 文, 文王之子順, 宣, 肅, 仁王之子毅, 明, 神, 是也. 櫟軒於此, 又如何定奪.

형제가 서로 임금의 대를 이을 경우, 공양자(公羊子)[54]는 소(昭)와 목(穆)의 반열이 같아야 한다고 생각하였으나, 공영달은,

> 형제가 서로 임금의 대를 이을 경우 그 소와 목을 달리하게 된다면, 만약 형제 네 명이 모두 왕위에 올랐을 경우에는 조부의 사당은 훼철(毁撤)해야 하기 때문에 그 이치가 반드시 그렇지 않다는 것을 알 수 있다.[55]

54) 공양자(公羊子) : 중국 전국시대 제(齊)나라의 학자로 자하(子夏)의 제자였던 공양고(公羊高)를 높여서 부르는 명칭. 『춘추공양전(春秋公羊傳)』을 지었다고 하나 실제로는 구전하여 오던 것을 한나라 경제 때 그의 고손자인 공양수(公羊壽)와 수의 제자 호모자도(胡毋子都)가 죽간(竹簡)에 기록한 것이라고 함. 『공양전(公羊傳)』은 『좌씨전』, 『곡량전(穀梁傳)』과 함께 춘추삼전(春秋三傳)으로 불리어 짐.

55) 이 말은 『춘추좌전』 문공2년 기사(紀事)에서 문공의 형인 희공(僖公)의 제사 문제를 논한 것에 대한 공영달의 주소(注疏)를 그대로 전재하였음.

라고 하였다. 공양자는 다만 그 소와 목의 반열만을 같이 해야 한다고 말했을 뿐이다. 그러므로 공씨는 그 세대의 수를 함께 언급하였으나, 그 내용을 자세하게 밝히지 못한 것이 안타깝다. 만약 형제 다섯이 차례로 모두 대를 이어 임금이 되었을 경우, 그들 신주 가운데 하나는 훼철해야 하는가, 아니면 아직 훼철하지 않은 신주와 같은 형제 반열이라고 하여 훼철하지 않을 것인가. 소와 목이 사묘(四廟)여야 한다면 형제가 반열을 같이 하는 것이 마땅하다. 다만 다섯 사람이 모두 임금이 되었다면 5세(五世)가 되니, 반열을 같이 한다 하여 차례로 훼철해 버리는 문제를 논의하지 않을 수 있겠는가? 나의 어리석은 견해로는 형이 죽고 동생이 임금이 되었을 때 입묘(入廟)하는 것이 친묘(親廟)에 견주어 볼 때 진실로 그 등급을 강살(降殺)[56]한다는 뜻을 지니게 된다. 친묘일 경우 천자는 7세에 이르면 훼철하고, 제후는 5세에 이르면 차례로 훼철하니, 형제의 경우 3세에 훼철하지 아니할 것을 어떻게 알겠는가? 그러나 억측으로 결단을 내릴 수는 없다. 우리나라의 선대 임금 가운데 형제가 서로 왕위를 계승한 분은 태조의 아드님인 혜종, 정종, 광종이 있고, 현종의 아드님인 덕종, 정종, 문종이 있고, 문종의 아드님인 순종, 선종, 숙종이 있고, 인종의 아드님인 의종, 명종, 신종이 있다. 묵헌은 이에 대해서 또 어떻게 결정할런지 모르겠다.

通鑑載我太祖因胡僧襪羅, 言於晉高祖曰 渤海我婚姻也, 其王爲契丹所虜, 請與朝廷共擊取之, 高祖不報. 及少帝, 與契丹爲仇, 襪羅

56) 강살(降殺) : 종묘에 모셔지는 등급을 아래로 깎아내리는 것을 이름. '自上以下, 降殺以兩, 禮也'(『좌전』 양공(襄公) 26년)

復言之. 少帝欲使我擾契丹東邊, 以分其兵勢, 遣郭仁遇使我, 見其兵甚弱, 向者襪羅之言, 特誇誕耳. 其言如是, 後唐淸泰三年, 契丹立石敬瑭爲帝, 是爲晉高祖. 與契丹約爲父子, 歲輸金帛三十萬匹兩. 是年百濟王甄萱逃奔歸我, 請討逆子神劒, 太祖親征擒滅之. 而新羅王金溥, 亦納土入朝. 三韓旣一, 乃偃兵息民聿修文教, 渤海將軍申德禮, 禮部卿太和鈞, 工部卿太德譽等, 數千萬人, 前後冒化來投, 若其與渤海結婚姻, 則國史未之見也.

『통감(通鑑)』[57]에,

우리 태조[58]가 호승(胡僧)인 말라(襪羅)를 통해서 진(晉)나라 고조(高祖)[59]에게 말하기를 "발해는 우리와 혼인을 맺은 사이인데, 그 왕이 거란의 포로가 되었으니, 청컨대 그대 나라와 함께 거란을 토벌하자."고 하였으나 고조는 듣지 않았다.[60]

---

57) 『통감(通鑑)』: 중국 북송의 역사학자 사마광(司馬光, 1019~1086 자는 군실君實, 속수涑水선생으로 불리었으며, 죽은 다음에는 온국공溫國公에 봉해졌음)이 편찬한 총 2백 94권의 편년체 역사서인 『자치통감(資治通鑑)』의 약칭. 책 제목의 뜻은 '정치에 도움을 주고 역대의 위정자에게서 귀감을 삼는다'는 것임. 주(周) 나라의 위열왕(威烈王)으로부터 후주(後周)의 세종(世宗)에 이르기까지 1백 13왕 1천 3백 62년간의 역사적 사실을 기술하였으며, 후세의 역사기록 형태 가운데 편년체 서술의 전형이 되었음. 한편, 강지(江贄)가 편찬한 『통감절요(通鑑節要)』를 『통감』이라고도 함.

58) 우리 태조 : 고려 태조 왕건(王建, 재위기간 918~943)을 가리킴.

59) 진(晉)나라 고조(高祖) : 중국 후진(後晋)의 제1대 왕으로, 재위기간은 936~942년임.

60) 고려 태조 왕건이 발해 유민들을 보호할 목적으로 후진의 고조에게 보낸 편지가 『자치통감』 권285에 소개되어 있음. '渤海本吾親戚之國, 其王爲契丹所虜, 吾欲爲朝廷攻而取之, 且欲平其舊怨, 師回爲言於天下, 當定期丹襲之'

라는 기록이 실려 있다. 그러다 소제(少帝)[61] 때에 이르러 거란과 원수가 되므로 말라가 다시 저번에 말했던 것처럼 거란을 공격하자고 하였다. 소제가 우리나라로 하여금 거란의 동쪽 변방을 흔들어 그 군사의 세를 분산시키게 하고는 곽인우(郭仁遇)를 우리나라에 사자로 보냈으나 우리의 군사력이 매우 허약한 것을 보고 지난번에 말라가 한 말이 과장된 말임을 알았다. 그 얘기는 이와 같은데, 후당 청태 3년[62]에 거란이 석경당(石敬瑭)[63]을 세워 임금으로 추대하니 바로 후진(後晉)의 고조(高祖)이다. 거란의 임금과 부자의 의를 맺고 해마다 금 30만 냥과 비단 30만 필을 바치기로 하였다.[64] 이 해에 백제왕 견훤이 우리나라로 도망쳐와 반역한 그의 아들 신검을 토벌해 줄 것을 요청했으므로 태조가 몸소 정벌하여 신검을 사로잡고 후백제를 멸망시켰다. 신라왕 김부(金溥)[65]도 나라를 바치고 입조해 왔다. 삼국이 이미 통일되었으므로 병기를 거두고 백성을 쉬게 하

---

61) 소제(少帝) : 폐위된 왕을 가리키는 말로 여기서는 후당의 폐제(廢帝, 재위기간 934~936)를 가리킴.

62) 청태(淸泰) 3년 : 청태는 중국 후당(後唐) 폐제(廢帝)의 연호(934~936년)로 그 3년은 936년임.

63) 석경당(石敬瑭) : 중국 후당(後唐)을 무너뜨리고 후진(後晋)을 일으킨 고조(高祖)를 가리킴.

64) 거란의 임금과 …… 바치기로 하였다. : 석경당이 난을 일으키려 하자 노왕(魯王: 後唐 3대왕)이 장경달(張敬達)로 하여금 태원사면배진사(太原四面排陳使)를 겸하게 하고 토벌에 나서게 하니, 석경당은 거란의 태종인 야율덕광에게 사신을 보내 부자의 예를 맺자고 했는데, 이때 태종은 37세였고, 석경단은 47세였음. 석경당이 거란왕에게 싸움에 이기고 나면 베이징과 타통(大同)을 중심으로 하여 만리장성 남쪽에 있는 탁(涿)·계(薊) 등 16주를 주겠다고 하였음. 경당은 거란과 함께 분수(汾水) 북쪽 호북구(虎北口)에서 승리하고 거란왕은 경당을 대진황제(大晉皇帝)로 명하였는데, 이때 석경당은 거란의 옷을 입고 왕위에 올랐음.

65) 신라왕 김부(金溥) : 신라 마지막 왕인 경순왕(927~935)의 이름.

며 문교(文教)를 닦았다. 발해의 장군 신덕례(申德禮), 예부경(禮部卿) 태화균(太和鈞), 공부경(工部卿) 태덕예(太德譽) 등 수만 명이 서로 앞을 다투어 귀화하였는데, 발해와 서로 혼인하였다는 기록 같은 것은 『국사(國史)』[66]에 보이지 않는다.

以我太祖深謨遠略, 不務功名, 豈不知五季之世, 中原板蕩, 不足與有爲乎, 豈不知石郎之與帝羓, 其交不可以間乎. 又豈不遣一使, 而因異域之僧, 越海而謀於新造未集之晉, 欲爲渤海報仇於方强之契丹乎. 且郭仁遇之來也, 果能盡見我兵之虛實强弱乎. 晉之君臣, 前惑襪羅之言, 後信仁遇之語, 遂謂我太祖爲誇誕, 豈不謬乎.

우리 태조는 심원한 지모와 책략을 가지고 있어 공명에 힘쓰지 않았는데, 어찌 오계(五季)의 시대에[67] 중원이 온통 혼란에 빠져 있어 함께 손잡고 일할 만한 능력이 없다는 것을 몰랐겠으며, 석랑(石郎)과 제파(帝羓)와의 친교를[68] 이간할 수 없다는 것을 어찌 몰랐겠는가? 또 어찌 한 명의 사신도 보내지 않고 다른 나라의 스님을 통

66) 『국사(國史)』: 이 책이 어떤 책인지 알 수 없으나 아마 태조 왕건의 실록을 가리키는 것으로 추측됨. 이제현은 투철한 역사의식을 가진 역사학자로 불리어질 만큼 우리의 국사에 많은 관심을 보였고, 실제 자신이 『국사』를 저술기도 했으나 지금 그 책이 전하지 않고 있음.

67) 오계의 시대[五季之世] : 중국 당나라가 망한 뒤(907년)로부터 송나라가 개국될 때(960년)까지 명멸했던 오대, 즉 후량(後梁), 후당(後唐), 후진(後晋), 후한(後漢), 후주(後周)의 시대를 말함.

68) 석랑(石郎)과 제파(帝羓)의 친교 : 중국 후진을 세운 고조(이름이 석경당石敬塘)와 거란의 태종이 부자관계를 맺어 친밀하게 지내던 것을 이름. 제파는 '임금을 말린 고기'라는 뜻으로 오대 때 요나라의 태종 야율덕광이 연성현(欒城縣)의 살호림(殺虎林)에서 죽었는데, 거란 사람들이 그 배를 가르고 내장을 꺼내어 젓을 담아가지고 싣고 갔으므로 생긴 말임.(『구오대사(舊五代史)』 거란전(契丹傳) 권137 참조.)

하여 바다를 건너 초창기의 미비한 후진(後晉)과 모의해서 한창 강성한 거란을 토벌하여 발해의 원수를 갚아주려 하였겠는가? 또 곽인우(郭仁遇)가 왔을 때 과연 우리 병사의 허실과 강약을 어찌 다 엿볼 수 있었겠는가? 후진(後晉)의 임금과 신하들이 전에는 말라의 말에 미혹되고, 나중에는 곽인우의 말을 믿고, 곧 우리 태조가 과장되다고 말하였으니 이는 어찌 그릇된 말이 아니겠는가?

전-6 本朝經世大典, 奎章閣學士虞集等撰書. 我國事云, 太祖皇帝之十二年, 天兵討契丹叛, 至高麗, 國人洪大宣, 降爲嚮導, 共攻其國, 其王降. 所謂叛人者, 金山王子也, 僭帝河朔, 號年天成. 旣而席卷東奔, 闌入我北鄙. 太祖遣哈眞·札臘, 帥師討之, 時忠憲王五年戊寅冬十有二月也. 天大寒雨雪, 而粮道不繼, 賊深避以疲之, 忠憲王出兵與粟以資王師, 馘金山坑其衆, 於時兩國爲兄弟之盟. 今虞公之筆, 若王師移兵於我, 我不得已而降者, 其掎角之功, 交歡之約, 沒而不書. 而洪大宣邊郡之一胥, 挺身逃降, 烏有一旅之衆, 承其彌縫, 而謂之共攻其國乎.

본조(本朝)[69]의 『경세대전(經世大典)』[70]은 규장각 학사 우집(虞

69) 본조(本朝) : 이는 원나라를 가리키는 것으로 당대 최고의 지식인이자 고위 관료를 지낸 이제현이 원나라를 본조라고 표기한 것은 당시 고려가 원나라의 부마국으로 전락한 복속(服屬) 국가로서 원에 대한 사대의식이 심대했음을 극명하게 드러낸 한 예라고 할 수 있음.

70) 『경세대전(經世大典)』 : 중국 원 왕조사(元王朝史) 연구를 위한 필수적인 문헌으로 원나라 후기에 문종(文宗)의 명을 받은 우집(虞集) 등에 의하여 1331년에 간행(刊行)되었음. 본문이 880권, 목록 12권, 보편(補篇) 2권으로 총합계 894권으로 구성되어 있는데, 그 편목(篇目)에는 군사(君事)와 신사(臣事)의 2군(群) 10편으로

集)[71] 등이 편찬한 책으로 우리나라의 일에 대하여 말하기를,

> 태조 황제 12년[72]에 원나라 군사가 거란의 배반한 군사를 토벌하고 고려에 이르자, 그 나라 사람 홍대선(洪大宣)[73]이 항복하여 길잡이가 되어 함께 고려를 공격하니, 그 왕이 항복하였다.

라고 하였다.

이른바 '거란의 배반한 자'는 바로 금산왕자(金山王子)[74]를 가리킨

나뉘어 있는 것으로 추측됨. 『경세대전』은 명(明)나라 중기 이후에 거의 흩어져 없어졌고, 현재는 그 각편(各篇)의 서록(序錄)이 『원문류(元文類)』에 수록되어 있을 뿐이며, 그 원문의 일부를 『영락대전(永樂大典)』에서 볼 수 있음.

71) 우집(虞集, 1272~1348) : 원(元) 나라의 학자. 자는 백규(伯圭) 호는 도원(道園), 시호는 문정(文靖). 사천성 인수(仁壽) 출신. 시문(詩文)의 대가로 양재(楊載), 범곽(范椁), 게해사(揭奚斯)와 함께 원의 사대가(四大家)로 일컬어 짐. 문종의 총애를 받아 규장각(奎章閣) 학사로 있으면서 『경세대전(經世大典)』을 편찬하였음. 저서에는 『도원학고록(道園學古錄)』·『도원류고(道園類稿)』·『평요기(平猺記)』가 있으며, 두시(杜詩)도 주해하였음. 후세에 소암선생(邵菴先生)이라 불리어 졌음.

72) 태조 황제 12년 : 태조는 칭기즈칸을 가리키는 말로 태조 12년은 그가 세계를 제패해 가며 중국을 거의 석권했던 1217년(고려 고종 4년)에 해당되나. 이때는 아직 쿠빌라이에 의해서 원나라가 건국(1260년)되기 전임.

73) 홍대선(洪大宣) : 홍복원(洪福源)의 아버지로 그에 대한 기록은 『고려사』「홍복원전」이나 『원사(元史)』「홍복원전」에서 살필 수 있는데, 『고려사』나 『고려사절요』에서는 그를 당성인(唐城人)으로, 『원사』에서는 그의 선대를 중국인으로 보고 있음. 『남양홍씨세보(南陽洪氏世譜)』에 의하면 대선(大宣)은 그의 초명(初名)이며, 본명은 홍인(洪諲)이라고 했으나 『고려사』에서는 홍대순(洪大純)이라고 했음. 대선의 선대가 인주(麟州)에 옮겨 살며 인주도령(麟州都領)에 임명되었으며, 『고려사』 권130 「홍복원전」에 의하면, 고려 고종 5년에 몽고에서 합진(哈眞)과 찰랄(札剌)을 보내서 거란군을 강동성에서 공격할 때 대선이 항복하였다고 함.

74) 금산왕자(金山王子) : 대요수국(大遼收國, 후요後遼라고도 부름)을 세운 야사불(耶斯不)의 아들. 몽고가 그들을 치자 금산왕자와 금시왕자(金始王子)가 9만의 군사로 압록강을 건너 고려에 침입하였으므로 몽고 군사와 고려의 김취려(金就礪), 조충(趙沖)이 이끄는 군대가 공동작전을 펼쳐 금산왕자의 군대를 궤멸시켰음.

다. 그가 참람하게도 하북(河朔)[75]에서 황제로 군림하고 연호를 천성(天成)이라 하였다. 이윽고 동쪽 지방을 휩쓸 기세로 내달려 우리나라의 북쪽 변방에 함부로 침입하니, 원나라 태조가 합진(哈眞)과 찰랍(札臘)에게 군사를 거느리고 가서 토벌하게 하였다. 이때가 충헌왕(忠憲王)[76] 5년인 무인년 겨울 12월로, 한겨울이라 날씨가 매우 추운데다가 비와 눈까지 내려 군량미를 실어 나를 길이 막혔다. 또한 적이 깊은 곳에 숨어서 나오지 않으니 원나라 군사가 지쳐갔는데 충헌왕이 때맞춰 군사와 양식을 내어 원나라 군사를 도와주었으므로 금산왕자의 머리를 베고 그 군사를 무찌를 수 있었다. 이때 두 나라가 형제의 나라로 지낼 것을 굳게 맹서하였다.

지금 우공의 기록에는 마치 원나라 군대가 우리나라에 들어오자 우리나라가 어쩔 수 없어 항복한 것 같이 되어 있고, 앞뒤에서 서로 호응하여 적을 견제했던 공과 두 나라가 형제가 되기로 굳게 맹서한 사실은 일언반구도 들먹이지 않았다. 또 홍대선은 변방 고을의 한갓 서리(胥吏)일 뿐으로 몸을 빼 도망하여 항복한 자인데, 어찌 한 나라의 군대가 그의 낮은 술수에 말려들어, 그와 함께 고려를 공격하였다고 말할 수 있겠는가?

又言, 太宗三年, 遣撒塔等討之, 其王又降. 置京府縣七十二達魯

75) 하북[河朔] : 중국 4대강 가운데 하나인 황하(黃河)의 이북 지역을 가리킴.

76) 충헌왕(忠憲王) : 고려 제23대 왕(1213~1259)인 고종을 가리킴. 충헌왕이라는 명칭은 몽고에서 내린 시호임. 46년에 걸친 재위기간 동안 최씨의 독재정치로 실권을 잡지 못하였으며, 잦은 민란과 즉위 초기인 1216년부터 3년간 계속된 거란의 침입, 뒤이은 몽골의 침입으로 최대의 국난을 겪기도 했음. 특히 1231년부터 30여 년간에 걸친 몽골의 침입에 대항하여 강도(江都 강화江華)로 천도하며 항쟁하였으나 막대한 인명손실과 국토의 황폐화를 초래했음.

花赤, 而班師, 四年盡殺達魯花赤, 叛保海島云. 其所謂達魯花赤, 朝廷之所命耶. 將帥承制, 自置者耶. 府縣之小, 卽不論, 二京達魯花赤, 必非微者, 亦不書名何也. 且以達魯花赤, 若是之多, 其置之與殺之, 非細事也, 國史旣無其文, 問之遺老, 亦莫之知, 此尤可惑者也. 竊求其所以然, 是時天子在北庭, 去我有萬里之遠, 事之虛實有不及知, 撒塔擁兵遼左, 與洪大宣, 貪其虜掠, 掩我之功, 誣我以罪, 激怒朝廷, 以肆侵伐耳, 虞公考之有不詳也. 嗚呼, 自古將師者, 欺君勞師以盜富貴, 遠人不能自白, 橫罹屠戮者, 可勝計哉.

또 말하기를,

태종(太宗) 3년[77]에 살타[撒塔][78] 등을 보내 고려를 토벌하게 하였는데, 그 왕이 또 항복하였다. 경·부·현에 72명의 다루가치[達魯花赤][79]를 배치하고는 군사를 돌이켰더니, 태종 4년에 다루가치를 모두

---

77) 태종(太宗) 3년 : 태종은 몽고의 제2대 왕으로 재위기간은 1229~1241년으로, 태종 3년은 고려 고종 18년(1231년)에 해당됨. 『고려사』 권23에 실려 잇는 기사를 보면, 이해 8월 임오(壬午)일에 몽고의 살리타[殺禮塔]가 함신진(咸新鎭)을 포위하는 것을 시작으로 하여 몽고의 노략질이 그해 내내 이루어졌음을 알 수 있음. 그해 12월에는 몽고병이 개성 사대문 밖에까지 들어오자 고종은 살리타를 맞아 항복에 가까운 저자세로 예를 올렸고, 이어서 몽고군들이 전국을 휩쓸고 다니며 노략질했음.

78) 살타[撒塔] : 살리타[殺禮塔, ?~1232]로 몽고 초기의 장군. 1231년(고려 고종 18)에 몽골의 사신 차고여[札古與]를 고려 사람이 살해한 것으로 의심한 그는 함신진(咸新鎭)을 넘어 고려를 공격해 왔으나 구주(龜州)에서 박서(朴犀)에게 패하였음. 그러나 다시 군대를 정비하여 개경 성의문(省義門) 밖까지 침공해 왔으므로 고려에서는 살리타가 있는 안북부(安北府:安州郡)까지 사신을 보내어 강화하게 하였음. 이듬해에 다루가치(達魯花赤) 72명을 남겨 두고 일단 돌아갔다가 다시 처인성(處仁城 : 지금의 龍仁)으로 왔는데, 누가 쏘았는지 분명치 않은 유시(流矢)에 맞아 피살되었음.

79) 다루가치[達魯花赤] : 고려 후기에 원나라가 고려의 내정을 간섭하기 위해 배치한 민정(民政) 담당자로 관청의 우두머리를 뜻하는 몽고말임. 원나라는 중앙의 하급

죽이고는 배반하여 해도(海島)에 진을 쳤다.

라고 하였다.

그 이른바 '다루가치'는 조정에서 임명한 것인가? 아니면 장수가 제명(制命)을 받들어 스스로 둔 것인가? 작은 규모의 부·현의 다루가치는 논하지 않더라도, 2경의 다루가치는 반드시 미미한 자가 아닐 것인데, 이름을 기록하지 않은 것은 어찌된 것인가? 또한 임명된 다루가치의 수가 이같이 많았다면, 그들을 배치하는 문제와 그들을 죽이는 문제는 작은 일이 아닌데도 『국사』에서는 아무런 기록이 없고, 늙은이에게 물어보아도 또한 알지 못한다고 하니, 이는 더욱 의심을 살 만한 일이다.

마음속으로 가만히 그 까닭을 살펴보았다. 그 당시 천자는 북정(北庭)에 있었으므로 우리나라와의 거리가 만 리나 떨어져서 그 사실을 올바르게 파악할 수 없었을 것이다. 살리타가 요좌(遼左)에 군사를 옹위케 하고는 홍대선과 함께 노략질에 욕심내어 우리의 공로를 숨긴 채 우리에게 죄를 뒤집어씌워 중국 조정을 격노케 하였고, 이로 말미암아 함부로 우리나라를 침범하였을 뿐인데 우공이 이를 상세하게 살피지 못한 것으로 생각된다.

아, 슬프다! 예부터 군대를 거느리는 자가 임금을 기만하고 군사를 수고롭게 하여 부귀를 도적질 한다고 하였으나, 이는 멀리 떨어져 있는 사람이 스스로 밝힐 수가 없는 것으로, 뜻밖의 재앙을 만나

관부와 지방의 노(路)·부(府)·주(州)·현(縣) 및 복속 국가에 대한 통치방식으로 다루가치를 설치하였다고 함. 1231년(고종 18) 고려는 살리타[撒禮塔]가 이끄는 몽골군에게 개경이 함락될 위험에 처하자 화친을 제의하게 되었고, 이때 몽고군은 철군하는 대신 서경을 비롯한 서북면 지역에 72명의 다루가치를 배치하였음.

고 도륙을 당한 자들이 얼마나 많겠는가.

전-7 世言, 大臣嘗經竄謫, 及爲有司刻免, 不得配享宗廟, 此無稽之言也. 祭法曰, 法施於民, 以死勤事, 以勞定國, 能禦大菑, 能捍大患, 則祀之, 非此族也, 不在祀典. 今夫配享宗廟者, 雖非此族之比, 要皆有功於國, 有德於民, 假使觸時君喜怒以見竄謫, 臨事錯誤而遭刻免, 將廢而不祀之乎? 抑有媕合苟容, 全身保位而無功德可紀者, 將擧而祀之乎. 考之國史, 庾黔弼嘗流於鵠島, 而從祀於太祖, 尹瓘見刻於九城之役, 而與享於睿廟, 可見此言之爲無稽也, 惟其功不足以揜過者, 自有論耳.

세상에서 말하기를

> 대신(大臣)이 일찍이 유배를 경험했거나 유사(有司)에게 탄핵을 받아 파면된 경우 왕의 위패를 모신 종묘(宗廟)에 배향되지 못한다.

라고 하나, 이는 전혀 근거 없는 말이다.

『예기』「제법(祭法)」편에 이르기를

> 법에 따라 백성을 다스릴 때 죽을 요량으로 부지런히 힘쓰고, 힘을 다해 나라를 안정시키느라 큰 재앙을 막고 나라의 큰 환난을 물리쳤다면 종묘에 모셔 제사지낼 수 있다. 이와 같은 경우가 아니면 사전(祀典)[80]에 있지 않다.[81]

80) 사전(祀典) : 제사를 지내는 의례를 기록한 책. 『국어(國語)』노어(魯語) 상(上)에 '凡禘·郊·祖·宗·報, 此五者國之典祀也. …… 非是不在祀典.'

81) 여기에 인용된 글은『예기』의「제법(祭法)」편에 나오는 말로 그 원문을 소개하면,

라고 하였다. 지금 종묘에 배향된 사람들이 비록 이러한 사람들에 비교될 수는 없지만 요컨대 나라에 공로가 있거나 백성에게 은덕을 끼친 사람으로 가령 한 때에 임금의 심사에 거슬려서 유배되었거나 일을 맡았다가 오류를 범하여 탄핵을 받아 파면 된 적이 있다고 하여 이들을 폐하고 제사 지내지 않겠는가. 아니면 임금에게 부화뇌동하고 구차하게 굴어 일신을 잘 지키고 부귀영화를 누린 사람으로 후세에 남을 공적을 세우지 못하고 세상에 덕을 베풀지 못했다면, 이런 사람을 기려서 종묘에 모시고 제사지낼 수 있겠는가.

『국사』를 살펴보면, 유검필(庾黔弼)은 일찍이 곡도(鵠島)[82]로 유배된 적이 있는데도 태조의 사당에 종사(從祀) 되었고,[83] 윤관(尹瓘)은 구성(九城) 전투의 일로 인해 탄핵을 받은 적이 있으나 예종[84]의 사당에 배향되었다.[85] 이러니 앞에서 귀양을 갔거나 탄핵, 파면 당

'夫聖王之制祭祀也, 法施於民則祀之, 以死勤事則祀之, 以勞定國則祀之, 能禦大菑則祀之, 能捍大患則祀之. …… 非此族也, 不在祀典.'

82) 곡도(鵠島) : 경기도 옹진군 백령도(白翎島)의 고구려 때 이름. 고려시대에 이르러 백령도라는 이름을 고쳤고, 고려·조선시대에 각각 鎭을 두었음.

83) 유금필(庾黔弼, ?~941)은 …… 종사 되었고 : 유검필은 평산유씨(平山庾氏)의 시조로 시호는 충절(忠節). 태조를 보좌하여 고려 건국에 일등공신이 되었음. 936년에 도통(都統) 대장군이 되어 후백제를 멸망시켰음.(『고려사』 권92 「유검필전(庾黔弼傳)」 참조)

84) 예종(睿宗, 1079~1122) : 고려 제16대 왕(재위 1105~1122). 윤관에게 여진을 경략하게 하여 함흥평야에 9성을 쌓았음. 학교를 세우고 국학에 양현고를 설치하는 등 학문을 진흥시켰음.

85) 윤관(尹瓘, ?~1111) …… 배향되었으니 : 윤관은 고려의 명장으로 자는 동현(同玄). 1107년 여진 정벌군의 원수(元帥)가 되어 동북면으로 출정하여 함주(咸州), 영주(英州) 등에 구성(九城)을 쌓아 여진을 평정하고 문하시중의 자리에 올랐음. 그 후 여진이 다시 쳐들어와 출전했다가 패하였고, 여진이 9성을 돌려달라고 하자 조정에서 9성을 돌려주고 강화를 하는 과정에서 무고를 입어 삭탈관직을 당하였지만 다시 복직이 되었으나 우울한 날을 보내다가 세상을 떠났음. 예종의 묘정(廟庭)

한 적이 있는 사람은 종묘에 배할될 수 없다고 한 말이 아무런 근거 없는 것임을 알 수 있다. 오직 평생 쌓은 공로가 과오를 덮기에 부족한 사람에게는 논의의 여지가 있을 뿐이다.

전-8 吏部掌文銓, 兵曹主武選. 第其年月, 分其勞佚, 標其功過, 論其才否, 具載于書, 謂之政案. 中書擬陞黜以奏之, 門下承制勑以行之, 國家之法, 蓋與中原同也. 崔忠獻擅廢立, 常居府中, 與其僚佐, 私取政案, 注擬除授, 授其黨與, 爲承宣者, 入白于王, 王不獲已從之. 忠獻之子怡, 孫沆, 沆之子竩, 四世秉政, 習以爲常. 其承宣謂之政色承宣, 僚佐之任此者, 三品謂之政色尙書, 四品以下謂之政色少卿, 持筆槖從事於其下者, 謂之政色書題, 而其所會, 謂之政房, 斯乃府中之私稱也. 昔琴平章儀金首相敞朴尙書暄諸名士, 皆由是以進, 當世榮之, 莫知其爲可羞也. 柳文正公璥與金仁俊, 旣誅竩, 歸政王室, 其政房因而不革, 以王室之重任, 襲權門之私稱, 此可歎也.

이부(吏部)는 문인을 전형하는 일을 담당하고, 병조(兵曹)는 무인을 선발하는 일을 주관한다. 그 선발된 사람이 벼슬에 나아간 연월일을 차례를 좇아 매긴 것과, 맡은 일의 힘들고 편안한 정도를 구분한 것과, 그가 쌓은 공적과 과오를 표시한 것과, 그 자질의 뛰어남과 그렇지 않음을 논한 것들을 낱낱이 책에다 싣게 되는데 이것을 정안(政案)이라고 한다. 중서성[86]에서 관리의 승진과 강등 문제를

에 배향되었고, 시호는 문숙(文肅).

86) 중서성(中書省) : 고려 시대에 둔 3성(三省 : 상서성尙書省·중서성·문하성門下省)의 하나로 내사성을 고친 것임. 중서성은 상층조직으로 국사의 전전인 백규(百揆)의 서무(庶務)를 관장하던 재부(宰府)와 하층조직인 간쟁(諫諍)과 봉박(封駁)을

잘 살펴서 아뢰면, 문하성에서는 왕이 내린 제칙(制勅)을 받들어 시행하니 우리나라의 이러한 제도는 대개 중국의 그것과 같다.

최충헌(崔忠獻)[87]이 왕을 폐하고 세우는 것을 맘대로 하여 항상 자신의 집에 기거하면서 자신을 보좌하는 막료들과 더불어 사사로이 정안을 가져다가 관직에 임명할 사람들의 고과표를 주의(注擬)[88]하고나서는 벼슬에 임명할 명부를 자기 무리인 승선(承宣)[89]에게 주면 승선이 대궐에 들어가 그 사실을 왕에게 아뢰니 왕은 그 의견을 따를 수밖에 없었다. 최충헌과 그 아들 최이(崔怡)[90], 손자 최항(崔沆)[91], 항의 아들 최의(崔竩)[92] 등 4대가 정권을 잡아 그런 일을 예

맡은 낭사(郎舍)로 나누어져 있었음.

87) 최충헌(崔忠獻, 1149~1219) : 고려 중기의 무신. 본관은 우봉(牛峰). 초명은 란(鸞). 1196년에 당시의 권력자인 이의민(李義旼)을 제거하고 권력을 장악한 뒤에 폐정(弊政)의 시정을 요구하는 봉사십조(封事十條)를 올려 왕의 각성을 촉구하였음. 이후 국정을 마음대로 천단하여 4대 60여년 최씨 무신정권의 시초를 열었음. 시호는 경성(景成).

88) 주의(注擬) : 중국 당나라 때 과거시험을 담당하는 관원이 과거에 합격한 사람들의 명단을 먼저 상서성(尙書省)에 등록하고 그 사람들의 신상을 철저히 조사한 뒤에 다시 각 개인이 지닌 재능과 관료로서의 실무역량을 살피는 일을 가리킴. 송나라 때에도 이 제도를 그대로 답습했음.

89) 승선(承宣) : 고려시대 중추원에 속했던 정3품 벼슬로 좌승선·우승선으로 나누고, 그 아래 좌부승선·우부승선을 두었으며, 정원은 각 1명씩이었음. 이들은 신료들이 왕에게 올리는 모든 문서를 접수·검토하여 왕에게 전달하고, 왕명을 받아 하달하였으며, 이를 대변하기도 하였음.

90) 최이(崔怡, ?~1249) : 고려 중기의 권신. 초명은 우(瑀)였으나 후에 이(怡)로 개명. 1219년(고종6) 추밀원부사(樞密院副使)로 아버지 충헌(忠獻)의 뒤를 이어 집권하였고, 몽고군이 쳐들어오자 강화도로 서울을 옮겨 그 공으로 1234년 진양후(晋陽侯)에 책봉되었음. 1227년 서방(書房)을 설치하여 문객 중 명유(名儒)를 포섭했으며, 도방(都房) 등을 확장하여 사병(私兵)을 증강하였고, 이후 차차 전횡을 자행하여 백성들에게 원성을 샀음. 시문과 해행초서(楷行草書)에 능했음. 시호는 광렬(匡烈).

91) 최항(崔沆, ?~1257) : 고려 중기의 권신. 초명은 만전(萬全)으로 출가하여 스님이

사로롭게 여겼다. 왕에게 아뢰던 승선을 정색승선(政色承宣)이라 하고, 그를 보좌하는 막료들 가운데 3품의 관직에 있던 사람을 정색상서(政色尙書), 4품 이하를 정색소경(政色少卿)이라고 하였으며, 필탁(筆槖)[93]을 잡고서 그 아래에서 글씨를 쓰는 자를 정색서제(政色書題)라고 하였다. 그리고 그들이 모이는 곳을 정방(政房)이라고 하였으니 이것은 곧 개인의 사사로운 집을 일컫는 명칭이었다.[94] 옛날에 평장사(平章事)[95] 금의(琴儀)[96], 수상(首相) 김창(金敞)[97]·상서(尙

되었다가 아버지인 최이가 1249년에 죽자 권력을 장악하여 정치의 쇄신을 꾀했으나 점점 호사와 향략을 일삼고, 아버지 최이의 대몽고 강경정책을 그대로 답습하여 국정을 혼란에 빠뜨렸음. 진평공(眞平公)에 추증되었음.

92) 최의(崔竩, ?~1258) : 고려 중기의 권신. 1257년 아버지 최항이 죽자 권력을 장악했으나 어진 사람을 멀리 하고 경박한 무리들과 어울려 무고한 사람들을 살육하여 민심을 잃었으므로 1258년 유경(柳璥), 김인준(金仁俊) 등에 의해 죽임을 당함으로써 4대 60년에 걸친 최씨 무신정권이 끝을 맺게 되었음.

93) 필탁(筆槖) : 붓을 넣어두는 주머니를 가리킴[필낭 筆囊]. 임금 옆에서 문필을 맡아 보좌하던 신하를 뜻하기도 하며 혹은 문장가들이 많이 모여 있는 곳을 이르기도 함.

94) 『고려사』, 권75 선거(選擧)에 이 내용이 거의 그대로 실려 있음. '高宗十二年, 崔瑀置政房於私第, 擬百官銓注, 選文士屬之, 號曰 : '必者赤.' 舊制吏部掌文銓, 兵部掌武選, 第其年月, 分其勞逸, 摽其功過, 論其才否, 具載于書, 謂之政案. 中書擬升黜以奏之, 門下承制勑以行之, 自崔忠獻擅權置府, 與僚佐私取政案, 注擬除授, 授其黨與, 爲承宣謂之政色承宣, 僚佐之任此者, 三品謂之政色尙書, 四品以下謂之政色少卿, 持筆槖從事於其下者, 謂之政色書題, 其會所謂之政房.'

95) 평장사(平章事) : 고려시대의 정2품 관직. 982년(성종1) 내사문하성에 내사시랑평장사·문하시랑평장사를 둔 이래 1061년에 중서문하성에 중서시랑평장사·문하시랑평장사·중서평장사·문하평장사를 두었는데 모두 정2품관이었음.

96) 금의(琴儀, 1153~1230) : 고려 중기의 문신. 초명은 극의(克儀), 자는 절지(節之). 최충헌이 문사를 구할 때 이종규(李宗揆)의 추천으로 발탁되어 신임을 얻어 요직을 두루 거쳤음. 한림학사를 거쳐 1215년에 수태위 중서시랑 평장사(守太尉中書侍郎平章事)에 올랐고, 1220년 벽상공신(壁上功臣)이 되었음. 세 번에 걸쳐 동지공거·지공거가 되어 많은 명사를 배출하였으므로 「한림별곡」에 '琴學士 玉筍門生'이라 하였음. 시호는 영렬(英烈).

書) 박훤(朴暄)[98] 등 여러 명사들이 다 이런 식으로 등용되었는데, 당대에는 오히려 이를 영광스런 일로 여긴 나머지 부끄럽다는 사실조차 인식하지 못했다.

문정공(文正公) 유경(柳璥)[99]과 김인준(金仁俊)[100]이 최의(崔竩)를 벤 뒤에 정권을 왕실에 돌려줬지만, 정방제도(政房制度)를 혁파하지 않고 그대로 답습하여 왕실의 중요한 인사문제에 권세가가 만들었던 사사로운 명칭을 예전대로 사용하였으니 이는 탄식할 만한 일이다.

전-9 德陵初罷政房，文銓武選，委之選摠部而首亞相領之，庶幾有復古之望矣，而一二腹心之臣，熟於銓選者，使以他官兼之，久而

97) 수상(首相) 김창(金敞, ?~1256) : 고려 중기의 문신. 초명은 효공(孝恭). 고종 때 상서좌승(尙書右丞)으로 최우에게 발탁되어 정방에서 전선(銓選)에 관한 사무를 관장하였는데 이부와 병부에서 추천된 인물목록을 한번 보고 기록할 만큼 기억력이 좋았다고 함. 그가 문하평장사를 역임했으므로 수상이라고 부름. 시호는 문간(文簡).

98) 박훤(朴暄, ?~1249) : 고려 중기의 문신. 초명은 문수(文秀). 최우의 가신으로 정방에 근무하면서 김창·송국섬(宋國瞻) 등과 함께 권세를 부렸음. 형부상서(刑部尙書)가 되어 최항(崔沆)의 비리를 논하다가 흑산도에 유배되었는데, 최항이 보낸 사람에 의하여 바다에 던져져 죽임을 당하였음.

99) 유경(柳璥, 1211~1289) : 고려 중기의 문신. 자는 천년(天年) 또는 장지(藏之). 정방에 오랫동안 근무하면서 최항의 신임을 받았음. 고종 45년(1258)에 최의를 죽이고 정권을 왕실에 반환하였으나, 정방 출신으로 인습에 젖어 편전에 정방을 설치하여 전주(銓注)를 장악하고 국가의 기무를 결재했음. 문장에 뛰어나 신종·희종·강종·고종의 4대 실록 편찬에 참여하였고, 여러 번 지공거를 역임하여 이존비(李尊庇), 안향(安珦) 등 많은 인재를 배출하였음.

100) 김인준(金仁俊, ?~1268) : 고려 중기의 무신. 뒤에 준(俊)으로 개명. 최충헌의 가노(家奴)였던 김윤성(金允成)의 아들. 별장(別將)으로 최항을 섬기다가 최항의 뒤를 이은 최의를 죽이고 정권을 왕실에 돌려준 공으로 최고위직인 시중에 오르고 해양후(海洋侯)에 봉해 졌음. 강경한 대몽정책을 주장하다가 임연(林衍) 등에 의하여 살해됨.

不易. 於是頑鈍無恥, 輕薄冒進之徒, 乘機而效尤, 罔上以封己, 使復古之美意, 徒爲文具而已, 此又可歎也. 施及毅陵之季年, 日甚一日, 紫泥之封, 塗抹於宦寺之手, 黑册之謗, 流播於婦兒之口, 傳曰, 作法於凉, 其弊猶貪, 作法於貪, 弊將若之何. 其此之謂乎. 兒輩用厚紙, 黑而油之, 以習寫字, 謂之黑册. 毅陵在奉子山離宮, 以病不喜見人, 內外壅隔, 用事者衆批目下, 爭相塗抹, 竄定朱與墨, 至不可辨, 時人謂之黑册政事.

덕릉(德陵)[101]이 왕위에 오르자 바로 정방을 혁파하고 문인과 무인의 선발을 선총부(選摠部)[102]에 위임하여 수상과 아상으로 하여금 그 일을 주관하게 한 것은[103] 옛 제도를 회복하기를 바라는 마음에서였다. 그러나 관리 선발에 익숙한 사람으로 왕이 자신이 총애하는 한두 신하에게 다른 관직을 겸직한 채 그 일을 하게하고는 오래도록 사람을 바꾸지 않았다. 이에 고루하고 어리석으며 부끄러운 줄을 모른 채 무슨 수를 써서라도 승진하려는 경박한 무리들이 기회를 틈타 잘못된 관행을 본받아 왕을 속여 자신을 봉하려고 하였다. 이로써 옛날로 돌아가려는 아름다운 뜻이 다만 공염불로 끝나 버렸으니 이 또한 개탄할 만한 일이 아니겠는가. 의릉(毅陵)[104] 말년에 이르러 이러한 작폐가 더욱 심해져서[105] 왕이 내리는 봉작(封爵)

---

101) 덕릉(德陵) : 고려 제26대 왕인 충선왕(재위 1309~1313)의 능호(陵號).

102) 선총부(選摠部) : 선부는 문관(文官)을 선발하고 공훈을 내리는 일을 관장하던 부서이고, 총부는 무관(武官)의 선발과 군무(軍務)·의위(儀衛)·우역(郵驛)에 관한 일을 맡아보던 부서를 가리킴. 충렬왕 34년(1308)에 인재를 선발하던 부서인 전조(銓曹)와 군사의 일을 맡아보던 병조(兵曹)와 왕실의 의례와 왕의 호위를 맡아보던 의조(儀曹)를 병합하여 선부라 하였다가 뒤에 전리사(典理司) 고쳤음.

103) 수상과 아상 …… 주관하게 한 것은 : 『고려사·지志』, 권75 「선거3」에 거의 비슷한 내용의 글이 실려 있음. '忠宣王二年十月, 文武銓選, 分委選摠部, 以首亞相領之. 然一二幸臣以他官兼之, 久而不易.'

104) 의릉(毅陵) : 고려 제27대 충숙왕(재위 1314~1330)의 능호.

의 조서[106]가 내시의 손에서 조작되고 흑책(黑册)의 비방이 부녀자의 입에까지 흘러 퍼졌으니, 전(傳)에 이르기를, '백성의 부담을 가볍게 하기 위해 세법을 제정했더라도 탐욕의 폐단에 이를 수 있거늘 하물며 백성의 재물을 욕심내어 법을 제정했다면 그 폐단이 장차 어떻게 나타나겠는가?'[107]라고 했으니 바로 이러한 경우를 두고 한 말일 것이다.

아이들이 두꺼운 종이에 검게 기름을 먹여 글자 쓰기 연습을 하는 것을 흑책(黑册)이라고 한다. 의릉이 봉자산(奉子山)의 이궁(離宮)에 있으면서 병 때문에 사람들을 접견하지 않으니 안팎의 언로가 막혔다. 그러므로 일을 담당하는 자들이 왕이 내린 많은 비목(批目)이 내려오면 다투어 뭉개고 지워서 붉은 글자와 검은 글씨를 고쳐 분별할 수 없는 지경에 이르렀는데 당시 사람들이 이를 흑책정사(黑册政事)라고 하였다.

전-10 神王朝, 奇洪壽車若松, 同爲平章事, 坐中書, 車問於奇孔雀好在否, 奇亦問養牧丹之法, 時人譏之. 國家設都兵馬使, 以侍中平章事參知政事政堂文學知門下省事爲判事, 判樞密巳下爲使, 有大事則會議, 故有合坐之名, 一歲而或一會, 累歲而或不會. 其後改爲都評議

---

105) 더욱 심해져서[日甚一日] : 날로 더욱 심해짐. 사물 발전의 정도가 점점 심해지거나 엄중해지는 것을 형용하는 말. 송나라 왕안석의 「걸해기무차자(乞解機務箚子)」에 '徒以今年以來, 疾病浸加, 不任勞極, 比嘗粗陳懇款, 未蒙陛下矜從, 故復黽勉至今, 而所苦日甚一日'

106) 왕이 내리는 봉작(封爵)의 조서[紫泥之封] : 자니봉(紫泥封)으로 곧 황제의 조서인 자니서(紫泥書)를 이르는 말임. 자니는 황제의 조서를 봉할 때 쓰는 자주색 인주.

107) 이 말은 『좌씨전』 소공(昭公) 4年 구월취증(九月取鄫)조에 나오는 것으로, '鄭子產作丘賦, 國人謗之曰, 其父死於路, 己爲蠆尾, 以令於國, 國將若之何. 子寬以告, 子產曰, 何害. 苟利社稷, 死生以之. 且吾聞爲善者, 不改其度, 故能有濟也. 民不可逞, 度不可改. 詩曰, '禮義不愆, 何恤於人言? 吾不遷矣. 渾罕曰, 國氏其先亡乎. 君子作法於涼, 其敝猶貪, 作法於貪, 敝將若之何. 姬在列者, 蔡及曹滕, 其先亡乎! 偪而無禮, 鄭先衛亡, 偪而無法, 政不率法, 而制於心. 民各有心, 何上之有.'

使, 或稱爲式目都監使. 事大來, 事多倉卒, 僉議密直每爲合坐.

신왕(神王)[108] 때 기홍수(奇洪壽)[109]와 차약송(車若松)[110]이 같이 평장사로 있으면서 중서성에 자리를 함께 한[合坐] 적이 있었는데, 그 자리에서 차약송이 기홍수에게 집에서 키우는 공작새가 잘 있느냐고 묻자 기홍수도 모란을 기르는 방법을 물었는데, 이 말을 들은 당시의 사람들이 그들을 비웃었다.[111] 나라에서 도병마사(都兵馬使)[112]를 설치하여 시중(侍中)[113] · 평장사 · 참지정사(參知政事)[114] ·

---

108) 신왕(神王) : 고려 제20대 왕인 신종(재위 1197~1204)을 가리킴.

109) 기홍수(奇洪壽, 1148~1209) : 고려 중기의 문신. 자는 대고(大古)로 본관은 행주(幸州). 최충헌의 신임을 얻어 벼슬이 중서문하 평장사(中書門下平章事)에 이르렀음. 시호는 경의(景懿).

110) 차약송(車若松, ?~1204) : 고려 중기의 무신. 낭장(郎將)을 거쳐 장군이 되어 문관(文官)들의 영직(榮職)으로 여겨졌던 내시다방(內侍茶房)을 겸직하였는데, 이것이 내시다방을 무인이 겸직하게 된 시초가 되었음. 관직은 중서문하 평장사에 올랐음.

111) 이 얘기는 『고려사·열전列傳』 권101 「차약송전(車若松傳)」에 소개되어 있음. '若松與奇洪壽, 同入中書省, 上訖, 若松問於洪壽曰, 孔雀好在乎. 荅曰, 食魚鯁咽而死. 因問養牧丹之術, 若松具道之. 聞者曰, 宰相之職, 在論道經邦, 但論花鳥, 何以儀表百寮.'

112) 도병마사(都兵馬使) : 고려시대의 국방회의기구로, 국가의 군기 및 국방상 중요한 일을 의정하던 합의기관이었음. 여기에는 최고 정무기관인 중서문하성(中書門下省)의 5재(宰)가 판사(判事)를 겸하고, 6추밀 및 직사(職事) 3품 이상이 사(使)로 임명되었음. 도병마사는 양계의 장졸(將卒)에 대한 상벌, 군사훈련, 국경문제 등 국방·군사관계의 일을 관장하였고, 민생문제에도 관여하였는데, 1170년(의종 24) 정중부(鄭仲夫)의 무신란(武臣亂) 이후 기능이 마비되었다가 고종(高宗) 이후 몽고와의 투쟁이 치열해짐에 따라 다시 복원되었음.

113) 시중(侍中) : 고려시대 최고 정무기관인 중서문하성의 수상직으로 종1품직임. 고려는 982년(성종 1)에 당나라의 관제를 채용하여 내사문하성(內史門下省)을 설치하면서 처음 두었으며, 같은 품계인 상서령(尙書令)과 중서령(中書令)이 종친이나 원로 재상에게 주는 치사직(致仕職)·증직(贈職)·명예직으로 이용된 반면에 시중은 실질적인 최고 관직으로서 수상의 지위를 차지하였음. 시중은 정사당(政

정당문학(政堂文學)[115]·지문하성사(知門下省事)[116]로 판사(判事)를 삼고, 판추밀(判樞密)[117]이하의 관인을 사(使)로 삼고는 큰일이 있을 때 회의를 열었기 때문에 합좌(合坐)라는 이름이 붙여졌다. 합좌는 한 해에 한 번 이루어지기도 하고, 여러 해 동안 한번도 이루어지지 않기도 하였다. 뒤에 도평의사(都評議使)로 고쳤고, 혹은 식목도감사(式目都監使)라 부르기도 하였다. 대국[118]을 섬기게 된 뒤로 창졸간에 일이 많이 생겨 첨의(僉議)·밀직(密直)이 자주 합좌하였다.[119]

事堂)에서 정치를 의논하고 재추(宰樞)회의를 주관하는 등 국사를 주도하였음. 그 뒤 중서문하성이 첨의부(僉議府)·도첨의사사(都僉議使司) 등으로 개편되면서 시중의 명칭도 중찬(中贊)·정승(政丞) 등으로 바뀌었음.

114) 참지정사(參知政事) : 고려시대 중서문하성의 종2품 벼슬로 내사문하성(內史門下省)과 이를 개칭한 중서문하성(中書門下省)의 종2품 문관 벼슬로 정원은 1명이었음.

115) 정당문학(政堂文學) : 고려시대에 내사문하성(內史門下省)과 이를 개칭한 중서문하성(中書門下省)의 종2품 문관 벼슬로 정원은 1명이었는데, 국가의 행정을 총괄하였음. 1275년(충렬왕 1) 중서문하성이 첨의부(僉議府)로 개편되면서 참문학사(參文學事)로 개칭되었으나 1290년에 다시 정당문학으로 고쳤음.

116) 지문하성사(知門下省事) : 고려 시대 중서문하성에 속한 종2품 벼슬. 중서문하성은 백규(百揆) 서무(庶務)를 관장한 상층조직인 재부(宰府)와 간쟁(諫諍)과 봉박(封駁)을 맡은 하층조직인 낭사(郎舍)로 분리되어 있었는데, 상층의 재부는 중서문하성의 장관인 문하시중(門下侍中)을 중심으로 그 밑의 평장사(平章事)들과 참지정사(叅知政事)·정당문학(政堂文學)·지문하성사(知門下省事) 등 종2품 이상의 재오(宰五)로 구성되었음.

117) 판추밀(判樞密) : 판추밀원사(判樞密院事). 고려 시대 추밀원의 으뜸 벼슬인 종2품직으로 장관직이었음.

118) 대국(大國) : 고려의 입장에서 대국이었던 중국의 원(元)나라를 가리킴.

119) 이상의 내용이 『고려사』 권77에 자세하게 소개되어 있음. '都評議使司, 國初, 稱都兵馬使. 文宗定官制, 判事以侍中·平章事·叅知政事·政堂文學·知門下省事爲之. 使以六樞密及職事三品以上爲之. 副使六人, 正四品以上, 卿·監·侍郎爲之. 判官六人, 少卿以下爲之. 錄事八人, 甲科權務. 吏屬 有記事十二人, 記官八人, 書者四人, 算士一人. 忠烈王五年, 改都兵馬使, 爲都評議使司. 凡有大事, 使以上會議, 故有合坐之名. 事元以來, 事多倉卒, 僉議·密直, 每爲合坐.'

전-11 合坐之禮，先至者離席，北面而立．後至者依其位，一行而揖，同至席前南向兩拜，離席北向而伏以敍寒暄，復至席前南向兩拜，離席北向一行而揖乃坐．知僉議已上至，則密直皆下庭而立，東向上北，俯首低手．僉議立于其上，二行而揖，升堂拜揖坐如前儀．旣得僉議一員同坐，更無庭迎之禮．唯首相至，則亞相而下皆下庭，東向上北以迎之，首相西向對揖．然後升堂拜揖，亦如前儀．首相獨坐於東謂之曲坐．亞相而下一行而坐，首相非政丞，政丞古侍中也．不曲坐，無庭迎．錄事啓事于前，各以其意言其可否，錄事往返其間，使其議定于一，然後施行，謂之議合．其餘則端坐不言，望之儼然，誠可敬而畏也．今則僉議密直增置其員，又各有商議之官，判三司事坐于亞相之上，左右使坐于評理之上下，旅進而羣退．往往高談大笑閨房夫婦之私，市井米鹽之利，靡所不談，比之奇車孔雀牧丹之問，又各一時也．

합좌하는 예는 먼저 온 사람이 자리에서 떠나 북쪽으로 향하여 서고, 뒤에 온 이가 그 위치에 따라 한 줄로 서서 읍한 다음, 같이 자리 앞에 이르러 남쪽을 향하여 두 번 절하고는 자리에서 떠나 북쪽을 향하여 엎드린 채 서로의 안부를 묻는다. 다시 자리 앞에 이르러 남쪽으로 향하여 두 번 절하고, 자리에서 떠나 북쪽을 향하여 한 줄로 서서 읍하고는 그제야 자리에 앉는다. 지첨의(知僉議)[120] 이상의 고관이 도착하면 밀직(密直)[121]들은 모두 뜰에 내려서서 북쪽을 상석으로 하고 동쪽을 향해 머리를 숙이고 손을 낮게 내린다. 첨의

120) 지첨의(知僉議) : 고려 시대 최고 중앙행정관청이었던 첨의부(僉議府)의 종2품 벼슬인 지첨의부사(知僉議府事)를 가리킴. 충렬왕(忠烈王) 원년(1275)에 설치되었다가 충선왕(忠宣王) 때에 폐지됨.

121) 밀직(密直) : 고려시대 왕명의 출납·궁중의 숙위·군기(軍機)의 정사를 맡아보던 밀직사(密直司)에 소속된 밀직부사(密直副使)를 가리키는 말로, 정3품직이었음.

는 그 상석에 서서 두 줄을[122] 이루어 읍하는데, 마루에 올라가 절하고 읍한 뒤에 앉는 것은 앞의 경우와 같은 예를 취한다. 이미 첨의 한 사람과 같이 앉아 있을 경우에는 다른 첨의가 오더라도 다시 뜰에 내려가서 영접하는 예를 갖출 필요가 없다. 다만 수상(首相)이 이르면 아상(亞相) 이하의 관료들이 모두 뜰에 내려가서 북쪽을 상석으로 삼고 동쪽을 향하여 서서 맞이하고, 수상은 서쪽으로 향하여 마주 읍한다. 그런 뒤에 마루에 올라가 절하고 읍하는 것은 또한 앞에서 행했던 예와 같이 한다. 수상이 혼자 동쪽에 앉는데 이것을 곡좌(曲坐)라 하며, 아상 이하는 한 줄로 앉는다. 수상이 정승 정승은 옛날의 시중(侍中)이다. 이 아니면 곡좌 하지 못하며 뜰에 내려가서 맞이하는 절차도 없다. 녹사(錄事)[123]가 앞으로 나와 의논할 일을 말하면 각각 자신의 생각에 따라 그 일의 가부(可否)를 말한다. 그러고 나면 녹사가 참석자들 사이를 오가면서 여러 의견들을 하나로 집약한 뒤에야 그 일을 시행하게 되는데, 이것을 의합(議合)이라고 한다. 녹사 외의 나머지 사람들은 단정한 자세로 말없이 앉아 있으니 그 모습을 바라보면 엄숙하기 이를 데 없어서 참으로 경건해지고 두렵기조차 하다.

지금은 첨의와 밀직의 인원을 늘리고, 또 각각 일을 상의하는 관원이 있다. 판삼사사(判三司事)[124]는 아상의 윗자리에 앉고 좌사(左

---

122) 『고려사』에는 '한 줄[一行]'이라고 되어 있음.

123) 녹사(錄事) : 고려 때 각 관청에 속한 7~8품의 실무직 벼슬. 고려시대 중앙의 여러 관부에는 문하녹사 등의 정7품에서부터 병과권무(丙科權務)에 이르기까지 각급의 녹사직이 설치되어 있었는데, 문하부의 종7품, 전의시·군기시·혜제고·의제고·보원해전고·연경궁제거사·왕비부·세자부·제왕자부의 8~9품, 도평의사사·삼군도총제부·상서사·영송도감·전목사 등 제사도감각색의 한 벼슬, 사헌부·예문관의 이속 등이 여기에 해당됨.

使)[125] · 우사(右使)는 평리(評理)[126]의 윗자리와 아랫자리에 앉으며, 이들이 무리지어 나아가거나 물러가기도 한다. 왕왕 큰 소리로 이야기 하고 웃으며, 안방에서 벌어지는 부부간의 사사로운 일이나 장터의 쌀값이나 소금값의 오르내림 등 사소한 일에 이르기까지 말하지 않는 것이 없었으니, 기홍수와 차약송이 공작과 모란을 물어본 것과 비교하면 또한 각각 같은 시기의 그럴 듯한 이야기들이다.

전-12　舊制, 二府知貢擧, 而卿監同知貢擧, 試日天未明, 知貢擧坐北牀南向, 同知貢擧坐西牀東向, 監察奉命坐于南, 少西上東北向, 將校執旗, 分立階下. 擧子旣集卽鏁門, 貢院吏名呼擧子, 分處之兩廡, 立木東西, 書所試題, 掛于其上. 日至禺中, 承宣奉金印至. 同知貢擧迎之庭中, 相揖而進, 知貢擧避于北壁之後. 承宣與同知貢擧升堂兩拜, 敍寒溫, 又兩拜. 知貢擧出坐北牀下席上, 承宣北向兩拜, 知貢擧亦兩拜, 承宣進伏敍寒溫, 知貢擧卽其坐答之. 承宣退, 又兩拜, 知貢擧亦兩拜, 然後相揖而坐. 承宣坐東牀西向, 與同知貢擧相對, 吏抱擧子所納卷以進, 承宣開金印印卷. 內侍致黃封之醞, 知貢擧同知貢擧與承宣拜賜, 就床飮畢又拜謝. 承宣廻, 同知貢擧揖送于庭, 三場皆如之 第一第二場, 承宣來開印卷之封, 放榜於試院, 第三場則簾前放榜矣. 金文

124) 판삼사사(判三司事) : 고려 시대 삼사의 종1품 벼슬로 재신(宰臣)이 겸하였는데, 수상과 아상 사이에 위치했고, 정원은 1인이었음.

125) 좌사(左使) : 고려 시대 돈과 곡식 등 국가의 출납·회계사무를 총괄하던 삼사(三司)의 정2품 관직. 처음에는 2인의 사(使)를 두었는데 충렬왕 때에 좌·우사로 나뉘었음.

126) 평리(評理) : 고려 시대 도첨의사사(都僉議使司), 도첨의부(都僉議府), 문하부(門下府)에 속했던 종2품 벼슬, 참지정사(參知政事)의 후신으로 충렬왕(忠烈王) 34년(1308)에 참리(參理)를 고쳐 부른 이름임.

貞坵知貢擧時, 洪忠正子藩爲承宣, 立門詰之曰, 某承命奉金印而來, 知貢擧不庭迎, 某不敢入. 文貞曰, 承宣詣宰相, 宰相坐而待之, 今乃起避過於禮矣, 況庭迎乎. 日將晩. 文貞不得已下階, 未盡一級, 忠正乃入. 或問孰是, 曰, 文貞之言先王之定制, 所以敬大臣也, 忠正之言, 欲以尊主也. 使其君法先王敬大臣, 不亦尊主之義乎.

옛날 제도에는 2부(二府)[127]에서 지공거(知貢擧)[128]가 나오고, 경(卿)·감(監)의 직급에 있는 자가 동지공거(同知貢擧)[129]를 맡았는데, 과거를 보는 날 동이 트기 전에 지공거는 북쪽 의자에 앉아 남쪽을 향하고, 동지공거는 서쪽 의자에 앉아서 동쪽을 향한다. 감찰(監察)과 봉명별감(奉命別監)은 남쪽 의자에 앉는데 약간 서쪽으로 하여 동북쪽을 향하며, 장교(將校)는 기(旗)를 쥐고 계단 아래에 나누어 선다. 과거에 응시한 사람들이 다 모이면 바로 문을 잠그고 과거의 실무를 맡아보는 공원리(貢院吏)가 응시자들의 이름을 불러서 동쪽과 서쪽의 행랑에 나누어 있게 하고는 동쪽과 서쪽에 각각 나무를 세우고 시제(試題)를 쓴 종이를 그 나무에 건다. 해가 우중(禺中)[130]

---

127) 2부(二府) : 중서성과 추밀원을 말함.

128) 지공거(知貢擧) : 고려 광종 때 과거제도를 처음 실시하면서 둔 것으로, 왕명을 받아 과거시험을 총괄하는 직책을 말함. '공(貢)'은 추천하여 보낸다는 뜻이고, '거(擧)'는 뽑아서 쓴다는 뜻이며, '지(知)'는 맡아서 주관한다는 뜻으로 선비를 뽑는 일을 주관하는 사람으로 거의 정3품직인 한림학사 중에서 지공거를 선발하였음. 임금이 직접 시험을 주관할 때에는 시험 답안지인 시권(試券)을 읽어드린다는 뜻에서 독권관(讀券官)이라 하였음.(『고려사』 권74 「선거 과목 시관」참조)

129) 동지공거(同知貢擧) : 고려 시대 과거를 주관하던 고시관(考試官)인 지공거를 보좌하던 사람으로 지공거와 함께 시험을 관장하였음.

130) 우중(禺中) : 하루를 12시로 나눌 때 오전 9시부터 11시 사이의 시간인 사시(巳時)를 뜻하는 말임.

에 이르면 승선(承宣)이 금인(金印)[131]을 받들고 도착하는데, 이때 동지공거가 그를 뜰에서 맞이하여 서로 읍하고 올라가면, 지공거는 북벽(北壁) 뒤로 몸을 피한다. 승선이 동지공거와 함께 마루로 올라가 두 번 절하고 안부를 물은 다음 다시 두 번 절하고 나면 그때서야 지공거가 나와서 북쪽 평상 위에 앉는데, 승선이 북쪽을 향하여 두 번 절하고 지공거 역시 두 번 절한다. 승선이 지공거 앞에 나아가 엎드려 안부를 물으면 지공거는 자리에 앉아서 답하고, 승선이 물러나면서 다시 두 번 절하면 지공거 역시 두 번 절한다. 그렇게 한 뒤에 서로 읍하고 앉으니, 승선은 동쪽 의자에 앉아 서쪽을 향하여 동지공거와 마주 대한다.

공원리가 과거 응시자들이 바친 시험 답안지를 가지고 오면 승선이 금인을 열어 답안지에 도장을 찍는다. 이때 내시(內侍)가 임금이 내린 술[黃封之醞][132]을 가져오는데, 지공거와 동지공거가 승선과 함께 절하여 받아서는 평상에 나아가 마신 뒤에 다시 절하여 감사를 드린다. 승선이 돌아갈 때는 동지공거가 뜰에서 읍하여 보내는데, 삼장(三場)[133]을 모두 이와 같이 한다. 제1장·제2장에서는 승선이 와서 도장을 찍어 봉한 답안지를 열고, 과거장에 합격자의 명단을 쓴 방(榜)을 건다. 제3장은 임금을 가리고 있는 발 앞에서 합격자 명단을 펴보인다.

---

131) 금인(金印) : 왕이나 고위관료의 금으로 만든 도장.

132) 임금이 내린 술[黃封之醞] : 황봉(黃封)은 왕가에서 물건을 봉할 때 사용하던 누런 종이로, 황봉지온은 술단지를 누런 명주나 종이로 싸서 임금이 하사한 술을 가리킴.

133) 삼장(三場) : 과거 제도에서 과거에 응시하는 사람이 처음 보는 생원진사시(生員進士試)인 초시(初試)와 서울과 지방에서 초시에 합격한 자들을 재시험하여 합격자를 정하는 중요한 시험인 복시(覆試)와 왕이 직접 나와 최종 합격자를 가리는 시험인 전시(殿試)를 통틀어 이르는 말임.

문정공(文貞公) 김구(金坵)[134]가 지공거였을 때 충정공(忠正公) 홍자번(洪子藩)[135]이 승선이었는데, 문 앞에 서서 힐책하기를,

> 아무개(홍자번)가 왕명을 받들어 금인을 가지고 왔는데, 지공거께서 마당으로 내려와 맞이하지 않으시니, 아무개는 감히 들어가지 못합니다.

라고 하였다. 문정공이 대답하기를,

> 승선이 재상을 찾아오면 재상은 앉아서 대하는 것이오. 지금 일어나 피하는 것도 예에 지나친 것인데, 하물며 뜰에 나가 맞이하기까지 하란 말이오.

라고 하였다. 충정공이 날이 곧 저물겠다며 재촉하니, 문정공이 어쩔 수 없어서 계단을 내려갔으나 한 층을 남기고 멈춰 섰다. 이에 비로소 충정공이 문안으로 들어갔다.[136]

---

134) 김구(金坵, 1211~1278) : 고려 후기의 문신. 초명은 백일(百鎰), 자는 차산(次山), 호는 지포(止浦). 본관은 부녕(扶寧 지금의 부안). 관직은 정당문학·중서시랑평장사 등을 역임하였음. 시문에 일가를 이루었고, 서장관으로 원나라에 다녀온 후 『북정록(北征錄)』을 남겼음. 이장용·유경 등과 함께 신종·희종·강종 3대의 실록을 찬수하고, 충렬왕 때 『고종실록』 편찬에 참여하였으며, 문집으로 『지포집』이 전하고 있음. 시호는 문정(文貞).

135) 홍자번(洪子藩, 1237~1306) : 고려 후기의 문신. 자는 운지(雲之). 관직은 첨의중찬(僉議中贊)을 역임하였고, 충렬왕과 충선왕 사이를 이간시킨 오기(吳祈)·석천보(石天輔)를 잡아서 원나라에 보내는 등 왕의 부자(父子)를 화해시키는 데 노력한 공을 인정받아 추성동덕익대공신(推誠同德翊戴功臣)·벽상삼한삼중대광(壁上三韓三重大匡)에 추봉되었음. 시호는 충정(忠正).

136) 이 내용은 『고려사』 권105 「홍자번열전(洪子藩列傳)」에 소개되어 있는데, 여기에서 보면 승선인 홍자번이 옛 관례를 무시하고 지공거를 마루에서 내려오게 한 것이 왕의 생각에 따른 것임을 알 수 있음. '舊制, 承宣奉御寶至試院, 同知貢擧庭

어떤 이가 '누가 옳으냐?'고 묻기에 내가 답하기를,

> 문정공의 말은 선왕이 정한 제도가 대신을 공경하는 뜻에서 나온 것이고, 충정공의 말은 임금을 높이 받들려는 뜻에서 나온 것이오. 그 임금으로 하여금 선왕의 법을 본받아 대신을 공경하게 하는 것 또한 임금을 높이는 뜻이 아니겠소.

라고 하였다.

전-13 德陵嘗問於臣齊賢曰, 我太祖之世, 契丹遺橐駞, 繫之橋下, 不與芻豆以餓而死, 故以名其橋焉. 橐駞雖不產於中國, 中國亦未嘗不畜之, 國君而有數十頭橐駞, 其弊不至於傷民, 且却之則已矣, 何至餓而殺之乎. 臣對曰, 創業垂統之主, 其見遠而其慮深, 非後世之所及也. 且如宋太祖養猪禁中, 仁宗令放之, 後得妖人, 顧無所取血, 則知太祖慮亦及於此, 亦未爲定論, 安知太祖養猪之意, 不有大於取血者耶. 我太祖之所以爲此者, 將以折戎人之譎計耶, 抑亦防後世之侈心耶, 蓋必有微旨矣. 此在殿下恭默而思之, 力行而體之爾, 非愚臣所敢輕議也.

덕릉(德陵)[137]이 일찍이 신 이제현에게 묻기를,

迎, 知貢擧面北立堂上. 金坵爲知貢擧, 子藩奉御寶將往, 奏曰, 承宣奉御寶至貢院, 知貢擧或下階以迎或否, 今從何禮. 王曰, 有寶, 宜下階. 子藩至貢院, 詰坵曰, 予承命奉御寶來, 知貢擧不庭迎, 予不敢入. 坵曰, 承宣詣宰相, 宰相坐而待之. 今乃起避, 尙過禮, 況庭迎乎. 子藩曰, 有旨. 日將晩, 坵不得已下階, 未盡一級, 子藩乃入. 或謂'子藩不恭, 坵起避可也. 遽爾下階, 亦失大臣體.'

137) 덕릉(德陵) : 고려 제26대 왕인 충선왕(재위 1298, 1308~1313)의 능호. 이름은 장(璋). 초명은 원(僎), 몽고명은 이지리부카[益知禮普花]. 충렬왕의 큰아들로 어

우리 태조 임금 때에 거란에서 낙타를 보내었는데, 다리 아래에 묶어두고는 먹이(꼴과 콩)를 주지 않아 굶어 죽게 하였으므로 그 다리 이름을 낙타교라고 하였소. 낙타가 비록 중국에서 나지는 않으나 중국에서 일찍이 기르지 않은 적이 없었소. 나라의 군주가 수십 마리의 낙타를 가지고 있어도 그 폐해가 백성을 상하게 하는 데에는 이르지 않았소. 게다가 낙타를 물리치면 그만일 뿐인데, 어째서 굶겨 죽이기까지 했는지 모르겠구려

라고 했다.

신 제현이 대답하기를,

새로이 나라를 건국하여 대통을 내려주신 임금께서는, 먼 앞날을 내다볼 줄 알고 생각하는 것이 깊어서 후세 사람들이 미칠 수 없을 정도입니다. 송나라 태조 같은 이는 대궐 안에서 돼지를 길렀는데, 인종이 그것을 놓아주라 명령하였습니다. 그러나 뒤에 요망한 사람이 나타났을 때 아무리 둘러보아도 피를 취할 곳이 없게 되자[138], 태조의 생각이 여기에까지 미쳤음을 알았다고 합니다. 그렇다고 해서 이것으로 끝날 일이 아니옵니다. 송 태조가 돼지를 기른 뜻이 피를 취하는 것보다 큰 데에 있는지 어찌 알 수 있겠습니까? 우리 태조께서 낙타를 굶겨 죽인 것이 오랑캐의 간사한 속임을 꺾으려고 한 것인지, 아니면 후세의 사치심을 막으려 한 것인지 잘 모르겠지만, 아마도 반드시 그 속에 숨은 뜻이 있을 것이옵니다. 이것은 전하께서 삼가 묵묵히 생각하시어 힘써 본받으셔야 할 것이지 어리석은 신

머니는 원 세조(元世祖) 쿠빌라이[忽必烈]의 딸 제국대장공주(齊國大長公主: 몽고명은 쿠두루칼리미쉬[忽都魯揭迷迷失])임.

138) 피를 취할 곳이 없게 되자 : 요술을 부리는 사람에게 돼지를 잡아 그 피를 뿌리면 요인이 변신하지 못한다고 함.

이 감히 경솔하게 논할 바가 아니옵니다.[139)]

라고 했다.

전-14 又問臣曰，我國古稱文物侔於中華，今其學者，皆從釋子以習章句，是宜雕蟲篆刻之徒寔繁，而經明行修之士絕少也，此其故何耶．臣對曰，昔我太祖經綸草昧，日不暇給，而首興學校作成人材．一幸西都，遂命秀才廷鶚爲博士，敎授六部生徒，賜綵帛以勸之，頒廩穀以養之，則可見其用心之切矣．光廟之後，益修文敎，內崇國學，外列鄕校，里庠黨序絃歌相聞，師儒弟子涵養陶薰，聯茹而彙征，草創而潤色，所謂文物侔於中華，蓋非過論也．不幸毅王季年，武人變起所忽，薰蕕同臭，玉石俱焚．其脫身虎口者，遯逃窮山，蛻冠帶而蒙伽梨，以終餘年，若神駿悟生之流是也．其後國家稍復用文之理，士子雖有願學之志，顧無所從而學焉．未免裹足遠尋，蒙伽梨而遯窮山者，以講習之，故神駿有送其學者應擧京師詩云，信陵公子統精兵，遠赴邯鄲立大名，天下英雄皆法從，可怜揮涕老侯嬴．此其證也，故臣謂學者從釋子習章句，其源蓋始于此．今殿下誠能廣學校，謹庠序，尊六藝，明五敎，以闡先王之道，孰有背眞儒而從釋子，捨實學而習章句者哉．將見雕蟲篆刻之徒，盡爲經明行修之士矣．德陵曰，卿之言

139) 이 내용은『고려사』권110「이제현전(李齊賢傳)」에 그대로 소개되고 있음. '忠宣嘗問齊賢曰，太祖時契丹遺槖駞，令繫橋下，不與芻豆，餓而死，槖駞雖不產中國，中國亦未嘗不畜之國，君有數十頭槖駞，其弊不至傷民，却之則已，何至餓而殺之乎，齊賢對曰，創業垂統之主，其見遠，其慮深，非後世所及也，且宋太祖養猪禁中，仁宗令放之，後得妖人，顧無所取血，知太祖慮亦及此，此亦未爲定論，安知太祖養猪之意，不有大於取血者耶，我太祖之所以爲此，將以折戎人之譎計耶，抑亦防後世之侈心耶，蓋必有微旨此在，殿下恭默而思之，力行而體之爾．'

爲然.

또 신에게 묻기를,

우리나라는 예로부터 중국의 문물을 본받았다고 알려졌는데, 지금의 학자들은 모두 중을 좇아서 장구나 익히고 있소. 그러니 다만 조충전각(雕蟲篆刻)[140]하는 무리들이 많아지고, 경서에 밝고 덕행을 닦는 선비들이 거의 사라지고 있는데, 그 까닭이 무엇이라고 생각하오.

신이 대답하여 말하였다.

예전에 우리 태조께서 나라를 세우셨던 초창기에 날마다 나라를 다스리기에 겨를이 없으시면서도, 학교를 일으켜서 인재를 양성하는 것을 최우선으로 삼으셨습니다. 한번은 서도(西都)[141]에 행차하시여, 수재(秀才)[142]인 정악(廷顎)[143]을 박사로 임명하시어 육부(六部)의

140) 조충전각(雕蟲篆刻) : 조충각전(雕蟲刻篆)이라고도 함. 진서(秦書) 8체(대전大篆, 소전小篆, 각부刻符, 충서蟲書, 모인摹印, 서서署書, 수서殳書, 예서隷書)에 속한 충서(蟲書)와 각부(刻符)를 가리킴. 전의하여 문장의 자구를 고치고 수식하는 하찮은 기예(技藝)를 비유하는 말로 쓰였음.

141) 서도(西都) : 지금의 평양으로, 우리나라의 서쪽에 위치한 곳이라는 뜻에서 붙여진 이름임.

142) 수재(秀才) : 중국 한(漢)나라 때 처음 시행한 과거 이름. 후한(後漢)에서는 광무제(光武帝)의 휘(諱)를 피하여 무재(茂才)라고 칭하였음. 당대(唐代)에는 명경(明經)·진사(進士)와 더불어 과목을 두었고, 당송대(宋代)에는 응거자(應擧者)를, 명청 때에는 각급의 학교에 입학한 학생을 모두 수재라고 불렀음. 『당서(唐書)』선거지(選擧志)에 「其科之目 有秀才 自後士人通稱謂之秀才」라 하였음.

143) 정악(廷顎) : 고려 전기의 학자. 930년(태조 13) 12월 태조가 서경에 행차하여 학교를 설치할 때 서학박사(書學博士)에 임명되고, 학원을 창건하여 6부(部)의 생도들을 모아 가르쳤음. 그 뒤 학문을 일으킨 공로가 인정되어 의과(醫科)·복과(卜科)를 증설시켰으며, 곡식 100석이 하사되자 이를 학보(學寶)로 삼아 평생 학문진흥에 전력하였음.(『고려사·지志』 권74 참조)

생도들을 가르치게 하시고는 비단을 하사하여 가르치기를 권장하고 창고의 곡식을 나누어 주어 후진들을 양성하도록 하셨으니, 그 마음 쓰는 것이 절실함을 알 수 있습니다. 광종(光宗)[144] 이후로는 더욱 가르치는 일에 힘을 기울여 대궐이 있는 서울에 국학을 크게 일으키고 서울 바깥의 지역에는 향교(鄕校)를 많이 세워 이상(里庠)과 당서(黨序)[145]에서 글 읽는 소리가 서로 들렸습니다. 또한 스승과 제자가 함양하고 감화하여 마치 서로 띠풀처럼 엉키어[146] 가르치고 배우는 풍토를 새롭게 닦아나갔으니, 이른바 문물이 중화와 같다는 것이 지나친 말이 아니었습니다. 불행하게도 의종 말년에, 무인들의 변란이 갑자기 일어나[147] 순식간에 향기로운 풀과 악취를 내는 풀이 냄새를 같이하고, 옥과 돌이 함께 불타는 것처럼 선악(善惡)의 구별이 없어졌습니다.[148] 그 중 범의 아가리에서 벗어난 자는 깊은 산으로 달아나 유자가 쓰는 의관(衣冠)과 띠를 벗어버리고 중의 가사(袈裟)를 입고서 남은 생애를 보냈으니, 신준(神駿)[149]·오생(悟生)[150] 같은 사람

144) 광종(光宗) : 고려 제4대 왕(재위 949~975). 이름은 소(昭). 중앙집권정치와 왕권강화를 노력하였으며 그 일환으로, 과거제도를 처음 시행하였음.

145) 이상당서(里庠黨序) : 지방(地方)에 설치된 학교(學校)를 말함. 이와 당은 행정구획의 명(名)이고, 상과 서는 지방학교의 명칭임. 『맹자』 양혜왕 상(上)에 '謹庠序之敎, 申之以孝悌之義, 頒白者不負戴於道路矣.'라 하고, 그 주(注)에 '庠序는 皆學名也.'이라 하였음.

146) 서로 띠풀처럼 엉키어[연여휘정(連茹彙征)] : 띠풀의 뿌리가 함께 뽑혀 나오듯 동지들과 함께 나와서 일을 거들며 성취시키는 것을 뜻함. 『주역(周易)』 태괘(泰卦) 초구효(初九爻)에, '拔茅茹, 以其彙征, 吉.'이라 한 데에서 유래한 성어(成語)임.

147) 의종(毅宗) 말년에 무인들의 변란이 일어나 : 고려 제18대 왕인 의종(재위 1146~1170) 24년이 되는 1170년에 정중부 등이 쿠데타를 일으켜 왕이 실각하고 무인들의 세상이 된 것을 이름.

148) 옥석구분(玉石俱焚) : 『서경』에, "곤강에 불이 붙으면 옥과 돌이 함께 탄다(火炎崑岡玉石俱焚)."라는 말에서 나온 성어임. 곤강은 옥이 생산되는 산이므로 그 산에 불이 나면 옥과 돌이 구별 없이 한가지로 다 타버리게 되니, 대개 난리를 맞아 양민(善)이나 악인(惡人)이 한꺼번에 죽는 경우를 비유하는 말로 쓰임.

이 바로 그런 부류입니다. 그 후에 국가가 차츰 문교의 정책을 회복하자, 배우는 데 뜻을 둔 사람들이 나왔으나 좇아 배울 수 있는 스승이나 공간이 없었습니다. 그래서 감발을 하고 먼 곳으로 찾아가, 깊은 산으로 도망쳐 가사를 입고 살아가고 있는 자에게 배울 수밖에 없었습니다. 그러므로 신준이 자기에게 글을 배워 과거를 보러 서울로 가는 제자를 전송하며 지은 시에 이르기를,

신릉공자151)가 정병을 거느리고,
먼 한단152) 땅에 가서 크게 이름 날렸네.
천하의 영웅이 모두 본받아 좇았으나,
가엾구나, 눈물 뿌리는 늙은 후영이여.153)

---

149) 신준(神駿) : 고려 중기의 은자(隱者)이자 승려. 속성명은 오정석(吳廷碩). 호는 백운자(白雲子)이며, 신준은 그의 법호. 무인의 난이 일어나자 유관(儒冠)을 벗어 버리고 불교에 귀의하여 명산을 두루 방랑하다가 끝내 환속하지 않았음.

150) 오생(悟生) : 고려 중기의 은자(隱者)이자 학자. 무신의 난을 맞아 가야산(伽倻山)에 은거하여 끝까지 무인정권에 귀부(歸附)하지 않고 지조를 지킨 인물로 유명함.

151) 신릉공자(信陵公子) : 중국 전국시대 위(魏)나라 소왕(昭王)의 아들로 식객 3천 명을 거느린 무기(無忌)가 형인 안리왕(安釐王)에 의해 신릉군(信陵君 신릉은 지금의 하남성 영릉현에 있었던 지명임.)에 봉해졌으므로 붙여진 이름임. 진(秦)나라가 조(趙)나라를 치자 조나라 평원군(平原君)에게서 원군의 요청을 받아 위나라왕 몰래 군대를 조나라 서울인 한단(邯鄲)으로 보내어 진나라를 물리친 고사가 유명함.(『사기』 권77, 신릉信陵 참조)

152) 한단(邯鄲) : 중국 하북성 남서부에 위치한 도시로 춘추시대에는 위(衛)나라, 전국시대에는 조(趙)나라의 도읍지였음. 유명한 '한단지몽(邯鄲之夢)의 고사는 이곳에서 유래된 것임.

153) 눈물 뿌리는 늙은 후영이여 : 후영은 전국시대 위(魏)나라의 은사(隱士). 가난하여 70세에 이문(夷門)의 문지기가 되었고, 뒤에 신릉군의 식객이 되었음. 신릉군이 진나라의 침입을 받은 조나라를 구하기 위하여 군사를 한단에 파견할 때 후영의 계책을 빌어 한단의 포위망을 풀었음. 이때 후영은 나이가 많아 신릉군을 따라 출전할 수 없었으므로 신릉군에게 말하기를, "신은 늙어서 종군하지 못합니다. 진비가 도착하리라고 짐작되는 날에 북쪽을 향하여 스스로 목을 찔러 죽을

信陵公子統精兵
遠赴邯鄲立大名,
天下英雄皆法從
可怜揮涕老侯嬴.

라 하였으니, 바로 이것이 그 증거이옵니다. 그러므로 신이 생각하옵기는 배우는 자들이 중을 좇아 장구를 익히게 된 원인이 바로 이로부터 비롯되었다고 하겠사옵니다. 지금 전하께옵서 진실로 학교를 넓히고, 학교에서의 가르침을 경건하게 하여 육예[154]를 높이고 오교[155]를 밝혀서 선왕의 왕도정치를 널리 펼치신다면, 누가 참된 선비를 멀리하고 중을 좇겠으며, 누가 실학을 버리고 장구를 익히겠습니까? 그렇게 되면 머잖아 조충전각의 무리들이 경서를 밝히고 덕행을 닦는 선비로 변하는 것을 볼 수 있을 것이옵니다.

라고 했다.

충선왕이 "경의 말이 그럴 듯하오."라고 했다.

文廟在位三十有八年, 春秋高. 大臣王寵之李子淵年耆德邵, 每於便殿引見訪以政事, 旣而置酒, 至夜燈燭交光. 君臣皆厖尾皓首相對盡歡, 望之如圖畵. 忠憲王舊學於俞升旦, 享國垂五十年. 蓋學問以畜其德, 畏愼以保其位, 民悅之而天祐之也. 忠敬王以世子入朝時,

---

것입니다." 하였는데, 그날 과연 후영은 자살하였음.(『사기』 권77 「후영전(侯嬴傳)」 참조)

154) 육예(六藝) : 옛날에 학교에서 학생을 교육하는 여섯 과목으로 예(藝), 악(樂), 사(射), 어(御), 서(書), 수(數)를 가리킴.

155) 오교(五敎) : 오륜(五倫)을 가리키는 말로 사람으로서 지켜야 할 다섯 가지 도리인, 부자유친(父子有親), 군신유의(君臣有義), 부부유별(夫婦有別), 장유유서(長幼有序), 붕우유신(朋友有信)을 말함.

憲宗征南駐蹕釣魚山, 世子將詣行在, 道過京兆驪山. 守土者請浴溫泉, 謝曰, 此唐明皇所嘗御者, 雖異代安可褻乎, 聞者歎其知禮. 已而聞天子晏駕, 乃廻車迎世祖于梁楚之郊, 世子軟角烏紗幞, 廣袖紫羅袍, 犀鞓象笏進退可觀. 世祖驚喜曰, 高麗萬里之國, 自唐太宗親征而不能服, 今其世子自來歸我, 此天意也.

문종(文宗)[156)]은 38년 동안 왕위에 있었으므로 나이가 많았다. 대신 왕총지[157)]와 이자연[158)]은 나이가 많고 덕망이 있었는데, 문종이 자주 그들을 편전에 불러 정사를 묻고, 끝난 다음에는 술자리를 벌여 노느라 밤늦어지는 줄을 몰랐다. 임금과 신하가 모두 흰 눈썹에 흰 머리를 하고 서로 마주 앉아 한껏 즐거운 시간을 가졌으니, 그 모습을 바라보면 마치 그림 같았다.

충헌왕(忠憲王)[159)]은 예전에 유승단(俞升旦)[160)]에게 배웠고, 거의

156) 문종(文宗) : 고려 제11대 왕(재위 기간 1046~1083)으로. 현종의 셋째 아들. 이름은 휘(徽).

157) 왕총지(王寵之, ?~1067) : 고려 전기의 문신. 본관은 강릉(江陵). 나라의 요직을 두루 거쳐 문종 때 중서령(中書令)으로 치사했음. 문종의 묘정에 배향되었고, 시호는 경숙(景肅).

158) 이자연(李子淵, 1003~1061) : 고려 전기의 문신으로 자는 약충(若沖). 본관은 인주(仁州, 지금의 인천) 그의 딸 셋이 문종에게 시집을 가 인예태후(仁睿太后)·인경현비(仁敬賢妃)·인절현비(仁節賢妃)가 되었으므로 집안을 명문벌족으로 일으켰으며, 경원군개국공(國慶源郡開國公)에 봉해져 식읍 3,000호를 받았음. 문종의 묘정(廟庭)에 배향되었고, 시호는 장화(章和).

159) 충헌왕(忠憲王) : 고려 제23대 왕(재위기간 1213~1259)인 고종을 가리킴. 이름은 철(瞮), 자는 대명(大命). 1310년(충선왕 2)에 충헌(忠憲)이 증시되었음.

160) 유승단(俞升旦, 1168~1232) : 고려 중기의 문신으로, 초명은 원순(元淳). 1232년에 최우(崔瑀)가 재추(宰樞)를 소집하여 강화천도를 논의하는 자리에서 모두 두려워하여 말을 못하였으나 다만 그만이 종사(宗社)를 버리고 섬에 숨어 구차히 사는 것이 나라를 위하여 좋은 계책이 아니라는 것을 들어 반대하였음. 그는 성품

50년 가까이 왕위를 누렸다. 아마 학문으로 그 덕을 기르고, 두려워하고 조심하는 마음으로 왕위를 지켰기 때문에 백성들이 그를 좋아하고 하늘이 그를 도왔을 것이다.

충경왕[161]이 세자로 있을 때 원(元)나라에 입조(入朝)하였다. 헌종(憲宗)[162]은 남쪽 땅을 치러 가서 조어산(釣魚山)[163]에 머물고 있었다. 세자가 황제의 행재소(行在所)[164]로 가는 길에 경조(京兆)[165]의 여산(驪山)[166]을 지나게 되었는데, 마침 그곳 수령이 세자에게 온천에 목욕하기를 청하였다. 세자가 사양하면서 말하기를,

---

이 침착, 겸손하고 박람강기(博覽强記)하였으며, 특히 고문에 정통하여 「한림별곡」에서 '원순의 문장'이라고 일컬었음. 경사(經史)에도 조예가 깊고, 불전(佛典)에도 능통하여 상서 박인석(朴仁碩)으로부터 신주(神柱)와 같은 존재라는 칭찬을 받았음. 뒤에 인동백(仁同伯)에 봉하여졌으며, 시호는 문안(文安)임.

161) 충경왕(忠敬王) : 고려 제24대 왕인 원종(재위 기간 1259~1274)이 원나라에서 충경이라는 시호를 받았으므로 붙여진 이름임. 고종의 맏아들로 이름은 식(植), 자는 일신(日新).

162) 헌종(憲宗) : 중국 원나라 제4대 왕(재위기간 1251~1259). 몽고 이름은 패아지근 몽케(孛兒只斤 蒙哥)로 몽골제국의 제4대 칸이었음.

163) 조어산(釣魚山) : 중국 사천성(四川省)에 있는 산 이름. 조어산에는 송(宋) 나라 여개(余玠)가 쌓은 조어산성이 있었음. 몽고(蒙古)의 몽가한(蒙哥汗 원元 나라 헌종)이 남송(南宋)을 치는 길에 군대를 총동원하여 남송 군대가 진을 치고 있는 조어산성을 공략하였으나 몇 개월 동안이나 함락시키지 못하였음.(『독사방여기요(讀史方輿紀要)』 사천성 중경부 합주合州)

164) 행재소(行在所) : 왕이 대궐을 떠나 임시로 머물던 행궁(行宮)을 이름.

165) 경조(京兆) : 중국 섬서성(陝西省) 장안 일대를 관할하던 행정구역. 한(漢)나라 무제(武帝)가 처음 설치하고 그 우두머리로서 경조윤(京兆尹)을 둔 이래, 수(隋)·당(唐)·송(宋)·금(金)의 시대를 거쳐 원(元)의 초기에 이르기까지 계속되었음. 원나라 초기 이후 이를 봉천로(奉天路)라고 개칭하였는데, 경조는 천자(天子)가 계시는 땅이라는 뜻이기도 함.

166) 여산(驪山) : 중국 섬서성(陝西省) 서안(西安) 동쪽의 임동(臨潼)에 인접해 있는 산. 산록에 온천이 있어 당(唐)의 현종(玄宗)이 이곳에 화청궁(華淸宮)을 지어 양귀비와 더불어 주연에 탐닉하였음.

이곳은 일찍이 당명황[167]이 머물었던 곳이오. 비록 시대는 다르지만 어찌 더럽힐 수 있겠소.

라고 했다. 그 사실을 들은 사람들이 그가 예의를 아는 것에 감탄하였다. 얼마 있다가 천자가 죽었다는 말을 듣고, 곧 수레를 돌려 양초[168]의 교외에서 세조[169]를 맞이하였다. 세자가 연각오사(軟角烏紗)두건에다 소매가 넓은 자색 비단 도포를 입고, 무소 가죽의 띠에 상아홀을 잡고 나아가고 물러가는 모습이 볼만하였다. 세조가 이를 보며 놀라 기뻐하며 말하기를,

고려는 만리 밖에 있는 나라로 당 태종(唐太宗)이 직접 정벌하려 하였으나 항복시키지 못하였는데, 지금 그 나라의 세자가 스스로 찾아와서 나에게 귀부(歸附)하니, 이는 하늘의 뜻이로다.

라고 하였다.

忠烈王爲世子, 與學士金坵李松縉僧祖英唱和, 有龍樓集. 踐祚之後, 日令文臣崔雍等, 進說資治通鑑, 羣下化之, 武夫宦官至有讀書而能詩者. 德陵入侍天庭, 招致名士講論今古, 竟日忘倦, 自三代至

167) 당명황(唐明皇) : 중국 당나라 제6대 황제인 현종(玄宗, 재위기간 712~756)이 죽고 난 뒤에 나라에서 내린 시호가 지도대성대명효황제(至道大聖大明孝皇帝)였으므로 뒤에 명황이라고 불렀음.

168) 양초(梁楚) : 중국 안휘성이 강소성, 산동성, 하남성과 인접하고 있는데, 양초의 땅은 그 접경지역에 있던 숙주(宿州)와 가까이 있던 지명임. 송나라 학자인 사마광의 시「배 동년오충경 등 숙주 망양초지교 방고 작시(陪同年吳沖卿登宿州北樓望梁楚之郊訪古作是)」에 '乘高極回望, 坦坦無陵邱,'

169) 세조(世祖, 재위기간 1260~1294) : 칭기즈칸의 손자로 몽골제국의 5대 칸이며, 원나라를 건국한 쿠빌라이[忽必烈]를 이름.

于五季, 君臣得失國家理亂, 言之如昨日事. 延祐初, 鮮卑僧上言, 帝師巴思八, 制蒙古字有功於世, 乞令天下郡國立廟比孔子. 仁宗命大臣諸老會議. 王謂國公楊安普曰, 孔氏百王之師, 其得通祀以德不以功. 今以制字取以爲比, 後世恐有異論. 事雖竟行, 聞者偉之. 常使僚佐讀宋史, 端坐以聽, 至李沆王旦富韓范歐陽司馬諸名臣傳, 必擧手加額以致景慕之思, 至丁謂蔡京章惇等奸臣傳, 未嘗不扼腕切齒, 其好賢嫉惡蓋天性云.

충렬왕이 세자로 있을 때 학사(學士) 김구(金坵)·이송진(李松縉)[170], 스님 조영(祖英)[171]과 함께 시(詩)를 시를 짓고 화답하여 『용루집(龍樓集)』을 남겼다. 왕위에 오른 뒤에는 날마다 문신 최옹(崔雍)[172] 등으로 하여금 『자치통감(資治通鑑)』을 진강(進講)하게 하니, 많은 아랫사람들이 교화되어 무부(武夫)·환관(宦官)들 가운데서도 글을 읽고 시를 지을 줄 아는 사람이 나왔다.

충선왕이 중국 조정에 들어가 황제를 모시고 있을 때 중국의 이

---

170) 이송진(李松縉) : 고려 후기의 문신. 1260년(원종 1) 강도(江都)에 파견된 몽고사신 형절(荊節)의 관반사(館伴使)가 되어 그를 위한 잔치에서 시를 지어 문명을 떨쳤음. 관직은 국자감좨주를 지냈으며, 김백일(金百鎰)과 함께 '문성(文星)'으로 일컬어지기도 했음.

171) 조영(祖英) : 고려 후기의 스님. 검교대장군(檢校大將軍) 오광찰(吳光札)의 아들로, 충렬왕의 총애를 받은 권승(權僧). 원종 때부터 그에 관한 기록이 보임.

172) 최옹(崔雍, ?~1292) : 고려 후기의 문신. 초명은 기(夰), 자는 대화(大和). 고려 전기에 벌족을 이루었던 중서시랑평장사(中書侍郎平章事) 유청(惟淸)의 증손자. 젊어서 학문을 즐기어 친구 10명과 함께 10년간 독서하기로 약속하였으나 몇 년이 못 되어 다른 사람은 모두 포기하고 그만 홀로 힘써 배워서 읽지 않은 책이 없어, 당시 박학으로 일컬어졌음. 충렬왕이 태손(太孫) 때부터 그를 사부(師傅)로 삼았는데 왕위에 오르게 되자 국자사업(國子司業)에 임명되고 『통감』을 강론하였음.

름난 학자들을 초빙하여 고금의 일을 논하였다. 온종일 싫증을 모른 채 삼대(三代)[173]로부터 오계(五季)[174]에 이르는 시기까지 전개됐던 임금과 신하의 잘잘못, 국가의 편안함과 혼란스러움에 대해서 마치 어제의 일처럼 자세히 말하였다.

연우(延祐)[175] 초년에 선비족의 한 스님이 원나라 조정에 글을 올리기를,

> 황제의 스승인 파스파[八思巴][176]가 몽고의 글자를 만들어 세상에 공로를 남겼사옵니다. 바라건대 온 천하의 군·국(郡國)으로 하여금 파스파의 사당을 세워 공자(孔子)와 마찬가지로 받들게 하옵소서.

라고 하였으므로, 원나라 인종이 대신과 여러 원로들에게 명하여 이 일을 회의에 부치도록 하였다. 충선왕이 국공(國公)[177]인 양안보(楊安普)에게 말하기를,

> 공자는 백왕(百王)의 스승으로, 천하 사람들에게서 제사를 받게 된 것은 그가 베풀었던 덕(德)을 기리자는 것이지 그가 세운 공로 때문이 아닙니다. 지금 글자를 만든 공로를 가지고 공자에 비한다면, 후세에 이론(異論)이 있을까 두렵습니다.

---

173) 삼대(三代) ; 중국 고대의 세 왕조인 하(夏)·은(殷)·주(周)를 가리킴.

174) 오계(五季) : 당나라 이후에 등장했던 다섯 왕조로 후량(後梁)·후당(後唐)·후진(後晋)·후한(後漢)·후주(後周)를 가리킴.

175) 연우(延祐) : 중국 원나라 인종의 연호(1314~1320).

176) 파스파[八思巴 1235~1280] : 티베트의 라마교 스님으로 몽고에 라마교를 전하였으며, 몽고문자인 파스파 문자를 만든 사람으로 유명함.

177) 국공(國公) : 중국 수(隋)나라 때부터 있던 관직으로 군공(郡公)의 위이고 군왕(郡王)의 아래였음.

라고 했다.

파사파의 사당을 세우는 일은 끝내 시행되고 말았지만, 덕릉의 말을 들은 이들은 모두 그를 위대하다고 여겼다.

충선왕은 항상 보좌하는 관료로 하여금 『송사(宋史)』[178]를 읽게 하고는 몸을 단정히 하여 앉아 들었다. 이항(李沆)·왕단(王旦)·부필(富弼)·한기(韓琦)·범중엄(范仲淹)·구양수(歐陽脩)·사마광(司馬光) 등[179]의 여러 명신전(名臣傳)에 이르면, 반드시 손을 들어 이마에 얹고 우러러 사모하는 마음을 표했으며, 정위(丁謂)·채경(蔡京)·장돈(章惇) 등[180] 간신전(奸臣傳)에 이르러서는 격분하여 팔을 휘두르

178) 『송사(宋史)』: 중국 원나라 토크토[脫脫] 등이 황제의 명으로 편찬하여 1345년에 완성한 송나라의 왕조사(王朝史)인 정사(正史). 본기(本紀) 47권, 지(志) 162권, 표(表) 32권, 열전(列傳) 255권 등 전 496권으로 이루어져 있음. 남송(南宋) 말엽의 부분은 지금 다른 기본적 사료가 별로 남아 있지 않기 때문에 사료적 가치가 매우 높음. 판본으로서는 지정간본(至正刊本)에 의한 백납본(百衲本)이 가장 오래 되고 우수함.

179) 이항(李沆)~사마광(司馬光) 등: 여기에 거론된 7명은 모두 송나라를 위해서 심신을 다 바친 충신으로 후대에도 높이 평가되는 인물들임. 이항이 재상으로 있을 때 왕단은 참지정사의 자리에 있었는데, 이항은 선견지명이 있어 앞으로 진종이 사치하리라는 것을 예견했고, 왕단(957~1017)은 후에 재상이 되어 진종에게 간언하였음. 한기(1008~1075)는 벼슬이 문하평장사(門下平章事)에 올랐는데, 성품이 순수하고 충성스러웠으며 식견과 역량이 누구보다도 뛰어나 사직(社稷)을 편하게 하였음. 부필(1004~1083)은 학문에 독실하였고 금도를 지킬 줄 알았으며 추밀사(樞密使) 등을 지냈음. 청묘법(靑苗法)을 실시하라는 왕안석(王安石, 1021~1086)의 명을 거역하여 많은 어려움을 겪었고 거란의 침략에 강하게 맞섰던 현상(賢相)이었음. 구양수(1007~1072)는 인종(仁宗)과 영종(英宗) 때 범중엄(989~1052)을 중심으로 한 새 관료파에 속하여 활약하였으나, 신종(神宗) 때 동향후배인 왕안석(王安石)의 신법(新法)에 극력 반대한 끝에 관직에서 물러났음. 사마광(1019~1086)은 왕안석의 신법(新法)을 공박하고 외직으로 쫓겨났다가, 철종 때에 정승이 되어 백성에게 해가 되는 왕안석의 신법을 모두 폐지하였음.

180) 정위(丁謂)·채경(蔡京)·장돈(章惇) 등: 이 세 사람은 모두 송나라 때 정치에 가담했던 인물로 『송사』 열전에 간신으로 기록되어 있음. 정위와 채경은 큰 권세

고 이를 갈지 않은 적이 없었으니, 이같이 충선왕이 어진 이를 좋아하고 악한 자를 미워한 것은 타고난 성품이라고 하겠다.

전-15 柳文正璥, 以贊成事免, 元文純傅, 遷贊成而判軍簿. 其後文正, 以判版圖復相, 而位文純下. 文純曰, 吾於柳公, 猶門生也, 安敢處于其上. 文正曰, 軍簿古兵部, 版圖古戶部, 判兵部爲二宰, 判戶部爲三宰, 所從來尚矣, 烏可改也. 交讓者累月. 忠烈王以問許文敬珙, 對曰, 璥之言, 舊制也, 傅之言, 私恩也. 後進而讓於先進, 禮也, 傅之言, 亦是也. 今若以璥監修國史, 則定矣. 王從之批下, 文正遂坐文純上, 盖文純時爲修國史. 事大之後, 狄鞮者多見任用, 以至拜相. 洪忠正常曰, 使人心易直, 雖重九譯, 可以相論. 如其不然, 口言面質, 適足以自窮耳. 嘗有使者至合坐所, 柳高興淸臣, 與之一言, 忠正喚舌人責曰, 汝安在而使宰相自言耶, 高興媿赧流汗. 及高興爲首相, 其與賓客接也, 杯酒談笑, 亦使譯者居其間, 故諸公曉然知客主之意, 而有以待之, 其自艾於忠正之言乎.

문정공(文正公) 유경(柳璥)[181]이 찬성사(贊成事)[182]로 있다가 면직

를 누렸으나, 말년에 쫓겨나 비참한 말로를 맞이하였음. 채경과 장돈은 왕안석의 신법파에 가담하여 활약하였으며 특히 장돈은 왕안석의 장인으로 위세를 부렸는데 신법파를 옹호하던 신종이 죽자 좌천되었으나, 후에 다시 정권을 잡아 보복을 일삼았음.

181) 유경(柳璥, 1211~1289) : 고려 후기의 문신. 자는 천년(天年) 또는 장지(藏之). 정당문학 공권(公權)의 손자. 관직은 대사성(大司成)에 이르렀음. 문장에 뛰어나 신종·희종·강종·고종 등 4대의 실록편찬에 참여하였으며, 4회에 걸쳐 지공거를 역임하였음. 시호는 문정(文正).

182) 찬성사(贊成事) : 고려시대 중서문하성의 정2품 벼슬, 첨의찬성사・도첨의찬성사・문하찬성사의 약칭이며, 시랑찬성사(侍郎贊成事)와 찬성사의 상하 구분이

되고, 문순공(文純公) 원부(元傅)[183]는 찬성사로 있다가 판군부(判軍簿)[184]로 전근되었다. 그 뒤에 문정공(文正公)이 판판도(判版圖)[185]로 있다가 다시 재상이 되었으나 지위는 문순공(文純公)의 아래에 있게 되었다. 문순공(文純公)이 말하기를,

> 저는 유공(柳公)에게 있어서는 문인이나 진배없는데, 어찌 감히 유공의 윗자리에 있을 수 있겠습니까.

라고 했다. 문정공(文正公)이 말하기를,

> 군부(軍簿)는 옛날의 병부(兵部)[186]이고, 판도(版圖)는 옛날의 호부(戶部)[187]로, 판병부(判兵部)가 두 번째 재상이고 판호부(判戶部)가 세 번째 재상인 것은 그 유래가 그러한데, 어떻게 위상을 고칠 수 있겠소.

라고 하며, 서로 사양하기를 여러 달이 지났다. 충렬왕(忠烈王)이 문

있으나 일반적으로 둘을 합하여 찬성사라 불렀음.

183) 원부(元傅, ?~1287) : 고려 후기의 문신. 관직은 첨의중찬(僉議中贊)을 역임했음. 본관은 원주(原州). 감수국사(監修國史)로서 『고금록(古今錄)』 편찬에 참여하였음. 시호는 문순(文純).

184) 판군부(判軍簿) : 고려 때 군무를 관장하던 군부사(軍簿司)에 소속된 정2품의 판군부사사(判軍簿司事)를 가리킴.

185) 판판도(判版圖) : 판도사(版圖司)에 소속된 정2품의 판판도사사(判版圖司事)를 가리킴.

186) 병부(兵部) : 고려 때의 상서병부(尙書兵部)로 무선(武選)·군무(軍務)·의위(儀衛)·우역(郵驛) 등의 일을 관장하던 곳으로서 충렬왕 원년(1275)에 군부사라 고쳤음.

187) 호부(戶部) : 고려 시대 육조(六曹)의 하나로 호구(戶口)·공부(貢賦)·전량(錢糧) 등의 일을 관장하던 중앙 관아. 처음에 상서호부(尙書戶部)였다가 1275년에 판도사로 개명했음.

경공(文敬公) 허공(許珙)[188]에게 자문을 구하니, 허공이 대답하기를,

> 유경은 예부터 있어 온 제도를 말하였고, 원부(元傅)의 말은 사사로운 은정에서 나온 것이옵니다. 그러나 후배가 선배에게 양보하는 것은 예(禮)이니, 원부의 말도 옳습니다. 지금 만약 유경에게 감수국사(監修國史)[189]의 직을 맡기신다면, 문제가 해결될 것이옵니다.

라고 했다. 왕이 그의 말을 좇아 그대로 임명을 하니, 문정공(文正公)이 결국 문순공(文純公)의 윗자리에 앉게 되었다. 이는 문순공(文純公)이 당시에 수국사(修國史)[190]이었기 때문에 가능한 일이었다.

우리나라가 원(元)나라를 사대하게 된 뒤로부터, 몽고어 통역관[狄鞮][191]이 관직에 임용되는 경우가 많았는데, 이들 가운데는 재상의 직위에까지 오르는 사람도 있었다. 홍충정(洪忠正)[192]이 항상 말

188) 허공(許珙, 1233~1291) : 고려 후기의 문신. 초명은 의(儀), 자는 온궤(韞匱). 관직은 감찰제헌(監察提憲)에 올랐음. 당시에 최녕(崔寧)·원공식(元公植)과 함께 최우가 자기 집에 설치하여 국가의 인사행정을 천단하던 정방(政房)의 삼걸(三傑)이라 불리어졌음. 충렬왕의 묘정에 배향되었으며, 시호는 문경(文敬).

189) 감수국사(監修國史) : 고려시대에 사서(史書) 편찬을 주도하던 사관(史館)의 장관(長官). 최고위직인 시중이 겸임하기도 했으나 대개 정2품 이상의 고관이 겸임했음. 여기에는 감수국사·수국사(修國史)·동수국사(同修國史)·수찬관(修撰官)·직사관(直史館)이 근무했음.

190) 수국사(修國史) : 고려시대 정사(政事)의 기록과 사서(史書) 편찬 업무를 맡아본 사관(史館)의 종2품 관직.

191) 적제(狄鞮) : 고대 중국에서 서역(西域)의 말을 통역하던 사람. 뒤에 통역관을 두루 일컫는 말로 쓰였음.

192) 홍충정(洪忠正) : 고려 후기의 문신인 홍자번(洪子藩, 2237~1306)의 시호가 충정이므로 붙여진 이름임. 자는 운지(雲之), 관직은 자의도평의사사(咨議都評議司事)에 올랐음. 고려와 원 양국간의 원만한 교류를 위해 힘썼고, 충선왕 측근의 갖은 흉계로 사이가 벌어진 충렬왕, 충선왕 두 부자를 화해시키기 위하여 원나라에 갔다가 그곳에서 객사하였음.

하기를,

> 사신된 사람의 성품이 솔직담백하다면, 비록 아홉 번을 거쳐서 통변하더라도 서로 일을 의논할 수 있다. 만약 그렇지 않다면, 직접 얼굴을 마주하여 말하더라도 저절로 궁지에 빠지기 마련이다.

라고 하였다.

일찍이 어떤 사신이 합좌소(合坐所)[193]에 이르렀는데, 고흥(高興) 유청신(柳淸臣)[194]이 그 사신과 한 마디 짧은 말을 나눴을 뿐인데, 충정공이 역관을 불러 꾸짖으며 말하기를,

> 너는 어디에 가 있었기에 재상으로 하여금 직접 말하게 하였느냐.

라고 하니, 고흥이 부끄러워하며 낯을 붉히고 땀을 흘렸다.

고흥(高興)이 수상(首相)이 되어서 외국에서 온 빈객들과 만날 때에는 비록 술 마시며 담소하는 자리일지라도 반드시 역관을 두 사람 사이에 두었다. 그렇게 함으로써 그 자리에 참석한 여러 관료들이 외국에서 온 사신과 그들을 상대하는 고려 사람의 의견을 올바

---

193) 합좌소(合坐所) : 고려 후기 재신(宰臣)과 재추(宰樞)들이 모여 국사를 의논하던 공관(公館)을 이르는 말.

194) 유청신(柳淸臣, ?~1329) : 고려 후기의 역관(譯官) 이자 문신으로, 본관은 고흥(高興)임. 본래 이름은 비(庇)였으나 원나라 무종으로부터 청신(淸臣)이라는 이름을 하사받아 개명하였음. 선대는 대대로 장흥부(長興府) 고이부곡(高伊部曲)의 부곡리(部曲吏)였으나 몽고어를 잘하여 여러 차례 원나라에 사신으로서 내왕하였고, 그 공으로 충렬왕, 충선왕의 총애를 받아 부곡리 출신이 5품을 넘을 수 없었음에도 불구하고 특별히 허용되어 정승에 임명되고, 고흥부원군(高興府院君)에 봉해졌음. 말년에 충선왕을 배반하고 고(暠)를 심양왕으로 옹립하려 했고, 고려에 정동행성을 설치할 것은 건의하는 등 반역행위를 자행했음. 시호는 영밀(英密).

르게 파악하여 적절하게 응대할 수 있었으니, 그것은 아마도 충정공(忠正公)의 말에 스스로 감발된 것이 아닐까.

전-16 中官李大順, 有寵於世皇, 我喬桐人也. 時忠烈王之入覲也, 請詔王以其兄校尉公世爲別將. 上曰, 官人有法制, 國有君, 朕何預焉. 因賜大官羊上尊酒, 令從其所自白于王. 王曰, 汝兄校尉耳, 越散員而授別將, 非舊例也. 大順不敢復言, 後聞上之言如是, 乃授之.

중관(中官)[195] 이대순(李大順)[196]이 원나라 세조(世祖)에게 총애를 받았는데, 그는 우리나라의 교동(喬桐)[197] 사람이다. 그때 충렬왕(忠烈王)이 원나라에 들어가 황제를 모셨는데, 이대순이 황제에게 충렬왕(忠烈王)에게 조서를 내려서 고려에서 교위(校尉)[198]벼슬을 하고 있는 자신의 형인 공세(公世)를 별장(別將)[199]이 될 수 있게 해 달라

195) 중관(中官) : 중국 원나라 때 내시부에 소속됐던 환관(宦官)을 가리킴.

196) 이대순(李大順) : 원나라 세조 때 고려 출신의 환관. 소태현(蘇泰縣 지금의 충남 태안군 태안읍) 출신인데, 고려 충렬왕 때 원나라에 환관으로 들어가 세조의 측근으로 총애를 받아 고려에 큰 영향력을 발휘했고, 그의 위세로 소태현이 태안군으로 승격되기도 했음.

197) 교동(喬桐) : 강화도에 있는 지명임. 여기에서 태안군 사람인 이대순을 왜 교동 사람이라고 했는지 정확하게 알 수 없음.

198) 교위(校尉) : 고려시대에 종6품으로부터 종9품의 장교로 일명 오위(伍尉) 또는 위(尉)라고도 하였으며, 오(伍)라는 단위부대의 지휘관을 뜻함. 오는 대략 두 개의 대(隊)로 편성되었으므로 교위는 2인의 대정(隊正 : 隊의 지휘관)을 거느렸음. 진위교위(振威校尉), 취과교위(致果校尉), 익위교위(翊威校尉), 선절교위(宣折校尉), 어모교위(禦侮校尉), 인용교위(仁勇校尉), 배융교위(陪戎校尉) 등이 있었고, 교위의 아래 등급은 부위(副尉)라고 하였음.

199) 별장(別將) : 고려시대 치안경찰의 임무를 맡아보던 금오위에 소속된 정7품의 장교를 이름. 금오위에는 상장군(정3품)·대장군(종3품) 각 1명, 장군(정4품) 7명, 중랑장(中郎將) 14명, 낭장·별장·산원 각 35명, 위(尉) 140명, 대정 280명의 장

고 간청하였다. 황제가 말하기를,

> 사람에게 벼슬을 내리는 데는 법제가 있고, 또한 그 나라에는 임금이 있는데 내가 어떻게 간여할 수 있겠느냐.

라고 했다. 세조가 충렬왕에게 대관양(大官羊)[200]과 상존주(上尊酒)[201]를 하사하고는 그 자리에서 이대순(大順)으로 하여금 직접 충렬왕에게 아뢰도록 하였다. 이대순의 요청을 받은 충렬왕(忠烈王)이 말하기를,

> 그대 형의 직급이 교위(校尉)인데, 그 상위 직급인 산원(散員)[202]을 건너뛰어서 별장(別將)에 제수되는 것은 오래된 관례를 어기는 것이오.

라고 하니, 이대순(大順)이 감히 다시는 부탁하지 못하였다. 충렬왕이 늦게서야 황제의 그런 말이 있었다는 사실을 듣고서 이공세를 별장에 임명하였다.

전-17 康慶龍家居教授, 大德乙巳, 其徒登成均試者十人, 唱名後, 皆來謁, 呵喝之聲, 竟夕不絕. 宗室益陽侯第在近, 異日入見森中, 忠

교로 구성되어 있었음.

200) 대관양(大官羊) : 태관양(太官羊)이라고도 하며, 『운부군옥(韻府群玉)』에 "春風飽食太官羊腸"이라고 되어있는 것을 보면, 아마도 어린 양을 잡아 갖은 양념을 발라 구워낸 귀하고 맛이 좋은 양고기를 가리키는 것 같음.

201) 상존주(上尊酒) : 고려 충선왕 때(1309년) 우리나라에 유입된 술로서, 중국 황실에서 애용하던 주도가 높은 특급 청주였음.

202) 산원(散員) : 금오위에 소속된 정8품의 무관 벼슬.

烈王問以民間事, 侯因言之. 王曰, 此老雖不仕, 誨人不倦, 以底于成, 豈曰小補哉. 勅吏載穀就賜其家.

강경룡(康慶龍)이 집에 있으면서 학생들을 가르쳤는데, 대덕(大德) 을사년[203]에 그의 문도(門徒) 중에 성균시(成均試)[204]에 합격한 자가 10명이나 되었다. 급제자로 이름이 불리어진 뒤에, 성균시에 합격한 제자들이 모두 와서 강경룡을 뵈니, 그 갈도(喝道)[205]하는 소리가 밤이 다하도록 끊이지 않았다.

종실(宗室)인 익양후(益陽侯)의 집이 근방에 있었는데, 어느날 그가 궁궐에 들어가 충렬왕을 뵙는 자리에서 왕이 백성들 사이에서 벌어지는 일에 대해서 묻자 그가 강경룡의 경사스런 일을 아뢰었다. 그러자 왕이 말하기를,

> 이 노인이 비록 벼슬은 하지 않았으나, 남을 가르치는 일을 게을리하지 않아서[206] 제자들을 성공하게 하였으니, 이 어찌 도움이 적다고 하겠는가.

---

203) 대덕(大德) 을사년(乙巳年) : 대덕은 중국 원나라 성종의 연호(1297~1307). 을사년은 대덕 9년인 1305년으로 고려 충렬왕 31년임.

204) 성균시(成均試) : 고려시대 국립교육기간이었던 국자감(충렬왕 때 성균관으로 개칭)에서 실시하던 시험으로 주로 시(詩)와 부(賦)를 시험과목으로 하던 진사시(進士試)였음. 남성시(南省詩)라고도 했음.

205) 갈도(喝道) : 큰 소리로 호령하는 것. 즉 귀한 사람이 행차할 때에 별배(別陪)가 큰 소리로 길 가는 사람에게 길을 피하도록 외치는 것을 의미함.

206) 남을 가르치는 일을 게을리 하지 않아[誨人不倦] : 이 말은 『논어』에서 공자가 즐겨 했던 말이었음. 예컨대, '子曰, 黙而識之, 學而不厭, 誨人不倦, 何有於我哉'「述而」. '子曰, 若聖與仁, 則吾豈敢? 抑爲之不厭, **誨人不倦**, 則可謂云爾已矣. 公西華曰, 正唯弟子不能學也.'「述而」

라고 하고는, 관리에게 칙명을 내려 곡식을 실어 강경룡의 집에 내리도록 하였다.

역옹패설 전집 2

櫟翁稗說 前集 二

전-18 國初徐神逸郊居，有鹿帶箭奔投，神逸拔其箭而匿之，獵者至，不見而返．夢一神人謝曰，鹿，吾子也．賴君不死，當令君之子孫，世爲宰輔．神逸年八十，生子曰弼．弼生熙，熙生訥，果相繼爲太師 內史令，配享廟庭．近世通海縣，有巨物如龜，乘潮入浦，潮落而不得去．民將屠之，縣令朴世通禁之，作大索兩舟，曳放海中．夢老父拜於前曰，吾兒遊不擇日，幾不免鼎鑊，公幸活之，陰德大矣，公與子孫，必三世爲宰相．世通及子洪茂，俱登宥密，孫瑊以上將軍致仕，鞅鞅作詩曰，龜乎龜乎莫耽睡，三世宰相虛語耳．是夕，龜夢之曰，君溺於酒色，自減其福，非予敢忘德也，然將有一喜，姑需焉．數日，果落致仕爲僕射．

국초에 서신일(徐神逸)[1]이 근교에 살고 있었다. 한 사슴이 화살이 꽂힌 채 그의 집으로 뛰어 들어오자 신일이 그 화살을 뽑고 숨겨 주었다. 마침 그때 사냥꾼이 사슴을 찾아 그의 집에 왔었으나 찾지 못하고 그냥 돌아갔다. 꿈에서 한 신인(神人)이 나타나 사례하며 말하기를,

> 사슴은 나의 아들이오. 그대의 도움을 받아 죽음을 면했으니, 마땅히 그대의 자손으로 하여금 대대로 재상의 자리를 누릴 수 있도록 하겠소.

라고 하였다. 서신일이 나이 80세가 되어서 아들을 낳았는데 이름이 필(弼)[2]이었다. 필이 희(熙)[3]를 낳고, 희가 눌(訥)[4]을 낳았는데,

1) 서신일(徐神逸) : 신라말 고려초에 살았던 이천지방의 호족 출신으로 이천 서씨(利川徐氏)의 시조. 신라 효공왕 때 아간대부에 올랐으나 신라의 국운이 다했음을 알고는 이천의 효양산 기슭에 은거하면서 후진양성에 여생을 바쳤음. 아들 서필, 손자 서희, 증손자 서눌이 모두 고려의 재상을 지냈음.

과연 서로 이어서 태사(太師)가 되고 내사령(內史令)[5]이 되어 삼대가 모두 묘정(廟廷)에 배향되었다.

근세에 통해현(通海縣)[6]에 거북 같이 생긴 큰 생물이 조수(潮水)를 타고 포구(浦口)에 들어왔다가 조수가 빠지자 나가지 못하였다. 사람들이 그것을 잡으려고 하였는데 현령(縣令) 박세통(朴世通)[7]이 나가서 잡지 못하게 하고는 큰 새끼줄로 두 척의 배에 묶어서 바다로 끌고 나가 놓아 주게 했다. 꿈에 한 노인이 앞에 와서 절을 올리고는 말하기를,

> 내 아이가 날을 가리지 않고 함부로 놀다가 솥에 삶아질 뻔했는데, [鼎鑊][8] 공이 다행히 그 아이를 살려주셨으니 그 음덕이 큽니다. 공

---

2) 서필(徐弼, 901~965) : 고려 초기의 문신. 광종에게 곧은 말을 간하여 쟁신(諍臣)의 품격이 있었음. 관직은 대광·내의령(大匡內議令)을 지냈고, 죽은 뒤 삼중대광태사 내사령(三重大匡太師內史令)에 추증되었으며, 광종의 묘정에 배향되었음. 시호는 정민(貞敏).

3) 서희(徐熙, 942~998) : 고려 전기의 문신으로 서필의 아들. 자는 염윤(廉允). 관직은 태보·내사령(太保內史令)에 올랐음. 거란의 소손녕(蕭遜寧)이 내침했을 때(993년) 고려 조정에서 서경(西京) 이북을 할양하고 강화하자는 안을 제시하자 극력 반대하고는 자진해서 국서를 가지고 적장 소손녕과 담판을 벌여 거란군을 철수시켰고, 그 후 여진을 몰아내 지금의 평북 일대의 국토를 완전히 회복했음. 성종 묘정(廟庭)에 배향. 시호는 장위(章威).

4) 서눌(徐訥, ?~1042) : 고려 전기의 문신으로 서희의 아들. 관직은 문하시중(門下侍中)에 올랐음. 정종(靖宗)의 묘정(廟庭)에 배향되었고, 시호는 원숙(元肅).

5) 내사령(內史令) : 고려 전기 왕명의 출납을 담당하던 내사문하성(內史門下省)의 장관이던 종1품 관직.

6) 통해현(通海縣) : 평안남도 평원군 서해면 서산리의 옛 이름.

7) 박세통(朴世通) : 고려 중기의 문신. 관직은 문하시중평장사에 올랐음. 그의 출생지인 경상북도 영해에 '박세통설화(朴世通說話)'가 전해지고 있음.

8) 솥에 삶아짐을[鼎鑊] : 중국 고대에 중죄를 지은 사람에게 내리던 사형(死刑) 가

과 아들 손자 삼대가 반드시 재상이 될 것입니다.

라고 했다. 세통과 그의 아들 홍무(洪茂)는 모두 재상의 지위에 올랐으나, 손자인 감(瑊)은 상장군(上將軍)[9]을 끝으로 벼슬에서 물러나게 되자 불만스런 마음을 시(詩)로 지어 이르기를,

거북아, 거북아 잠에 빠지지 마라.
삼세 재상이 빈 말일 뿐이구나.

龜乎龜乎莫耽睡,
三世宰相虛語耳.

라고 하였다. 이날 밤 거북이가 꿈에 나타나 말하기를,

그대가 주색에 빠져서 스스로 그 복을 깍은 것이지, 내가 감히 베푸신 덕택을 잊은 것이 아니오. 그러나 머잖아 한 가지 즐거운 일이 있을 것이니 기다려 보시오.

라고 하였다. 며칠 후 과연 그 손자의 해직이 취소되고 복야(僕射)[10]에 임명되었다.

전-19 毅王季年, 鄭仲夫李義方李高作亂, 遷王于巨濟, 朝臣遭禍

운데 하나인 팽형(烹刑)으로 기름가마에 죄인을 넣어 삶아죽이던 일을 말함.

9) 상장군(上將軍) : 고려 시대 2군(二軍)·6위(六衛) 곧 8위(八衛)에 딸린 으뜸 장수로 품계는 정3품. 공민왕(1352~1374) 때에 상호군(上護軍)으로 이름이 바뀌었음.

10) 복야(僕射) : 고려 때 상서도성(尙書都省)·도첨의사사(都僉議使司)·상서성(尙書省)에 각각 정2품 벼슬로 좌복야(左僕射), 우복야(右僕射)가 있었음.

者甚衆. 又將屠其家, 大將軍陳俊曰, 吾輩所嫉怨者, 韓賴李復基等, 不過四五人. 今殺無辜, 亦已甚焉, 況妻子乎, 力禁之. 後四年, 金甫鐺起兵, 圖反正不克, 又一切搜文士戮且盡, 中外洶洶, 莫保朝夕. 郎將金富, 謂鄭李曰, 天意, 不可知, 人心, 不可測, 恃力不揆義, 獮薙衣冠, 世寧少金甫鐺乎. 吾輩有子女者, 悉令與文吏之家, 結婚姻以安其心, 可久之道也. 衆從之, 然後其禍衰止. 俊之孫湜澕溫, 皆登科, 湜官樞密使, 澕溫以文章名世. 富之子就礪孫佺, 再世爲首相, 其後多顯達至今.

의종 말년에 정중부(鄭仲夫)[11], 이의방(李義方)[12], 이고(李高)[13]가 난(亂)을 일으켜, 임금을 거제도(巨濟島)로 내쫓았으며, 조정의 신료 가운데 많은 사람들이 화를 당했다. 또 장차 그들의 가족까지도 죽이려고 하니 대장군 진준(陳俊)[14]이 말하기를,

---

11) 정중부(鄭仲夫, 1106~1179) : 고려 중기의 무신. 1170년 왕의 보현원(普縣院) 거둥 때 대장군 이소응(李紹膺)이 문신 한뇌(韓賴)에게 구타당하자 격분, 문신을 죽이고 쿠데타를 일으켜 정권을 장악하였음. 스스로 벽상공신(壁上功臣)에 올랐으며, 이어 중서시랑평장사(中書侍郎平章事)·문하평장사 등을 지냈음. 1173년 동북면 병마사간의대부(諫議大夫) 김보당(金甫當)의 난과 그 이듬해 서경유수 조위총(趙位寵)의 난을 평정하여 문하시중이 되었으나 과욕을 부리다 같은 무신인 경대승(慶大升)에 의해 일가족이 몰살되었음.

12) 이의방(李義方, ?~1174) : 고려 중기의 무신. 1170년(의종 24) 견룡행수(牽龍行首)로서 정중부(鄭仲夫)·이고(李高)와 함께 무신란을 일으켰으며, 이고가 정권을 마음대로 하려 하자 그를 제거하고 정권을 장악하였음. 중방(重房)을 강화하고 지방관에 하급 무신을 임명하여 그들을 회유하는 정책을 실시했음.

13) 이고(李高, ?~1171) : 고려 중기의 무신. 1170년 6월 왕이 흥왕사(興王寺)에서 보현원(普賢院)으로 행차하자, 순검군(巡檢軍)을 동원하는 등 무신의 난을 주도하였음. 당시 그가 문신을 모두 죽이자고 주장하였으나, 정중부 등이 만류하여 그만두기도 하였음. 정변 후 정권을 독차지하기 위해 이의방을 제거하려다 오히려 이의방에게 죽임을 당했음.

14) 진준(陳俊, ?~1179) : 고려 중기의 무신. 이규보와 함께 문인으로 이름을 날렸던

우리들이 미워하고 원망하던 자는 한뢰(韓賴)[15], 이복기(李復基)[16] 등 4, 5인에 불과하다. 지금 죄 없이 죽은 사람 또한 이미 많은데, 그들의 처자까지 죽여서야 되겠는가.

라고 하며 무고한 사람을 죽이는 것을 적극적으로 말렸다. 4년 후에 김보당(金甫鐺)[17]이 군사를 일으켜 반정(反正)을 꾀하다 실패하니 또 모든 문사(文士)들을 수색하여 다 죽였으므로, 나라 안팎이 흉흉하여 아침저녁의 일을 도모할 수 없을 정도였다. 낭장(郎將)[18] 김부(金富)[19]가 정중부, 이의방에게 말하기를,

---

진화(陳澕)의 조부. 용력이 있어 병졸에서 시작하여 장군이 되었으며, 무신들이 난을 일으켜 무고한 사람들을 많이 죽이고 집까지 헐어버리자 이들을 만류하여 많은 문신들이 화를 면하게 해주었음. 성품이 소박하고 강직하여 사람들의 칭찬을 받았고 왕도 총애하였음.

15) 한뢰(韓賴, ?~1170) : 고려 중기의 문신으로 이복기(李復基)·임종식(林宗植) 등과 함께 의종의 총애를 받았음. 1170년(의종 24) 의종이 보현원(普賢院)에 행차 도중 오병수박희(五兵手博戲)를 열었는데, 이때 한뢰가 대장군 이소응(李紹膺)의 뺨을 쳐서 불만에 가득찬 무신들을 자극하는 계기가 되었고, 그 결과 무신의 난이 발발하여 이고(李高)에 의하여 죽음을 당하였음.

16) 이복기(李復基, ?~1170) : 고려 중기의 문신. 의종 말에 지어사대사(知御史臺事)가 되었는데, 기거주(起居注) 한뢰(韓賴), 좌승선 김돈중(金敦中), 우부승선 임종식(林宗植) 등과 함께 항상 왕의 측근에서 총애를 받았으나 1170년 무신의 난 때 보현원(普賢院)에서 한뢰·임종식 등과 함께 이고(李高)에게 살해당하였음.

17) 김보당(金甫鐺, ?~1173) : 고려 중기의 장군. 무신의 난을 일으킨 정중부, 이의방 일당을 몰아내고 의종을 왕위에 복위시키고자 군사를 일으켰다가 정중부가 보낸 장수 이의민에게 패하여 잡혀 죽었음. 『고려사』에는 김보당(金甫當)으로 되어있음.

18) 낭장(郎將) : 고려 시대 정6품 무관직. 정5품의 중랑장(中郎將)과 정7품의 별장(別將)의 사이에 있는 장교 직급. 1천 명의 군졸로 조직된 각 영(領)에 5인의 낭장이 배속되어 각각 2백인의 휘하 군인을 거느리는 지휘관 구실을 하였음.

19) 김부(金富) : 고려 중기의 무관, 무신의 난 이후 무신으로서 유관(儒官)을 겸한 최초의 인물임.

하늘의 뜻은 알 수 없고 사람의 마음은 헤아릴 수 없습니다. 힘만 믿고 의를 생각하지 않는다면 비록 문신들을 풀 베듯이 모조리 죽인다고 한들 세상에 어찌 김보당 같은 이가 적어지겠습니까? 우리들 중 자녀가 있는 사람은 다 문관의 집과 혼인관계를 맺어서 그들의 마음을 안정시키는 것이 우리의 권력을 장구하게 지킬 수 있는 길입니다.

라고 하였다. 여러 사람들이 그의 말을 따르니, 그 뒤로 재앙이 점차 사라졌다. 진준(陳俊)의 손자 식(湜), 화(澕), 온(溫) 등이 모두 과거에 급제하였는데, 진식은 벼슬이 추밀사(樞密使)에 이르렀고, 진화[20]와 진온은 문장(文章)으로 세상에 이름이 알려졌다.[21] 김부(金富)의 아들 취려(就礪)[22]와 손자 전(佺)[23]은 2대에 걸쳐 모두 수상(首相)의 자리에 올랐고, 그 후에 지금까지 현달한 자손들이 많이 나왔다.

---

20) 진화(陳澕) : 고려 중기의 문신. 호는 매호(梅湖). 관직은 우사간(右司諫)·지제고(知制誥)를 거쳐 공주지사(公州知事)를 지냈음. 시에 능하여 당대의 대표적 시인인 이규보(李奎報)와 함께 문명을 날렸음. 문집으로 『매호유고(梅湖遺稿)』가 전함.

21) 『고려사』 권100 「열전」 권13 진준(陳俊)조에 보면, 군인인 진준의 훌륭한 성품과 생애를 소개하고, 그의 음덕으로 세 손자가 크게 성공했다고 기술되어 있음. '陳俊, 淸州呂陽縣人, 有勇力, 起行伍, 積勞, 拜衛將軍, 戍北界, 戍將, 例不得著正角幞頭, 獨俊著之, 知兵馬事梁升庸禁之, 不從, 劾罷之, 起爲大將軍, 明宗朝, 累拜知樞密院事, 進叅知政事判兵部事, 九年, 卒, 性質直, 頗得時譽, 王亦器重, 庚癸之亂, 文臣家, 賴俊全活者甚多, 時人謂有陰德, 後必昌, 孫湜·澕·溫, 皆登第, 有文名, 湜, 官至御史大夫, 澕, 選直翰林院, 以右司諫知制誥, 出知公州, 卒, 善爲詩, 詞語淸麗, 少與李奎報齊名, 時號李正言陳翰林.'

22) 김취려(金就礪, ?~1234) : 고려 후기의 장군. 음관(蔭官)으로 정위(正尉)에 임명되어 동궁위(東宮衛)를 거쳐 장군으로서 북동국경을 진압한 후 대장군이 되었음. 거란군을 무찌르고 반란을 평정하는 등 공로가 많아 문하시랑평장사(門下侍郎平章事)에 올랐음. 조충과 함께 고종의 묘정에 배향되었음. 시호는 위열(威烈).

23) 김전(金佺, ?~1271) : 고려 후기의 문신. 아버지는 문하시중을 지낸 취려(就礪). 문하시랑평장사로서 일생을 마쳤음. 시호는 익대(翊戴).

전-20 俞文安升但, 天兵大擧, 侵及京畿, 晉陽公崔怡, 欲遷都江華, 請群公議, 公獨曰, 以小事大理也, 事之以禮, 交之以信, 彼亦何名而困我哉. 棄城郭, 捐宗社, 竄伏海島, 苟延歲月, 使邊陲之氓, 丁壯盡於鋒鏑, 老弱係爲奴虜, 非爲國之長計也. 晉陽公不聽, 率族黨, 先至城南敬天寺, 宿焉, 是日從而往者, 皆賞以不次. 高王不獲已遂行, 數十年之間, 北方州郡, 皆爲丘墟矣, 識者至今以爲恨.

원(元)나라 군사가 대거 경기(京畿) 지역에까지 침범해 들어왔다. 진양공(晉陽公) 최이(崔怡)가 강화도(江華島)로 서울을 옮기고자 하여 조정의 여러 신하들에게 이 일을 의논하게 했는데, 그 자리에서 문안공(文安公) 유승단(俞升旦)이 홀로 말하기를,

> 작은 나라로서 큰 나라를 섬기는 것은 어쩔 수 없는 이치입니다. 예의로 그들을 섬기고 신의로 그들과 사귄다면 저들인들 또한 무슨 명목으로 우리나라를 괴롭히겠습니까? 서울의 성곽(城郭)을 포기하고 종묘사직(宗廟社稷)을 버린 채 바다 가운데의 섬에 들어가 숨어 엎드린 채 구차하게 세월만 끈다면 섬 바깥의 백성들 가운데 장정들은 적의 칼날에 다 죽고 노약자들은 붙잡혀 노비(奴婢)와 포로(捕虜)가 될 것입니다. 이는 나라를 경영하기 위한 장구한 계책이 아닙니다.

라고 했다. 진양공이 그의 말을 듣지 않고 자기의 무리들을 거느리고 먼저 도성 남쪽의 경천사(敬天寺)[24]로 가서 머물렀다. 이날 따라간 자들에게는 모두 차례를 두지 않고 상(賞)을 내렸다. 고종(高宗)이 어쩌지 못해서 마침내 진양공의 뜻에 따라 천도하였으니,[25] 이

24) 경천사(敬天寺) : 개성의 부소산(扶蘇山)에 있던 고려시대의 절. 일명 경천사(擎天寺)라고도 했음.

로부터 수십 년 사이에 북방(北方)의 많은 고을들이 모두 폐허가 되었다.[26] 식자(識者)들이 지금까지 이를 한스럽게 생각한다.

전-21 合眞札臘之討金山王子也, 東眞國主萬奴出兵二萬, 使完顔子淵將而與之合. 國家授鉞趙文正冲, 而金威烈就礪爲副, 以掎角之. 合眞請兵及粮, 且約相見, 威烈先詣其營, 合眞曰, 果欲同力討賊, 當先遙拜蒙古皇帝, 次拜東眞皇帝. 公曰, 天無二日, 民無二王, 天下安有二帝哉. 弊邑雖小, 不能臣於二帝矣, 遂不拜萬奴. 公身長七尺, 鬚過其臍, 每盛服, 必使二婢子分擧其鬚, 然後束帶. 及是合眞偉其貌奇其言, 遂定兄弟之盟.

합진찰랍(哈眞札臘)[27]이 금산왕자(金山王子)[28]를 토벌할 때에 동진국(東眞國)[29]의 군주 만노(萬奴)[30]는 군사 2만을 출동시켜 완안자

25) 고종(高宗)이 …… 천도하였으니, : 『고려사』 권23 「세가」 23에 보면, '高宗 壬辰(1232) 十九年 六月, 乙丑, 崔瑀, 脅王, 遷都江華.'라고 기록하여, 당시 고종이 제왕으로서의 국가통수권을 상실하였음을 알 수 있음.

26) 앞의 같은 책에서 보면, '高宗 乙未(1235) 二十二年 九月, 癸亥, 制, 國家移都, 民方瘡痍.'라고 하여 백성이 크게 해를 입었음을 알 수 있음.

27) 합진찰랍(哈眞札臘) : 몽고군의 원수(元帥)로, 1218년(고종 5) 고려에 들어와 거란을 쳐부순 뒤 조충과 공부세수(貢賦歲輸)의 조약을 체결하였고, 김량경과 형제국이 될 것을 약속하였음. 다음 해 다시 고려의 김취려·조충 등의 군대와 연합하여 강동성(江東城)을 침입해 들어온 거란병을 쳐서 항복시키고, 거란병에게 포로가 되었던 고려 사람들을 보내왔음.

28) 금산왕자(金山王子) : 대요수국(大遼水國)의 시조인 야률사불(耶律斯不)의 아들. 1217년(고종 4)에 몽고의 장군 야률류가(耶律留哥)의 내침을 계기로, 걸노(乞奴)와 함께 9만의 병력으로 압록강을 건너 녕삭(寧朔 지금의 평안북도 의주군)을 침입해 왔으며, 1219년 강성도(江東城 평안남도 강동군)에도 침입하였으나 침입군 사이에서 내분이 생겨 걸노를 죽이고 왕이라 자칭했으나 얼마 후 통고여(統古與)에게 살해되었음.

연(完顔子淵)[31]을 장수로 임명하여 몽고군과 합세하게 하였고, 우리나라에서는 문정공(文正公) 조충(趙冲)에게 부월(斧鉞)을 주어 군대를 통솔하게 하고,[32] 위열공(威烈公) 김취려(金就礪)를 부원수(副元首)로 삼아 서로 협공하게 하였다.[33] 합진이 군사와 군량미를 요청하고 또 서로 만나기를 약속하였다. 위열공이 먼저 그들의 병영을 찾아가니, 합진이 말하기를,

> 힘을 합쳐 적을 토벌하기를 기대한다면, 먼저 몽고황제에게 요배를 드리고, 다음으로 동진 황제에게 절을 올려야 할 것이오.

라고 하였다. 위열공이 말하기를,

> 하늘에는 두 개의 해가 없고 백성들에게는 두 분의 왕이 없거늘 천하에 어찌 두 명의 황제가 있단 말이오? 우리나라는 비록 작으나 두 황제의 신하 노릇은 할 수가 없소.

---

29) 동진국(東眞國) : 금나라의 요동선무사(遼東宣撫使) 포선만노가 간도 지방에 세운 대진(大眞)이 두만강 유역으로 쫓겨 오면서 불리게 된 이름. 19년 만에 몽고의 세력에 밀려 멸망되었음.

30) 만노(萬奴, ?~1233) : 중국 금나라 말기의 장군으로, 동경(東京) 즉 지금의 요양(遼陽)에 도읍하여 대진(大眞)을 개국했다가 동진(東眞)이라 국호를 고쳤음. 두만강과 압록강의 여진족을 통합하고자 힘썼음.

31) 완안자연(完顔子淵) : 동진국의 원수(元帥). 몽고와 동진, 고려가 힘을 합쳐 거란을 협공할 때 군사 2만을 끌고 와 강동성전투에서 큰 공을 세웠는데, 고려에 왔을 때 조충을 특히 존경하였음.

32) 부월(斧鉞)을 주어 군대를 통솔하게 하고 : 직역하면 부월을 준다는 뜻인데, 이는 곧 왕이 병권(兵權)을 준다는 의미임.

33) 협공하게 하였다[掎角] : 사슴을 잡을 때 뒤에서는 다리를 잡고 앞에서는 뿔을 잡는다는 뜻으로, 전의하여 군사를 양편으로 나누어 적을 견제하거나 협공한다는 의미를 나타냄.

라 하고는 끝내 만노에게는 절하지 않았다. 공은 신장이 7척이나 되고 수염이 길어 배꼽 아래까지 내려갈 정도였으므로 의관을 갖출 때마다 반드시 두 명의 계집종에게 수염을 나누어 들게 한 뒤에 띠를 매었다. 이에 합진이 그의 용모와 말이 범상치 않음을 알고는 드디어 형제의 맹약을 맺었다.[34]

전-22 韓樞密光衍, 修宅舍, 不拘陰陽. 其隣人夢, 玄衣冠者十輩偶立, 色若不豫然, 相語曰, 我主人公每有興作, 使我曹不寧居, 奈何. 曰, 何不相加以禍. 曰, 非不能, 重其廉. 訊於其從者, 曰, 韓公家土地也.

추밀(樞密)[35] 한광연(韓光衍)[36]이 집을 수리하는데 풍수음양설(風

---

34) 몽고와 금(동진), 고려가 연합하여 거란(요)을 격퇴시킨 일과 그 과정에서 고려와 몽고가 동맹을 맺게 된 것은 고려 고종 5년 12월부터 이듬해에 사이에 있었던 일로 『고려사』「세가」고종5년 12월조와 『고려사』의 「조충전」, 「김취려전」 등에서 확인할 수 있음. 특히 「김취려전」에는 위의 내용이 자세하게 소개되어 있는데, 해당 부분만을 인용하면 다음과 같음. '就礪, 身長六尺五寸, 以長而鬚過其腹, 每盛服, 必使兩婢子, 分擧其鬚而後束帶, 哈眞見狀貌魁偉, 又聞其言, 大奇之, 引與同坐, 問年幾何, 就礪曰, 近六十矣. 哈眞曰, 我未五十, 旣爲一家, 君其兄而我其弟乎. 使就礪東向坐. 明日, 又詣其營, 哈眞曰, 吾嘗征伐六國, 所閱貴人多矣, 見兄之貌, 何其奇歟, 吾重兄之故, 視麾下士卒, 亦如一家. 臨別, 執手出門, 扶腋上馬. 數日, 冲亦至, 哈眞問元帥年與兄孰長, 就礪曰, 長於我矣. 乃引冲坐上座曰, 吾欲一言, 恐爲非禮, 然於親情, 不宜自外, 吾其坐兩兄之間如何. 就礪曰, 是吾等所望, 但未敢先言耳.'

35) 추밀(樞密) : 왕명의 출납·숙위·군기 등에 관한 일을 맡아보는 관아인 추밀원(樞密院)을 말함. 여기에는 추밀원부사(樞密院副使)는 정3품, 추밀원사(樞密院使)는 종2품의 관료가 있었는데, 한광연은 이 두 벼슬을 모두 지냈음.

36) 한광연(韓光衍) : 고려 중기의 문신. 1219년 몽고의 용장 합진찰랍(哈眞札臘)이 우호관계 맺기를 요구할 때 그 누구도 가기를 꺼렸으나 지병마사(知兵馬事)로서

水陰陽說)에 전혀 구애받지 않았다. 그 이웃사람이 꿈을 꾸었는데, 검은 색의 의관을 갖춘 10명이 짝을 지어 서 있는데 얼굴빛이 좋지 않았다. 그들이 서로 말하기를,

> 우리 주인님은 공사를 벌일 때마다 우리들을 편히 있지 못하게 하니 어찌해야 할까.

라고 하였다. 그중에 어떤 사람이 "어찌하여 재앙을 입히지 않느냐?"라 하니, 다른 사람이 말하기를, "재앙을 입힐 수 없어서 그런 것이 아니라 그의 청렴함을 존중하기 때문이다."라고 하였다. 그들을 수행하는 사람에게 누구냐고 물으니, 대답하기를, "한공 집의 토지신이다."라고 하였다.

전-23 庾壯元碩守安東, 一邑之民, 父母愛而神明敬之. 後有守姓朴忘其名, 自謂爲政不下於庾. 見一小胥性質而謹嘗獨坐郡齋, 語之曰, 咫尺之地, 障以藩籬, 耳目莫得見聞, 況處一堂之上, 欲察四境之內, 不亦難哉. 今也得無奸吏弄法而窮民飮恨者乎, 汝其言之無隱. 胥曰, 自官之來, 民不見吏, 吏之弄法有不及知, 民之飮恨未之聞也. 守曰, 民以我何如庾使君. 胥曰, 民稱庾使君, 有間語亦及之, 守慙服

장원(壯元) 유석(庾碩)[37]이 안동의 수령이었을 때, 온 고을의 백성들이 그를 부모와 같이 사랑하고 신처럼 떠받들었다. 뒤에 이름을

김취려와 함께 가기도 했음. 관직은 보문각대학사(寶文閣大學士)에 올랐음.

37) 유석(庾碩) : 고려 중기의 문신. 평장사 유필의 증손으로, 관직은 동북면병사에 올랐음. 지나치게 청렴결백하여 모함하는 사람이 많았다고 함.

알 수 없는 박씨 성을 가진 사람이 수령으로 있었는데, 스스로 고을을 다스리는 것이 유석만 못하지 않다고 여겼다. 그 수령이 일찍이 성품이 질박하고 근실한 한 아전이 고을 청사에 혼자 앉아 있는 것을 보고 그에게 말하기를,

> 지척의 가까운 곳에서 일어난 일이라도 울타리를 쳐서 막으면 들을 수도 볼 수도 없는 법인데, 하물며 청사의 마루 위에 앉아 사방의 백성들을 살피려면 어렵지 않겠는가. 그러니 지금 간사한 아전들이 법을 농간하여 궁핍한 백성들이 원한을 품게 하는 일이 없을 수 없을 것이다. 너는 숨김없이 말하라.

라고 하니, 아전이 대답하기를,

> 사또께서 이 고을에 부임하신 뒤로 백성들이 아전을 보지를 못하니, 아전들이 법을 농간 하는지를 알지 못합니다. 그러니 백성들이 원한을 품고 있다는 것도 들을 수 없지요.

라고 하였다. 수령이 말하기를,

> 백성들은 나와 유사군(庾使君)을 어떻게 생각하느냐.

라고 하니, 아전이 대답하기를,

> 백성들이 유사군을 칭찬하다가 간혹 사또님을 들먹이기도 합니다.

라고 하니, 그 수령이 부끄러워하며 감복하였다.

전-24 孫知樞抃廉按慶尙, 人有弟與姉相訟者. 弟曰, 一女一兒爲同産, 何姉獨得父母之財, 而兒無其分耶. 姉曰, 父臨亡, 擧家産付我, 汝所得者, 緇衣冠各一, 繩兩鞋一雨紙一卷而已, 父契具存, 胡可違也. 訟之積年未決, 公召二人至前, 問曰, 若父歿時母安在. 曰, 先歿. 若等於是年各幾何. 曰, 姉有家矣, 弟髫齔耳. 公因諭之曰, 父母之心, 於兒女均也, 夫豈厚於長年有家之女, 而薄於無母髫齔之兒耶, 顧兒之所賴者姉也, 若有財與姉等, 恐其愛之或不至, 養之或不全耳. 兒旣長則用此紙作狀, 服緇冠衣, 履繩鞋, 以告於官, 將有能辯之者, 其獨有四物者, 意盖如此. 此二人者, 聞而感悟相對而泣. 公遂中分而與之.

지추(知樞) 손변(孫抃)[38]이 경상도안찰사(慶尙道按察使)로 있을 때 어느 남동생과 누나 사이에 송사가 벌여졌다. 그 남동생이 말하기를,

> 딸과 아들이 같은 부모에게서 태어났는데, 어찌하여 누님만이 홀로 부모의 유산을 차지하고, 아들에게는 한 푼도 나누어 주지 않았단 말입니까.

라고 하니, 누나가 말하기를,

> 아버지가 돌아가실 때에 집안의 재산을 전부 나에게 주셨다. 너에게 남기신 것은 검은 의관 한 벌과 미투리 한 켤레 그리고 아무것도 쓰지 않은 종이로 만든 책 한 권뿐이다. 아버지가 쓰신 증서가 그대로 남아 있는데, 어찌 이 사실을 어길 수 있겠는가.

38) 손변(孫抃, ?~1251) : 고려 중기의 문신. 초명은 습경(襲卿). 관직은 상서좌복야(尙書左僕射)에 올랐음.

라고 하였다. 해결하기 어려운 문제라서 그 송사가 여러 해 동안 미결로 남아 있었는데, 공이 두 남매를 불러 앞으로 오게 해서는 묻기를,

"너희들의 아버지가 돌아가실 때 어머니는 어디에 있었느냐?"

"어머니께서 먼저 돌아가셨습니다."

"그렇다면 너희들은 그때 나이가 몇 살이었느냐?"

"누나인 저는 벌써 시집을 갔었고, 남동생은 아직 더벅머리 아이였습니다."

공이 문답을 끝낸 뒤에 그들에게 유시하기를,

부모가 자식을 생각하는 것은 아들이나 딸 구분없이 똑 같으니, 어찌 장성하여 출가한 딸에게만 후하고, 어머니도 없는 아들에게 야박하게 했겠느냐. 돌이켜보건대 어린 동생이 의지할 곳은 누이뿐이라, 만약에 유산을 너희 남매에게 균등하게 분배하게 되면 누이가 동생을 사랑하는 마음이 지극하지 못할까, 또 동생을 양육하는 것이 소홀해질까 염려해서 그런 조치를 취했을 것이다. 그리고 아이가 장성하면 이 종이로 소장(訴狀)을 작성하여 검은 의관을 차려 입고, 미투리를 신고 관가로 가서 고하면, 이를 판결할 수 있는 사람이 있을 것이라고 생각한 것이다. 너희 돌아가신 아버지가 유독 이 네 가지 물건을 남긴 것은 대체로 이러한 뜻에서 나온 것일 게다.

라고 하였다. 두 남매가 이 말에 감동하고 뉘우쳐 서로 마주 보며 울었다. 공은 드디어 재산을 반씩 나누어 주었다.

전-25 晉陽公孽子, 禪師名萬全, 住珍島郡之一寺, 其徒橫恣, 靡所不爲, 而號通知者尤甚. 金英憲之岱, 爲全羅道按察使, 其所請謁, 皆抑而不行. 公嘗至其寺, 全慢罵而不之見, 公直入升堂, 堂上有樂器. 乃操琴數弄, 橫笛而吹之, 音節悲壯. 全欣然出曰, 適有微疾, 不知公至此. 相與歡飮盡日, 因托以十餘事, 公卽其座中, 一切聽行之. 留數事曰, 此則當至行營, 乃可爲耳, 宜遣通知相候. 公歸數日, 通知果至, 公命吏縛之, 數其不法, 投之江中. 晉陽公卒, 萬全嗣秉政, 卽晉平公沆也. 雖挾前憾, 以公廉謹少過, 莫能害之.

진양공(晉陽公)의 서자인 선사(禪師)의 이름이 만전(萬全)[39]이다. 그는 진도군(珍島郡)의 한 절에 주석(住錫)하고 있었는데, 그 무리가 횡포를 부리고 방자하여 못하는 짓이 없었다. 그들 중에서도 통지(通知)라고 하는 자가 더욱 심하였다. 영헌공(英憲公) 김지대(金之岱)[40]가 전라도안찰사(全羅道按察使)로 있을 때에, 그들이 무엇을

39) 만전(萬全) : 고려무신정권의 집권자인 최항(崔沆, ?~1257)의 초명. 최우의 서자. 창기 서홍방(瑞蓮房)의 소생으로 처음에 송광사에서 중이 되었으나 1248년(고종 35)에 아버지의 병으로 환속하여 좌우위상호군·호부상서가 되었음. 이듬해 아버지가 죽자 그 뒤를 이어 정권을 잡고 교정별감이 되었음. 몽고에 대한 강경책을 쓰며 차츰 호사와 향락을 일삼아 많은 사람의 원성을 샀음. 1256년에 제중강민공신(濟衆康民功臣)에 봉하여졌으며 죽은 뒤에 진평공(眞平公)에 추봉되었음.

40) 김지대(金之岱, 1190~1266) : 고려 중기의 문신. 청도김씨(淸道金氏)의 시조. 초명은 중룡(仲龍). 1217년(고종 4) 3만 명의 거란병이 침입하였을 때, 아버지를 대신해 출전하였는데, 모든 군사들이 방패머리에 기이한 짐승을 그렸으나, 그는 "국가의 어려움은 신하의 어려움이요, 어버이의 근심은 자식의 근심할 바이다. 어버이를 대신하여 나라에 보답한다면, 충과 효를 닦을 수 있을 것이다(國患臣之患 親憂子所憂 代親如報國 忠孝可雙修)."라는 시를 지어 붙인 것을 원수 조충이 병사를 점검하다가 발견하고는 그를 중용하였음. 1258년에는 몽고병이 북쪽 변방을 침입함에 지대를 첨서추밀원사(簽書樞密院事)에 승진시켜 파견하자 서북 40여성이 안도하게 되었음. 수태부중서시낭평장사(守太傅中書侍郞平章事)로 치사하였음. 시

부탁하거나 만나자고 해도 전혀 응하지 않았다. 공이 언젠가 그 절에 갔더니 만전이 거만스러운 태도로 욕지거리를 하고는 나와보지도 않았다. 공이 곧장 마루로 올라가니 마루 위에 악기가 있었다. 그 자리에서 거문고를 가져다가 두어 번 연주하고, 이어서 피리를 불었는데, 그 음절이 비장하였다. 만전이 그제서야 밝은 모습으로 나와 말하기를,

> 마침 몸이 조금 뻐듯하여 공께서 이곳에 오신 것을 알지 못하였습니다.

라고 하고는 서로 해가 지도록 즐겁게 술을 마셨다. 만전이 이러한 분위기를 틈타 공에게 여러 가지 일을 부탁하니, 공은 그 자리에서 모든 부탁을 들어주고 두어 가지는 보류하며 말하기를,

> 이 일들은 감영(監營)에 가봐야 가능한 일인지 알 수 있습니다. 곧 통지(通知)를 보내어 일을 처리하도록 하지요.

라고 하였다. 공이 돌아간 며칠 뒤에 과연 통지가 찾아왔다. 공은 즉시 아전을 시켜 통지를 포박하게 하고는 그가 저지른 불법 행위를 조목조목 따진 다음에 강물에 던져 버렸다.

진양공이 죽자 만전이 뒤를 이어 정권을 잡았으니, 그가 곧 진평공(晉平公) 항(沆)이다. 비록 항이 예전에 공에게 유감을 가지고 있었지만, 공이 원래 청렴하고 근엄하여 허물을 저지르지 않았기 때문에 해칠 수가 없었다.

호는 영헌(英憲).

전-26 兪文度千遇有弟名甫. 欲去權臣金仁俊, 告公其謀, 公不應. 旣而事未發而敗, 仁俊問公知之乎. 公曰, 知之. 仁俊曰, 知而不言, 明其豫謀也. 公曰, 非不知告以自免, 恐傷老母之心. 仁俊曰, 昔者, 饗于吾弟之家有紅柹, 座客皆稱其美, 公獨不餐, 問其故曰, 將以遺母, 吾固知公之愛母也. 乃不坐之.

문도공(文度公) 유천우(兪千遇)[41]에게 아우가 있었는데, 이름이 보(甫)였다. 그가 권신(權臣)이었던 김인준(金仁俊)을 제거하기로 하고 형인 문도공에게 그 사실을 말하였으나 공이 응하지 않았다. 얼마 뒤에 거사하기도 전에 그 사실이 발각되어 실패로 끝나고 말았다.

인준이 공에게 묻기를

"이사실을 알고 있었지요."

"예, 일찍 알고 있었오."

"그럼, 알고도 말하지 않았으니 분명 그 모사에 가담하셨구려."

"고발하면 죄를 짓지 않는다는 사실은 알았지만, 노모의 마음을 상하게 할까 염려하여 동생의 일을 고발하지는 못했오."

라고 하였다. 인준이 말하기를,

전에 내 아우의 집에서 잔치를 열었을 때 홍시가 나왔는데, 그 자리에 있던 모든 손님들이 먹어보고는 감 맛이 좋다고 하였으나, 공만이

---

41) 유천우(兪千遇, 1209~1276) : 고려 중기의 문신. 자는 지일(之一), 호는 퇴사재(退思齋). 고종 때 최우에게 추천되어 정방에 들어가서 그의 문객이 되었음. 관직은 첨의찬성사(僉議贊成事)에 올랐음. 시호는 문도(文度).

먹지 않았다. 공에게 그 까닭을 물었더니, 가져다가 어머니를 드리기 위해서라고 하였으므로, 내가 본래부터 공이 어머니에게 효성이 지극하다는 것을 알고 있었다.

라고 하고는, 죄에 연루시키지 않았다.

전-27 柳文正璥, 四掌文衡. 取人, 先器識而後文之工拙. 所得皆知名士, 位宰相者比肩. 俞贊成千遇, 嘗同知貢擧, 性喜自用, 程文有微疵, 必欲擯之. 公不與之較, 榜出, 皆老於場屋者也. 其後, 少至達官.

문정공(文正公) 유경(柳璥)은 네 번이나 문형을 맡았다. 그가 사람을 뽑을 때에는 먼저 사람의 됨됨이와 식견을 살피고 글을 잘하고 못하는 것은 나중에 살폈다. 그가 과거에서 천거한 사람은 모두 명사로 이름났고 재상의 지위에 오른 사람도 적지 않았다. 찬성(贊成) 유천우(俞千遇)가 일찍이 동지공거(同知貢擧)가 되었는데, 성품이 남을 의식하지 않고 자기 마음대로 하기를 좋아하여 과거시험장에서 응시생이 제출한 답안지의 글에 조금이라도 하자가 있으면 반드시 내치고자 하였다. 그러하니 문정공과는 비교의 상대가 되지 못했으니, 유천우가 천거한 사람들은 모두가 과거 시험장에서 쓰이는 문식(文式)에만 익숙한 사람들로 훗날 그들 가운데 높은 관직에 오른 자가 거의 없었다.

전-28 南賊李家黨者, 始則嘯聚山林, 剽掠村堡, 及其徒漸盛, 傳檄州郡, 引兵隨其後, 官吏或迎而犒之, 遯而避之, 無敢遏其勢者. 金

樞密慶孫, 爲巡問使, 入羅州, 明日賊至, 公令民閉城門, 自守陣於城外, 張蓋據胡牀以待賊. 有一僧勇悍絕人, 與其衆約曰, 我能擒彼美少年, 肩擔以歸. 先打斤, 斗吹脣, 踴躍而至. 咸陽人朴臣蕤, 出與相敵, 兩刃相交, 莫能先斫, 朴踢而躓之, 因斬其首, 賊驚愕, 官軍乘之, 追奔數十里, 遂平之.

남쪽 지방에서 일어난 도적 이가당(李家黨)이 처음에는 산속에서 무리를 불러 모아 시골마을을 노략질하였다. 그 무리가 점차 왕성해져 각 고을에 격문(檄文)을 전하니 사람들이 군사를 이끌고 도적떼의 뒤를 따랐다. 관리들 가운데 어떤 사람은 그들을 맞이하여 음식을 대접하기도 하고, 어떤 이는 도망쳐 피하기도 하였으므로 감히 그 세력을 막을 자가 없었다. 추밀(樞密) 김경손(金慶孫)[42]이 순문사(巡問使)[43]로 나주에 들어갔는데, 이튿날 도적떼가 이르렀다. 공은 백성들로 하여금 성문을 닫아걸게 하고는 스스로 성 밖에 나와 진을 치고 성을 지키면서 일산을 펼치고 호상에 의지한 채 도적떼가 가까이 오기를 기다렸다. 도적의 무리 가운데 특별히 날쌔고 사나운 한 중이 있었는데, 그가 그 무리들에게 맹서하며 말하기,

> 내가 저 미소년을 사로잡아 어깨에 메고 돌아오겠다.

---

42) 김경손(金慶孫, ?~1251) : 고려 중기의 장군. 초명은 운래(雲來). 1237년 전라도 지휘사(全羅道指揮使)가 되어 나주에 주둔할 때 담양과 해양(海陽 경상남도 사천군) 등지를 휩쓸던 초적(草賊) 이연년 형제를 무찔러 평정하였으므로 추밀원지주사(樞密院知奏事)로 승진하였음. 1249년 최항(崔沆)은 그가 인망을 얻고 있는 것을 시기하여 백령도에 귀양 보내어 죽였음.

43) 순문사(巡問使) : 고려(高麗) 때의 외관직(外官職). 원래는 경관(京官)으로 수시로 지방(地方)에 파견(派遣)되던 직(職)이었는데 공양왕(恭讓王) 원년(元年, 1389)에 도절제사(都節制使)로 개칭(改稱)하면서 외관직(外官職)으로 되었음.

라고 하고는 먼저 도끼를 휘두르고 갑자기 쉬소리를 내면서 몸을 솟구쳐 뛰어나갔다. 이때 함양 사람인 박신유(朴臣蕤)가 나아가 대적하였는데 두 사람이 칼을 서로 휘두르며 여러 합을 싸웠으나 상대를 먼저 목 벨 수 없을 정도로 실력이 비슷했다. 박신유가 상대를 발로 차서 거꾸러뜨리고는 그 머리를 베니 적이 크게 놀랐다. 관군이 이 틈을 타 도적떼를 수십 리나 뒤좇아 가 마침내 평정하였다.

전-29 韋得儒盧進義與韓希愈, 爭功相敺, 訴于元帥金首相方慶, 公不直韋盧. 二人啣之, 誣告, 公與希愈, 謀擧大事, 達魯花赤忻豆, 械繫公以聞. 洪茶丘以帝命, 請慶陵同臨訊鞫, 公曰, 小國, 戴上國如天, 愛之如親, 豈有背天逆親, 自取滅亡之禍者哉. 茶丘必欲服之, 加以慘毒, 身無完肌, 絶而蘇者, 屢矣. 慶陵不忍視, 語之曰, 卿雖自首, 天子仁聖, 將明其情僞, 而不置於死, 何至自苦如此. 公曰, 臣起自行伍, 致位宰相, 肝腦塗地, 不足以報國, 豈愛身誣服, 以負社稷, 顧謂茶丘曰, 欲殺便殺, 我不以不義屈. 有詔, 公及韋盧俱詣京師, 得儒舌爛而死於路, 進義至都亦病死, 人以爲天誅.

위득유(韋得儒)[44]와 노진의(盧進義)[45]가 한희유(韓希愈)[46]와 공을

---

44) 위득유(韋得儒, ?~1278) : 고려 후기의 무신. 1274년(충렬왕 즉위년)에 지병마사(知兵馬事)가 되어 도원수 김방경의 휘하에서 제1차일본정벌에 참전하여 일기도를 거쳐 북구주를 쳤으나 태풍을 만나 실패하였음. 돌아오는 길에 주장인 좌군사(左軍使) 김선(金侁)이 태풍으로 물에 빠져죽었는데, 그를 구하지 못한 책임으로 김방경의 탄핵을 받아 파직되었음. 1277년에 김방경이 왕과 공주 및 다루가치(達魯花赤)를 제거하고 강화에 들어가 반역을 꾀한다고 무고하여 원나라의 장수 흔도(忻都)와 홍다구(洪茶丘)가 김방경에게 모진 고문을 가하였으며, 1278년에 나라에서 담선법회(談禪法會)를 베푸는 것은 원나라를 저주하려는 것이라고 홍다구에게

다투어 서로 싸우다가 원수(元帥)인 수상(首相) 김방경(金方慶)에게[47] 고소하였다. 공이 위덕유와 노진의가 바르지 않다고 판결하였으므로, 그 두 사람이 앙심을 품고는 공이 한희유와 함께 대사를 모의하고 있다고 소문을 냈다. 다루가치[達魯花赤] 흔두(忻豆)가[48] 공을 묶어서 가두고는 원나라 조정에 아뢰었다. 황제의 명령을 받은 홍다구(洪茶丘)[49]가 충렬왕[慶陵]에게 직접 국문장에 나아가서 함께

무고하여 국정을 어지럽히다 결국 잘못이 드러나 자결하였음.

45) 노진의(盧進義, ?~1278) : 고려 후기의 무신. 1271년 낭장으로 삼별초 토벌을 위하여 김방경을 따라 참전하였으나, 싸움에는 힘쓰지 않고 남의 재산을 약탈한 것이 드러나 김방경에 의하여 재산을 몰수당하였음. 1277년 김방경에게 평소 감정이 있던 위득유, 김복대(金福大) 등과 함께 김방경이 역모를 꾀한다고 무고하였고 이듬해 원나라 장수 홍다구(洪茶丘)의 도움으로 장군이 된 뒤 고려가 담선법회를 여는 것은 원나라를 저주하는 것이라고 홍다구에게 무고하다 진상규명을 위하여 김방경 부자, 위득유 등과 함께 소환되어 원나라로 불려가는 도중 요가채(姚家寨)에 이르러 죽었음.

46) 한희유(韓希愈, ?~1306) : 고려 후기의 무신. 가주(嘉州 평북 박천) 한씨의 시조. 대정(隊正)에서 시작하여 대장군(大將軍)에 올라 1271년 김방경을 따라 진도와 탐라에서 삼별초 정벌에 공을 세우고, 1274년(충렬왕 즉위년) 원나라 군사와 함께 일본을 정벌할 때 선봉으로 활약하였음.

47) 김방경(金方慶, 1212~1300) : 고려 후기의 무신. 본관은 안동. 자는 본연(本然). 1270년 6월에 이르러 고려정부가 강화에서 나와 개경으로의 환도를 강행하자 삼별초가 반란을 일으켰는데, 그가 상장군으로 토벌의 임무를 맡기도 했음. 1274년(충렬왕 즉위년) 10월 원나라의 일본정벌에 도독사(都督使)로서 고려군 8천인을 이끌고 도원수 홀돈(忽敦)의 총지휘 아래 참여하여 처음 대마도에서 상당한 전과를 올리고 일기도에서도 용전하여 크게 기세를 올렸지만, 심한 풍랑으로 결국 실패하였음. 그 공로로 상주국(上柱國)에 올랐음.

48) 흔두(忻豆) : 중국 원나라 세조 때의 무장. 흔도(忻都) 또는 혼돈(忽敦)이라고도 함. 원래 봉주경락사(鳳州經略使)였는데, 원나라의 일본침략정책에 따라서 도원수로 임명되어 두 번이나 일본을 공략했으나 태풍으로 실패하였음.

49) 홍다구(洪茶丘, 1244~1291) : 고려 후기에 원나라에 귀화한 무장. 본명은 준기(俊奇)로 다구는 아명(兒名)이고, 몽골명은 찰구이(察球爾). 원나라에 머무르며 전쟁에 종군하여 용맹을 떨쳤음. 고려에 들어와 봉주에 둔전총관부를 설치하고 삼별초의 난을 토벌했으며, 원나라가 일본 정벌을 계획하자 조선공사(造船工事)를 가혹

죄를 묻자고 하였다. 공이 말하기를

> 소국(小國)은 상국(上國)을 하늘처럼 떠받들고 어버이처럼 사랑하는데, 어찌 하늘을 배반 하고 어버이를 거역하여 스스로 멸망에 이르는 화를 불러들이겠습니까.

라고 하였다. 그러나 홍다구가 반드시 자복(自服)을 받고자 하여 참혹하고 지독한 형벌을 가하니, 몸에 성한 곳이라곤 한 군데도 없었고 기절하였다가 깨어나기를 여러 번 거듭하였다. 충렬왕이 차마 볼 수 없어 공에게 말하기를,

> 경이 비록 자수하더라도 천자께서는 어질고 성스러우신 분으로 머잖아 일의 진위(眞僞)를 밝혀 사람을 죽게 가만히 두지는 않으실 것인데, 어찌 이같이 고통을 불러들이시오.

라고 하니 공이 말하기를,

> 신은 하찮은 병사로 시작하여 재상의 자리에까지 오른 사람으로, 나라를 위해 내 몸이 으스러지더라도 국은에 보답하기에는 부족합니다. 그러하오니, 어찌 이 육신을 아껴 거짓으로 자복하여 사직(社稷)을 배반하겠습니까.

하고는 다구(茶丘)를 돌아보며 말하기를,

> 죽일 테면 지금 죽여라. 나는 불의에 굴복할 수 없다.

하게 독촉하여 원성을 샀음. 제2차 일본정벌 때 태풍으로 휘하의 4만 군사를 잃고 돌아갔음.

고 하였다. 황제의 조칙이 내려 공과 위덕유, 노진의 세 사람이 중국으로 가게 되었는데, 위덕유는 도중에 혀가 문드러져서 죽었고, 노진의도 원나라 연경에 도착하여 병으로 죽었다. 사람들은 천벌을 받은 것이라고 하였다.

전-30 洪忠正子藩爲亞相, 每論事必與首相許文敬珙爭衡, 文敬或僶俛從之. 嘗閱兩制所撰詞疏, 忠正指擿瑕纇, 久而不已. 吏啓事數輩, 伏于前以竢, 文敬謂文貼錄事曰, 猫能捕鼠足矣. 蓋譏忠正文筆非其任也. 忠正作色而止, 故人謂兩公不相能也. 及文敬之亡, 忠正歎曰, 公謹正直, 知無不言, 世豈復有許公哉. 忠正旣爲首相, 趙公仁規爲亞相, 廉公承益次之. 廉公以方術得幸於兩宮, 常居禁中, 稀至都堂. 一日忠正先起, 趙謂廉曰, 國人稱洪公, 眞宰相, 名我老譯, 名公老呪, 我等不預眞宰相之目, 唯可勤於朝衙夕直而已. 廉公卽日自免.

충정공(忠正公) 홍자번(洪子藩)이 아상(亞相)이 되어 매번 일을 논할 때마다 수상(首相)인 문경공(文敬公) 허공(許珙)과 서로 다투었는데, 문경공이 간혹 마지못해 충정공의 의견을 따라주기도 하였다. 두 사람이 일찍이 양제(兩制)[50]에서 지은 사(詞)·소(疏)를 보는데, 충정공이 잘못된 부분을 지적하느라 너무 많은 시간을 보냈다. 일을 아뢰러 온 아전들이 앞에 엎드려 기다리니, 문경공이 문첩녹사(文貼錄事)[51]에게 말하길,

---

50) 양제(兩制) : 왕을 대신하여 제찬(制撰)과 사명(詞命:임금의 말이나 명령)에 관한 일을 관장하던 한림원과 중서성을 가리킴.

51) 문첩녹사(文貼錄事) : 역사서에는 문첩녹사(文牒錄事)로 되어 있는데, 과거에 급제하여 처음으로 임명되던 최하위직으로 각 부서의 서류 따위를 정리하였음.

고양이는 쥐만 잘 잡으면 된다.

라고 하였으니, 이는 글을 짓는 것이 충정공의 소임이 아니라는 것을 빈정대서 하는 말이었는데 이 말을 들은 충정공이 얼굴을 붉히고 하던 일을 그만 두었다. 그러므로 사람들이 두 공은 함께 할 수 없다고 하였다.

문경공이 죽자, 충정공이 탄식하며 말하길,

공은 근실하고 정직하며 아는 것은 말하지 않는 것이 없었으니, 세상에 어찌 다시 허공과 같은 분이 있겠는가.

라고 하였다.

충정공이 수상이 된 뒤에 조인규(趙仁規)[52]가 아상이 되고 염승익(廉承益)[53]이 그 다음 자리에 있었다. 염공은 방술(方術)로 양궁의 총애를 얻어 항상 궁중에 머물었으므로, 도당에 나오는 일이 드물었다.

하루는 충정공이 먼저 일어나자 조공이 염공에게 말하길,

52) 조인규(趙仁規, 1227~1308) : 고려 후기의 문신. 자 는 거진(去塵). 조정에 선발되어 몽골어를 배워 전후 30여 차례나 원나라에 내왕하였음. 딸 조비(趙妃 충선왕비) 사건으로 원나라 안서(安西)에 장류(杖流)되기도 했음. 1307년 자의도첨의사사(咨議都僉議司事)로 평양군(平壤君)에 봉해지고, 시호는 정숙(貞肅).

53) 염승익(廉承益, ?~1302) : 고려 후기의 문신. 초명은 유직(惟直). 이지저(李之氐)의 천거로 충렬왕의 총신이 되었고, 1278년 박항(朴恒) 등과 정방(政房)에서 문서를 맡아보는 문사인 필도치(必闍赤)가 되었음. 도첨의중찬(都僉議中贊)으로 치사(致仕)하고는 머리를 깎고 중이 되었는데, 가사를 입고 숯불을 손바닥 위에 놓고 향을 피우며 염불하였으나 안색이 변하지 않았다고 함. 시호는 충정(忠靖).

나라 사람들이 홍공을 진정한 재상이라 하고, 나를 늙은 역관이라 하며, 공을 늙은 주술사라고 합니다. 우리들은 사람들에게 진정한 재상이라고 지목 받지 못하니, 오직 아침에 출근하고 저녁에 숙직이나 열심히 하는 사람일 뿐입니다.

고 하였다. 염공은 바로 그날 스스로 벼슬에서 물러났다.

전-31 崔大寧有渰, 大德末, 王惟紹等以廢嫡之謀, 惑慶陵, 將奏之天子, 請以瑞興侯爲嗣. 公進曰, 殿下獨不念景靈殿乎. 太祖及親廟其眞容, 實在於是, 殿下嘗修其祀事矣. 萬有一瑞興侯得立, 千歲之後, 將追王其祖禰二侯以附, 則高王元王不容不遷矣. 高王元王臣皆身及事之, 今老矣, 不忍負. 慶陵慘然動容者久之, 惟紹等始知自懼矣.

대녕부원군(大寧府院君) 최유엄(崔有渰)[54]이, 대덕(大德) 말년에 왕유소(王惟紹)[55] 등이 적자를 폐하려는 음모를 꾸며, 경릉(慶陵)[56]

---

54) 최유엄(崔有渰, 1239~1331) : 고려 후기의 문신. 원나라가 고려의 노비법(奴婢法)을 개정하려 할 때 이를 반대, 중지시켰으며 충렬왕이 세자(뒷날의 충선왕)를 폐하고 서흥후(瑞興侯) 전(琠)을 후사로 세우려 했을 때 이를 간하여 그 뜻을 굽히게 했음. 오잠(吳潛)·조적(趙頔) 등 심양왕(瀋陽王) 고(暠)의 일당이 충숙왕을 폐위시키려다가 실패한 뒤 고려를 원나라에 편입시키려고 책동하자, 85세의 노령으로 정조사(正朝使)가 되어 연경(燕京)에 가서 이들 일당의 음모를 좌절 시키고 행성(行省)의 설치를 중지시키기도 했음. 시호는 충헌(忠憲).

55) 왕유소(王惟紹, ?~1307) : 고려 후기의 문신. 일명 유소(維紹). 1305년 찬성사로 있으면서 원나라에 가 충선왕과 충렬왕 부자를 이간질하였음. 또 충선왕과 불화 중인 왕비 보탑(寶塔)공주를 볼모로 가 있는 서흥후(瑞興侯) 전(琠)에게 개가시켜 전을 왕으로 옹립하려는 음모를 꾸몄으나 최유엄(崔有渰) 등의 탄핵으로 원나라 중서성(中書省)에 잡혀 있다가 1307년 충선왕에 의하여 주살(誅殺)되었음.

을 홀려서 경릉으로 하여금 원나라 천자에게 아뢰어 서흥후(瑞興侯)[57]로 후사를 삼게 하려는 술책을 확인했다. 최공이 경릉 앞에 나아가 말하길,

> 전하께서는 어찌 경령전(景靈殿)[58]을 생각하지 않으십니까? 태조와 친묘의 초상화가 실로 이곳에 모셔져 있어 전하께서는 일찍이 그 제사를 받드셨습니다. 만에 하나 서흥후가 제위에 오른다면, 천년이 지난 먼 훗날 그의 조부와 아버지, 두 후를 왕으로 추존하여 그 신주를 경령전에 모실 것이니, 고종(高宗)과 원종(元宗)의 두 분 신주는 옮기지 않을 수 없을 것이옵니다. 고종과 원종은 신이 몸소 섬겼사온대, 지금 제가 늙었다고 하여 차마 신하로서의 의리를 저버릴 수 없사옵니다.

고 하니, 경릉이 오랫동안 참담한 표정을 짓고 있었으므로 왕유소 등이 비로소 사태의 심각성을 알고 스스로 두려워하였다.

---

56) 경릉(慶陵) : 고려 제 25대 왕(재위 1274~1308)인 충렬왕의 개성에 있는 능호.

57) 서흥후(瑞興侯) : 원종(元宗)의 둘째아들인 시양후(始陽侯)의 아들 왕전(王琠, ?~1307)의 봉작(封爵). 1301년(충렬왕 27) 원나라에 가서 숙위(宿衛)할 때에 왕유소(王惟紹) 등은 당시 충렬왕 부자간이 원만하지 못하고, 또 충선왕과 왕비인 보탑시련공주(寶塔實憐公主)와 사이가 좋지 못한 점을 이용하여 공주를 이혼시켜 전에게 개가시키고 고려왕으로 삼으려 하였으나 최유엄(崔有渰)이 충렬왕에게 간곡하게 간하고, 홍자번(洪子藩) 등이 중서성(中書省)에 나가 왕유소 등의 처벌을 요구함으로써 일이 중지되었음.

58) 경령전(景靈殿) : 고려시대 정궁(正宮)인 연경궁(延慶宮) 내에 있던 전각. 경령전은 고려 태조와 혜종, 성종, 현종, 문종 등 다섯 분 왕의 초상을 모신 진전(眞殿)으로 그 초창 시기는 거란족의 침략 이후인 현종대(1019~1023년 사이)로 추정됨. 단일건물에 5개의 실을 마련하였는데, 신위의 배열에 있어서는 건물의 중앙칸에 태조의 신위를 모시고 좌우측면에 4대조의 위패를 모시는 소목제(昭穆制)로 신위가 배열되어 있음.

전-32 林衍擅廢立，處元王西宮．且聞世子東歸，遣兵待于鴨綠，將脅之．義州人丁五甫夜渡江告變，世子還朝，以聞天子．遣使責之曰，聞汝群臣，不請朝廷，擅行廢立，恒古以來，寧有是事．因詔王復位入朝，衍憂懼發疽死．王旣入朝，帝命禿輦哥，將數千騎，衛王及世子．至松京，衍子惟茂擁兵江都，將以拒命，洪南陽奎以惟茂妹壻爲中丞，惟茂倚爲腹心．王遣李份成見洪公諭之曰，卿累葉衣冠之後，當揆義度勢，以利社稷，無忝祖父，可矣．公再拜謂李曰，明日而今，待我府門外．是日謀於宋上將松禮，宋之二子炎及份，俱爲衛士長，相與麾軍，進攻惟茂第．惟茂問，誰爲變者．曰 洪中丞也．惟茂膽落．李及期而往，惟茂已誅矣．

임연(林衍)[59]은 왕을 폐하고 세우는 일을 제멋대로 하여 원종(元宗)을 서궁(西宮)에 머물게 하였다. 또 세자가 우리나라로 돌아온다는 말을 듣고 군사를 보내어 압록강에서 기다렸다가 위협을 가하려고도 하였다. 의주(義州) 사람 정오보(丁五甫)가 밤에 강을 건너 변고를 알렸고, 세자가 원나라 조정에 돌아가서는 천자께 이 사실을 보고하니, 천자가 사신을 보내어 힐책하기를,

---

59) 임연(林衍, ?~1270) : 고려 후기의 권신. 초명은 승주(承柱). 1258년 유경(柳璥)·김준(金俊) 등과 권신 최의(崔竩)를 죽여 그 공으로 위사공신(衛社功臣)이 되었고, 1268년(원종 9) 환관(宦官) 최은(崔璁)·김경(金鏡) 등과 함께 세력이 커진 김준을 제거하고 이어서 원종을 폐하고 안경공(安慶公) 창(淐)을 즉위시킨 뒤 교정별감(敎定別監)이 되어 정치·군사의 실권을 장악했으나 몽고의 위협에 안경공을 폐위시키고 원종을 복위시켰음. 몽고에 간 원종이 출륙환도(出陸還都)와 권신의 제거를 약속하고 몽고병과 함께 귀국하게 되자 야별초(夜別抄)를 각 지방에 보내어 백성들에게 해도입거(海島入居)를 명하여 몽고에 끝까지 항전하려다가 병으로 죽었음.

듣건대 너희 나라 신하들이 우리 조정에 주청하지도 않은 채 왕을 폐하고 세우는 일을 마음대로 한다고 하니, 예로부터 어찌 이런 일이 있었단 말인가.

하였다. 그리하여 조서를 내려 왕을 복위시켜 조정에 들게 하니, 임연은 근심과 두려움에 떨다가 등창이 나서 죽었다.

왕이 입조하니 황제가 독련가(禿輦哥)[60]에게 명하여 수천의 기마병을 내어 고려로 돌아가는 왕과 세자를 호위하게 하였다. 왕의 행차가 서울인 개성에 도착하니 임연의 아들 임유무(林惟茂)[61]가 강도에서 군사를 거느리고 왕명에 항거하려 하였다. 이때 남양부원군(南陽府院君) 홍규(洪奎)[62]는 임유무의 매부로 중승(中丞)[63]의 자리에 있었는데, 유무가 의지하는 심복이었다. 왕이 이빈성(李份成)[64]을

60) 독련가(禿輦哥) : 중국 원(元)나라 세조 때의 장군.

61) 임유무(林惟茂, ?~1270) : 고려 후기의 무신. 1270년 아버지 연이 갑자기 죽자 국왕을 대신해서 국사를 관장하던 순안후(順安侯) 종(琮)이 그를 교정별감(敎定別監)으로 삼았음. 이때 몽고에 있던 원종이 개경으로 환도하라는 명령을 내리자 임유무는 오히려 수로방호사(水路防護使)·산성별감(山城別監) 등을 보내 백성들을 동원하여 환도하지 못하게 막고, 장군 김문비(金文庇)에게 야별초(夜別抄)를 거느리고 교동(喬桐)에 주둔하게 하여 몽고병에 대비하였음. 결국 그는 원종의 밀명(密命)을 받은 홍규(洪奎)와 송송례(宋松禮)에 의하여 살해되었는데, 이로써 1170년부터 1270년까지 100년이라는 오랜 기간 동안 유지됐던 무신정권은 몰락하고 왕정복구와 개경환도가 이루어졌음.

62) 홍규(洪奎, ?~1316) : 고려 후기의 문신으로 초명은 문계(文系). 충숙왕비 명덕태후의 아버지. 1270년 원나라에서 돌아오는 왕과 세자를 권신(權臣)인 처남 임유무(林惟茂)가 배척하려 하자 삼별초(三別抄)의 힘을 빌려 그를 죽였음. 충선왕 때 익산군(益山君)에 봉해지고 관직은 상의첨의도감사(商議僉議都監事)에 이르렀음. 시호는 광정(匡定).

63) 중승(中丞) : 고려시대 어사대(御史臺) 및 그 후신인 사헌대(司憲臺)·사헌부(司憲府)의 종4품 관직. 어사중승 또는 사헌중승이라 불리기도 하였음.

64) 이빈성(李份成, 1240~1278) : 『고려사』에는 이름이 이분성(李汾成)으로 되어 있

홍공에게 보내어 타이르기를,

경은 여러 대를 이어 세습해 온 문관의 후예이오. 그러니 마땅히 의리를 좇아 사세를 잘 판단하여 사직을 이롭게 함으로써 부조(父祖)를 욕되게 하지 않는 것이 좋지 않겠소.

라고 하였다. 공이 두 번 절하고는 이빈성에게 말하길,

내일 이 시간에 부문(府門) 밖에서 나를 기다리시오.

라고 하였다. 이날 이빈성이 상장군 송송례(宋松禮)[65]와 의논한 끝에 송의 두 아들 염(炎)과 빈(份)을 모두 위사장(衛士長)으로 임명하고는 그들로 하여금 군사를 이끌고 임유무의 집을 공격하게 했다. 임유무가 묻기를,

누가 변란을 일으킨 것이냐?

라고 하자, 대답하기를,

음. 고려 후기의 문신. 뒤에 이름을 습(褶)으로 고쳤음. 형 분희(汾禧)와 함께 100년 가까운 무신정권을 무너뜨리고 왕정을 회복시킨 김준(金俊)의 심복이었고, 원종의 총애를 받아 관직이 상서우승(尙書右丞)에 올랐음. 형 분희가 원나라 장수 홍다구(洪茶丘)에게 김방경(金方慶)을 모함한 사실이 무고임이 밝혀져 형과 함께 섬으로 유배되어 죄 없이 바다에 던져져 억울하게 죽었음.

65) 송송례(宋松禮, ?~1289) : 고려 후기의 문신. 1270년 문하성직사(門下省直事)로서 권신(權臣) 임연의 아들 유무를 죽여 왕정(王政)을 복귀시켰음. 1274년 원나라의 일본 정벌에 첨정동군(僉正東軍)으로 참전했으며, 관직은 중찬(中贊)에 올랐음. 시호는 정렬(貞烈).

홍중승이다.

라고 하니, 임유무가 깜짝 놀랐다. 이빈성이 약속한 시간에 가니 임유무는 이미 죽은 몸이었다.[66]

전-33 惟茂旣誅, 而三別抄權臣募驍勇之士, 養而自衛, 曰神義軍, 曰馬別抄, 曰夜別抄, 所謂三別抄. 自懷疑貳, 脅士庶掠婦女, 方舟南下, 城珍島以叛, 立承化侯溫爲王, 署置官府. 鄭文鑑者, 李文眞藏用門下榜眼也, 擧爲承宣, 仍使秉政, 文鑑曰, 與其富貴於僞朝, 無寧潔身於泉下, 卽自殺.

임유무를 베고 나자 삼별초(三別抄)[67] 권신(權臣)이 용맹한 군사를 모집하여 그들을 훈련시켜 자신을 호위하게 하였는데 신의군(神義軍), 마별초(馬別抄), 야별초(夜別抄)라 하였으니 이들이 이른바 삼별초이다. 가 스스로 의심하고 딴 마음을 품어 지식인과 일반 백성들을 협박하고 부녀자들을 납치하여 배에다 그들을 싣고 줄을 지어[68] 남쪽으로 내려가 진도(珍島)에 성을 쌓고 반란을 일으켰다. 거기에서 승화후(承化侯) 온(溫)[69]을 왕으로 삼고

66) 이 사실은『고려사』권105 영전 권19「홍규(洪奎, ?~1316)전」에 자세하게 소개되어 있음. '林衍死, 子惟茂繼執權, 奎惟茂姊夫也. 惟茂每事議於奎及宋宋禮, 奎·宋禮面從, 心常憤寃. 王還自元, 惟茂欲拒之, 中外洶洶, 王遣李份成, 密諭奎曰, 卿, 累葉衣冠, 當揆義度勢, 以利社稷, 無忝祖父. 奎再拜謂份成曰, 明日待我府門外. 卽與松禮謀, 集三別抄, 諭以大義, 擒惟茂, 斬于市.'

67) 삼별초(三別抄) : 고려 무신정권 때의 특수 군대로 사병(私兵)적인 성격이 강했음. 1219년 최충헌의 정권을 계승한 최우(崔瑀)가 치안유지를 위해 설치한 야별초(夜別抄)에서 비롯된 것으로, 별초란 '용사들로 조직된 선발군'이라는 뜻임. 그 뒤 야별초에 소속한 군대가 증가하자 이를 좌별초·우별초로 나누고, 몽고 군대와 싸우다 포로가 되었다가 탈출한 병사들로 신의군(神義軍)을 조직, 이를 좌·우별초와 합하여 삼별초라고 하였음.

68) 줄을 지어[方舟] : 두 배를 서로 잇닿아 붙여서 나란히 나아감.『庄子·山木』, 方舟而濟於河, 有虛船來觸舟, 雖有惼心之人, 不怒. 成玄英 疏, "兩舟相幷曰方舟."

관부(官府)를 설치하였다. 정문감(鄭文鑑)[70]이라는 자는 문진공(文眞公) 이장용(李藏用)[71]의 문하(門下)에서 방안(榜眼)[72]을 차지한 사람으로, 삼별초가 그를 승선으로 천거하여 정사를 맡기려고 하자 정문감이 말하기를,

> 가짜 조정에서 부귀를 누리는 것보다는 차라리 죽어서 저승에서 몸을 깨끗이 하는 것이 낫다.

라고 하고는 스스로 목숨을 끊었다.

전-34 玄文赫少以善騎射, 爲三別抄首領, 率妻子乘小舟, 遁以自歸, 賊追及之, 射貫其臂, 仆於舟中. 妻曰, 義不爲鼠輩所辱. 携其女, 蹈水而死, 玄公與子僅免.

---

69) 승화후(承化侯) 온(溫, ?~1271) : 고려 현종의 8대손. 청화후(淸化侯) 경(璟)의 아들. 원종 11년(1270)에 강화로 피난하였던 고려의 왕실이 개경으로 돌아오자, 이를 반대하던 삼별초의 장군 배중손(裵仲孫)·노영희(盧永禧) 등에 의하여 왕으로 추대되었으나 이듬해 삼별초가 고려와 몽고 연합군과의 진도싸움에서 크게 패한 뒤 아들 환(桓)과 함께 고려 사람으로 원나라에 귀화한 장수 홍다구(洪茶丘)에게 살해되었음.

70) 정문감(鄭文鑑, ?~1270년) : 고려 후기의 문신. 1270년 강화에서 삼별초가 반란을 일으켰을 때 이들에 의하여 승선(承宣)에 임명되었으나, 이를 거부하고 물에 투신하여 죽었고, 그의 처도 뒤를 따라 투신하였음. 다음해에 정부로부터 절의를 지켰으므로 자손들이 벼슬에 오르는 특혜를 받았음.

71) 이장용(李藏用, 1201~1272) : 고려 후기의 문신. 초명은 인기(仁祺), 자는 현보(顯甫). 관직은 문하시중에 올랐음. 경사(經史)에 밝고 음양·의약·율력에 통달하였으며, 문장에 능하고 불서에도 조예가 깊었음. 시호는 문진(文眞).

72) 방안(榜眼) : 중국 북송 초에 시작된 명칭으로, 전시(殿試)에서 장원을 뺀 2위, 3위를 통칭하는 명칭이었으나 후에는 3위를 탐화(探花)라 하고 방안은 2위만을 일컫는 명칭이 되었음.

현문혁(玄文赫)[73]은 젊어서 말타기와 활쏘기를 잘 해서 삼별초의 우두머리가 되었다. 어느날 그가 개성으로 돌아가려고 몰래 처자들을 데리고 작은 배에 올라탔다. 적들이 사실을 알아채고는 추격해 오며 활을 쏘아댔는데 그들이 쏜 화살이 현문혁의 팔뚝을 관통하여 그만 배 안에 쓰러졌다. 그의 아내가 "의리상 쥐새끼 같은 놈들에게 욕을 당할 수 없다."라고 하고는 딸아이를 데리고 물에 뛰어들어 죽었고, 현공과 그의 아들은 겨우 목숨을 부지할 수 있었다.[74]

전-35 朱文節悅貌醜, 鼻如爛橘. 安平公主始至, 宴群臣殿上, 公起而爲壽, 公主謂王曰, 何遽令老醜鬼近前耶. 王曰, 貌醜如鬼, 心淸如水. 主改容禮之.

문절공(文節公) 주열(朱悅)[75]은 모습이 몹시 추레해 보이고, 코는 마치 썩어문드러진 귤 같았다. 안평공주(安平公主)[76]가 처음 고려에

---

73) 현문혁(玄文奕) : 고려 후기의 무신. 배중손(裵仲孫)과 노영희(盧永禧) 등이 삼별초(三別抄)를 거느리고 승화후 온(承化侯溫)을 왕으로 받들고 관부(官府)를 설치할 때, 1270년에 강화를 탈출하여 개경(開京)으로 돌아왔음.

74) 『고려사』 권121, 열전 34의 「열녀현문혁처(烈女·玄文奕妻)」에 비슷한 내용이 실려 있음. '玄文奕妻, 史失其姓氏. 元宗十一年, 三別抄, 在江華叛, 文奕逃奔舊京, 賊船四五艘艘, 翼而追之, 文奕獨射之, 矢相接, 妻在側, 抽矢授之, 賊不敢近. 文奕船膠于淺, 賊追及射之, 中臂仆舟中, 妻曰, 吾, 義不爲鼠輩所辱. 遂携二女, 投水而死. 賊執文奕, 惜其勇不殺. 旣而文奕, 逃還舊京.' 이 기사에서 보면 현문혁의 한자 이름이 玄文赫이 아니라 玄文奕으로 되어 있음.

75) 주열(朱悅, ?~1287) : 고려 후기의 문신. 자는 이화(而和). 관직은 감찰어사(監察御史)에 올랐음. 문장과 글씨에 능하였고, 성품이 활달하였으며, 높은 자리에 있으면서도 근검절약하였고 매사에 공명정당하였음. 시호는 문절(文節).

76) 안평공주(安平公主, 1259~1297) : 중국 원나라 세조의 딸로 이름은 홀도로게리미실(忽都魯揭里迷失). 1274년 충렬왕이 세자로서 원나라에 있으면서 공주에게 장

왔을 때에 대궐에서 군신들과 연회를 가졌다. 공이 일어나 헌수(獻壽)의 잔을 올리자, 공주가 왕에게 말하기를,

> 어째서 갑자기 늙고 누추한 귀신 같이 생긴 사람을 제 앞에 가까이 오게 하십니까?

라고 하니 왕이 말하기를,

> 용모는 귀신처럼 추해 보이지만 마음은 물처럼 맑습니다.

라고 하자 공주는 낯빛을 고치고 예로써 대했다.

전-36 許文敬少時常率一僕, 掩骼埋胔, 殆無虛日, 見棄屍, 自負以瘞之. 其頮面盥手, 只用勺水, 旣貴亦如之.

문경공(文敬公) 허공(許珙)은 젊었을 때 항상 노복 한 명을 데리고 다니면서 매일같이 드러나 있는 백골이나 썩은 시체를 땅에 묻어주었다. 버려진 시체를 보면 직접 등에 져다가 묻어주기도 했다. 얼굴을 닦고 손을 씻을 때에는 한 구기의 물만 사용했는데, 나중에 귀한 자리에 오른 뒤에도 그대로 하였다.

전-37 洪文正每夕沐浴具冠帶以拜天星, 雖朝聘行役緩急之際, 未嘗廢也.

가들었음. 1294년에 공주를 책봉하여 안평공주로 삼았음.

문정공(文正公) 홍언박(洪彦博)[77]은 매일 저녁 목욕재계하고 관대를 차려 입고는 밤하늘에 떠있는 별을 향하여 절을 올렸는데, 비록 왕을 뵈거나 출장을 떠나 일의 완급을 따질 필요가 있는 경우에도 그만 둔 적이 없었다.

전-38 薛文景公偸廉謹好禮, 朝官六品以上, 其有父母之喪, 必素服往吊. 鄕黨後生來謁, 亦具衣冠, 下階迎之. 嘗臥疾, 蔡中菴洪哲入內寢胗視, 布被弊席蕭然若僧居. 出而歎曰, 自吾輩而望公, 所謂壤虫之與黃鶴也.

문경공(文景公) 설공검(薛公儉)[78]은 청렴하고 매사에 조심하며 예를 잘 지켜서 6품 이상의 조정 관리들 중에서 그 부모상을 당한 이가 있으면 반드시 소복을 차려 입고 조문을 갔다. 마을의 후배들이 찾아뵐 때에도 의관을 갖추고 섬돌을 내려와 맞이하였다. 일찍이 병으로 앓아누운 적이 있었는데 중암(中菴) 채홍철(蔡洪哲)[79]이 안방

---

77) 홍언박(洪彦博, 1309~1363) : 고려 후기의 문신. 자는 중용(仲容), 호는 양파(陽坡), 1356년 원나라 조정과 밀착하여 권세를 부리던 기철(奇轍) 일파를 숙청하는데 공을 세워 1등 공신에 책록되었고, 1361년 홍건적의 침입으로 모든 사람이 피난할 것을 주장할 때 개경 사수를 홀로 주장하였음. 호종공신으로 정승에 추증되었음. 저서로 『양파집』이 있고, 시호는 문정(文正).

78) 설공검(薛公儉, 1224~1302) : 고려 후기의 문신. 자는 상검(常儉), 호는 경재(敬齋). 감찰대부(監察大夫)를 거쳐 찬성사(贊成事)로 치사했음. 충렬왕의 묘정에 배향되었고, 시호는 문량(文良). 『고려사』에는 시호를 문량(文良)이라고 했는데, 『역옹패설』에는 왜 문경(文景)이라고 했는지 모르겠음.

79) 채홍철(蔡洪哲, 1262~1340) : 고려 후기의 문신. 자는 무민(無悶), 호는 중암거사(中菴居士). 권한공 등과 더불어 당파를 맺고 권력을 휘두른 것이 화근이 되어 1321년 일당과 함께 장류(杖流)되고 집이 적몰 당하였음. 이에 원한을 품고 당시의 미묘한 정세를 틈타 권한공 등과 함께 원나라에 청원서를 올리는 등 심양왕 고를

에 들어와 그를 진찰하고 병세를 살폈는데 무명 이불과 해진 삿자리가 쓸쓸해 보여 마치 스님이 거처하는 방과 같았다. 채홍철이 방에서 나와 탄식하며 말하기를,

> 우리 같은 사람들이 공을 바라보는 것은, 이른바 땅을 기는 벌레가 하늘을 나는 황학(黃鶴)을 바라보는 것과 같다.[80]

라고 했다.

전-39 國家伐叛耽羅, 問罪東倭, 丁亥之勤王, 庚寅之禦寇, 用兵幾二十年, 士皆袵金革操弓戈, 挾策而讀書者, 十不能一二, 而先輩老儒物故且盡, 六籍之傳不絕如綫. 大德末, 安文成珦爲宰相, 葺國學修庠序, 擧李晟秋適崔元冲等, 一經置兩敎授, 令禁學內侍五軍三官七品已下, 以至內外生員, 皆從而聽習. 又聞故郎中俞咸子爲僧者, 居泗州, 能讀史漢, 驛召至京, 而遣尹莘傑金承印徐諲金元軾朴理等受其說, 於是縫掖薦紳之徒, 多以通經博古爲事. 其後白彝齋頤正, 從德陵留都下十年, 多求程朱性理之書以歸. 我外舅政丞菊齋權公得四書集

왕위에 세우려는 운동을 벌였음. 관직은 찬성사에 올랐음. 문장과 각종 기예에 능하였는데, 특히 의약과 음악에 조예가 깊었고 불교에 심취하여 일찍이 자기집 북쪽에 전단원(旃檀園)을 지어 선승을 기거하게 하는 한편 많은 사람들에게 의약과 의술을 베풀었음. 「자하동신곡(紫霞洞新曲)」이라는 음악을 작곡하였으며, 이제현 이곡 등과도 교유하였음. 저서에 『중앙집(中菴集)』이 있음.

80) 땅을 기는 벌레가 하늘을 나는 황학(黃鶴)을 바라보는 것과 같다. : 양충(壤蟲)은 땅을 기는 하늘소라서 광활한 허공을 나는 황학과는 빠르기가 비교도 되지 않으므로 서로가 비교할 수 없는 관계임을 비유하는 말임. 『회남자』 권12 「도응훈(道應訓)」에 '吾比夫子, 猶黃鵠與壤蟲也, 終日行不離咫尺而自以爲速, 豈不悲哉!'라는 구절이 있음.

註, 鏤板以廣其傳, 學者又知有道學矣.

나라에서 반란을 일으킨 탐라(耽羅)를 정벌하고,[81] 동왜(東倭)의 죄를 물으며[82], 정해년의 근왕(勤王)[83]과 경인년의 어구(禦寇)[84] 등의 일로 거의 20년 동안에 전쟁이 끊일 날이 없었으므로 선비들이 다 칼을 차고 갑옷을 입었으며 활과 창을 손에서 놓을 겨를이 없었다. 그러므로 옆구리에 책을 끼고 독서하는 이가 열에 한 둘도 못되었고 그 동안에 선배가 되는 나이 많은 선비들이 다 죽어서 육경(六經)이 실낱같이 전해질 뿐이었다.

대덕(大德) 말에 문성공(文成公) 안향(安珦)[85]이 재상이 되어 국학

81) 반란한 탐라(耽羅)를 정벌하고 : 원종 14년(1273) 김방경이 흔도(忻都), 홍다구(洪茶丘) 등과 더불어 전라도 소속의 배 160 소(艘)에 육·해군 1만여 명을 싣고 제주에 들어가, 북제주군 애월읍 항파두성에 진을 치고 끝까지 대몽항전하던 삼별초를 정벌한 일을 말함.

82) 동왜(東倭)의 죄를 물으며 : 고려와 몽고 연합군이 합동으로 1274년과 1281년에 2차례에 걸쳐 일본을 침략했던 일을 가리킴.

83) 정해년(丁亥年)의 근왕(勤王) : 1287년에 원나라에서 나얀대왕(Nayan乃顔大王)이 반란을 일으켰는데 원 세조는 충렬왕에게 직접 군대를 이끌고 토벌을 돕도록 하였음. 이에 충렬왕은 7월에 직접 전군(前軍)을 인솔하고 출정하여 8월에 나얀대왕을 사로잡고 난을 평정하였음. 내안대왕(乃顔大王)은 쿠빌라이칸의 등극을 도와 몽골제국 동북부 영지의 왕공들의 칸으로 임명된 타가차르 노얀(탑찰이塔察爾) 손자인 나얀(Nayan乃顔)을 말하며 차가타이칸국처럼 울루스(영지)의 통치자의 이름을 따서 그에 귀속된 통치 지역을 내안(乃顔)이라고 불렀음. 원나라 세조 쿠빌라이의 만년에 카이두의 반란에 동조하다 패배한 후 나얀과 휘하 왕공들이 대부분 죽임을 당함으로써 나얀칸국(乃顔汗國)은 해체되었고, 내안지방(乃顔地方)은 쿠빌라이의 직접적인 통치를 받게 되었음.

84) 경인년(庚寅年)의 어구(禦寇) : 1290년(충렬왕 16)에 원나라의 합단(哈丹)이 고려를 침입한 사건. 원나라에서 난을 일으킨 내안(乃顔)의 부장(副將)이었던 그는 만주에서 반란을 일으켰으나 원나라 장수 내만대(乃蠻帶)에게 패하자 방향을 바꾸어 고려의 중북부 지방을 휩쓸고 다니다가 고려와 원나라의 연합군에 의해 1년 8개월 만에 물러갔음.

을 재정비하고 학교를 새로 단장하고는 이성(李晟)[86]·추적(秋適)[87]·최원충(崔元冲)[88] 등을 등용시켜 경서 하나에 두 명의 교수를 두고 금학(禁學)[89], 내시(內侍), 오군(五軍)[90]과 삼관(三官)[91]에 소속된

---

85) 안향(安珦, 1243~1306) : 고려 후기의 문신, 학자. 초명은 유(裕), 자는 사온(士蘊), 호는 회헌(晦軒). 관직은 판밀직사사도첨의중찬(判密直司事都僉議)에 올랐음. 1289년 11월에 원나라에 가서 주자서(朱子書)를 손수 베끼고 공자와 주자의 화상(畵像)을 그려 가지고 이듬해 돌아오는 등 여러 차례에 걸쳐 원나라에 오가며 그곳의 학풍을 견학하였음. 주자학의 국내 보급을 위해 섬학전(贍學錢)을 설치하는 등 다양한 노력을 기울임으로써 고려에 주자학을 전파하는 데 기여하였음. 시호는 문성(文成). 경북 영주의 소수서원에 배향되어 있음.

86) 이성(李晟, 1251~1325) : 고려 후기의 문신. 관직은 내서사인(內書舍人)에 올랐음. 여러 번 벼슬길에 올랐으나 학문에 심취하여 고향 담양으로 낙향하여 죽계촌사(竹溪村舍)에서 제자들에게 오경(五經)을 강론하여 많은 제자를 양성하였으므로 그를 배 속에 경서를 넣고 있어 경서에 정통한 사람이라는 뜻의 오경사(五經笥)라고 불렀음.

87) 추적(秋適, 1246~1317) : 고려 후기의 문신. 양지 추씨(陽智秋氏)의 시조. 자는 관중(慣中), 호는 노당(露堂). 관직은 예문관대제학에 올랐음. 충렬왕 말년에 안향에게 발탁되어 성균관에서 유학교육을 담당하였으며, 한문교양서인 『명심보감』을 편찬하였다고 함. 시호는 문헌(文憲).

88) 최원충(崔元冲) : 고려 후기의 문신. 충렬왕 말년 안향(安珦)에 의하여 발탁되어 이성(李晟), 최원충(崔元冲)과 함께 7품 이하의 관리, 혹은 생원들에 대한 유학교육을 담당하였음.

89) 금학(禁學) : 이는 금내학관(禁內學館)의 준말로 대궐 안에 있던 학관으로 비서성(秘書省), 사관(史館), 한림원(翰林院), 보문각(寶文閣), 어서원(御書院), 동문원(同文院) 등을 가리킴.

90) 오군(五軍) : 고려시대 경군(京軍) 소속의 군인들이 전쟁이나 내란 발생 시에 출정(出征)을 위해 중·전·후·좌·우로 편성한 5개의 부대. 군대가 전투에 동원될 때 원수·부원수 및 도지병마사(都知兵馬使)가 전군을 지휘하는 사령부를 구성했으며 그 밑에 5군이 있어서 각기 병마사·지병마사·도병마사 등이 임명되었음. 5군 조직은 전투의 수행을 위한 임시적인 것이었으나 전투가 끝난 후에 해체되지 않고 평상시에도 출정에 대비하여 편제상으로 존재하였음.

91) 삼관(三官) : 삼도감(三都監)이라고도 함. 고려시대에 왕의 시종과 궁궐의 숙위를 담당하거나 각 관사(官司)에 속해 장관을 시종하던 관인층을 아울러 부르는 성중관(成衆官)으로 사순(司楯)·사의(司衣)·사이(司彝)를 이르는 말. 사순은 여말 선

7품 이하의 관료들로부터 내외의 생원에 이르기까지의 모든 사람들에게 강의를 듣고 익히게 하였다. 또 돌아가신 낭중(郎中) 유함(俞咸)의 아들이 스님이 되어 사주(泗州)[92]에 살았는데, 그가 『사기』와 『한서』를 잘 볼 줄 안다는 소문을 듣고 역마편으로 서울에 불러올려서는 윤신걸(尹莘傑)[93]·김승인(金承印)[94]·서인(徐諲)[95]·김원식(金元軾)[96]·박리(朴理)[97] 등을 보내어 그가 강설(講說)하는 것을 듣도록 하였다. 이렇게 함으로써 유생들과 관료들 대부분이 경서에 통달하고 옛일에 해박한 것을 능사로 삼았다. 그 뒤에 이재(彝齋) 백이정(白頤正)[98]이 충선왕을 좇아 원나라 서울인 연경에 십년 동

초, 궁궐의 호위와 근시의 임무를 맡았던 기관이고, 사의는 시위와 숙위를 맡았음. 원나라 간섭기에 몽고의 영향을 받아 성중관이라는 고려 특유의 직명과 직임이 같은 몽고어 'aimaq' 혹은 'ayimor'의 한자 가차음(假借音)인 애마(愛馬)가 합쳐져 성중애마(成衆愛馬)로 통칭되기도 하였음. 그 밖에 성중아막(成衆阿幕)·애마 등의 별칭으로 불렸음.

92) 사주(泗州) : 지금의 경상남도 사천시(泗川市)의 고려시대 이름.

93) 윤신걸(尹莘傑, 1266~1337) : 고려 후기의 문신. 자는 이지(伊之.). 관직은 첨의평리(僉議評理)에 올랐고 기성군(杞城君)에 봉해졌음. 경서에 능하여 사문대학박사(四門大學博士)가 되었음. 시호는 장명(莊明).

94) 김승인(金承印) : 고려 후기의 문신. 평장사(平章事) 구(坵)의 아들로 천첩 소생이지만 당시 아버지의 신분을 따르는 노비종부법(奴婢從父法)에 의하여 문과에 급제하였음. 관직은 대사성에 올랐음. 1313년 강릉존무사(江陵存撫使)가 되어 강릉의 화부산(花浮山) 아래에 문묘를 갖춘 강릉향교(江陵鄕校)를 다시 세웠음.

95) 서인(徐諲) : 고려 후기의 문신. 본관은 이천(利川). 그의 생애는 자세히 알 수 없으나, 『고려사』 권125에 보면 충선왕 때 집의(執義)를 지낸 것으로 나옴.

96) 김원식(金元軾) : 고려 후기의 문신. 그의 생애는 자세히 알 수 없으나, 『고려사』 권106(김개물전金開物傳)과 권124(왕삼석전王三錫傳)에 보면 장령(掌令)과 재상(宰相)을 지낸 것으로 나옴.

97) 박리(朴理) : 고려 후기의 문신. 본관은 영암(靈岩). 충숙왕 때 판서 등을 지냈음.

98) 백이정(白頤正, 1247~1323) : 고려 후기의 문신. 자는 약헌(若軒), 호는 이재(彝齋). 안향의 문인. 관직은 첨의평리(僉議評理)에 올랐고, 상당군(上黨君)에 봉해졌음. 우리나라에 처음으로 성리학을 들여온 사람은 안향이지만, 성리학을 본격적으

안 머무르면서 정자(程子)와 주자(朱子)가 발명(發明)한 성리학 관련 서적을 많이 구하여 돌아왔다. 나의 장인으로 정승을 지낸 국재(菊齋) 권공(權公)[99]께서 『사서집주(四書集註)』[100]를 얻어서 목판에 새겨 널리 유포하니, 배우는 자들이 또한 도학(道學)이 있다는 사실을 알게 되었다.

전-40 嘗見神孝寺堂頭正文, 年八十, 善說語孟詩書, 自言學於儒者安社俊. 昔一士人入宋, 聞荊公退處金陵, 往從之受毛詩, 七傳而至社俊. 故詩則專用王氏義, 語孟及書所說, 皆與朱子章句蔡氏傳合. 當是時二書未至東方, 不知社俊何從得其義.

일찍이 신효사(神孝寺)[101]의 주지로 있는 정문(正文) 스님을 만나보니 연세가 80인데도 『논어』·『맹자』·『시경』·『서경』을 강설(講說)하고 있었는데, 본인의 말로는 유학자인 안사준(安社俊)에게서 배웠다고 하였다.

로 연구하고 그 체계를 파악하여 크게 일가를 이룬 이는 백이정이라 할 수 있음. 시호는 문헌(文憲).

99) 권보(權溥, 1262~1346) : 고려 후기의 문신. 초명은 영(永), 자는 제만(齊滿), 호는 국재(菊齋). 관직은 정1품인 삼중대광(三重大匡)에 올랐고, 부원군에 진봉됐음. 민지(閔漬)를 도와 『세대편년절요(世代編年節要)』 편찬에 참여하였으며, 아들 준(準), 사위 이제현과 함께 역대 효자 64명의 행적을 기린 『효행록(孝行錄)』을 편찬하였음. 『은대집(銀臺集)』 20권을 주석했음. 시호는 문정(文正).

100) 『사서집주(四書集註)』 : 중국 송나라의 성리학자인 주희(朱熹, 주자朱子, 1130~1200)가 자신의 성리학적 관점에서 사서에 대한 뜻풀이와 그 이치를 해설한 책. 대학장구(大學章句) 1권, 중용장구(中庸章句) 1권, 논어집주(論語集註) 10권, 맹자집주(孟子集註) 7권으로 구성되어 있음.

101) 신효사(神孝寺) : 경기도 개풍군 광덕산에 있던 절로 고려 태조 4년(921)에 창건했고, 충렬왕이 옮겨 살던 곳이었음.

옛날에 한 선비가 송나라에 들어갔다가 형공(荊公)[102]이 은퇴하여 금릉(金陵)[103]에서 살고 있다는 말을 듣고 그 곳으로 찾아가 형공에게서 『모시(毛詩)』[104]를 배웠는데 그로부터 7대를 전해져 사준에 이르렀다. 그래서 사준은 『시경』을 해석할 때는 오로지 왕안석이 풀이한 것을 썼고, 『논어』·『맹자』·『서경』의 해설은 모두 주자의 장구와 『채씨전』[105]의 것을 통합해서 썼다. 당시에는 주자의 장구와 『채

---

102) 형공(荊公) : 중국 송나라 문인, 정치가인 왕안석(王安石, 1021~1086)이 사후에 형국공(荊國公)으로 봉해졌으므로 붙여진 이름임. 그의 자(字)는 개보(介甫), 호(號)는 반산(半山). 강소성 무주(撫州) 임천현(臨川縣) 출신. 관직은 동중서문하평장사(同中書門下平章事)에 올랐음. 뛰어난 문필가이자 시인으로서 '당송팔대가(唐宋八大家)' 가운데 한 명으로 꼽힘. 또한 정치가로 북송의 신종에게 발탁되어 1069~1076년에 신법(新法)이라고 불리는 청묘법(靑苗法), 모역법(募役法) 등의 정책을 입안하고 추진한 개혁적 정치 사상가로 널리 알려져 있음. 1076년 모든 관직에서 물러나 강녕부(江寧府, 지금의 강소성 남경)로 은거하였음. 저서로 『왕임천문집(王臨川文集)』, 『임천집습유(臨川集拾遺)』 등의 문집(文集)이 전해지고 있음.

103) 금릉(金陵) : 지금의 중국 강소성 남경(南京)의 옛 이름. 전국시대에 초나라의 금릉읍(金陵邑)이었던 곳으로 삼국시대인 229년에 오나라의 손권(孫權)이 건업(建業)이라고 개칭하여 이곳에 도읍을 정한 뒤부터 강남(江南)의 중심지로 발전하였음. 당(唐)나라 때에는 금릉(金陵)·백하(白下) 및 금릉부 등으로 불리다가 오대십국(五代十國)의 이변(李昪)이 강녕부(江寧府)로 개칭(937)한 뒤 남당(南唐) 20여 년의 도읍지가 되었음. 명(明)나라 도읍지가 되어 처음에 응천부(應天府)였다가 뒤에 남경(南京)으로 불렸음.

104) 『모시(毛詩)』 : 『시경』의 다른 이름. 한(漢)나라 학자인 모형(毛亨)과 모장(毛萇)이 전했다고 하여 붙여진 이름임.

105) 『채씨전(蔡氏傳)』 : 『서경』에 채침(蔡沈)이 주해를 단 것으로 『서전(書傳)』이라고 함. 『시경』 주석은 『시전』이라고 함. 『서경』의 주석 중 당나라 초기 공영달(孔穎達)이 지은 '상서정의(尙書正義)'도 있음. 채침은 중국 송나라의 학자로 자는 중묵(仲默). 주자의 문하에 들어가 수학했으며, 주자의 명에 따라 『서집전(書集傳)』을 완성하였음. 주자의 문하에 들어가 주자와 강우(講友)를 맺었던 아버지 채원정(蔡元定)이 도주(道州)로 유배를 가자 그곳으로 따라가 살다가 아버지가 죽은 뒤 구봉(九峰)에 은거하여 살았으므로 구봉선생이라 불리어짐.

씨전』이 우리나라에 들어오지 않았을 때인데, 사준이 어디에서 그 풀이한 것을 얻었는지 알지 못하겠다.

전-41 安密直戩爲承旨, 忠烈王欲以叅官授一內宦, 公執不可. 一日面諭公曰, 此人服勤左右, 歲月已久, 卿强爲予與六品. 且命書之於前, 公不得已擬以郎將. 旣而伏地請曰, 臣以不才, 昵侍帷幄, 題品銓注, 豈臣庸愚所宜當之, 乞擇賢者, 代掌斯任, 其言甚切, 王頷之. 王起入內, 公隨其後跪曰, 願有復也. 臣明當見代, 其內竪叅官之命, 乞留之以須後日. 王趾已逾閾, 顧而厲聲曰, 可. 左右皆懼, 公徐入座曰, 殿下許臣矣. 遂削去之

밀직(密直)[106) 안진(安戩)[107)이 일찍이 승지로 있을 때, 충렬왕이 한 환관에게 참관 벼슬을 제수하려고 하자 공이 가당찮은 일이라고 반대했다. 하루는 충렬왕이 공을 대면하여 타이르기를,

> 이 사람이 나를 가까이에서 부지런히 보필한 지 이미 오래되었다. 경은 나를 위하여 억지로라도 6품의 벼슬을 주도록 하시오.

라고 하고는 자기 앞에서 임명장을 쓰도록 명하니, 공이 마지못해서 그를 낭장(郎將)[108)으로 추천하였다. 그 일이 끝나자 공이 땅에

106) 밀직(密直) : 고려시대 밀직사(密直司)에 속해 있던 정3품 관직인 밀직부사(密直副使)를 가리킴. 왕을 가까이에서 보좌하며 왕의 언행을 살피는 일에 종사하였음.
107) 안진(安戩, ?~1298) : 고려 후기의 문신. 관직은 지밀직사사(知密直司事)에 올랐음. 오랫동안 인재를 고르고 임명하는 업무에 종사였으나 늘 정도를 걸었기 때문에 사람들이 쇠로 만든 떡이라는 뜻으로 굳세고 강직해서 부정을 저지르지 않는 사람을 비유해서 이르는 말인 '철고(鐵餻)'라고 불렀음.

엎드려 청하기를,

신은 재주 없는 몸이옵니다. 전하를 유악에서 가까이 모시며 사람을 평가하고 벼슬에 임명하는 일[題品銓注]을 어찌 신과 같이 못나고 어리석은 자가 감당할 수 있겠사옵니까. 바라옵기는, 현명한 이를 택하시어 이 임무를 대신하도록 하시옵소서.

라고 하였는데, 그 말이 매우 간절하여 왕이 윤허하였다. 왕이 일어나 안으로 들어가는데 공이 또 그 뒤를 따라가 꿇어앉아 말하기를,

다시 아뢸 말씀이 있사옵니다. 신이 관직에서 물러남은 마땅하오나 내시를 참관으로 추천 하시는 명을 미루시고 후일을 기약하시옵소서.

라고 하였다. 왕의 발꿈치가 이미 문지방을 넘어갔는데, 돌아보며 성난 목소리로 “그렇게 하라.”라고 하였다. 좌우의 신하들이 모두 두려워하였으나 공이 천천히 자리로 돌아와 말하기를, “전하께서 신의 주청을 들어주셨다.” 하고는 마침내 그 임명하는 글을 삭제해 버렸다.

전-42 崔密直守璜事佛甚篤, 以承旨同知貢擧宴賀客, 不肉而素. 王旨別監林貞杞遺以白粲一舟, 不受. 林慚怒, 卽以米舟賂權貴, 得代公爲承旨. 時人鄙之.

밀직 최수황(崔守璜)[109]은 부처를 매우 독실하게 섬겼는데, 승지

---

108) 낭장(郎將) : 고려 때 정6품의 군사 직급으로 2군6위(二軍·六衛)에 속했음.

로 동지공거가 되어 축하객들을 위해 연회를 베풀 때에도 육고기가 들어가지 않은 소찬을 즐겼다. 왕지별감(王旨別監)110) 임정기(林貞杞)111)가 백미를 한 배[舟] 가득 실어 보냈으나 최수황이 받지 않자, 임정기는 부끄러운 나머지 성을 내고는 곧바로 그 쌀을 다른 권문귀족에게 뇌물로 바쳐 최공을 대신해 승지가 되었으므로 당시 사람들이 그를 비루하게 여겼다.

전-43 有巨室認民爲隸, 民訴于典法司, 知司事金㥠與同僚, 知其寃而怵於勢, 斷與巨室. 人夢利刃自天而下, 亂斫一司之吏. 夢之明日, 金發背疽而死, 未踰月其同僚盡死. 唯一人不死, 不預其議者也. 恥菴云 一人者, 李行儉尙書也.

어느 권력 있는 집에서 제멋대로 양민을 종으로 삼으려 하였으므로 그 양민이 전법사(典法司)112)에 고소하였다. 지사사(知司事)113) 김서(金㥠)114)와 동료들은 그 양민의 원통함을 알았지만 권력가의

---

109) 최수황(崔守璜, ?~1301) : 고려 후기의 문신. 관직은 첨의찬성사(僉議贊成事)에 올랐음. 성품이 정직하고 근검하였으며, 시를 잘 지었고 글씨에도 뛰어났음.

110) 왕지별감(王旨別監) : 고려 충렬왕(忠烈王) 때 두었던 관원. 임금의 특명을 받고 지방에 파견되어, 물품을 징발하는 일을 맡았음

111) 임정기(林貞杞, ?~1288) : 고려 후기의 문신. 벼슬이 감찰대부에 이르렀음. 백성의 재물을 가혹하게 수탈하였고, 왕에게 아부하여 총애를 받았음.

112) 전법사(典法司) : 고려시대 법률·소송·형옥에 관한 일을 맡아보던 관아. 1275년에 원나라의 간섭으로 상서6부(尙書六部)의 하나인 상서형부(尙書刑部)를 전법사로 고치고, 그 관원으로 판서(判書)·총랑(摠郎)·정랑(正郎)·좌랑(佐郎)을 두었음.

113) 지사사(知司事) : 고려 시대 전곡(錢穀)의 출납과 회계 등에 관한 사무를 관장하던 삼사(三司)의 종4품 관직. 일명 지삼사사(知三司事)라고도 하였음.

세도를 두려워하여 주저 없이 권력가의 편을 들었다. 어떤 사람이 날카로운 칼이 하늘로부터 내려와 전법사의 관리들을 내리찍는 꿈을 꾸었는데, 꿈을 꾼 그 다음날 김서는 등창이 나서 죽었고, 한 달도 채 되지 못해서 그의 동료들도 모두 죽었다. 그들 중에 오직 한 사람만이 죽음을 면했는데, 그는 그 일을 의논하는 자리에 참석하지 않았던 사람이었다. 치암(恥菴)[115]이 말하기를 "그 한 사람은 상서 이행검(李行儉)[116]이다."라고 하였다.

전-44 鈍村金相晅守金海, 密城人殺其宰叛, 按廉使李叔眞在甘露寺. 公急邀至城中, 密人夜搜之, 不獲而歸. 號改國兵馬使, 移牒郡縣, 多隨風而靡. 公請召慶州判嚴守安, 至則相與勒兵, 挾叔眞爲討賊之計, 叔眞恇怯, 喚日者僧, 問時與方, 故爲遷延. 公手劒擊其僧, 巇面走. 叔眞懼而從之, 賊聞之, 自斬渠魁以降.

---

114) 김서(金愔, ?~1284) : 고려 후기의 문신. 1271년(원종 12) 세자 심(諶 후일의 충렬왕)이 원나라에 볼모로 갈 때 호부낭중으로 시종하였으며, 이듬해 귀국하여 사의대부(司議大夫)가 되었음. 관직은 전법판서(典法判書)에 올랐음. 1284년에는 왕의 총애를 받던 정화원비(貞和院妃)가 양민을 종으로 삼으려 하는 압량사건(壓良事件)을 왕지(王旨)에 따라 판결하기도 하였음.

115) 치암(恥菴) : 고려 후기의 문신인 박충좌(朴忠佐, 1287~1349)의 호. 자는 자화(子華). 어려서부터 학문을 좋아하여 백이정이 원나라에서 주자학을 배우고 돌아왔을 때 이제현과 함께 제일 먼저 가르침을 받았음. 관직은 판삼사사(判三司事)에 올랐음. 예안의 역동서원(易東書院)에 배향되었으며, 시호는 문제(文齊).

116) 이행검(李行儉, 1225~1310) : 고려 후기의 문신. 본관은 금마(金馬, 지금의 익산). 관직은 언부전서(讞部典書)에 올랐음. 충렬왕 때 사간이 되어 정랑 임정기(林貞杞)와 봉의랑(奉議郎) 고밀(高密)의 임명장에 동의하는 서명을 거부한 것으로 왕의 노여움을 사서 섬으로 귀양갔다가 이존비(李尊庇)의 주선으로 풀려났음. 뒤에 전법랑(典法郎)이 되었는데, 이때 정화원비(貞和院妃)가 왕의 총애를 받고 양민을 종으로 삼으려 하자, 왕명을 어기면서까지 극력 반대하였음.

재상을 지낸 둔촌(鈍村) 김훤(金晅)[117]이 김해의 수령으로 있을 때, 밀성(密城) 사람[118]이 그 고을의 원을 죽이고 반란을 일으켰는데, 그때 안렴사(按廉使) 이숙진(李叔眞)[119]이 감로사(甘露寺)[120]에 머물고 있었다. 공이 급히 이숙진을 불러들여 성중에 이르렀는데, 밀성의 반란군이 밤에 안렴사를 수색했지만 찾지 못하고 돌아갔다. 반란을 꾀한 무리들이 개국병마사(改國兵馬使)라는 이름으로 군현(郡縣)에 통첩을 보내니, 많은 군현들이 풀이 바람을 따라 쓰러지듯 힘없이 항복하였다. 공이 경주판관(慶州判官) 엄수안(嚴守安)[121]을 부르니 곧 도착했으므로 상의한 끝에 군사를 내어 이숙진을 중심으로 하여 반란군을 토벌하기로 했다 그러나 숙진이 겁을 내어 점치는 중을 불러 때와 방위를 묻는 채 하면서 고의로 출병을 지체시키

117) 김훤(金晅, 1234~1305) : 고려 후기의 문신. 자는 용회(用晦). 1270년 금주 방어사(金州防禦使)로 있을 때 밀성(密城 지금의 경남 밀양시) 사람인 방보(方甫)가 반란을 일으키자 엄수안(嚴守安) 등과 이를 토벌하여 평정하였으며, 경상도에 침입하는 삼별초(三別抄)의 잔당을 방어하기도 했음. 관직은 찬성사에 올랐음.

118) 밀성(密城) 사람 : 고려 원종 12년(1271) 밀성군(密城郡, 지금의 경남 밀양시) 사람인 방보(方甫, ?~1271)가 삼별초를 도우려고 밀성에서 반란을 일으켰음. 밀성부사 이이(李頤)를 죽이고 스스로 공국병마사(攻國兵馬使)라 부르면서 세력을 확장하려고 했으나 실패하고 죽임을 당했음.

119) 이숙진(李淑眞) : 고려 후기의 문신. 일명은 오(敖). 1270년에 중서사인(中書舍人)으로 윤길보(尹吉甫)와 함께 구포(仇浦)에서 삼별초(三別抄)를 무찔렀고, 이어 엄수안(嚴守安)과 함께 조천(趙阡) 등을 살해하고 방보(方甫)의 항복을 받는 등 반군 토평에 공을 세웠음.

120) 감로사(甘露寺) : 경상남도 김해시 상동면 감로리 신어산(神魚山)에 있었던 절. 1237년에 해안(海安)이 창건하였으며, 1266부터 약 6년간 원감국사(圓鑑國師) 충지(食止)가 주지로 있었음.

121) 엄수안(嚴守安, ?~1298) : 고려 후기의 문신. 본관은 영월(寧越). 중방(重房)의 서리(書吏)로 문과에 급제하여 도병마녹사(都兵馬錄事)가 되었음. 이숙진(李叔眞) 등과 함께 방보(方甫) 등의 반란을 평정하였음. 관직은 부지밀직사사(副知密直司使)에 올랐음.

려 했다. 공이 칼을 들어 그 중을 치니, 중이 피가 흘러내리는 얼굴을 감싸며 달아났다. 숙진이 두려워하면서도 공을 따랐는데, 적이 그 사실을 듣고 스스로 적장의 머리를 베어가지고 와 항복하였다.

전-45 乃顔之黨哈丹, 漏網東走, 侵我封疆, 其衆數萬. 殺人爲粮, 得婦女聚麀而脯之. 國家遣萬戶鄭守琪, 禦之於鐵嶺, 哈丹未至而守琪遁歸. 鐵嶺道險狹, 纔通一人過, 哈丹下馬, 魚貫而登, 得守琪所棄資粮, 大饗數日, 皷行而前, 原州守將與衆計曰, 力不枝捂, 不如且降以紓民死. 邑人進士元冲甲獨以爲不可, 坐甲城門外, 賊遣一僧, 牒以誘降之意, 冲甲斬僧擲首, 賊坌至. 冲甲格殺數人, 州兵亦出. 判興元倉曹愼, 援桴以皷, 矢貫其右肱, 皷音不衰, 賊之前行小北, 後者驚擾, 自相轥轢. 州兵乘高, 崩之聲震山嶽, 僵屍滿谷, 遂以大克.

내안(乃顔)의 무리인 합단(哈丹)[122]이 포위망을 뚫고 동쪽으로 도주하여 우리나라의 국경을 침범하였는데, 그 무리가 수만 명이나 되었다. 사람을 죽여 식량으로 삼고, 여러 명의 부녀자들을 붙잡아 데리고 놀다가[123] 싫어지면 포를 뜨기도 했다. 나라에서 만호(萬戶) 정수기(鄭守琪)[124]를 보내어 철령(鐵嶺)에서 합단의 군사를 막게 하

122) 합단(哈丹) : 원나라 태조(元太祖)의 아우인 합적온(合赤溫)의 5세손(孫). 호륜패이(呼倫貝爾) 지방을 관령(管領)하고 있으면서 제왕(諸王) 내안(乃顔)과 함께 반역하여 자주 남하하여 침입하고 또한 고려(高麗)에도 침입하다가 뒤에 원군(元軍)에게 패하였음.

123) 부녀자들을 붙잡아 데리고 놀다가[聚麀] : 숫사슴이 여러 마리의 암놈을 거느리고 사는 것에서 비롯된 말로서, 여러 여자들을 거느리고 사는 사람을 가리킴. 특히 짐승처럼 무지하고 예절(禮節)을 몰라 부녀(父女) 사이와 모자(母子) 사이에 서로 혼인(婚姻)하는 것을 비유할 때 쓰이는 말임.

였으나 합단이 채 이르지도 않았는데 정수기는 도망쳐버렸다. 철령은 길이 험하고 좁아서 겨우 한 사람만이 지나갈 수 있으므로 합단의 군사들이 말에서 내려 물고기 꿰미처럼 한 줄을 지어 올라와 정수기가 버리고 간 군량미를 차지하여 수일 동안 크게 잔치를 벌였다. 그들이 북을 치면서 앞으로 행진해 오니, 원주를 지키는 장수가 여러 사람들과 계책을 논하는 자리에서 말하기를,

> 힘으로는 적에 맞서 버틸 수 없으니, 차라리 항복하여 백성들의 목숨을 건지는 것이 낫지 않겠소.

라고 하니, 그 고을 사람인 진사(進士) 원충갑(元冲甲)[125]이 홀로 옳지 않다고 하고서는, 성문 밖에 앉아 있었다. 적이 한 스님을 보내어 항복을 권유하는 통첩을 전했다. 원충갑이 그 스님의 머리를 베어 던지자, 적이 까맣게 몰려왔다. 원충갑이 적군 몇 명을 쳐서 죽이니, 고을의 군사들도 몰려 나왔다.

판흥원창(判興元倉) 조신(曹愼)[126]이 북채를 잡고 북을 치는데, 화

---

124) 정수기(鄭守琪) : 고려 후기의 무관. 친종장군(親從將軍)·만호 등의 무관직을 역임하였음. 1289년 방수만호(防守萬戶)로 있을 때 철령에 이른 합단(哈丹)의 군사를 방어하다가 도망가니, 적군이 그가 남긴 자량(資糧)을 차지하여 양근성(楊根城, 지금의 경기도 양평)을 함락하였음.

125) 원충갑(元冲甲, 1250~1321) : 고려 후기의 무신. 향공진사(鄉貢進士)로 원주의 별초(別抄)에 들어가 있다가 1291년 합단(哈丹)이 침입하여 원주성을 포위하자 전후 10차에 걸쳐 적을 크게 무찔러 예봉을 꺾음으로써 성을 지켰을 뿐 아니라 후세에까지 무명(武名)을 남겼음. 관직은 중랑장·장군 등 여러 벼슬을 거쳐 삼사우윤(三司右尹)에 올랐음. 시호는 충숙(忠肅).

126) 조신(曹愼) : 고려 후기의 문신. 관직은 흥원창판관(興元倉判官)에 올랐음. 1291년 합단적(哈丹)의 공격을 받자 별장 강백송(康伯松)과 유생 안수정(安守貞)과 합세하여 적을 물리치니, 이때부터 고려 군민은 합단에 대한 자신감을 얻었다고 함.

살이 그의 오른 팔뚝을 관통해도 북소리가 약해지지 않았다. 적의 최전방에 섰던 군사들이 도망치기 시작하니 뒤에 섰던 적병들이 놀래어 우왕좌왕 하여 자기들끼리 서로 짓밟는 형국이 벌어졌다. 그러므로 고을 군사들이 높은 지세에 의지하여 적을 무찌르는 소리가 산악에 진동하고, 널브러진 시체가 골짜기를 가득 메워 마침내 큰 승리를 거두었다.

전-46 哈丹之子老的, 引軍踰竹田以趨平壤, 羅萬戶裕禦之, 將捨舟而陸, 玄文赫止之曰, 彼其原隰回牙(互), 恐有伏也. 羅公不聽, 未成列, 賊大至. 羅公麾軍而退, 僅得登舟, 而郎將李茂與軍士數十人不及. 玄公立舟上呼曰, 茂勉之, 能立奇功, 國有賞. 孰與委身逆虜, 妻子爲僇乎. 茂與數十人者走獨山, 賊將輕之, 下馬坐胡牀, 分其衆環山而登, 飛矢如雨. 茂偎樹立, 日晩飢甚, 探囊中乾糇, 握而啗之, 且謂軍士曰, 男兒當死中求生, 毋恐. 關弓左射, 正中賊將喉, 應弦而倒. 賊衆自亂, 茂等大呼追擊, 斬馘無筭

합단의 아들 노적(老的)이 군대를 이끌고 죽전을 넘어 평양으로 내달았는데, 만호(萬戶) 나유(羅裕)[127]가 쳐들어오는 적을 방어하다가 배를 버리고 육지에 오르려 하자 현문혁(玄文赫)이 말리며 말하기를,

저쪽에 높고 마른 땅과 낮고 젖은 땅이 어우러져 빙 둘러 있으므로

127) 나유(羅裕, ?~1292) : 고려 후기의 무신. 관직은 지밀직사(知密直事)에 올랐음. 1291년 정조사(正朝使)로 원나라에 가서 회원대장군(懷遠大將軍)의 호를 받고 그 이듬해에 돌아왔음.

복병이 숨어 있을까 두렵습니다.

라고 했으나 나공이 듣지 않더니, 전열을 미처 정비하기도 전에 적군이 대거 몰려 왔다. 나공이 군사를 이끌고 물러나 겨우 배에 올랐으나 낭장(郎將) 이무(李茂)와 군사 수십 명이 아직 도착하지 않았다. 현공이 배에 서서 소리쳐 말하였다.

무는 힘껏 싸워라. 특별한 공을 세운다면 나라에서 그대에게 상을 내릴 것이다. 오랑캐에게 볼모로 사로잡혀 처자가 도륙을 당하는 것보다야 낫지 않겠는가.

라고 했다. 이무와 수십 명의 군사가 독산(獨山)으로 달아나자, 적장이 그들을 가볍게 보고는 말에서 내려 호상(胡牀)에 앉은 채 군사들을 나누어 산을 에워싸며 올라가게 했다. 적군이 쏜 화살이 비가 쏟아지듯 날아오자 이무는 화살을 피하여 나무에 기대어 섰다. 날은 저물어가는데 몹시 시장기를 느낀 나머지 배낭 속에 들어 있는 마른 양식을 한 주먹 꺼내 먹고는 군사들에게 말하기를,

남아라면 마땅히 죽을 지경에서 살기를 도모해야 할 것이오. 절대로 두려워하지 마시오.

라고 하고는 화살을 쏘아 적장의 목에 명중시켰다. 활시위 소리와 함께 적장이 거꾸러지니, 적의 무리가 혼란에 빠져 우왕좌왕하자 이무 등이 크게 소리를 지르며 추격하여 적의 머리를 벤 것이 헤아릴 수 없이 많았다.

전-47 庚癸之後, 宰相多武人. 李義旼與杜景升, 同坐中書, 李誇於杜曰, 某人自矜勇力, 吾一擊仆之如此. 因用拳撞柱, 榱桷皆動. 杜答曰, 某時之事, 吾以空拳奮擊, 衆皆奔潰, 亦撞之, 拳陷於壁. 時人爲詩曰, 吾畏李與杜, 屹然眞宰輔. 黃閣三四年, 拳風一萬古.

경인년[128]과 계사년[129]에 일어난 변란 이후에 등용된 재상 중에 무인 출신이 많았다. 하루는 이의민(李義旼)[130]과 두경승(杜景升)[131] 중서성(中書省)에 함께 앉아 있게 되었다. 이의민이 두경승에게 뽐내며 말하기를,

> 어떤 사람이 자신의 용력(勇力)을 자랑 하길래 내가 이처럼 한방에 쳐서 거꾸러뜨렸다오.

---

128) 경인(庚寅) : 경인년은 1170년(의종 24)으로 정중부(鄭仲夫) 등이 모의하여 무신의 난을 일으킨 해임.

129) 계사(癸巳) : 계사년은 1173년(명종 3)으로 이해에 동북면병마사로 있던 김보당(金甫當)이 쿠데타를 일으켜 의종을 실각시킨 무인들을 몰아내고 왕정을 회복하려고 소위 '김보당의 난'을 일으켰으나 실패하여 또다시 많은 문신들이 죽임을 당했음.

130) 이의민(李義旼, ?~1196) : 고려중기의 무신. 아버지는 소금장수이며, 어머니는 옥령사(玉靈寺)의 사비(寺婢)인 천민 출신이었으나, 신장이 8척으로 장대하여 경군(京軍)의 별장이 되었음. 1170년 무신의 난에 가담하였고, 1179년 정치적 입장을 달리하던 장군 경대승이 정중부 등을 죽이고 실권을 장악하자, 고향인 경주로 내려갔다가, 경대승이 병사하자 다시 실권을 장악하였음. 관직은 중서문하평장사(中書門下平章事)에 올랐음. 그의 가족들 또한 탐학을 자행하여 두 아들이 항간에서 쌍도자(雙刀子)라고 불리기도 하였음. 1196년 아들 지영(至榮)과 최충헌의 동생인 충수사이에 비둘기로 인해 사단이 벌어져 최충헌 일파에게 살해되었음.

131) 두경승(杜景升, ?~1197) : 고려 중기의 무신. 두릉(杜陵) 두씨(杜氏)의 시조. 성품이 순후하고 가식이 적으며 용력(勇力)이 있었음. 김보당의 난과 조위총의 난을 평정하여 상장군 지어사대사(上將軍·知御史臺事)에 올랐고, 중서령을 지냈음. 최충헌에 의하여 자연도(紫燕島)로 귀양 갔다가 울분에 못이겨 피를 토하고 죽었다고 함.

라고 하면서 주먹으로 기둥을 치니, 서까래가 모두 흔들렸다. 이에 두경승이 대답하기를,

> 언젠가 있었던 일이라오. 내가 맨주먹을 휘두르며 내지르니, 사람들이 모두 흩어져 달아나던구려.

라고 하면서, 마찬가지로 벽을 치니 주먹이 벽속에 파묻혔다. 그때 이 사실을 들은 어떤 사람이 이런 시를 지었다.

> 나는 이의민과 두경승을 두려워하노니,
> 걸출한 저 모습 진정한 재상이구나.
> 재상의 자리는 고작 삼사 년이지만,
> 주먹 바람은 영원하리라.
>
> 吾畏李與杜
> 屹然眞宰輔
> 黃閣三四年
> 拳風一萬古

전-48 李侍中延壽當國, 高王將行釋氏延壽神王道場, 勑下都堂, 支其費. 堂吏私計曰, 但可稱神王道場, 不犯侍中名耳. 及公問道場之名, 吏忘其前計, 遽曰, 李延壽神王道場. 公曰, 道場亦有姓乎. 慶陵時, 以洪萱爲司徒, 閔贊成萱問錄事陸希贊, 新司徒之名, 何字. 希贊老於刀筆, 進退應對, 自以爲能, 至是對曰, 閔萱之萱也. 聞者笑之齒冷.

시중(侍中)을 지낸 이연수(李延壽)[132]가 국정을 담당하고 있었을 때, 고종이 불교행사로 연수신왕도량(釋氏延壽神王道場)을 열기로 하고는 도당(都堂)에 칙명을 내려 필요한 경비를 지급하도록 했다. 도당의 관리가 혼자서 생각하기를, '신왕도량(神王道場)이라고 부르는 게 좋겠군. 시중 어른의 이름을 범해서는 안되지.'라고 하였다. 뒤에 이연수가 그 관리에게 도량의 명칭을 묻자, 전에 마음속으로 생각했던 것을 까맣게 잊어버리고서 황급하게 말하기를,

> 이연수신왕도량(李延壽神王道場)입니다.

라고 하니, 이공이 말하기를,

> 도량에도 성(姓)이 있는가?

라고 하였다.

충렬왕 때에 홍훤(洪萱)[133]을 사도(司徒)에 임명했다. 찬성(贊成) 민훤(閔萱)[134]이 녹사(錄事) 육희지(陸希贄)[135]에게,

---

132) 이연수(李延壽, ?~1227) : 고려 중기의 문신. 1216년에 거란군이 침범했을 때 우승선(右承宣)으로 도지병마사(都知兵馬事)로 출정하였음. 관직은 문하시중에 올랐음.

133) 홍훤(洪萱) : 고려 후기의 문신. 충렬왕대에 판도총랑(版圖摠郞), 사공(司空), 사도(司徒) 등을 지냈음.

134) 민훤(閔萱, ?~1310) : 고려 후기의 문신. 관직은 자의도첨의찬성사(咨議都僉議贊成事)에 올랐음. 충선왕이 즉위하자 충선왕의 왕비 비보탑실련공주(妃寶塔實憐公主)의 개가를 요청하는 표문(表文)을 가지고 원나라에 들어간 죄로 유배되었음. 시호는 양경(良敬).

135) 육희지(陸希贄) : 고려 후기의 문신. 관직은 녹사와 당시 각 도에 파견되어 지방의 양곡(糧穀)정책을 담당했던 무농사(務農使)를 역임했음.

새로 사도에 임명된 사람의 이름자가 어떻게 되는가?

라고 물었다. 육희지는 자신이 행정사무에 익숙하고 예의범절과 임기응변에 능하다고 여겨왔는데, 그 물음에 응대하기를,

민훤(閔萱)의 훤(萱)자 이옵니다.

라고 하니, 이를 들은 사람들이 이가 시릴 정도로 웃었다.

전-49 元文純傅嘗退食燕居, 門生四五人來謁, 命之坐, 與語曰, 予濫首鈞衡, 才不逮志. 物論以爲何如. 皆莫敢言, 方學士于宣在下座, 對曰, 人謂公之爲政, 如公之姓. 公大笑曰, 吾法吾姓, 輪至于此, 汝法汝姓, 將至何地.

문순공(文純公) 원부(元傅)[136]가 언젠가 퇴근하여 집에서 편히 쉬고 있는데 문생 너댓 명이 그를 뵈러 왔다. 그들을 자리에 앉게 하고서는 말하기를,

내가 외람되게도 국정을 담당하는 수상의 자리에 올랐지만, 나의 재능이 그러한 자리를 감당하기에는 좀 모자라네. 세상의 여론은 어떠한가?

---

136) 원부(元傅, ?~1287) : 고려 후기의 문신. 관직은 중서시랑평장사(中書侍郎平章事), 첨의중찬(僉議中贊)에 올랐음. 1277년에 수국사(修國史)가 되어 『고종실록』을 편찬하였고, 1284년에는 감수국사(監修國史)로서 『고금록』 편찬에 참여하였음. 시호는 문순(文純).

라고 하니, 감히 말하는 사람이 없었다. 그때 아랫자리에 있던 학사(學士) 방우선(方于宣)[137]이 대답하기를,

사람들은 공께서 정치를 공의 성씨[元]처럼 한다고 말합니다.

라고 하였다. 공이 크게 웃고는 말하기를,

나는 내 성을 본받아 둥글둥글 굴러서 재상의 자리에까지 이르렀는데, 자네는 자네의 성[方]을 본받아 앞으로 어느 자리를 얻을 수 있겠는가?

라고 하였다.

전-50 崔司空昷與河千旦李淳牧, 同在誥院, 河李俱有文名, 公倚其閥閱, 待之甚輕, 彼亦不爲之屈. 有勑撰進答隣國徵詰書, 公當秉筆, 搔首苦吟, 未得其意, 擲筆罵曰, 此, 鄕曲布衣之輩, 所以自負者耶.

한때 사공(司空) 최온(崔昷)[138]이 하천단(河千旦)[139]·이순목(李淳

137) 방우선(方于宣) : 고려 중기의 문신. 관직은 충선왕대에 평양윤 겸 안정도존무(平壤尹兼安定道存撫)를 지냈음.

138) 최온(崔昷, ?~1268) : 고려 중기의 문신. 본관은 철원으로 최유청의 증손. 무신정권의 마지막 인물인 최의(崔竩)를 제거하는데 가담하였고, 관직은 중서시랑평장사에 올랐음. 시호는 문신(文信).

139) 하천단(河千旦, ?~1259) : 고려 중기의 문신. 경남 함양군 안의면에서 출생. 문장에 능하여 당시의 표(表)와 전(箋)이 모두 그의 손에서 나왔고, 당대의 문호였던 이규보·최자·김구·이백순 등과 함께 문단을 주도하였음. 관직은 판위위사(判衛尉事)에 올랐음. 그의 글이 지금 『동문선』에 몇 편 전하고 있음.

牧)[140]과 함께 고원(誥院)에 근무하였는데. 하천단과 이순목 두 사람은 세상에 문명이 알려졌었다. 최온은 자기 집안의 문벌을 믿고서 두 사람을 아무렇게 대하였으나, 저들도 최온에게 굽신거리지 않았다. 한번은 이웃 나라에서 문책하는 내용의 글을 보냈으므로 거기에 대응하는 답서를 지어 올리라는 왕의 칙명이 있었다. 최공이 붓을 잡고 글을 쓰느라 머리를 긁적이며 끙끙거렸으나 글이 뜻대로 되지 않자 붓을 내던지고 성내며 말하기를,

시골의 가난한 선비들이 자부하는 까닭이 바로 여기에 있구나.

라고 하였다.

전-51 朴尚書褕常言, 東方屬木, 木之生數三, 而成數八也. 畸者陽也, 偶者陰也. 吾邦之人, 男寡而女衆, 理則然也. 國家之法, 雖達官亦不敢有二家. 以故婦女往往有垂白而未醮者, 衣冠之後不絶如縷, 兵民戶口日就凋喪, 職此而已. 乃上箚子, 乞令臣寮皆蓄姬侍, 隨品位降殺其數, 至於庶人, 得娶一妻一妾, 定爲恒制, 銷怨曠阜民物之道也. 於是婦人無貴賤, 咸怒且懼. 會觀燈之日, 朴公扈法駕綴班而行, 有老嫗識之曰, 請畜姬妾者, 彼老乞兒也. 聞者傳相指之, 巷陌之間, 紅指如束

상서(尚書) 박유(朴褕)[141]가 항상 말하기를

140) 이순목(李淳牧, ?~1249) : 고려 중기의 문신. 일찍이 문장에 능하여 주필(走筆)로 이름을 떨쳤음. 관직은 본관은 판비서성사(判祕書省事)에 올랐으며, 문장력이 뛰어나 줄곧 지제고(知制誥)를 겸임하였음.

> 동쪽은 목(木)에 속한다. 목(木)의 생수(生數)는 3이고 성수(成數)는 8인데,[142] 3은 기수(畸數:홀수)로 양(陽)이고 8은 우수(偶數:짝수)로 음(陰)이다. 우리나라 사람 가운데 남자의 숫자가 적고 여자가 많은 이유가 바로 거기에 있다. 나라의 법에 비록 크게 출세한 관리라 할지라도 감히 두 아내를 취할 수 없다. 그러므로 여인들 가운데 이따금 호호백발이 되도록 시집 못간 자가 있고, 문관의 후손이 실낱같이 겨우 이어지기도 하니, 군사의 숫자와 백성의 호구(戶口)가 날로 줄어드는 이유를 알 수 있다.

라고 하고는, 바로 차자(箚子)를 올리기를,

> 바라옵기는, 신료들로 하여금 모두 가까이 희첩(姬妾)을 두게 하시옵소서. 품계와 지위에 따라 아래로 내려올수록 희첩의 수를 줄여 일반 백성에게는 일처일첩(一妻一妾)을 두는 항구적인 제도를 만드는 것이 홀어미의 원한을 풀어 주고 민물(民物)을 번성하게 하는 길이 될 것이옵니다.

라고 하였는데, 이에 부인들은 귀천(貴賤)의 구별없이 모두 분노하면서도 두려움에 떨었다. 마침 관등일(觀燈日)에 박공(朴公)이 법가

---

141) 박유(朴褕) : 고려 후기의 문신. 관직은 대부경(大府卿), 상서(尙書) 등을 역임하였음. 당시 고려의 처녀들이 공녀(貢女)로서 원나라에 보내지는 데 반발하여 왕에게 첩제(妾制)의 수용을 건의하였다가 여론의 몰매를 맞기도 했음.

142) 성수(生數), 성수(成數) : 역법에서 이 우주 안의 수는 1에서 10까지인데 12345를 처음 생긴 수라 하여 생수(生數)라 하고 678910은 생수에다가 5를 더한 것으로, 이루는 수라고 해서 성수(成數)라고 한다.

오행(五行)	水	火	木	金	土
生數	1	2	3	4	5
成數	6	7	8	9	10

(法駕)[143]를 호종하며 뒤따라가는데, 한 노파가 그를 알아보고 말하기를,

희첩(姬妾)을 두게 하자고 한 자가 바로 저 늙은 거지놈이다.

라고 하니, 옆에서 그 말을 들은 사람들이 서로에게 전하여 박유에게 손가락질을 해댔다. 넓은 거리에 마치 붉은 손가락 다발이 난무하는 것 같았다.

전-52 雪齋鄭中贊可臣掌成均試, 試民不見吏詩. 有老貢生得句云, 犬黙花村月, 蹄閑柳驛塵. 餘文粗有可採, 公置之下等. 旣放牓宴賀客, 見此生憫其老, 欲慰藉之, 改犬黙字, 誇於客曰, 厖睡花村月, 蹄閑柳驛塵. 是此生句也. 客未對, 生傑然而進曰, 吾所云者犬黙也.

중찬(中贊) 벼슬을 지낸 설재(雪齋) 정가신(鄭可臣)[144]이 성균시(成均試)를 관장했을 때

143) 법가(法駕) : 임금이 거둥할 때의 의장(儀仗)의 하나로 대가(大駕), 법가, 소가(小駕)의 세 종류가 있음. 조선 조에서는 문소전(文昭殿)에서의 제향, 성균관(成均館)에서의 문선왕제(文宣王祭)와 대사례(大射禮) 및 관사례(觀射禮), 무과전시(武科殿試)를 위하여 거둥할 때 사용됨. 법가는 잘 사용되지 않다가 영조 때 『속오례의(續五禮儀)』가 제정되면서 다시 사용되었음.

144) 정가신(鄭可臣, ?~1298) ; 고려 후기의 문신. 초명은 홍(興). 자는 헌지(獻之). 관직은 첨의중찬에 올랐고, 벽상삼한삼중대광 수사공(壁上三韓三重大匡守司空)에 더해졌음. 처소를 설재(雪齋)라 편액(扁額)하고는 현사(賢士), 대부(大夫)와 더불어 고금(古今)의 일을 의논하니, 고관의 자리에 있어도 행동은 서생(書生)과 같았다고 함. 고려 호경대왕(虎景大王: 고려 태조의 조상)으로부터 원종까지의 일을 기록한 역사서인 『천추금경록(千秋金鏡錄)』을 찬집하였음. 충선왕 묘정에 배향되었고, 시호는 문정(文靖).

'백성이 아전을 보지 못하다[民不見吏]'는 시제(詩題)로 시험을 보였다. 한 나이 많은 응시생이 시구를 지어,

> 개는 꽃핀 마을 달빛에 침묵하고,
> 말발굽은 역원의 티끌을 잠재우네.
>
> 犬默花村月,
> 蹄閑柳驛塵

라고 하였다. 나머지 부분이 거칠기는 했지만 그래도 쓸 만하다고 하여 공이 그를 하등(下等)으로 합격시켰다. 얼마 있다가 합격자 이름을 쓴 방을 내걸고는 축하객들에게 잔치를 열었었다. 공이 그 늙수그레한 응시생을 불쌍히 여겨서 위로하느라고 글귀의 '견묵(犬默)' 자를 고쳐 하객에게 자랑하여 말하기를,

> 삽살개는 꽃핀 마을 달빛 아래 졸고,
> 말발굽은 역원의 티끌을 잠재우네.
>
> 尨睡花村月,
> 蹄閑柳驛塵
> 이것은 이 응시생의 글귀이다.

라고 하였는데, 하객들이 채 응대하기도 전에 그 응시생이 몸을 웅크린 채 앞으로 나와서 말하기를,

> 저는 '개가 조용하다[犬默].'라고 지었습니다.

라고 하였다.

전-53 孔尙書文伯嗜酒. 所居里有呂克諧者, 敬其老, 每邀至其家, 觴之以美酒. 孔喜面譽曰, 此郎年少, 觀其容止, 聽其言論, 他日必至宰相. 其後克諧迫於世故, 經月未遑相請, 孔遇之塗曰, 宰相之命, 自有延促, 不可不知也.

상서(尙書) 공문백(孔文伯)[145]은 술을 좋아하였다. 그가 살고 있는 마을에 여극해(呂克諧)[146]라는 자가 있었는데, 나이 많은 공문백을 존경하여 매번 자기 집에 모셔다가 좋은 술을 대접하였다. 그때마다 공문백(孔文伯)이 기뻐하며 면전에서 그를 칭찬하기를,

> 이 젊은이의 용모와 행동거지를 보고 그 말하는 것을 들으니 언젠가 반드시 재상(宰相)의 자리에 오를 것이다.

라고 했다. 그 후에 여극해가 세상일에 바빠서 달이 지나도록 그를 청하지 못했더니, 공문백이 길에서 그를 만나 말하기를,

> 재상에 오르는 운세는 스스로 늦추거나 빠르게 할 수 있으니, 명심해야 할 것이야.

라고 했다.

---

145) 공문백(孔文伯) : 고려 후기의 문신.

146) 여극해(呂克諧) : 고려 후기의 문신. 함양 여씨의 7세조.

전-54 俗語, 以詭衆自負者爲聖者. 人謂壯元及第不爲聖者之爲者, 唯郭公預而已. 或日, 郭公爲翰林, 日每遇雨, 必跣足持傘, 獨至龍化院崇教寺池上, 以賞蓮花, 豈非聖者乎. 故公詩云, 賞蓮三度到三池, 翠盖紅粧似舊時. 唯有看花玉堂客, 風情末減鬢如絲.

속어(俗語)에 '남을 하찮게 여기며 잰 체하는 사람'을 성인군자라고 한다. 세상 사람들이 장원급제하고도 성인군자 짓을 하지 않는 자는 오직 곽예(郭預)[147]뿐이라고 하였다. 어떤 이가 말하기를,

> 곽공(郭公)이 한림(翰林)으로 있을 때 비가 오는 날이면 반드시 맨발에 우산을 들고 혼자서 용화원(龍化院) 숭교사(崇教寺)[148]의 연못가에 와서 연꽃을 감상하였는데, 이것이 어찌 성인군자 짓이 아니란 말이오.

라고 했다. 이 말을 듣고 공이 시를 지어 이르기를,

> 연꽃 구경하러 세 번 삼지[149]에 갔더니,

---

147) 곽예(郭預, 1232~1286) : 고려 후기의 문신. 초명은 왕부(王府), 자는 선갑(先甲). 관직은 지밀직사사 감찰대부(知密直司事監察大夫)에 올랐음. 강직하고 소박한 성품으로 문장과 글씨에 능하였으며, 성절사(聖節使)가 되어 원나라에 다녀오던 도중 병들어 죽었음.

148) 숭교사(崇教寺) : 고려시대의 절 이름으로 경기도 개성(開城) 남부 환희방(歡喜坊)에 있었음. 고려 목종(穆宗) 3년(1000) 왕의 원찰(願刹)로 창건되었음. 목종의 모후(母后) 천추태후(千秋太后)가 헌정왕후(獻貞王后)의 소생인 대량군(大良君) 순(詢)을 미워하여 강제로 삭발시켜 이 절로 내쫓은 일이 있었는데, 이가 곧 목종의 다음 임금인 현종(顯宗)임. '三年, 冬十月, 創崇教寺爲願刹.'(『고려사』 권3 「세가」 3 〈목종〉)

149) 삼지(三池) : 『신증동국여지승람』 권4 〈개성부 상〉 산천(山川)에 보면, 동지(東池), 연지(蓮池), 용화지(龍化池) 등 세 연못을 나열하고, 이 연못들을 소재로 지

푸른 일산 붉은 단장은 예전 모습이었네.
오직 꽃을 보려는 옥당의 손님 있어,
풍정은 그대론대 귀밑털 실같이 희었네.

賞蓮三度到三池,
翠盖紅粧似舊時
唯有看花玉堂客,
風情未減鬢如絲.

라고 했다.

전-55 露堂秋先生適, 自安東書記還, 體甚肥腯, 遇吾季父秘郎公, 戱曰, 李少年鬚髥輒張, 季父應聲曰, 秋司錄腰腹空大 時以爲名對.

노당(露堂) 추적(秋適)[150] 선생이 안동서기로 있다가 돌아왔는데, 몸이 심하게 비대해졌다. 나의 막내 숙부 비랑공(秘郎公)[151]을 만나 농담하기를,

---

은 곽예의 이 시를 소개하고 있음. '東池, 在府北五里, 蓮池, 在壽昌宮西, 龍化池, 在府東七里. 郭預詩, 賞蓮三度到三池, 翠盖紅粧似舊時. 唯有看花玉堂客, 風情未減鬢如絲.'

150) 추적(秋適) : 고려 후기의 문신. 추계(秋溪) 추씨(秋氏)의 시조로 자는 관중(慣中)이고, 호는 노당(露堂). 관직은 예문관제학(藝文館提學)에 올랐음. 충렬왕 말년에 안향에게 발탁되어 성균관에서 7품 이하의 관리, 혹은 생원들에 대한 유학교육을 담당하였으며, 한문교양서인 『명심보감』을 편찬하였다고 전함. 시호는 문헌(文憲).

151) 비랑공(秘郎公) : 이제현의 계부(季父)인 이세기(李世基)를 가리킴. 관직은 비서성 비서교서(秘書省秘書校書)를 거쳐서 검교정승(檢校政丞)을 역임하였음. 시호는 문희(文僖).

이소년(李少年)의 수염이 갑자기 자랐군.

이라고 하자, 숙부께서 응대하여 말하기를,

추사록의 허리와 배가 하릴없이 비대해졌구려.

라고 하였는데, 당시 사람들이 재치 있는 응수라고 하였다.

전-56 露堂性豁達無檢, 老而能飯. 常言, 享客, 但軟炊白粒, 割鮮作羹, 可矣. 雖費百金, 致八珍, 過吻則一也. 爲龍州守, 所善王輪仁照師, 乘傳北上, 入其境, 問郵吏日, 汝州使君爲誰. 吏對曰, 秋侍郎也. 師曰, 吏乎 儒乎. 曰, 常以筆硯自隨, 或獨坐吟嘯, 似是儒者. 師曰, 聞達之士, 孰有姓秋者乎, 宜乎余之不相識也. 旣而曰, 日之將午, 巨鉢香稻之飯, 深椀軟肉之羹, 擧案而進之前, 汝使君將如何. 吏卽跪曰, 師欺我耳, 必深知使君者也.

노당 선생은 성격이 활달하여 어디에도 매이지 않았다. 노년에도 음식을 잘 드셨는데 늘 말하기를,

손님을 대접할 때에 흰 쌀을 안친 솥을 약한 불에 올려 밥을 짓고, 생선을 잘라 국을 끓이면 그만이다. 비록 백금(百金)의 돈을 들여 팔진미를 차린다 한들 입속을 넘어가면 매한가지이다.

라고 하였다. 그가 용주(龍州)[152]의 수령으로 있을 때에 그와 잘 지

152) 용주(龍州) : 평안북도 용천지역의 옛 지명으로, 본래 고구려의 옛 땅이나 발해의 침입으로 한때 여진족의 근거지였음. 1298년(충렬왕 24)에 환관 황석량(黃石

내던 왕륜사[153]의 인조대사[154]가 역말을 타고 북쪽으로 올라가던 길에 용주 경내에 들어왔다. 역원의 관리에게 묻기를,

네 고을의 사또는 누구인가?

추시랑[155]이십니다.

관리 출신인가? 아니면 선비 출신인가?

늘 붓과 벼루를 손에서 놓지 않으시며, 가끔씩 홀로 앉아 시구를 읊으시니 선비 출신인 듯합니다.

훌륭한 선비 중에 성이 추씨인 사람이 어디 있다더냐? 내가 그 분을 알지 못하는 것은 당연하다.

한참 시간이 지난 뒤에 대사가 말하기를,

해가 정오에 이르렀을 때 큰 그릇에 향기로운 쌀밥을 담고 속이 깊은 주발에 연한 고깃국을 담아 밥상을 차려 내오면, 너희 사또께서는 어떻게 하시던가.

良)이 권세를 이용, 자신의 고향인 합덕부곡(合德部曲, 지금의 충청남도 당진군 합덕읍)을 현(縣)으로 승격시키려고 할 때, 담당관인 추적이 그 서명을 거부하였으므로 황석량의 참소로 투옥되었다가 뒤에 풀려나와 용주의 수령을 지냈음.

153) 왕륜사(王輪寺) : 고려시대의 절 이름으로 경기도 개성 송악산에 있었음. 이 절은 고려 태조 왕건이 지은 개경 십찰(十刹 : 法王寺, 王輪寺, 慈雲寺, 內帝釋寺, 舍那寺, 天禪寺, 新興寺, 文殊寺, 圓通寺, 地藏寺) 가운데 하나로, 고려 시대에 교종선의 승과(僧科)가 이곳에서 시행되었고, 공민왕 때에는 노국 공주의 영전을 이 근처에 세웠다고 함.

154) 인조대사(仁照大師) : 고려 충선왕(1303~1313) 때의 스님으로 왕륜사의 주지로 있었음.(『고려사』 세가世家 권33)

155) 시랑(侍郎) : 고려 때 육부(六部)와 육조(六曹)의 상서(尙書) 다음가는 벼슬임.

라고 하였다. 이 말을 듣자말자 역리가 무릎을 꿇고 말하기를,

> 대사께서는 저를 속이고 계십니다. 저희 사또를 잘 아시는 것이 틀림없습니다.

라고 하였다.

전-57 崔尚書元中, 學士雍之子也. 始登第, 爲九齋教導, 嚴檟楚之法, 毫髮不相貸, 生徒怨之, 目曰秦始皇, 謂其酷刑也. 旣而入翰院, 頗以才氣凌人, 同院李叔琪佯怒曰, 汝何物人, 自負如此. 我若一言, 汝將何以立於世耶. 汝果自謂崔學士之兒耶. 崔怫然曰, 妄辱人, 以及父母, 汝其不畏國法耶, 欲以我爲誰氏子乎. 李徐曰, 吾謂汝是呂不韋之子耳. 崔俯首胡盧而已.

상서(尚書) 최원중(崔元中)은 학사 최옹(崔雍)[156]의 아들이다. 그가 비로소 과거에 급제하여 구재(九齋)[157]의 교도(教導)에 임명되었었

---

156) 최옹(崔雍, ?~1292) : 고려 후기의 문신. 초명은 기(夔), 자는 대화(大和). 관직은 부지밀직사사 문한학사(副知密直司事文翰學士)에 올랐음. 젊어서 학문을 좋아하여 친구 10명과 함께 10년간 독서하기로 약속하였는데, 몇 년이 못 되어 다른 사람은 모두 포기하고 갔으나 그만 홀로 힘써 배워서 읽지 않은 책이 없었고, 당시 박학으로 일컬어졌음. 최영(崔瑩)은 그의 손자.

157) 구재(九齋) : 고려 때 사학(私學)의 하나로 구재학당(九齋學堂)·최충(崔沖)의 도(徒)·시중최공도(侍中崔公徒)·문헌공도(文憲公徒)라고도 하였는데, 문종 때 최충이 후진교육을 위하여 설치한 사숙(私塾)임. 1055년(문종 9) 최충이 벼슬을 그만둔 뒤 세운 구재는 시설 면이나 교육면에서 국자감(國子監)을 훨씬 능가하였다고 함. 특히 이곳에 과거응시자들이 많이 몰려들었으므로 학반(學班)을 구재로 나누어 악성(樂聖)·대중(大中)·성명(誠明)·경업(敬業)·조도(造道)·솔성(率性)·진덕(進德)·대화(大和)·대빙(待聘)이라 하였으며, 학과는 5경(五經:易·詩·書·

는데, 생도들에게 매질하는[檟楚][158] 법을 엄격하게 지켜 관용을 베풀 줄 몰랐으므로 생도들이 그를 원망하여 "진시황"이라고 불렀다. 이 말은 그가 가혹하게 징벌한다는 뜻이었다. 얼마 뒤에 그가 한림원에 들어가 재주를 믿고 남을 업신여기니, 같은 한림원의 이숙기[159]가 짐짓 성난 체하며 말하기를,

> 그대는 어떻게 생겨먹은 사람이길래 이리도 잘난 척 하시는가. 내가 한마디만 한다면, 그대가 무슨 면목으로 세상에 나설 수 있겠소? 그대는 정말로 스스로 최학사의 아들이라고 할 수 있겠소.

라고 하니, 최원중이 성을 내며 말하기를,

> 망녕되게도 남을 모욕하여 그 부모까지 들먹이니, 그대는 국법이 두렵지 않으시오? 나를 누구의 아들이라고 말하고 싶은 거요.

라고 하니 이숙기가 천천히 말하기를,

> 나는 그대를 여불위의 아들이라고 생각하오.

라고 하니, 최원중이 고개를 숙이고 웃을 뿐이었다.

禮·春秋)과 3사(三史:史記·漢書·後漢書)를 중심으로 하고 여기에 시부사장(詩賦詞章)의 학을 더하였음.

158) 매질하는[가초檟楚] : 가르침을 따르지 않는 자를 때리는 개오동나무의 매와 예를 어기는 사람을 때리는 가시나무의 매로, 모두 사람을 징계할 때 쓰는 회초리를 이름.

159) 이숙기(李叔琪) : 고려 후기의 문신. 호는 가정(柯亭).

전-58 鄭通者，草溪人也．任羅州書記，愛官妓小梅香至生一兒．見代如京，惘然行迷其所之，言忘其所欲道．至所親家，有僧騎善馬亦至，坐未定，先出竊其馬，走羅州三日而至，以夜到妓家，妓與母挑燈坐語，喟然嘆曰，記室公今日安在．通卽排戶入泣且曰，我在此．留數日，知其不可以久處也，以馬載妓自負兒相隨北來．其妻旣失良人，又不堪桂玉之憂，率婢僕將往故鄕．道見一婦人乘馬負兒漢在後．婢曰，彼來者似是我公．妻曰，乃公雖病風，何至是哉．漸近而視之，則果通也．妻曰，咄老子胡爲其然耶．通仰視却立曰，我如此遊戲爾．

정통(鄭通)은 초계(草溪) 사람으로, 나주 관아의 서기로 있을 때 관기인 소매향(小梅香)을 사랑하여 아이 하나를 낳기까지 하였다. 그가 서울로 전근을 가게 되자 망연자실하여 어찌할 바를 모르고, 말을 하려고 해도 막상 자신이 말하려고 했던 것을 잊어버릴 지경이었다. 도중에 한 가까운 사람의 집에 이르렀는데, 그때 마침 한 스님이 좋은 말을 타고 그 집에 당도하였다. 미처 그 중이 자리에 앉기도 전에 그 말을 훔쳐내어 꼬박 사흘 동안을 나주로 달려가 한밤중에 기생의 집에 도착하였다. 그때 기생은 그의 어머니와 함께 등불을 밝힌 채 앉아서 탄식하여 말하기를,

기실공(記室公)께서는 지금 어디에 계실까.

라고 하였다. 정통이 문을 열고 들어가 울먹이며 말하기를,

내가 여기에 있다.

라고 하였다. 며칠을 머물고 나니 스스로 오래 지체할 수 없음을 알고 아이를 업은 채 기생을 말에 태우고 그 뒤를 따라 북쪽으로 향했다. 한편 그의 아내는 남편이 갑자기 사라지고 땔나무와 식량을 마련할 길이 없어[160] 종들을 데리고 고향으로 돌아가고 있는데, 도중에 한 부인이 말을 타고 그 뒤를 아이를 업은 하인이 따라오고 있는 광경을 보았다. 계집종이 말하기를,

> 저기 오시는 분이 우리 서방님 같습니다.

라고 하니 그 아내가 말하기를,

> 서방님이 바람이 났다고 한들, 이 지경에까지 이를 줄이야.

라고 했다. 그러나 점점 가까워져 바라보니 과연 정통이었다. 아내가 말하기를,

> 늙은 주제에 이 무슨 꼴이람.

라고 하니, 정통이 아내를 쳐다보고 말하기를,

> 그저 한번 장난 쳐 본 것뿐이오.

라고 하였다.

---

160) 땔나무와 식량을 마련할 길이 없어[桂玉之憂] : 식량 구하기가 계수나무 구하듯이 어렵고, 땔감을 구하기가 옥을 구하기만큼 귀해서 생활하기 어려워 고생함을 이르는 말임. 매계취옥(買桂炊玉)과 같은 뜻임.

전-59 金奉翊汝孟性懦呐，因避病暫寓里舍，其隣人有獄，吏跡至金公所寓，見金公坐室中，語之不應，詰之又不應，吏怒曰，爾所居之陋若此，尊卑亦可見．人語汝不對，汝欲就獄自辨耶．捽胡曳至於道．婢自他所來見之，逆知其然謂吏曰，吾公金平章之子，金樞密之壻，官又三品．今朝官醫，合君臣藥令服，戒以勿言，故不言爾，汝何辱之若是．吏釋之拜謝而去．

봉익대부(奉翊大夫)[161] 김여맹(金汝孟)[162]은 겁이 많고 말을 더듬었다. 그는 전염병을 피하려고 잠깐 시골집에 머물고 있었다. 그 이웃에 죄를 지은 사람이 있어 한 아전이 그를 뒤쫓아 오다가 김공이 머물고 있는 집에 이르렀다. 김공이 방안에 앉아 있는 것을 보고 말을 걸었으나 대답하지 않았다. 다시 왜 대답이 없느냐고 힐책하였지만 역시 묵묵부답이었다. 그 아전이 화를 내며 말하기를,

> 거처하는 곳이 이렇게 누추하니 네 놈의 신분을 알 만하다. 사람이 말을 거는데 대답조차 하지 않다니. 네가 감옥의 맛을 봐야 자백을 하겠구나.

라고 하면서, 멱살을 잡고 길바닥으로 끌어냈다. 계집종이 다른 곳

161) 봉익대부(奉翊大夫) : 고려시대 종2품 문관의 품계. 1275년(충렬왕 1)의 관제 개정 때에 은청광록대부(銀青光祿大夫)가 바뀐 명칭으로 추측됨. 재상(宰相) 반열의 관계(官階)로서 중요한 구실을 담당하였음.

162) 김여맹(金汝孟) : 고려 후기의 문신. 아버지는 문정공(文貞公) 김구(金坵). 관직은 형부상서(刑部尙書), 동지밀직사사(同知密直司事)를 역임하고 봉익대부(奉翊大夫)가 되었음. 충렬왕이 왕위에 오를 때 단권(丹券)을 받았음. 유교의 진흥에 힘써 강릉(江陵)의 서쪽 화부산(花浮山)의 현적암(峴滴岩) 아래에 문묘(文廟)를 짓고 우리 나라 최초의 향교(鄕校)를 세웠음. 시호는 충선(忠宣).

에 갔다 오는 길에 이 광경을 목격하고는 미루어 사태를 대강 짐작하여 그 아전에게 말하기를,

> 우리 나으리께서는 김평장(金平章)[163]의 아드님이시고 김추밀(金樞密)의 사위로서 관등(官等)도 3품이오. 오늘 아침에 관청의 의원이 군신약(君臣藥)[164]을 조제하여 복용하게 하고는 말을 하지 말라고 당부하였기 때문에 말을 할 수 없었을 뿐인데 어찌 이같이 사람에게 욕을 보인단 말이오.

라고 하니, 관리가 풀어주고는 백배사죄하며 물러갔다.

전-60 洪奉翊順, 忠正公子也. 常與李尙書淳對碁, 李輸骨董書畵殆盡. 以所寶玄鶴琴爲孤注, 洪賭得之. 李取其琴以與曰, 此琴, 吾家靑氈也, 相傳幾二百年, 物旣久, 頗有神, 公謹藏之. 李特以洪性多畏忌, 爲之戲耳. 一日夜極寒, 琴絃凍絕, 琤然而響. 忽念有神之語, 急炷燈, 用桃茢亂擊, 琴遭擊愈響則愈惑, 喚婢僕相守. 至黎明, 使僕延壽者, 持琴送李氏. 李怪其早來, 又見琴有亂擊之痕, 紿曰, 吾久患此

---

163) 김평장(金平章) : 고려 후기의 문신인 김구(金坵, 1211~1278)가 중서시랑평장사(中書侍郎平章事)를 지냈기 때문에 붙여진 이름임. 김구의 본관은 부녕(扶寧 지금의 扶安). 초명은 백일(百鎰), 자는 차산(次山), 호는 지포(止浦). 관직은 지첨의부사 참문학사 판판도사사(知僉議府事參文學事判版圖司事)를 역임하였음. 성품이 성실하여 말이 적었으나 국사를 논함에는 강직하여 어려움을 피하지 않았고, 문장에 능하여 신종·희종·강종 및 고종의 실록 편찬에도 참여하였음. 원나라에 갔을 때 『북정록(北征錄)』을 남겼고, 충렬왕의 『용루집(龍樓集)』에도 그의 시가 들어 있으며, 특히 변려문에 뛰어났음. 저서로는 『지포집』이 있고, 시호는 문정(文貞).

164) 군신약(君臣藥) : 제일 주된 약인 군제(君劑, 主治劑)와 그에 배합하는 다른 약인 신제(臣劑, 輔治劑)를 그 작용의 강약과 경중에 따라 조합하여 제조한 약.

琴, 屢欲破棄. 又恐見崇, 幸付於公, 何以還爲, 拒不納. 洪大窘, 擧前所賭書畵骨董輩, 隨琴悉送與之, 李爲不得已而受焉. 洪不悟, 自以還琴爲幸.

봉익대부(奉翊大夫) 홍순(洪順)은[165] 충정공(忠正公)[166]의 아들이다. 그는 늘 상서(尙書) 이순(李淳)과[167] 바둑을 두었는데, 이순이 골동품과 서화를 걸고 내기바둑을 두었다가 모두 잃었다. 마지막으로 보물로 여기던 현학금(玄鶴琴)[168]을 걸었는데, 그마져도 홍순이 차지하였다. 이순이 거문고를 가지고와 주면서 말하기를,

> 이 거문고는 명문가인 우리 집에 2백 년 가까이 전해 내려온 보물이오. 오래된 물건이라서 자못 신(神)이 깃들어 있을 수 있으니, 그대는 잘 간수하시구려.

라고 했다. 이순은 다만 홍순의 성품이 두려움과 꺼리는 것이 많은 사람이라서 농으로 그렇게 말했을 따름이었다. 하루는 밤에 날씨가 매우 추워 거문고 줄이 얼어 끊어지면서 '쨍'하는 소리를 냈다. 순간 홍순은 신이 깃들어 있을지 모른다는 홍순의 말이 생각나 황급히

---

165) 홍순(洪順) : 고려 후기의 문신. 관직은 첨의평리(僉議評理)에 올랐음.

166) 충정공(忠正公) : 고려 후기의 문신인 홍자번(洪子藩, 1237~1306)의 시호. 홍자번의 자는 운지(雲之). 관직은 자의도평의사사(咨議都評議司事)에 올랐음. 1303년 충렬왕과 충선왕 부자를 이간시킨 오기(吳祈), 석천보(石天輔) 등을 붙들어 원나라에 보내는 등 부자의 정의를 회복시키는 데 진력하였음.

167) 이순(李淳) : 고려 후기 충렬왕 때의 문신.

168) 현학금(玄鶴琴) : 『삼국사기』 권제32, 잡지(雜志)에 보면, 고구려사람 왕산악이 현금곡을 지어 연주하는데 검은 학이 날아와서 춤을 추었다 하여 그 악기 이름을 현학금으로 지었다.[於時 玄鶴來舞 遂名玄鶴琴 後但云玄琴]고 하였음. 거문고. 현금(玄琴)이라고도 함.

등불을 밝히고 도열(桃茢)[169]로 마구 치니 거문고는 맞으면 맞을수록 더욱 소리를 냈다. 홍순이 불안한 나머지 종을 시켜 밤새도록 지키게 하였다. 날이 새자마자 홍순은 종 연수(延壽)를 시켜 거문고를 이순에게 돌려주게 했다. 이순은 그 거문고가 일찍 자신에게 돌아온 것을 이상하게 생각하였는데, 거문고를 보니 여기저기 사정없이 두드려 맞은 흔적이 있었다. 홍순에게 속여 말하기를,

> 내가 오랫동안 이 거문고 때문에 걱정이 많아 여러 번 깨뜨려버리려 하였으나, 또한 신의 빌미를 살까 두려워 깨뜨리지 못했다오. 그러던 차에 다행히도 공에게 넘기게 되었는데, 어째서 돌려준단 말인가."

라 하고는 그것을 받지 않으려고 했다. 그러자 홍순은 매우 당황하며 전에 내기바둑을 하여 땄던 서화와 골동품 등을 거문고와 함께 모두 보내니, 이순이 어쩔 수 없이 받는 척 했다. 홍순은 속은 것도 모르고 거문고를 돌려준 것만이라도 다행이라고 생각하였다.

전-61 金文英恂, 爲趙文良簡牓第一人. 文良旣老, 瘇疽, 肩項幾不辨, 衆醫拱手. 僧有妙圓者日, 此疽, 根於骨, 骨當半朽, 不刮去不理. 唯恐不能忍之也. 文良日, 死等耳, 第試之. 乃以利刃割肉, 骨果朽, 刮之傅以藥, 文良絕而瞑者二日. 文英聞而往問, 坐門涕泣, 不能

---

169) 도열(桃茢) : 귀신이 두려워한다는 복숭아 지팡이[도장桃杖]와 사악한 기운을 쓸어버리기 위해 갈대의 화수(花穗)로 만든 빗자루[소추掃帚]를 말함. 고대에는 이것을 사용하여 사악한 것을 막고 더러운 것을 제거하였다고 함. 『주례』「하관·융우(夏官·戎右)」에 "贊牛耳桃茢."라는 구절이 나오는데, 정현(鄭玄)이 이를 설명하기를 "桃, 鬼所畏也, 茢, 掃帚, 所以掃不祥."라 하였음.

自已, 文良忽張目, 使人語之曰, 不謂公之憫我如此. 豈心於喜, 而色於悲耶. 文英曰, 烏是何言. 四紀同年之契, 其可忽諸. 文良曰, 我死, 榜中無先公者. 文英收涕笑曰, 老子, 不死矣, 乃歸.

문영공(文英公) 김순(金恂)[170]이 과거에 응시했을 때 문량공(文良公) 조간(趙簡)[171]이 일등으로 합격했다. 문량공이 늙은 나이에 악성 종기를 앓아 어깨와 목을 거의 분별할 수 없을 정도로 부풀어 올랐으나 병이 위중해져 의원들이 손을 쓸 수 없었다. 묘원(妙圓)이란 스님이 말하기를,

> 이 종기는 이미 뼈에 뿌리를 박고 있어서 뼈가 반은 썩어 있을 것인데 그 썩은 뼈를 긁어 내지 않으면 치료할 수 없습니다. 다만 뼈를 긁어낼 때의 고통을 참아낼 수 있을 지 걱정스럽습니다.

라고 했다. 문량공이 말하기를,

> 죽는 것은 이나저나 매 마찬가지니 시술을 해 보시구려.

라고 했다.

즉시 그 스님이 날카로운 칼로 살을 베어내니 과연 뼈가 썩어 있

170) 김순(金恂, 1258~1321) : 고려 후기의 문신. 자는 귀후(歸厚). 김방경(金方慶)의 넷째아들. 관직은 판삼사사(判三司事)에 올랐음. 아버지 방경이 일본을 정벌할 때 종군하고자 했으나, 허락하지 않으므로 몰래 배에 올라 종군하고 돌아와서 전중시사(殿中侍史)가 되었음. 예서(隷書)를 잘 썼으며, 거문고와 퉁소를 즐겼다고 함. 시호는 문영(文英).

171) 조간(趙簡) : 고려 후기의 문신. 관직은 찬성사에 올랐음. 시문에 뛰어나 조선 영조 때 유광익(柳光翼)이 편찬한 『풍암집화(風巖輯話)』에도 수록되어 있음. 시호는 문양(文良).

었다. 썩은 뼈를 긁어내고 거기에다 약을 바르고 나니 문량공이 참다 못해 기절해서는 이틀 동안 눈을 뜨지 못하였다. 문영공이 이 소식을 듣고 문병을 가 문 앞에 앉아 울기를 그치지 않았다. 문량공이 갑자기 눈을 부릅뜨고는 사람을 시켜 말하기를,

"공이 나의 아픔을 이렇게 슬퍼할 줄 몰랐소. 마음속으로는 좋아하면서 겉으로는 슬퍼하는 척 하시는 거지요."

"아! 이 어인 말씀이오. 같은 해에 급제하여 40년 동안 친분을 쌓아왔는데, 공의 고통을 내 몰라라 할 수 있단 말이오."

"내가 죽으면 같이 급제한 사람 중에 그대보다 출세한 사람이 없기에 해본 말이오."

문영공이 눈물을 거두고 웃으면서,

이 늙은이가 죽지는 않겠군.

이라고 말하고는 바로 집으로 돌아갔다.

전-62 金郎中瑞廷, 志尙奇古, 自號愚溪. 其姊崔贊成夫人, 使人請, 欲往而無馬. 樵者, 適以牛至, 遂鞍轡而騎之. 隨而觀者如市, 君不恤也.

낭중(郎中) 김서정(金瑞廷)[172]은 기이하고 예스러운 것을 숭상하

172) 김서정(金瑞廷, 1273~1327) : 고려 후기의 문신. 본관은 의성(義城), 자는 원구(元龜), 호는 우계만진(愚溪晩進), 초명은 서정(瑞廷)이며 후에 개물(開物)로 개

였는데, 스스로 '우계(愚溪)'라고 불렀다. 그의 누나인 최찬성(崔贊成) 부인이 사람을 시켜 그를 불렀으나 가고는 싶었지만 타고 갈 말이 없었다. 때마침 소를 몰고 가는 나무꾼이 김서정 쪽으로 오자 그 소에다 안장을 얹어 올라타고 갔다. 그 광경을 구경하려고 모여든 사람들이 마치 문전성시를 이루는 듯 붐볐으나, 김서정은 개의치 않았다.

전-63 崔拙翁瀣, 使酒佯狂. 嘗過廣明寺, 僧徒見其來, 皆遯. 翁戲爲禪語, 題其壁云居士. 一日, 因送客過廣明寺, 入一寮. 寮主踰墻而走, 唯侍者在. 居士踢侍者三下者無語. 後有人擧似空巖, 巖曰, 我若是侍者, 當時便沽酒, 呈居士看.

졸옹(拙翁) 최해(崔瀣)가[173] 술주정을 부리면서 거짓으로 미친 체하였다. 일찍이 광명사(廣明寺)[174]에 들렀는데, 그 절의 스님들이 그

명했음. 관직은 사헌지평(司憲持平)에 올랐음. 성품이 강직하고 시(詩)·서(書)·화(畵)에 모두 능했음.

173) 최해(崔瀣, 1287~1340) : 고려 후기의 문신. 자는 언명보(彦明父) 또는 수옹(壽翁), 호는 졸옹(拙翁) 또는 예산농은(猊山農隱). 최치원의 후손으로 평생 시와 술로 벗을 삼고, 이제현·민사평 등과 가까이 사귀었음. 성품이 강직하여 세속에 아부하지 않고 거리낌 없이 남의 선악을 밝힘으로써 윗사람의 신망을 사지 못하여 출세에 파란이 많았음. 말년에는 저술에 힘써 고려 명현의 명시문을 뽑아 『동인지문(東人之文)』 25권을 편찬하였고, 문집으로 『졸고천백(拙藁千百)』 2책을 남겼음.

174) 광명사(廣明寺) : 경기 개성시 만월동(滿月洞) 연경궁(延慶宮) 북쪽 송악산록(松嶽山麓)에 있던 절. 922년에 태조가 세전(世傳)의 옛 집을 바쳐 절을 짓게 하였는데, 어수(御水)로 썼다는 이 절의 침실 바깥 우물에는 태조의 선조인 작제건(作帝建)과 용녀(龍女)의 전설이 얽혀 있음. 충렬왕도 몇 차례나 이 절을 찾았고, 충숙왕·충정왕 등도 이 절을 찾아 우란분재(盂蘭盆齋)·용화회(龍華會) 등을 여는 등

가 오는 것을 보고는 모두 달아나자 졸옹이 선어(禪語)로 장난치느라 그 절의 벽에 '거사(居士)'라고 써놓았다.[175] 하루는 손님을 전송하기 위하여 광명사에 들러 한 요사채로 들어가니, 요사채를 지키고 있던 스님은 담을 넘어 달아났고, 오직 시자(侍者)만이 남아 있었다. 거사가 시자를 세 번이나 발길질을 하였으나 묵묵부답이었다. 뒤에 어떤 사람이 이 사실을 공암(空巖) 스님에게 말하니, 스님이 말하기를,

> 만약 내가 시자였다면 바로 술을 받아다가 거사에게 주어 보았을 것이야.

라고 했다.

왕가와 밀접한 관계를 가졌음.

175) 거사(居士) : Kulapati로 가라월(迦羅越), 의가하발저(疑咖賀鉢底)라고 음역하였는데, 이는 재물을 많이 가진 사람, 집에 있는 선비라는 뜻임. 인도의 4성(四姓)인 Brahman(사제자), Kshatrya(무사), Vaisya(농민, 상인 등의 서민), Sudra(노예)의 네 카스트 가운데 부유한 사람 Vaisya를 가리켰음. 후에 불교를 믿는 사람들이 많아지자 집에서 불교를 믿으며 "삼귀(三歸)"나 "오계(五戒)"를 받아들인 사람들을 거사라고 불렀음. 중국 동진(東晋)의 스님인 혜원(慧遠, 334~416)의 『의기(義記)』에 "在家修道, 居家道士, 名爲居士."라는 기록이 있음.

역옹패설 후집 1

櫟翁稗說 後集 一

후-1 客謂櫟翁曰，子之前所錄，述祖宗世系之遠，名公卿言行，頗亦載其間，而乃以滑稽之語終焉．後所錄，其出入經史者無幾，餘皆雕篆章句而已，何其無特操耶，豈端士壯夫所宜爲也．答曰，坎坎擊鼓列於風，屢舞婆娑編乎雅．矧此錄也，本以驅除閑悶，信筆而爲之者，何怪夫其有戲論也．夫子以博奕者，爲賢於無所用心，雕篆章句，比諸博奕，不猶愈乎？且不如是，不名爲稗說也．仲思序．

객(客)이 역옹(櫟翁)에게 말하기를,

그대가 지금까지 쓴 글을 보면, 앞에서 심원한 조종(祖宗)[1]의 세계(世系)를 기술하고 이어서 이름난 벼슬아치들의 언행(言行)을 간간이 실었으며 골계(滑稽)의 우스갯소리로 끝을 맺었다. 그러므로 뒷부분에는 경사(經史)에 관련된 내용은 거의 없고, 모두 장구(章句)를 아로새기고 꾸미는 얘기로 일관했을 뿐이다. 어찌 이리 특별한 행실이 없는가? 이것이 어찌 단아한 선비와 씩씩한 사나이로서 할만한 일인가.

라고 했다. 역옹이 대답하기를,

둥둥 북치는 노래는 풍(風)에 실려 있고,[2] 여러 사람이 너울너울 춤

1) 조종(祖宗) : 여기에서는 고려 태조 왕건 이후 대를 이은 역대 왕들을 가리키는 것임. 우리나라에서는 전통적으로 왕이 죽으면 조와 종을 붙여 왕명을 부여했음 조의 경우는 나라가 혼란하고 어려울 때 그 어려움을 타파하고 다시금 태평성대를 연 왕에게 붙이고, 종의 경우는 태평성대 또는 나라가 평화로운 때에 나라를 다스린 왕들에게 붙였는데, 고려조에는 왕건의 왕명에만 조를 붙였음.

2) 둥둥 북치는 노래는 풍(風)에 실려 있고 : 이는 『시경』의·패풍(邶風)·격고(擊鼓)』를 말한 것임. 위(衛)나라 장공의 아들인 주우(州籲)가 이복형제인 환공(桓公)을 시해하고 왕위에 올라 송·위·진·채가 연합하여 정나라를 치게 되었음. 이때에 종군하던 위나라 사람이 주우를 원망하여, 옛날 결혼할 적에 아내와 함께 검은 머리 파뿌리 되도록 같이 살자던 약속이 이제는 허사가 되겠다고 탄식하는 내용의 시.

춘다는 노래는 아(雅)에 수록 되어 있다.[3] 하물며 여기에 기록한 것은 본래 무료하고 답답함을 떨쳐버리려고 붓 가는 대로 쓴 것이니, 어찌 실없는 말을 수록했다고 해서 이상하다고 하겠는가. 공자께서도 장기와 바둑을 두는 것이 마음을 쓰지 않고 가만히 있는 것보다 낫다[4]고 하셨으니, 장구(章句)를 꾸미는 일이 장기와 바둑을 두는 것보다야 낫지 않겠는가? 또 이런 내용이 아니라면 '패설(稗說)'이라고 이름 붙이지 않았을 것이다.

라고 하였다.

중사(仲思)는 이로써 서(序)한다.

후-2 金密直承用謂予曰, 左氏傳, 爾貢包茅不入, 無以縮酒, 縮者, 何義. 予曰, 杜元凱註云, 束茅而以酒灌之也. 金公因言, 昔在靈光郡, 綴茅壓酒, 酒極淸, 過於紬絹帒所壓者. 予令家人試之, 果然. 按禮記, 郊特牲, 縮酌用茅. 鄭氏曰, 涕之用茅, 縮去滓也. 此說比杜

'擊鼓其鏜, 踊躍用兵. 土國城漕, 我獨南行. …… 死生契闊, 與子成說 執子之手, 與子偕老. 于嗟闊兮, 不我活兮. 于嗟洵兮, 不我信兮.'

3) 여러 사람이 너울너울 춤춘다는 노래는 아(雅)에 수록 되어 있다 : 이는 『시경』의 소아(小雅)·빈지초연(賓之初筵)을 말한 것임. 위(衛)나라 무공(武公)이 술에 탐닉하다가 뒤에 뉘우쳐 자신을 경계하는 내용의 시로, 술자리를 처음 벌였을 적에는 점잖다가 술이 취할수록 예도를 잃어 의관의 매무새가 흩어지는 줄도 모르고 춤추면서 벌이는 추태를 서술하였음. '賓之初筵, 左右秩秩, 籩豆有楚, 殽核維旅, 酒旣和旨, 飮酒孔偕 …… 匪言勿言, 匪由勿語, 由醉之言, 俾出童羖, 三爵不識, 矧敢多又'

4) 장기와 바둑을 …… 가만히 있는 것 보다 낫다. : 이 말은 『논어』 양화편에 나오는 것으로, 그 내용을 보면, '배불리 먹고 하루 종일 아무것도 마음을 쓰는 것이 없다면 곤란하구나. 장기나 바둑이 있지 않느냐. 그것이라도 하는 것이 아무것도 하지 않는 것보다 낫다.'(子曰, 飽食終日, 無所用心, 難矣哉. 不有博者乎, 爲之猶賢乎已.)

註, 加詳. 世之壓酒, 皆以紬絹, 不以茅者, 何耶. 豈以其享神者, 不可用於人耶. 坡詩, 壓茅柴, 豈此類耶.

밀직 김승용[5]이 나에게 말하기를,

『좌씨전』에 '너희가 바치는 포모(包茅)가 들어오지 않아서 축주(縮酒)할 수 없다'[6]고 하였는데, 축(縮)이라는 것은 무슨 뜻입니까.

라고 하였다. 내가 대답하기를,

두원개(杜元凱)[7]의 주(注)에 '띠풀을 묶어서 그것으로 술을 거른

---

5) 김승용(金承用, ? ~1336) : 고려 후기의 문신. 김방경(金方慶)의 손자. 관직이 내부령(內府令)에 이르렀음. 1335년 밀직사(密直使)로 성절사(聖節使)가 되어 원나라에 갔다가 다음해 돌아오는 길에 죽었음.

6) 이 말은 『좌씨전』 희공(僖公)편에 나오는 것으로, 포모(包茅)는 제사에서 강신(降神)할 때 쓰는 띠 묶음으로 이를 그릇에 담아 놓고 술을 걸러서 바쳤음. 춘추 시대(春秋時代) 때 초(楚) 나라가 주(周)나라에 포모(包茅)를 바치지 않아 왕실(王室)의 제사를 올리지 못하게 되자 그 죄를 물어 제(齊) 환공(桓公)이 제후의 군사를 거느리고 초를 정벌하였는데, 이후 포모는 제후국이나 지방에서 진상하는 공물(貢物)을 뜻하게 되었음.

'四年, 春, 齊侯以諸侯之師侵蔡. 蔡潰, 遂伐楚. 楚子使與師言曰, 君處北海, 寡人處南海, 唯是風馬牛不相及也, 不虞君之涉吾地也, 何故. 管仲對曰, 昔召康公命我先君大公曰, 五侯九伯, 女實征之, 以夾輔周室. 賜我先君履, 東至于海, 西至于河, 南至于穆陵, 北至于無棣. 爾貢包茅不入, 王祭不共, 無以縮酒, 寡人是徵. 昭王南征而不復, 寡人是問. 對曰, 貢之不入, 寡君之罪也, 敢不共給昭王之不復, 君其問諸水濱. 師進, 次于陘.'(『좌전』 권12~17 「희공(僖公)」)

7) 두원개(杜元凱) : 원개는 중국 진대(秦代)의 학자·정치가였던 두예(杜預, 222~285)의 자(字). 오(吳)나라를 멸망시키고 삼국을 통일하는데 주도적 역할을 했던 통사(統師) 가운데 한 사람. 관직은 진주자사(秦州刺史)·진남대장군(鎭南大將軍) 등을 역임하였음. 경서에 능통하고 박학다식하였으므로 '두무고(杜茂庫)'라고 불리어졌음. 그의 저서 『춘추좌씨경전집해(春秋左氏經傳集解)』는 춘추학으로서의 좌씨학을 집대성하였고, 『좌씨전』을 춘추학의 정통적 위치로 올려놓았음.

다'[8] 하였소.

라고 하였다. 김공이 이 말을 듣고 말하기를,

예전에 영광군(靈光郡)에 있을 때 띠풀을 묶어 거른 술이 너무 맑아 보여서 견직물 자루에다 거른 것보다 낫다는 것을 알게 되었소. 내가 집안의 하인에게 시켜 그렇게 해보게 했더니, 과연 그대로였소.

라고 했다.

『예기』「교특생(郊特牲)」편을 살펴보니, '술을 거르는 데는 띠풀을 쓴다'고 하였고, 정씨(鄭氏)는 '술을 거를 때 띠풀을 사용하는 것은, 찌꺼기를 없애기 위함이다.'[9]고 하였다. 이러한 해설이 두원개의 주에 비하면 훨씬 자세하다. 그런데 사람들이 술을 거를 때에 다 비단수건만 사용하고 띠풀을 사용하지 않는 것은 무엇 때문일까. 아마도 신에게 제향을 올릴 때 사용하는 것을 사람을 위한 일에는 쓸 수 없기 때문이 아닐까. 소동파의 시에 '모시로 술을 거른다'[10]고 한 것이 어

8) 『좌전』 권12~17「희공(僖公)」편에 나오는 축주(縮酒)에 대해 두원개가 달아 놓은 주(注)를 보면, '縮酒, 滲酒, 祭祀時的儀式之一.'

9) 『예기』「교특생(郊特牲)」편 …… 없애기 위함이다. :『예기』「교특생(郊特牲)」편에 나오는 '縮酌用茅, 明酌也'에 대한 중국 한나라의 학자 정현(鄭玄, 127~200)의 주(注)를 보면 '縮, 去滓也'라고 하여 술을 걸러 술찌기를 없애는 것이라고 하였음.

10) 소동파의 시에 '모시로 술을 거른다' : 여기에 소개된 시구는 『동파시집』에 수록된 「기정 5수(岐亭 5首)」 가운데 제4수에 나오는 것으로 그 전문을 소개하면,

酸酒如齏湯, 甜酒如蜜汁. 三年黃州城, 飮酒但飮濕. 我如更揀擇, 一醉豈易得. 幾思壓茅柴, 禁網日夜急. 西隣椎甕盎, 醉倒猪與鴨. 君家大如掌, 破屋無遮冪. 何從得此酒, 冷面妬君赤. 定應好事人, 千石供李白. 爲君三日醉, 蓬髮不暇幘. 夜深欲逾垣, 卧想春甕泣. 君奴亦笑我, 鬢齒行禿缺. 三年已四至, 歲歲遭惡客. 人生幾兩屐, 莫厭頻來集.

찌 이와 같은 의미이겠는가.

후-3 皇慶初, 德陵在輦下, 有獻詩者, 用支韻押差字. 文士爭和進, 皆押叅差, 唯二人, 獨異. 一云差差, 用韓公鋒刃白差差也. 一云玉差, 謂宋玉景差也. 世所行宋本押韻書, 上平支韻差字下注云, 景差人名, 故取以爲證. 李學士顗曰, 宋本押韻, 疎略不足據也. 後見前漢古今人表, 景差作徒何反.

황경(皇慶)[11] 초 충선왕이 연경에 있을 때에 시를 바치는 자가 있었는데, 지(支)운의 치(差)자로 압운하였다. 문사들이 다투어 화운하여 시를 지어 올렸는데 모두가 '차(差)'자를 '참치(叅差)'의 '치'로 달았으나, 오직 두 사람만이 유독 다르게 달았다. 한 사람은 '치치(差差)'라고 하였으니 한유(韓愈)[12]의 '흰 칼날이 가지런하지 않다[鋒刃白差差]'[13]를 인용한 것이고, 다른 한 사람은 '옥치(玉差)'라 하였으

11) 황경(皇慶) : 중국 원나라 인종의 연호(1312~1313).

12) 한유(韓愈, 768~824) : 중국 당나라의 문신, 사상가. 자는 퇴지(退之), 선조가 창려(昌黎) 출신이므로 한창려라고도 했음. 관직은 이부시랑(吏部侍郎)에 올랐음. 사상적으로는 도가와 불가를 배척하고 유가의 정통성을 적극 옹호·선양하였으며, 문장에 있어서는 유종원(柳宗元)과 함께 고문운동을 주도하여 당송팔대가(唐宋八大家)의 한 사람임. 사위이자 문인인 이한(李翰)이 그의 시문을 모아 『창려선생집』을 간행하여 전함. 시호는 문(文)으로 한문공(韓文公)이라고 일컬어짐.

13) 한유의 시 가운데 이 시구가 들어 있는 시 제목은 「송 당도사(送張道士)」로 그 전문을 소개하면,

大匠無棄材, 尋尺各有施. 況當營都邑, 杞梓用不疑. 張侯嵩高來, 面有熊豹姿. 開口論利害, 劍鋒白差差. 恨無一尺捶, 爲國鞭羌夷. 詣闕三上書, 臣非黃冠師. 臣有膽與氣, 不忍死茅茨. 又不媚笑語, 不能伴儿嬉. 乃著道士服, 眾人莫臣知. 臣有平賊策, 狂童不難治. 其言簡且要, 陛下幸听之. 天空日月高, 下炤理不遺. 或是章奏繁, 裁擇未及斯. 寧當不俟報, 歸袖風披披. 答我事不爾, 吾親屬吾思. 昨宵夢倚

니 송옥(宋玉)과 경치(景差)[14]를 아울러 말한 것이다.

세상에 널리 알려진 송나라의 책인 압운서에 상평 지운(支韻) 치자(差字) 아래에 달아 놓은 주(注)에, '경치는 인명이다.'고 하였으므로 이를 취하여 증거로 삼았다.

학사 이의(李顗)[15]가 말하기를,

> 송본(宋本) 압운서는 소략하여서 근거로 삼을 만한 것이 못 된다.

라고 하였다. 뒤에 『한서(漢書)』의 「고금인표(古今人表)」[16]를 보니 경치의 '치'음은 '도하반(徒何反)'으로 되어 있었다.[17]

門, 手取聯環持. 今日有書至, 又言歸何時. 霜天熟柿栗, 收拾不可遲. 嶺北梁可搆, 寒魚下淸伊. 旣非公家用, 且復還其私. 從容進退間, 無一不合宜 時有利不利, 雖賢欲奚爲. 但當勵前操, 富貴非公誰.

14) 송옥과 경치(景差) : 두 사람은 모두 중국 전국시대 초나라 부(賦) 작가인 굴원(屈原)의 제자로서 초사(楚辭)를 잘하였음.
※ 송옥(BC290?~BC222?)은 중국 전국시대 말기 초나라의 궁정시인으로 굴원에 다음가는 부(賦) 작가로, 두 시인을 '굴송(屈宋)'이라 병칭(竝稱)하였음. 「구변(九辨)」, 「초혼(招魂)」 등 많은 작품을 지었는데, 특히 『문선』에 실린 작품들은 미사여구를 구사해 청각문학(聽覺文學)의 수작(秀作)이라 할 수 있음.
※ 경치는 속소(續騷), 대초(大招) 등의 사부를 지었음.

15) 이의(李顗) : 고려 전기의 문신, 평장사를 지낸 이자연(李子淵, 1003~1061)의 아들로 군기주부(軍器主簿)를 거쳐 재상의 자리에 올랐음.

16) 「고금인표(古今人表)」 : 중국 후한 초기의 역사가인 반고(班固, 32~92)가 편찬한 『한서(漢書)』의 한 편명. 한나라 이전까지 활동했던 중국 역대 인물을 상상(上上)인 성인(聖人)에서부터 하하(下下)인 우인(愚人)에 이르기까지 9품(九品)으로 나누어 기록해 놓은 것임.

17) 도하반(徒何反) : 이는 도(徒)자와 하(何)자의 반절로 'ㄷ'과 'ㅏ'를 합쳐 '다'로 발음한다는 말임. 한서 고금인명표에는 '景瑳'의 치에 대한 음을 '子何反'이라 하고 瑳자는 差로도 쓴다고 되어있는데, 이제현이 '徒何反'이라고 한 것은 잘못 인용한 것으로 보여짐.

후-4 汲冢書多與六經不合, 舜·禹·文王, 皆被以大惡之名, 此其尤可駭者也. 愚意, 如曹瞞者, 自知惡稔, 以爲當世無足畏, 所可畏者, 後世之公論也. 於是誣大聖, 欲分其謗, 穴地瘞書, 冀萬一之發掘, 以欺後世者耳. 世之儒者, 徒見漆簡字畫之古, 從而信之, 其亦過矣.

급총서(汲冢書)[18]에 실려 있는 내용이 육경의 내용과 부합되지 않는 부분이 많다. 예컨대 순(舜)·우(禹)·문왕(文王)에게 모두 큰 악명(惡名)을 씌운 것인데, 이것은 참으로 놀랄만한 일이다. 이 문제에 대한 나의 견해는 이러하다. 조만(曹瞞)[19] 같은 자는 자신이 악한 짓을 많이 저질렀다는 사실을 알고 있었지만 당대에는 두려워할만한 것이 못되나 후세의 공론이 더 두렵다고 여겼다. 그래서 후세에 자신에게 돌아올 비방을 분산시킬 목적으로 큰 성인을 무고한 내용의

---

18) 급총서(汲冢書) : 281년에 중국 진(晉)나라 때 하남성 위휘부(衛輝府:당시에는 汲郡) 사람인 부준(不準)이 위(魏)나라 양왕(襄王)의 무덤을 도굴하여 얻었다는 죽간(竹簡)으로 된 선진(先秦)의 고서(古書). 모두 76권으로 『주역』, 『주왕유행(周王遊行)』, 『쇄어(瑣語)』 등 수십 종이며, 이 책들은 후세 학문연구에 공헌하였음. 급서(汲書)라고도 함.

19) 조만(曹瞞) : 중국 삼국시대 위나라의 시조인 조조(曹操, 155~220)의 어릴 때 이름이 만이었음. 송나라 이방(李昉) 등이 편찬한 『태평어람』 권512에 '曹瞞傳曰, 太祖一名吉利阿瞞.'라는 말이 보이고, 원나라 도종의(陶宗儀)가 편찬한 『설부(說郛)』 권77 상 「阿瞞」에 '魏武帝曹操, 字孟德, 一小名阿瞞, 故有曹瞞傳.'라는 말이 보임. 조조의 자는 맹덕(孟德), 묘호(廟號)는 태조(太祖), 시호는 무황제(武皇帝). 그는 정치적으로 실권은 잡았으나 스스로 제위에 오르지는 않았고, 아들 조비(曹丕)가 뒤를 잇고 헌제에게 양위를 받아 위나라 황제가 된 뒤 태조 무황제(太祖 武皇帝)로 추존되었음. 문학을 사랑하여 이른바 건안문학(建安文學)의 흥륭(興隆)을 가져왔으며, 두 아들 조비·조식(曹植)과 함께 시부(詩賦)에 뛰어난 재능을 보여 3부자를 '삼조(三曹)'라 부름. 후세에 '난세(亂世)의 간웅(奸雄)'이라 하여 간신(奸臣)의 전형처럼 여겨져 왔는데, 근년에 이르러 중국 사학계에서는 그를 재평가하는 작업이 진행되고 있음.

책을 땅에 묻어놓고는 만에 하나 발굴되기를 기다려 후세 사람들을 속이고자 했다. 그런데 세상의 유자들이 다만 옻칠을 입힌 죽간(竹簡)의 글자 획이 오래된 것을 보고 쓰여진 내용을 그대로 믿었으니 이 또한 잘못이다.

후-5 延祐丙辰, 予奉使祠峩眉山, 道趙魏周秦之地. 抵岐山之南, 踰大散關, 過褒城驛, 登棧道入劍門, 以至成都. 又舟行七日, 方到所謂峩眉山者, 因記李謫仙蜀道難, 西當太白有鳥道, 可以橫絕峩眉巔之句. 太白在咸陽西南, 峩眉則在城都東北, 可謂懸隔. 然而自咸陽數千里至成都, 或東或西, 不一其行. 又自成都東行, 北轉六百餘里, 然後至峩眉, 雖山川道路之迂, 度其勢, 二山不甚相遠, 人跡固不相及, 鳥道則可以橫絕云耳. 白樂天長恨歌云, 黃塵散漫風蕭索, 雲棧縈紆登劍閣. 峩眉山下少人行, 旌旗無光日色薄. 此言明皇幸城都時所歷也. 如其所云, 峩眉當在劍門成都之間, 而今乃不然. 後得詩話摠龜, 見古人已有此論, 盖樂天未嘗到蜀中也.

연우(延祐) 병진년[20]에 나는 원나라 조정에서 내린 사명을 받들어 아미산(峩眉山)에 참배하였다.[21] 도중에 옛날의 조(趙)·위(魏)·주

20) 연우(延祐) 병진년(丙辰年) : 연우는 중국 원나라 인종의 연호(1314~1320). 병진년(고려 충숙왕 3년)은 연우 3년으로 1316년에 해당됨.

21) 원나라 조정에서…참배하였다. : 익재(益齋) 이제현(李齊賢, 1287~1367)이 30세가 되던 병진년 4월에 진현관 제학(進賢館提學)으로 충선왕을 대신하여 원나라 조정의 사명(使命)을 받들고 서촉(西蜀)의 명산 아미산(峨眉山)에 치제(致祭)하기 위하여 3개월 동안 그곳을 다녀온 사실을 말함. 여행 중에 많은 시를 지었는데 중국 사람들이 즐겨 애송(愛頌)했다고 함. 이때 지은 시가 그의 기행시집인 『서정록(西征錄)』에 실려 있음.

(周)·진(秦)[22]나라 땅을 지나 기산(岐山)[23] 남쪽에서 대산령(大散關)[24]을 넘고 포성역(褒城驛)[25]에 들렀다가 잔도(棧道)[26]에 올라 검문(劍門)[27]으로 들어가니 바로 성도(成都)[28]였다. 다시 배를 타고 이레를 간 뒤에야 비로소 그 유명한 아미산에 도착하였다. 그래서 이적선(李謫仙)[29]이 지은 「촉도난(蜀道難)」의

---

22) 조(趙)·위(魏)·주(周)·진(秦) : 주 이외의 세 나라는 중국 전국시대의 칠웅(七雄)에 속했던 제후국이고 주나라는 여러 제후국의 종주국이었음.

23) 기산(岐山) : 중국 섬서성 서쪽, 보계시 동북부에 위치한 산 이름. 주(周) 문화의 발생지로 『주역』이 여기에서 나왔다고 함.

24) 대산령(大散關) : 중국 섬서성 보계시(寶鷄市)의 남쪽 교외에 있던 진령(秦岭)의 남쪽 기슭을 말함. 옛날부터 사천성과 섬서성을 잇는 목구멍[川陝咽喉]이라고 하였고, 삼국시대 때 삼국 간에 전쟁이 끊이지 않던 곳임. 중국의 시조 염제(炎帝)의 고향이기도 함.

25) 포성역(褒城驛) : 중국 섬서성 한중시(韓中市) 서북쪽에 있던 역 이름으로 당나라 때는 중국 서북지역에서 가장 아름다웠던 역이었음. 촉땅으로 들어가는 잔도(棧道)에 설치됐으므로 주위의 경치가 몹시 아름다웠음.

26) 잔도(棧道) : 절벽과 절벽 사이에 사다리처럼 높이 걸쳐 놓은 다리를 이름. 중국은 산세가 험하여 길을 내기 어려웠던 곳이 많았으므로 절벽가에 사다리처럼 잔도를 많이 개설했음. 중원에서 촉땅으로 가려면 양자강을 거슬러 올라가 험난한 삼협을 통과하거나 촉땅으로 나 있는 잔도를 통과하는 길 밖에 없었음.

27) 검문(劍門) : 중국 사천성 검각현(劍閣縣) 북쪽에 있던 지명. 촉땅으로 들어갈 때 통과하던 관문으로 지세가 험하여 마치 문을 닫아걸고 칼을 곧추세워놓은 것 같다고 하여 생긴 이름임. 두보의 오언고시 「검문」이 유명함.

28) 성도(成都) : 중국 사천성의 성도(省都). 옛날 촉땅의 중심지였음.

29) 이적선(李謫仙) : 중국 당나라의 시인인 하지장(賀知章, 659~744)이 이백(李白, 701~762)의 시와 풍류를 보고 그를 지상으로 귀양온 신선이란 뜻의 적선인(謫仙人)이라고 불렀으므로 붙여진 이름임. 이백의 자는 태백(太白). 호는 청련거사(靑蓮居士). 두보(杜甫)와 함께 '이두(李杜)'로 병칭되는 중국 최대의 시인이며, 시선(詩仙)이라 불리어짐. 현존하는 최고(最古)의 그의 시문집은 송대(宋代)에 편집된 것이며, 주석으로는 원나라 때 소사빈의 『분류보주 이태백시(分類補註李太白詩)』, 청나라 때 왕기(王琦)의 『이태백전집(李太白全集)』 등이 있음.

서쪽으로 태백산에 조도(鳥道)[30] 있어,
아미산 꼭대기 가로지를 수 있네.[31]

西當太白有鳥道,
可以橫絕峩眉巔

라는 구절을 기억해냈다. 태백산은 함양(咸陽)[32] 서남쪽에 있고 아미산은 성도 동북쪽에 위치하고 있으니 멀리 떨어져있다고 할만하다. 함양에서 수천 리를 가야 성도에 이르는데 거기에 이르기까지 동쪽으로 가다가 다시 서쪽으로 가기도 하여 같은 방향으로만 길이 나있지 않아 복잡하기 이를 데 없다. 또 성도에서 출발하여 동쪽으로 가다가 다시 북쪽으로 꺾어서 600여 리를 가야 아미산에 이르게 된다. 비록 산과 강을 따라 길이 나 있어 멀어 보이지만 그 지세를 살펴보면 두 산이 서로 그리 멀리 떨어져 있지 않다. 그러므로 인적이 정말로 닿기 어려운 곳이므로 위의 시에서 조도를 걸어 겨우 가로지를 수 있다고 말했을 뿐이다. 백낙천(白樂天)[33]의 「장한가(長恨

30) 조도(鳥道) : 몹집이 작은 새가 아니면 다닐 수 없을 정도로 험준하고 좁은 길을 이름. 여기에서 꼬불꼬불 좁고 험한 길을 뜻하는 조도양장(鳥道羊腸)이라는 말이 나왔음.

31) 『이태백문집』 권2 「촉도난·가시(歌詩) 31수, 악부 1」에 실려 있는 작품 전문을 소개하면, '噫籲嚱危乎高哉! 蜀道之難, 難於上靑天. 蠶叢及魚鳧, 開國何茫然. 爾來四萬八千歲, 不與秦塞通人煙. **西當太白有鳥道, 可以橫絕峩眉巔.** 地崩山摧壯士死, 然後天梯石棧相勾聯. 上有橫河斷海之浮雲, 下有衝波逆折之迴川. 黃鶴之飛尙不能過, 猿猱欲度愁攀緣. 靑泥何盤盤? 百步九折縈巖巒, 捫參歷井仰脅息. 以手拊膺坐長歎, 問君西遊何當還? 畏途巉嵒不可攀, 但見悲鳥號枯木. 雄飛雌呼遶林間, 又聞子規啼, 夜月愁空山. 蜀道之難, 難於上靑天.'

32) 함양(咸陽) : 중국 섬서성의 고도(古都)로 시안[西安]에서 북서쪽으로 25km 떨어진 위하강[(渭河) 북쪽 연변에 있음. 기원전 350년 전국시대(戰國時代)에 진(秦)의 효공(孝公)이 이곳에 도읍하여 진나라 말기까지 140여 년간 진의 국도(國都)였음.

歌)」에는

쓸쓸한 바람에 황사 흩날리는데,
구름다리 돌고 돌아 검각에 오르네.
아미산 아래에 다니는 사람 드무니,
저무는 햇살에 깃발도 빛을 잃었네.

黃塵[34]散漫風蕭索,
雲棧縈紆登劍閣.
峩眉山下少人行,
旌旗無光日色薄

라고 하였다. 이 시에서는 명황(明皇)[35]이 성도로 피난 갈 때 지나간 여정을 말한 것으로 이 시에서 말한 대로라면 아미산은 검문과 성도 사이에 있어야 하는데 지금 보면 그렇지 않다. 뒤에 『시화총귀(詩話摠龜)』를 얻어 옛사람이 이미 이 문제에 대해서 논의를 한 것을

---

33) 백낙천(白樂天) : 중국 당나라의 시인인 백거이(白居易, 772~846)의 자가 낙천임. 호는 취음선생(醉吟先生) 또는 향산거사(香山居士). 그의 작품에 나타낸 제재는 경험적이고 언어는 일상성을 띠며, 발상은 심리의 자연에 따르고, 구성은 논리의 필연에 따르며, 주제는 보편적이어서 '유려평이(流麗平易)'한 문학의 폭을 넓혀 당(唐) 일대(一代)를 통하여 두드러진 개성을 형성하였음. 현재 전하는 그의 문집은 『백씨장경집』 75권 가운데 71권이 있고, 『백향산시집』 40권도 있음. 현존하는 작품 수는 3,800여 수이고, 그 중에서 「비파행」, 「장한가」, 「유오진사시(遊悟眞寺詩)」 등은 잘 알려진 작품임.

34) 황진(黃塵) : 『백싸장경집(白氏長慶集)』 권12에는 '황애(黃埃)'로 되어 있음.

35) 명황(明皇) : 당나라 현종(재위기간 685~762)의 시호인 지도대성대명효황제(至道大聖大明孝皇帝)를 줄인 말. 이름은 융기(隆基). 예종의 셋째 아들로 44년간 재위하였으나 안록산의 난을 만나 장안을 떠나 사천성으로 피난 갔다가 퇴위하였음. 양귀비와의 로맨스가 유명함.

보았다.[36] 미루어 짐작하건대, 아마 백낙천이 촉(蜀)땅에 가본 적이 없는 듯하다.

후-6　至治癸亥, 予將如臨洮, 道過乾州, 唐武后墓在皇華驛西北, 俗謂之阿婆陵. 予留詩一篇, 其序云, 歐陽永叔, 列武后唐紀之中, 盖襲遷固之誤而益失之. 呂氏雖制天下, 猶名嬰兒, 以示有漢, 若武后則抑李崇武, 革唐稱周, 立宗社定年號, 凶逆至矣. 當擧正之, 以示萬歲, 而反尊之乎. 謂之唐紀, 而書周年可乎. 或曰, 紀事者, 必表年以首事, 所以使條綱不紊也. 如子之說, 中宗旣廢之後, 將闕其年而不書, 天下之事, 將安所繫乎. 曰, 魯昭公爲季氏逐, 居乾侯, 春秋未嘗不書昭公之年, 房陵之廢, 與此奚異. 作史而不法春秋, 吾不知其可也. 其詩略曰, 歐公信名儒, 筆削未免失. 那將周餘分, 黷我唐日月. 後閱晦庵感遇詩. 如何歐陽子, 秉筆迷至公之一篇, 拊卷自嘆, 孰謂後生陋學其議論有不謬於朱子耶. 范氏唐鑑, 亦有此論, 見之不覺一笑, 自悔其少作也.

지치(至治)[37] 계해년에 내가 임조(臨洮)[38]로 가는 길에 건주(乾

---

36) 이 내용은 중국 송나라 완열(阮閱)이 1123년에 편찬한 『시화총귀(詩話總龜)』 권6 「평론문(評論門)」에 실려 있는 것으로, '又曰, '樂天長恨歌云, '峨嵋山下少人行, 旌旗無光日色薄.' 峨嵋在嘉州, 與幸蜀路, 全無交涉.'라고 하였음. 이 내용은 원래 송나라 심괄(沈括)이 편찬한 『몽계필담(夢溪筆談)』에 실려 있던 것임.

37) 지치(至治) : 원나라 영종의 연호(1321~1323)로 계해년은 1323년(고려 충숙왕 10년)에 해당됨. 이해에 37세의 이제현이 연도(燕都, 지금의 북경)에서 출발하여 토번(吐藩, 지금의 티베트 지방)에 귀양 가 있던 충선왕을 배알하러 가고 있었음. 이때 농산(隴山)을 넘고 조수(洮水)를 건너는 등 험한 길을 가면서 도중에 읊은 시(詩)들은 모두 충분(忠憤)으로 가득 차 있었음.

38) 임조(臨洮) : 중국 감숙성 정서(定西)에 있는 현(縣) 이름. 난주(蘭州)와는 99km

州)[39]를 지나게 되었는데 당무후(唐武后)[40]의 묘가 황화현(皇華驛) 서북쪽에 있었다. 백성들은 그 무덤을 아파릉(阿婆陵)[41]이라고 불렀다. 내가 시 한 수[42]를 남기고는 그 서문에 쓰기를,

> 구양영숙(歐陽永叔)[43]이 무후(武后)를 『당서』 본기(本紀) 안에 편입시켰는데 이는 사마천과 반고의 잘못을 그대로 답습한 것으로 크게 잘못 한 짓이었다.[44] 여씨(呂氏)는 비록 천하를 다스렸지만 여전히

거리임.

39) 건주(乾州) : 중국 호남성 상서(湘西)자치주의 수부(首府). 하(夏)나라 이후 4200년의 역사를 지닌 고도로 상업과 남북교통의 중심지였음.

40) 당무후(唐武后) : 중국 당나라 여제(女帝)였던 측천무후(則天武后, 624~705)를 가라킴. 본명은 조(照). 뒤에 조(曌)로 고쳤음. 당고종의 황후였으나 고종이 죽은 후에 황제에 등극하여 황제로 16년간 재위하였지만 실제로는 50여 년간 집권을 한 중국역사상 유일무이한 여자황제였음.

41) 아파릉(阿婆陵) : 중국 사람들이 갖은 악행을 저지른 측천무후를 얕보아 그 무덤을 노파무덤이라고 했음.

42) 시 한 수 : 이제현의 문집인 『익재난고(益齋亂藁)』 권3에 실려 있는 「측천릉(則天陵)」이라는 제목의 시. 그 전문을 소개하면, '久客萬事慵, 好古意未歇. 停驂問遺民, 枉道尋斷碣. 關輔古帝畿, 壯觀不湮沒. 千年阿婆陵, 百里見城闕. 根聯隴坂長, 氣壓秦川闊. 麒麟與獅子, 左右勢馳突. 侍臣羅簪纓, 猛士列鈇鉞. 當時竭財力, 慮欲固扃鐍. 興廢理難逃, 久爲狐兎窟. 憶昔陰乘陽, 四海憂禍烈. 牝鳴殷家索, 燕啄漢嗣絕. 文皇順天心, 百戰啓王室. 居然攘神器, 肯念黃裳吉. 丁寧雙陸夢, 黯慘虞淵日. 尙賴得忠賢, 終能返故物. 歐公信名儒, 筆削未免失. 那將周餘分, 續我唐日月. 區區女媧石, 豈補靑天缺. 擬作擿瑕編, 才疏愧王勃.'

43) 구양영숙(歐陽永淑) : 중국 송나라 문신이자 문인인 구양수(歐陽脩, 1007~1072)의 자가 영숙(永叔), 호는 취옹(醉翁). 관직은 태자소사(太子少師)에 올랐음. 인종(仁宗)과 영종(英宗) 때 범중엄(范仲淹)을 중심으로 한 새 관료파에 속하여 활약하였으나, 신종(神宗) 때 동향 후배인 왕안석(王安石)의 신법(新法)에 반대하여 관직에서 물러났음. 시와 문에 뛰어나 시로는 매요신(梅堯臣)과 겨루었고, 문(文)으로는 당송8대가(唐宋八大家)의 한 사람이었으며, 특히 송대의 고문(古文)의 위치를 확고부동한 것으로 만들었음. 문집으로 『구양문충공집』 153권이 있으며, 『신당서(新唐書)』, 『오대사기(五代史記)』를 편찬했음. 시호는 문충(文忠).

44) 이 말은 구양수가 945년 장소원(張昭遠)이 완성한 『구당서(舊唐書)』에 오류가 많

어린 황제의 이름을 내세워 한나라가 있음을 과시하고자 했거니와 무후(武后)라고 하여 이씨를 누르고 무씨를 높였고, 당나라를 바꿔 주(周)라고 참칭하고는 종사(宗社)를 세워 연호(年號)를 정했으니 그 흉포하고 패역스러움이 극심하다. 그러하니 마땅히 잘못을 지적하고 바로잡아 만세에 본때를 보여야 하거늘 도리어 높이 받든다는 것이 될 말인가. 또 『당서』 본기라고 말해 놓고는 주나라의 연호를 써도 괜찮단 말인가.

라고 했다.

어떤 이가 말하기를,

역사적 사실을 기록하는 자는 반드시 첫머리에 연도를 표시하게 되는데, 이는 역사 기술의 조목과 강령을 문란하게 하지 않으려는 이유에서다. 그대의 말대로라면, 중종이 이미 폐위된 뒤로 부터는 연도를 없애고 쓰지 않아야 하는데, 그렇다면 천하의 일들을 어디다 연계시켜 서술할 수 있겠는가.

라고 했다. 내가 말하기를,

노(魯)나라 소공(昭公)[45]이 계씨(季氏)[46]에게 쫓겨나 건후(乾侯)[47]

아서 당사(唐史)를 바로잡으려는 목적으로 『신당서(新唐書)』를 편찬하였지만 오히려 측천무후의 독단적 정권 부분을 삭제하지 않고 그대로 실은 것에 대하여 비판하는 것임.

45) 소공(昭公) : 중국 춘추시대 노나라의 제23대 제후(재위기간 BC541년~ BC510년)로 이름은 희조(姬稠). 권신(權臣)인 대부(大夫) 계손씨(季孫氏)와 맹손씨(孟孫氏)를 내치려 하다가 오히려 쫓겨났음.

46) 계씨(季氏) : 중국 노나라의 권신(權臣)이였던 계손씨를 이름. 19대 제후인 문공(文公, 재위기간 BC5626~BC609) 때부터 나라의 권력을 장악하여 대부로서 왕권을 오랫동안 행사하였음. 이때 권력을 장악하고 있던 계손씨, 숙손씨, 맹손씨는 모

에서 살았으나 『춘추』에 소공의 연도를 쓰지 않은 적이 없었으니,[48] 방릉(房陵)[49]의 폐위가 이 경우와 어찌 다르겠는가? 역사를 기술하면서 『춘추』를 본받지 않는 것이 옳은 일인지 나는 모르겠다.

라고 했다.

그 시는 대략 이러하다.

구양공 참으로 이름난 선비지만,
역사 기술에 실수 면치 못했네.
어찌 주나라 찌꺼기 가져다,
우리 당나라 더럽혔는고.[50]

歐公信名儒,

두 노나라 15대 제후였던 환공(桓公)의 후예였으므로 삼환(三桓)이라 했음.

47) 건후(乾侯) : 중국 춘추시대 진(晉)나라의 한 읍(邑)으로 지금의 하북성 성안현(成安縣) 남동쪽에 위치했음. 그곳에 수기(水氣)가 늘 모자라므로 그렇게 불렀음.

48) 『춘추』에 소공의 연도를 쓰지 않은 적이 없었으니 : 「소공(昭公) 25년」 추(秋) 9월(九月)조 "齊侯唁公于野井."에 대한 『공양전(公羊傳)』의 해설에 소공(昭公)의 출분(出奔) 경위가 설명되어 있음. '唁公者何. 昭公將弑季氏, 告子家駒曰, 季氏爲無道, 僭於公室久矣, 吾欲弑之何如. 子家駒曰, 諸侯僭於天子, 大夫僭於諸侯久矣. 昭公曰, 吾何僭矣哉. 子家駒曰, 設兩觀, 乘大路, 朱干玉戚以舞大夏, 八佾以舞大武, 此皆天子之禮也. 且夫牛馬維婁委己者也, 而柔焉, 季氏得民衆久矣, 君無多辱焉." 昭公不從其言, 終弑而敗焉, 走之齊.' 이후 昭公 32년에 "十有二月己未, 公薨于乾侯."까지 소공은 건후(乾侯)와 운(運)땅을 오가면서 지냈는데 춘추에서는 소공의 연도를 빼지 않았음.

49) 방릉(房陵) : 중국 당나라 고종과 측천무후 사이의 일곱째 아들인 중종(이름은 이현李顯, 재위기간 684~709)의 능호. 위의 형들이 일찍 죽거나 어머니 측천무후에 의해 독살 당하였으므로 뜻하지 않게 제위에 올랐으나 실제로는 684년 1월 3일에 등극하여 한 달 뒤인 2월 26일에 폐위되어 제왕으로서의 권력을 누려보지 못했음.

50) 위의 주석 42)번 참조.

筆削未免失.
那將周餘分,
黷我唐日月.

뒤에 회암(晦庵)[51]의 감우시(感遇詩)에,

어찌하여 구양자는,
붓을 잡고 공정함을 잃었는고.[52]

如何歐陽子,
秉筆迷至公

라고 한 한 편의 시를 보고는, 책을 어루만지며 스스로 탄식하기를,

비천하기 이를 데 없는 후학이지만 이 사실을 논한 것이 주자(朱子)의 견해와 어긋나지 않다는 사실을 누가 알겠는가? 범씨(范氏)의 『당감(唐鑑)』[53]에도 이 사실을 논하고 있었다. 내가 그 글을 읽고는 나도 모르게 웃음이

---

51) 회암(晦庵) : 중국 송나라의 유학자인 주희(朱熹, 1130~1200)의 호. 주희의 자는 원회(元晦), 중회(仲晦), 호는 회암(晦庵), 회옹(晦翁), 운곡산인(雲谷山人), 창주병수(滄洲病叟), 둔옹(遯翁) 등이고 복건성(福建省) 우계(尤溪)에서 출생했음. 그는 유학을 새롭게 해석하려는 생각을 가지고 사서를 집주(集注)하면서 자연적인 올바른 이치(理)와 그것이 인간 본성으로 내면화된 성(性)을 중심으로 재해석함으로써, 이른바 성리학(性理學)의 기반을 다졌음. 후세 사람들이 그의 사상과 가르침을 숭상하여 그를 주자(朱)라고 높여 불렀음.

52) 어찌하여 …… 어지럽혔는고? : 이 내용은 주자의 문집인 『어정주자전서(御纂朱子全書)』 권 66에 실려 있는 「재거 감흥 이십수(齋居感興二十首)」라는 제목의 시 가운데 제7수에 나오는 것으로 그 전문을 소개하면, '晋陽啓唐祚, 王明紹巢封. 垂統已如此, 繼體宜昏風. 麀聚瀆天倫, 牝晨司禍凶. 乾綱一以墜, 天樞遂崇崇. 淫毒穢宸極, 虐焰燔蒼穹. 向非狄張徒, 誰辦取日功. **如何歐陽子, 秉筆迷至公**. 唐經亂周紀, 凡例孰此容. 侃侃范太史, 受說伊川翁. 春秋二三策, 萬古開羣蒙.'

53) 범씨(范氏)의 『당감(唐鑑)』 : 『당감』(24권)은 송나라 범조우(范祖禹, 1041~1098)

나왔는데, 이는 이 문제를 언급한 사람이 많지 않으리라고 내 스스로 자부한 것을 스스로 후회해서였다.

라고 했다.

후-7 荀子每以子弓者配夫子, 曰仲尼子弓. 唐楊倞曰, 子弓仲弓也. 言子者著其爲師也. 予按荀卿後於孟子, 仲弓先於子思. 孟子不及子思而受業於其門人, 荀卿安得師事於仲弓乎. 然則子弓者當別有一人焉. 子弓之功德不傳於世, 果可配於夫子歟. 就其弟子性惡之一說, 淵源可見矣, 況再傳而爲焚坑之李斯乎.

순자(荀子)[54]는 매번 자궁(子弓)[55]을 공자와 짝할 만한 사람이라고 하여 '중니(仲尼)니 자궁이니'라고 하였다. 당나라 양경(楊倞)[56]이 말하기를,

---

가 편찬하고, 주자(朱子)·장남헌(張南軒)·육상산(陸象山) 등과 더불어 강학(講學)에 힘써 대성한 여조겸(呂祖謙, 1137~1181이 주(註)를 달았음. 범조우는 북송의 문신으로 자는 순부(淳夫) 또는 몽득(夢得)이라고도 함. 진사에 급제한 신예학자로서 사마광이 『자치통감』을 저술하는데 참여하여 당나라 및 5대의 역사 부분을 담당했고, 후에 이때의 경험을 살려 당나라 역사서인 『당감』을 편찬하였음. 관직은 급사중(給事中)에 올랐음.

54) 순자(荀子, BC?298~BC238) : 중국 전국시대 사상가이자 유학자. 성은 순(荀), 이름은 황(況), 자는 경(卿)이다. 순경(荀卿)이 아니라 손경(孫卿)으로 쓰이기도 했는데, 이는 순(荀)과 손(孫)의 옛소리[古音]가 서로 통했기 때문임. 맹자(孟子)의 성선설(性善說)을 비판하여 성악설(性惡說)을 주장했으며, 예(禮)를 강조하는 유학사상을 발달시켰음. 그의 사상을 후인이 정리한 『순자』32편이 전함.

55) 자궁(子弓) : 중국 춘추시대 노나라 사람으로 공자의 제자인 염옹(冉雍)을 가리킴. 자궁은 그의 자. 공문(孔門) 10철의 한 사람으로 덕행이 뛰어났음.

56) 양경(楊倞) : 중국 당나라 문인으로 『순자(荀子)』에 각별한 관심을 가져 32편으로 되어있던 『순자』에 자세한 주(注를)를 달고 20권으로 간추려서 유포시켰음.

> 자궁은 바로 중궁(仲弓)인데, '자(子)'라고 말한 것은 그가 스승임을 드러내는 것이다.

라고 하였다.

내가 살펴보니, 순자는 맹자보다 뒷시대의 사람이고 중궁은 자사(子思)보다 앞 시대의 사람이다. 맹자가 자사에게 배우지 못하고, 자사의 문인에게 수업을 받았는데, 순자가 어찌 중궁에게 사사받을 수 있었겠는가. 그렇다면 순자가 말하는 자궁은 다른 사람이어야 한다. 그 자궁의 공덕이 세상에 전해지지 않았는데, 과연 공자와 짝할 만한 사람인가? 그 제자인 순자의 성악설을 보더라도 그 연원을 알 만한데, 하물며 다시 전수받은 자가 분서갱유을 주도한 이사(李斯)[57]가 되었음에랴.

후-8 乾之九三獨不言龍, 何也. 三分六爻以配三才, 初與二地也. 三與四人也, 五與上天也. 已離于淵, 未登于天, 則龍之神變不測者亡矣. 故九三直以人事言之, 不取象於龍也. 進於九四近于天矣, 足以神其變化, 故云或躍在淵. 九二之在田豈非離于淵乎. 日田水上也, 謂其遊行之地也, 亦猶雲氣飛鳥往來者謂之天衢也.

『주역』 건괘(乾卦)[58]의 구삼(九三)에서만 용(龍)을 말하지 않은 것

57) 이사(李斯, ?~BC208) : 중국 초나라 상채(上蔡)(하남성 상채현) 출신. 순자에게 배운 법가류의 정치가로서, 진나라로 가 승상 여불위에게 발탁되어 객경이 되었음. 시황제가 6국을 통일한 후에는 봉건제에 반대하고 군현제를 진언하여 정위에서 승상으로 진급하였고, 시황제로 하여금 분서갱유를 단행토록 했음.

58) 이 건괘의 원문을 소개하면, '初九, 潛龍勿用. 九二, 見龍再田, 利見大人. 九三, 君子終日乾乾, 夕惕若, 厲無咎. 九四, 或躍在淵, 無咎. 九五, 飛龍在天, 利見大

은 무엇 때문인가. 육효(六爻)를 셋으로 나누어 삼재(三才)[59]에 배분하니, 첫째와 둘째 효는 땅이고, 셋째와 넷째 효는 사람이며, 다섯째와 여섯째 효는 하늘이다. 용이 이미 연못을 떠났으나 하늘에 오르지는 못하였으니, 용의 예측할 수 없는 신령한 변화는 사라졌다. 그래서 구삼(九三)에서는 바로 사람의 일을 말하고, 용의 모양을 취하지 않았다. 구사(九四)로 나아가면 하늘에 가까워져 그 변화를 신령스럽게 할 만하므로 '연못에 있어 뛰어오른다.'라고 하였다. 구이(九二)에 '밭에 있다.[在田]고 하였으니, 어찌 연못을 떠난 것이 아니겠는가? 밭은 물 위를 말하는 것이니, 용이 노니는 곳을 말하는 것으로, 이는 구름과 나는 새가 왕래하는 곳을 하늘의 거리[天衢]라고 하는 것과 같다.

후-9 坤上六, 龍戰于野, 其血玄黃. 說者曰, 陰陽俱傷也. 竊謂龍也者非陽也, 陰而自凝於爲陽者也. 陰之旣盛, 自凝於陽, 故云, 其血玄黃也. 聖人方以陰之敵陽, 誡其必傷, 何遽言陽之傷也. 牝馬之象可以盡坤之柔順利貞乎. 作易者就人之所易知者爲之象耳. 將謂龍之神化不測, 亦足以配乾乎.

『주역』 곤괘(坤卦)[60]의 상륙(上六)에 '용이 들에서 싸우니 그 피가

人. 上九, 亢龍有悔.'

59) 삼재(三才) : 우주와 인간 세계의 기본적인 구성 요소이면서 그 변화의 동인(動因)으로 작용하는 천(天)·지(地)·인(人)을 일컫는 말. 『주역』가운데 삼재론은 음양론과 함께 기본적인 구조를 이루고 있는데, 64괘의 초효(初爻)와 2효는 지, 3효와 4효는 인, 5효와 상효(上爻)는 천으로 6효가 천지인의 삼재를 상징하고 있으며, 『주역』 계사(繫辭) 설괘전(說卦傳)에서는 각각 천도(天道)를 음양(陰陽), 지도(地道)를 강유(剛柔), 인도(人道)를 인의(仁義)로 규정하고 있음.

검고 누렇다.'라고 하였는데, 이를 해설하여 '음과 양이 함께 상하기 때문이다.'라고 하였다. 가만히 생각하건대, 용이라는 것은 양이 아니고 음이면서 스스로 양인 것처럼 생각하는 것이다. 음이 이미 성하여 스스로 양이라고 생각하므로 '그 피가 검고 누렇다.'라고 한 것이다. 성인이, 바야흐로 음이 양과 맞서면 반드시 (음이) 상하게 됨을 경계한 것인데, 어째서 급하게 양도 상한다고 말한 것인가? 암말[牝馬]의 나타내는 상(象)이 '유순하고, 곧은 것이 이롭다.[柔順利貞]'는 곤덕(坤德)을 다 드러낼 수 있는가. 『주역』을 지은 자가 사람이 알기 쉬운 것을 취해서 형상화한 것일 뿐이다. 그렇다면 용의 예측할 수 없는 신령한 변화 또한 건도(乾道)에 짝할 수 있겠는가.

후-10 檀弓曰, 孔氏不喪出母, 自子思始. 子思之言曰, 若爲伋也妻者, 是爲白也母. 此盖繼母之出者耳, 非所生之母也.

『예기』「단궁편(檀弓篇)」에

공씨(孔氏) 집안에서 쫓겨난 어머니 상(喪)에 상복을 입지 않게 된 것은 자사(子思)[61]로부터 시작되었다.

---

60) 곤괘의 괘사를 소개하면, '初六, 履霜堅氷至. 六二, 直, 方, 大, 不習, 無不利. 六三, 含章可貞. 或從王事, 無成有終. 六四, 括囊:無咎, 無譽. 六五, 黃裳, 元吉. 上六, 戰龍於野, 其血玄黃.'

61) 자사(子思, BC483~BC402) : 중국 전국시대 노나라의 철학자. 이름 급(伋), 자사는 그의 자(字). 공자의 손자이자 이(鯉)의 아들. 4서의 하나인 『중용』의 저자로 전함. 증자(曾子)의 학(學)을 배워 공문(孔門)의 심법(心法)을 전했음. 맹자는 그의 제자로 초기 유학의 학맥이 공자-증자-자사-맹자로 이어짐.

라고 하였다.

자사가 이르기를,

> 만약 급의 처가 된다면, 바로 백(白)[62]의 어머니다[63]

고 하였으니, 이것은 아마 쫓겨난 계모(繼母)를 말한 것이지, 생모를 말한 것은 아닐 것이다.

후-11 柳子厚南岳碑云, 由迦葉至師子二十四世而離, 離而爲達摩. 由達摩至忍五世而益離, 離而爲秀爲能. 按傳燈錄, 師子傳婆舍斯多, 婆舍斯多傳不如密多, 不如密多傳般若多羅, 般若多羅傳菩提達摩. 何得云至師子而離, 離而爲達摩哉. 有達摩達者, 師子之傍出也. 柳子盖以達摩達爲菩提達摩也.

유자후(柳子厚)[64]가 남악비(南岳碑)에 이르기를,

---

62) 백(白) : 중국 전국시대 노나라 사람으로 공자의 증손자이자 자사의 아들. 자는 자상(子上).

63) 이 말은 『예기』의 단궁에 실려 있는데 그 내용을 소개하면, '子上之母, 死而不喪. 門人問諸子思. 曰, 昔者, 子之先君子, 喪出母乎. 曰, 然. 子之不使白也喪之何也. 子思曰, 昔者吾先君子無所失道, 道隆則從而隆. 道汚則從而汚, 伋則安能. 爲伋也妻者, 是爲白也母, 不爲伋也妻者, 是不爲白也母. 故孔氏之不喪出母, 自子思始也.'

64) 유자후(柳子厚, 773~819) : 중국 당나라의 문신. 하동(河東) 사람으로 이름은 종원(宗元), 자후(子厚)는 그의 자. 유하동(柳河東)·유유주(柳柳州)라고도 부름. 관직은 유주자사(柳州刺史)를 지냈음. 고문(古文)의 대가로서 한유와 병칭되었으나 사상적 입장에서는 서로 대립적이었는데, 한유가 전통주의인 데 반하여, 유종원은 유·도·불(儒道佛)을 참작하고 신비주의를 배격한 자유·합리주의의 입장을 취하였음. 저서에 시문집 『유하동집(柳河東集)』 45권, 『외집(外集)』 2권, 『보유(補遺)』 1권 등이 있음.

가섭(迦葉)[65]에서 사자[66]에 이르기까지가 24세 이고, 여기서 갈라져 달마[67]가 나왔다. 달마에서 홍인(弘忍)[68]까지가 5세이고 여기서 다시 갈라져 신수(神秀)[69]와 혜능(慧能)[70]이 나왔다.[71]

라고 하였다.

『전등록(傳燈錄)』[72]을 살펴보니, 사자는 파사사다(婆舍斯多)[73]에

65) 가섭(迦葉, BC345~246) : 석가모니가 입적한 후 300년경의 사람으로 이름은 선세(先歲)임.

66) 사자(師子) : 사자존자(獅子尊者), 사자비구(獅子比丘)라고도 함. 3C경 중인도의 승려로 인도 선종의 28조 중 24번째이며, 동인도로 가서 파사사다에게 법을 전하였다고 함.

67) 달마(達摩, ?~534) : 보리달마를 가리킴. 중국 남북조시대에 선종(禪宗)을 창시한 인물. 남인도 향지국의 왕자로 태어나 반야다라에게 불법을 배웠음.

68) 홍인(弘忍, 602~675) : 중국 당나라 기주 황매현(黃梅縣) 출신의 스님으로 선종의 5대조. 4대조 도신대사에게 도를 배워 5대조가 되었음.

69) 신수(神秀, ?~706) : 중국 당나라 개봉(開封) 출신의 스님으로 선종의 5대조인 홍인대사에게 혜능과 함께 배워 북선종(北禪宗)의 개조(開祖)가 되었음. 시호는 대통선사(大通禪師).

70) 혜능(慧能, 638~713) : 중국 당나라 남해(南海) 신흥(新興) 출신의 스님으로 선종의 6대조. 신수와 함께 홍인대사에게 배워 남방에 가서 도를 널리 폈으므로 남선종의 창시자가 되었음.

71) 가섭(迦葉)에서 …… 혜능(慧能)이 나왔다. : 유종원의 남악비(南岳碑)와 관련된 글은 「남악미타화상비(南嶽彌陀和尙碑)」(『유하동집』 권6) 등 3편이 있으나 여기에 소개된 내용이 실려 있지 않고, 「용안해선사비(龍安海禪師碑)」(『유하동집(柳河東集)』 권6) 앞부분에 실려 있음. 해선사(海禪師)는 당나라 현종 때 스님으로 속성이 주씨(周氏)이고, 이름이 여해(如海)로 안록산의 난(755~763)이 끝난 뒤에 형산(衡山)의 용안사에 주석(駐錫)하다 808년에 열반했음.

72) 『전등록(傳燈錄)』 : 『경덕전등록(景德傳燈錄)』의 준말. 중국 송나라 도원(道源)스님이 1006년에 자은 것으로 과거 7세불로부터 역대의 선종 조사들인 5가 52세(世)에 이르기까지 전등(傳燈)한 법계(法系)의 차례를 기록한 책.

73) 파사사다(婆舍斯多) : 옛날 동인도 지역인 카슈미르 사람으로 아버지는 적행(寂行)이고, 어머니는 상안락(常安樂)으로 사자존자(獅子尊者)를 만나 심인(心印)을

게 전하고, 파사사다는 불여밀다(不如密多)[74]에게 전하고, 불여밀다는 반야다라(般若多羅)[75]에게 전하고, 반야다라는 보리달마(菩提達摩)[76]에게 전하였다.[77]

라고 하였다. 어떻게 사자에게서 달마가 나왔다고 할 수 있는가. 원래 달마달(達摩達)이라는 자가 있었는데 이는 사자의 방계(傍系)로 유종원은 아마도 이 달마달을 보리달마라고 생각한 듯하다.

후-12 北原興法寺碑, 我太祖親製其文, 而崔光胤集唐太宗皇帝書, 模刻于石. 辭義雄深偉麗, 如玄圭赤舃, 揖讓郎廟, 而字大小眞行相間, 鸞漂鳳泊, 氣呑象外, 眞天下之寶也.

북원(北原)의 흥법사비(興法寺碑)[78]는 우리 태조께서 비문을 짓고,

비밀히 전수 받고는 불여밀다에게 불법을 전했음.

74) 불여밀다(不如密多) : 남인도 득승와(得勝王)의 태자였는데 동인도로 가서 파시사다에게서 불법을 전수받고, 반야다라에게 불법을 전수했음.

75) 반야다라(般若多羅, ?~457) : 동인도의 스님. 불여밀다(不如密多)를 만나 그 법을 물려받고는 향지국에 가서 교화하다가 보리달마를 만나 법을 전해 주었음.

76) 보리달마(菩提達摩, ?~528) : 남인도 향지국왕의 아들로 초명은 보리다라(菩提多羅)였으나 스승인 반야다라(般若多羅)에게서 보리달마라는 이름을 받았음. 배를 타고 중국으로 들어와 숭산(崇山) 소림사에 있으면서 매일 벽을 향하여 좌선만 하였으므로 벽관바라문(壁觀婆羅門)이라 불리어졌고, 뒤에 용맹정진하여 중국 선종의 초조(初祖)가 되었음. 시호는 원각대사(圓覺大師).

77) 이 말은『경덕전등록』제1,2권의 천축 35조(天竺三五祖)에서 소개되어 있음.

78) 북원(北原)의 흥법사비(興法寺碑) : 고려 태조 왕건이 940년(태조 23)에 진공대사(眞空大師)를 위해 강원도 원주시(고려 때 이름은 북원) 지정면 안창리 흥법사(興法寺)에 세운 탑비. 보물 제463호로 현재 귀부와 이수는 절터에 남아 있으며, 비신은 일찍이 도괴되어 단석(斷石) 4개가 경복궁 근정전 회랑에 옮겨져 있음. 비문은 태조가 짓고 문신 최광윤(崔光胤)이 당나라 태종의 글씨를 집자한 것으로 유명함.

최광윤(崔光胤)[79]이 당나라 태종황제(太宗皇帝)[80]의 글씨를 모아 돌에 새겼다. 사의(辭義)가 웅심(雄深)하고 위려(偉麗)하여 마치 손에 현규(玄圭)[81]를 들고 적석(赤舃)[82]을 신은 채 예를 갖춰 조정에서 읍양(揖讓)하는 것 같다. 비문의 글씨는 크고 작은 글자로 해서(楷書)와 행서(行書)를 섞어 썼는데, 난새와 봉새가 자유롭게 날아다니며 초연한 기상을 머금은 듯한 모습 같아서 참으로 천하의 보물이다.

후-13 靖國安和寺有石, 刻睿王唐律四韻詩一篇. 其後云太子某書者, 仁王諱也. 是時, 王與太子, 皆礪精嚮學, 延訪儒雅. 尹瓘·吳延寵·李頫·李預·朴浩·金緣·金富佾·富軾·富儀·洪灌·印份·權適·尹彦頤·李之氐·崔惟淸·鄭知常·郭東珣·林完·胡宗旦, 名臣賢士布列朝著, 討論潤色亹亹, 有中華之風, 後世莫及焉.

정국안화사(靖國安和寺)[83]에 빗돌이 있는데, 거기에 예종이 지은

---

79) 최광윤(崔光胤) : 고려 전기의 문신. 신라3최(新羅三崔)로 알려진 평장사(平章事) 언휘(彦撝)의 아들. 진사과에 합격한 뒤 빈공진사(賓貢進士)로 진(晉)나라에 유학가던 도중 거란의 포로가 되었으나 재주를 인정받아 관직을 받았음. 이 무렵 거란이 고려를 침략할 것을 알고 이를 고려에 보고하자 정종이 30만의 대군으로 광군(光軍)을 창설, 서경에 주둔시켜 거란의 침략에 대비하였음.

80) 태종황제(598~649) : 중국 당(唐)나라 제2대 황제(재위 626~649)로 이름은 이세민(李世民). 당나라를 수립하고 군웅을 평정하여 국내 통일을 이루었음. 이민족을 제압하고 공정한 정치로 후세 제왕의 모범이 되었으며 『오경정의(五經正義)』를 편찬하게 하였음.

81) 현규(玄圭) : 검은 옥을 깎아 만든 홀[圭]로 위쪽은 뾰족하고 아래쪽은 네모로 되어 있음. 나라에 큰 공을 세운 사람에게 상으로 내렸음. 『서경』「우공(禹貢)」에 '禹錫玄圭, 告厥成功.'

82) 적석(赤舃) : 옛날 중국 고대에 천자나 제후가 예복에 맞춰 신던 붉은 신으로 바닥이 두터웠음.

당률사운시(唐律四韻詩) 한 편을 새겨 놓았다. 그 뒷면에 태자 아무개가 썼다 하였으니, 이는 인종[84]의 휘(諱)이다. 이때에 왕과 태자가 정신을 가다듬어 학문을 권장하여 훌륭한 선비들을 맞이하였으므로, 윤관(尹瓘)·오연총(吳延寵)[85]·이오(李頫)[86]·이예(李預)[87]·박호(朴浩)[88]·김련(金緣)[89]·김부일(金富佾)[90]·김부식(金富軾)[91]·김부

---

83) 안화사(安和寺) : 경기도 개성에 있는 송악산 자하동에 있었던 절. 930년(태조 13) 8월에 창건하여 안화선원(安和禪院)이라 하였으며, 태조 왕건(王建)의 아우인 신(信)의 원당(願堂)으로 삼았음. 고려 태조의 즉위 초에 강적인 후백제와 화친을 맺었는데, 이때 견훤(甄萱)은 아들 진호(眞虎)를 고려로 보내고, 고려에서는 왕건의 아우 신을 후백제로 보냈음. 그러나 6개월 뒤 진호가 병으로 죽어 고려에서는 그 시신을 돌려보냈으나 견훤은 고의로 죽인 것이라고 트집을 잡아 인질로 있던 신을 죽였음. 이 때문에 양국 사이에 대규모의 전투가 벌어졌고, 이 전투 후 태조는 억울하게 죽은 신의 명복을 빌기 위하여 이 절을 창건했다고 함. 이 절이 국가적 대찰로 면모를 갖춘 것은 1117년(예종 12)으로 송나라 휘종은 이때 사신을 파견하여 법전(法殿)에 쓸 재물과 화상(畵像), 어필(御筆)로 쓴 '정국안화지사(靖國安和之寺)'라는 편액을 보냈는데, 예종이 채경(蔡京)에게 명하여 사문(寺門)에 걸게 하였음.

84) 인종(仁宗) : 고려 17대 왕(재위기간 1123~1146). 이름은 왕해(王楷).

85) 오연총(吳延寵, 1055~1116) : 고려 전기의 문신. 관직은 수태위(守太尉)에 올랐음. 1107년 윤관(尹瓘)과 함께 여진을 소탕하였고, 뒤에 웅주성(雄州城)에 침입한 여진을 격퇴하기도 했음. 시호는 문양(文襄).

86) 이오(李頫, 1042~1110) : 고려 전기의 문신. 호는 금강거사(金剛居士). 자상(子祥)의 아들로 관직은 중서문하평장사(中書門下平章事), 판상서(判尙書)를 역임했음. 학문에 뛰어나고 불교에도 조예가 깊었으며, 특히 『금강경』을 좋아하여 스스로 금강거사라고 불렀음. 시호는 문량(文良).

87) 이예(李預) : 고려 중기의 문신. 자상(子祥)의 아들로 관직은 중서시랑평장사(中書侍郎平章事)에 올랐음.

88) 박호(朴浩) : 고려 전기의 문신. 1100년(숙종 5)에 요나라에 천안절(天安節)을 하례하기 위한 사절로 파견되었음.

89) 김련(金緣) : 고려 전기의 문신인 김인존(金仁存, ?~1127)을 가리킴. 연(緣)은 그의 초명. 자는 처후(處厚). 관직은 중서시장평장사, 판비서성사(判秘書省事), 감수국사(監修國史) 등을 역임하였음. 시를 잘 지어 1102년 요나라 사신 맹초(孟初)의 접반사(接伴使)가 되어 시로써 그를 놀라게 했음. 박승중(朴昇中) 등과 음양지리

의(金富儀)[92] · 홍관(洪灌)[93] · 인빈(印份)[94] · 권적(權適)[95] · 윤언이(尹彦頤)[96] · 이지저(李之氐)[97] · 최유청(崔惟淸)[98] · 정지상(鄭知常)[99] · 곽동

서인 『해동비록(海東秘錄)』·『시정책요(時政策要)』를 지었으며, 당나라 태종 이세민의 『정관정요주(貞觀政要注)』에 주석을 달았음. 시호는 문성(文成).

90) 김부일(金富佾, 1071~1132) : 고려 전기의 문신. 자는 천여(天與). 아버지는 국자좨주 좌간의대부(國子祭酒左諫議大夫)를 지낸 근(覲)이며, 형은 부필(富弼), 동생으로는 부식(富軾)과 부의(富儀)가 있음. 관직은 중서시랑에 올랐음. 인품이 관후하고 문장에 능해, 왕이 내리는 모든 사명(辭命)을 맡아 윤색했고, 언젠가 팔관회의 송사(頌詞)와 구호(口號)를 지었는데 이 글을 보고 예종은 물론 송나라의 황제도 칭찬하였다고 함. 시호는 문간(文簡).

91) 김부식(金富軾, 1075~1151) : 고려 전기의 문신. 자는 입지(立之). 호는 뇌천(雷川). 신라 왕실의 후예로서 경주의 주장(州長)인 위영(魏英)의 증손자. 관직은 문하시중에 올랐음. 이자겸의 난과 묘청의 난을 평정하는데 주도적 역할을 한 것에서 보면 그는 유교주의적 대의명분으로 끊임없이 자신의 정치적 이상을 실현해 보려는 전형적인 중세의 유교적 합리주의자였다고 할 수 있음. 고문가로서 명망이 있었으므로 인종의 명령을 받아 『삼국사기』를 편찬하면서 체재를 작성하고 사론을 직접 썼으며, 1145년에 완성하였음. 문집 20권이 있다고 하나 지금에 전하지 않음. 시호는 문열(文烈).

92) 김부의(金富儀, 1079~1136) : 고려 전기의 문신. 초명 부철(富轍), 자는 자유(子由). 부식(富軾)의 동생. 관직은 형부상서에 올랐음. 묘청이 난을 일으키자, 평서십책(平西十策)을 올리고 좌군수(左軍帥)·추밀원사가 되어 출정하였으며, 평정하고 돌아와 금대(金帶)를 하사받았음. 시호는 문의(文懿).

93) 홍관(洪灌, ?~1126) : 고려 전기의 문신. 자는 무당(無黨). 김생의 필법을 본받은 명필로 알려졌음. 예종의 명으로 『편년통재속편』을 완성했고, 김부일·박승중과 함께 음양이서(陰陽二書)를 논변했음. 시호는 충평(忠平).

94) 인빈(印份) : 고려 전기의 문신으로 관직은 문하시중(門下侍中)에 올랐음. 시호는 문정(文定).

95) 권적(權適, 1094~1147) : 고려 중기의 문신·학자. 자는 득정(得正). 관직은 검교태자태보(檢校太子太保)에 이르렀음. 예종 때 유학생으로 뽑혀 송나라의 태학에 입학, 당시 한창 일고 있던 주돈이(周敦頤)·정호(程顥)·정이(程頤) 등의 학문을 연구하고 송나라에서 실시한 만인과(萬人科)에 합격하여 벼슬길에 올랐으나, 1117년(예종 12)에 귀국하였음.

96) 윤언이(尹彦頤, ?~1149) : 고려 전기의 문신. 호는 금강거사(金剛居士). 문하시중 관(瓘)의 아들. 관직은 정당문학(政堂文學)에 올랐음. 1135년 묘청(妙淸)의 난 때 김부식의 막료로 출전, 공을 세웠으나 반란을 일으킨 정지상과 내통하였다는 김부

순(郭東珣)[100] · 임완(林完)[101] · 호종단(胡宗旦)[102] 등의 어진 선비와 훌륭한 신하들이 조정에 포진하게 되었다. 이들이 학문을 토론하고 문화를 윤색(潤色)하는데 부지런히 노력한 결과 온 나라가 중화(中華)의 풍도를 띠게 되었으니, 후세 사람들이 여기에 미칠 수는 없을

식의 보고로 양주방어사(梁州防禦使)로 좌천되기도 했음. 『주역』에 정통하고 문장이 뛰어났으며, 저서에 『역해(易解)』가 있음. 시호는 문강(文康).

97) 이지저(李之氐, 1092~1145) : 고려 전기의 문신. 관직은 수사공 좌복야(守司空左僕射)에 올랐음. 이자겸이 정권을 잡자 이를 노려 많은 무리들이 다투어 모여들었으나, 그는 친족이면서도 상종하지 않았음. 시호는 문정(文正).

98) 최유청(崔惟淸, 1095~1174) : 고려 중기의 문신. 본관은 창원(昌原). 자는 직재(直哉). 관직은 중서시랑평장사에 올랐음. 그는 경(經) · 사(史) · 자(子) · 집(集)에 두루 통하여 사림의 칭송을 받았고, 슬하에 최당, 최선, 최의 등 현달한 자식을 두었음. 시호는 문숙(文淑).

99) 정지상(鄭知常, ?~1135) : 고려 전기의 문신. 초명은 지원(之元), 호는 남호(南湖). 관직은 좌정언(左正言) · 기거랑(起居郎) 등을 지냈음. 서경 출신의 진보적 성향을 지녔던 인물로 피폐해진 시대를 개혁하기 위하여 묘청(妙淸) · 백수한(白壽翰) 등과 함께 서경천도(西京遷都), 칭제건원(稱帝建元)을 주장하였으나 김부식 등의 유교적 정치이념을 지닌 보수세력에 의해 좌절당했음. 시작(詩作)에 일가를 이루어 그의 「송인(送人)」이라는 시는 널리 애송되었고, 시집으로 『정사간집(鄭司諫集)』을 남겼다고 하나 지금은 전하지 않음.

100) 곽동순(郭東珣) : 고려 전기의 문신. 관긱은 비서감을 역임하였음.

101) 임완(林完) : 고려 전기에 송나라 사람으로 고려에 귀화하여 과거에 합격하였고 관직은 국자사업 지제고(國子司業知制誥)에 올랐음. 인종이 이자겸의 난, 묘청의 난 등의 재변(災變)을 극복하기 위한 구언(求言)의 조서를 내리자 이에 응대한 장문의 상소가 유명함. 1135년(인종 13) 묘청(妙淸)이 민심을 현혹시키고 서궁(西宮)에 대화궁(大華宮)을 세우기 위해 백성들을 괴롭힌다고 왕에게 처형을 상소하기도 했음.

102) 호종단(胡宗旦) : 고려 전기의 귀화인(歸化人). 송나라 복주(福州) 사람으로 태학(太學)에 입학하여 공부하던 상사생(上舍生)으로 절강성에서 고려로 오는 상선을 타고 와 고려에 들어와 귀화하였음. 예종의 후대를 받아 1117년에는 기거랑(起居郎)이 되어 『서경』의 무일편(無逸篇)을 강독하였으며, 1126년(인종 4)에는 기거사인(起居舍人)으로 궁궐에 난입한 척준경(拓俊京)의 군사를 타일러 무기를 버리게 하였음.

것이다.

후-14 明王手寫前漢, 紀志表傳九十九篇題目, 曩於柳尙書仁脩宅見之. 萬機之餘, 存心於典籍, 而筆札之妙, 不減古人, 嗟歎之不足. 因記楊廷秀, 觀德壽宮所書前漢列傳贊詩云, 小臣濫巾縫掖行, 手抄孝經未輟章, 何曾把筆望史漢, 再拜伏讀汗透裳. 可謂能言人腹中事矣.

명종께서 손수 필사(筆寫)한 『전한서』의 기(紀)·지(志)·표(表)·전(傳) 등 99편의 제목을 지난번에 상서(尙書) 유인수(柳仁脩)의 집에서 보았다. 명종께서 나라의 정사를 돌보고 난 여가시간에 전적(典籍)에 마음을 기울였으며, 글씨의 오묘함은 옛 사람에게 비교해도 뒤지지 않을 정도라서 아무리 감탄해도 부족할 정도이다. 이로 인해 양정수(楊廷秀)[103)]가 덕수궁에다 쓴 『전한서』 열전찬을 보고 지은 「관덕수궁소서전한열전찬시(觀德壽宮所書前漢列傳贊詩)」[104)]가 생각났다. 그 시에 이르기를,

---

103) 양정수(楊廷秀, 1124~1206) : 중국 남송의 문신, 학자. 이름은 만리(萬里), 정수(廷秀)는 그의 자. 호는 성재(誠齋). 길수(吉水: 강서성) 출생. 각지의 지방장관을 역임하면서 관직을 전전할 때마다 시집 한 권씩을 출간했음. 그가 낸 시집은 『강호집(江湖集)』에서 『퇴휴집(退休集)』까지 모두 9부로서, 총 편수는 무려 4,000여 편을 헤아리며, 다작으로는 친구인 육유(陸游)에 버금가는 양임. 그의 시는 속어를 섞어 썼으며, 경쾌한 필치와 기발한 발상에 의한 자유분방한 것이 특색임, 『성재집』 132권과 함께 고전의 주석(註釋)인 『성재역전(誠齋易傳)』의 저작도 남겼는데, 성실한 인격의 학자로서 남송 4대가 중의 한 사람으로 꼽힘. 시호는 문절(文節).

104) 덕수궁(德壽宮) : 중국 남송의 고종(이름은 조구趙構, 1107~1187)이 태상황 때 머무르던 궁전으로 절강성 항주에 있었음.

소신은 분에 넘치게[濫巾][105] 유생[縫掖][106]을 자처하면서도,
손수 효경[107]을 베끼는 일 끝내지 못했데.
어찌 일찍이 사기와 한서 쓰기 바라겠는가.
재배하고 엎드려 읽으니 땀이 옷에 스며드네.

小臣濫巾縫掖行
手抄孝經未輟章
何曾把筆望史漢
再拜伏讀汗透裳

라고 했으니, 이는 사람의 속내를 잘 나타낸 것이라고 할 수 있다.

후-15 古人之詩, 目前寫景, 意在言外, 言可盡而味不盡. 若陶彭澤, 採菊東籬下, 悠然見南山. 陳簡齋, 開門知有雨, 老樹半身濕. 之類, 是也. 予獨愛 池塘生春草. 以爲有不傳之妙. 昔嘗客于餘杭, 人有種蘭盆中, 以相惠者, 置之几案之上. 方其應對賓客, 酬酢事物, 未覺其有香焉. 夜久靜坐, 明月在牖, 國香觸乎鼻觀. 清遠可愛, 而不可形於言也. 予欣然獨語曰, 惠連春草之句也.

옛 사람의 시에서는 눈앞의 경치를 묘사하였지만 그 의미는 말

105) 남건(濫巾) : 함부로 은사(隱士)의 두건을 쓴다는 것으로, 분수에 맞지 않게 은사의 부류에 끼어들려고 함을 이를 때 쓰는 말임.
'偶吹草堂, 濫巾北岳. 誘我松桂, 欺我雲壑. 雖假容於江皐, 乃纓情於好爵' 〈呂尚注〉 濫僭也, 巾, 隱者之服也. (『文選』 孔稚圭의 北山移文)

106) 봉액(縫掖) : 유생이 입는 옆으로 넓게 터진 도포, 또는 유생을 이르는 말.

107) 효경(孝經) : 유가의 13경전 가운데 하나. 효도를 주된 내용으로 구성되어 있음. 공자와 증자의 이야기가 많이 실려 있어 증자의 제자가 편찬한 것으로 추측됨.

밖에 있으므로, 말은 다할 수 있으나 맛은 다할 수 없었다. 예를 들면 도팽택(陶彭澤)[108]의

동쪽 울타리 밑에 국화꽃 따는데,
유연히 남산이 눈에 들어오네.[109]

採菊東籬下,
悠然見南山

라고 한 시와, 진간재(陳簡齋)[110]의

문을 여니 비 내린 것을 알겠노니,
늙은 나무가 반이나 젖어 있구나.[111]

---

108) 도팽택(陶彭澤, 365~427) : 중국 동진(東晋)말기 부터 남조(南朝)의 송대(宋代) 초기에 걸쳐 활동한 중국의 대표적 시인. 자는 연명, 또는 원량(元亮). 이름은 잠(潛)이고 호는 오류선생(五柳先生). 평택은 그가 405년에 팽택(彭澤)의 영(令)이 되었으므로 붙여진 것임. 그의 시는 기교를 부리지 않고, 평담(平淡)한 시풍을 띠어 전원시인으로 잘 알려졌으며, 당대 이후는 6조(六朝) 최고의 시인으로서 그 이름이 높았음. 그의 시풍은 당대(唐代)의 맹호연(孟浩然), 왕유(王維) 등 많은 시인들에게 영향을 끼쳤음. 주요 작품으로 「오류선생전」, 「도화원기」, 「귀거래사」 등이 있고, 문집으로 『도연명집』이 있음. 시호는 정절(靖節).

109) 이 시구의 시제는 「음주(飮酒)」(『도연명집』 권3)로 그 전문을 소개하면, '結廬在人境, 而無車馬喧. 問君何能爾. 心遠地自偏. 採菊東籬下, 悠然見南山. 山氣日夕佳, 飛鳥相與還, 此中有眞意, 欲辯已忘言.' 이 시에서 '견(見)'자는 시안(詩眼)의 역할을 하는 것으로 유명함.

110) 진간재(陳簡齋, 1090~1138) : 중국 송나라의 문신. 이름은 여의(與義), 자는 거비(去非), 간재는 그의 호. 벼슬은 참지정사에 올랐음. 그는 시에 일가를 이루어 처음 황정견(黃庭堅)의 강서시파 영향을 받았으나 남송 초에 강남으로 피난온 뒤에는 비장하고 처량한 시풍이 돋보여 '송나라의 두보'라고 일컬어졌음. 20권의 『간재집』과 사(詞) 1권이 전함.

111) 이 시구의 시제는 「휴일조기(休日早起)」(『간재집』 권3)로 그 전문을 소개하면, '朧朧窻影來, 稍稍禽聲集. 開門知有雨, 老樹半身濕. 劇讀了無味, 遠遊非所急.

開門知有雨
老樹半身混

라고 한 시가 바로 그같은 시다. 나는 유독 '연못에 봄풀이 돋아났네.(池塘生春草)[112]'라는 구절을 좋아하는데, 이 시구에 말로는 전할 수 없는 오묘함이 깃들어 있다고 생각한다. 옛날에 내가 여항(餘杭) 땅에 나그네로 있을 때[113] 어떤 사람이 난을 심은 화분을 보내왔기에 그것을 책상 위에 두었다. 낮에 찾아오는 손님을 접대하거나 일을 처리할 때는 난초의 향기를 느끼지 못하였으나 깊은 밤, 달 밝은 창가에 조용히 앉아 있으면 그 향기를 코로 맡을 수 있었다. 맑고 깊은 난초 향기가 말로 표현할 수 없을 정도로 너무 좋아 나는 즐거운 마음으로 혼자 되뇌이기를,

'혜연(惠連)[114]의 춘초(春草)의 시구를 읽고 그 감흥을 말할 수 없는 것과 같도다.[115])

蒲團著身寬, 安取萬戶邑. 開鏡白雲度, 捲簾秋光入. 飽受今日閒, 明朝復羈縶.'

112) 이 시구는 사령운(謝靈運)의 「등지상루(登池上樓)」라는 시제의 한 행으로 그 전문을 소개하면, '潛虬媚幽姿, 飛鴻響遠音. 薄霄愧雲浮, 棲川怍淵沈. 進德智所拙, 退耕力不任. 徇祿反窮海, 臥痾對空林. 傾耳聆波瀾, 擧目眺嶇嶔. 初景革緒風新陽改故陰. 池塘生春草, 園柳變鳴禽. 祁祁傷豳歌, 萋萋感楚吟. 索居易永久, 離羣難處心. 持操豈獨古, 無悶徵在今.'

113) 옛날에 내가 여항(餘杭) 땅에 나그네로 있을 때 : 여항은 지금의 절강성 항현(杭縣) 지역의 옛 이름. 이제현이 1319년(33세)에 강향사(降香使)로 강남(江南)으로 가는 충선왕을 권한공(權漢功)과 함께 시종하던 때를 가리킴.

114) 혜연(惠連) : 중국 위진남북조시대 진(晉)나라의 문인인 사혜연(謝惠連, 397~433)을 가리킴. 어려서부터 문재가 뛰어나 그의 족형(族兄)인 사령운(謝靈運)과 시우(詩友)로 교류하였음. 그가 지은 「설부(雪賦)」는 세상 사람들의 기림을 받았으나, 재승덕박(才勝德薄)하여 크게 출세하지는 못했음. 문집 6권이 전함.

115) 이 '春草'의 시구는 '池塘生春草'를 가리킴. 사혜련(謝惠聯)은 10세 때부터 시문

라고 하였다.

후-16 杜少陵有地偏江動蜀，天遠樹浮秦之句. 予曾游秦蜀. 蜀地，西高東卑，江水出岷山，徑城都南，東走三峽，波光山影蕩搖上下. 秦中千里，地平如掌，由長安城南，以望三面，綠樹童童，其下野色按天，若浮在巨浸然. 方知此句，少陵爲秦蜀傳神而妙處，正在阿堵中也.

두소릉(杜少陵)[116]의 시에

땅이 협소하니 강물은 촉 땅을 넘치듯 흐르고
하늘이 머니 나무들 진 땅에 아득히 떠 있네.[117]

地偏江動蜀
天遠樹浮秦

을 잘 지었으므로 그의 족형인 사령운이 칭찬하기를 "시구의 대를 맞추려 고심할 적이면 혜련이 척척 대를 맞추었는데 그 글귀가 매우 아름다웠다. 언젠가 하루 종일 시를 구상하다가 이루지 못하고 잠이 들었는데, 꿈에 혜련을 만나서 '池塘生春草'라는 글귀를 얻었다."라고 하였음. '子惠聯，年十歲能屬文，族兄靈運嘉賞之，云"每有篇章，對惠聯輒得佳語"嘗於永嘉西堂思詩，竟日不就，忽夢見惠聯，卽得池塘生春草'(『남사(南史)』 권19)

116) 두소릉(杜少陵) : 중국 당나라의 시인인 두보(杜甫, 712~770)의 집안이 대대로 장안(지금의 성서성 서안西安)의 소릉에서 살았기 때문에 붙여진 이름임. 두보는 중국 한시의 격조를 한층 크게 높인 사람으로 이백(李白, 701~762)을 시선(詩仙)이라고 하는 것에 대해 시성(詩聖)이라고 불리어 짐.

117) 이 시구는 「봉화 엄중승 서성만조 십운(奉和嚴中丞西城晩眺十韻)」(『두시상주(杜詩詳註)』 권9)에 나오는 것으로, 인용된 시구에서의 '偏'은 '平'으로, '遠'은 '闊'로 되어 있음. 시 전문을 소개하면, '汲黯匡君切，廉頗出將頻. 直詞才不世，雄略動如神. 政簡移風速，詩淸立意新. 層城臨暇景，絕域望餘春. 旗尾蛟龍會，樓頭燕雀馴. 地平江動蜀，天闊樹浮秦. 帝念深分閫，軍須遠算緡. 花羅封蛺蝶，瑞錦送麒麟. 辭第輸高義，觀圖憶古人. 征南多興緖，事業暗相親.'

라는 시구가 있다. 내가 일찍이 진(秦)과 촉(蜀) 지방을 유람하였는데,[118] 촉 땅의 지형은 서쪽이 높고 동쪽이 낮아 양자강 물이 민산(岷山)[119]에서 발원하여 성도(成都) 남쪽을 거쳐 동쪽으로 방향을 바꾸어 삼협을 향하여 내달리리니, 물빛과 산 그림자가 한데 어우러져 아래위로 흔들렸다. 진중(秦中)[120]은 천리 길인데, 땅이 손바닥처럼 평평하며, 장안 남쪽에서 삼면을 바라보면 푸른 나무가 무성하고 그 아래에 펼쳐져 있는 들판의 빛이 하늘에 맞닿아서 마치 푸른 나무숲이 물 위에 떠 있는 듯하였다. 이리하여 이 시구에서 두소릉이 진과 촉 지방의 신이하고도 절묘함을 전하고자 한 것이 바로 이러한 풍경임을 알았다.

후-17 四更山吐月, 殘夜水明樓. 塵匣元開鏡, 風簾自上鉤. 崔拙翁瀣言, 人謂後二句皆言月, 非也. 塵匣元開鏡, 以言水明樓耳. 如夔府詠懷詩, 峽束蒼江起, 巖排古樹圓. 拂雲埋楚氣, 朝海蹴吳天. 拂雲言古樹, 朝海言蒼江, 亦詩家一格也.

사경[121]에 산 위로 달 떠오르니,
저문 밤에 물빛이 누각을 밝히네.

118) 이제현이 37세가 되던 계해년(1323)에 토번(吐藩, 지금의 티베트)의 타사마(朶思麻)에 귀양 가있던 충선왕을 만나기 위하여 여행했던 것을 이름.

119) 민산(岷山) : 중국 사천성 북쪽과 감숙성 경계에 있는 산. 양자강과 황하의 분수령이 되며, 백룡가(白龍江)의 발원지임.

120) 진중(秦中) : 중국의 섬서성 중부 평원지역에 있던 옛 땅 이름. 춘추전국시대 진(秦)나라에 속한 데에서 붙여진 이름임.

121) 사경(四更) : 밤을 초경(初更)부터 오경(五更)까지 다섯 시진(時辰)으로 나누는데, 사경은 새벽 1시에서 3시까지를 이름.

먼지 덮인 갑에서 큰 거울을 여니,
바람에 흔들리는 발 절로 걷히네.122)

四更山吐月
殘夜水明樓.
塵匣元開鏡,
風簾自上鉤.

이 시에 대하여 졸옹(拙翁) 최해(崔瀣)가 말하기를,

사람들은 뒤의 두 구가 모두 달을 말한 것이라고 하지만, 그렇지 않다. '塵匣元開鏡'만이 물빛이 누대를 비추는 것을 말하고 있을 따름이다. 이는, 「기부 영회시(夔府詠懷詩)」의,

삼협은 푸른 강을 끼고 솟았는데,
바위는 고목에 둘러싸여 있네.
구름을 떨쳐 초나라 기운 묻어버렸고,
바다로 향하여 오나라의 하늘을 차네.123)

峽束蒼江起,
巖排古樹圓.
拂雲埋楚氣,
朝海蹴吳天.

에서 '구름을 떨치다[拂雲]'는 것은 '오래된 고목'을 뜻하고, '바다로

122) 이 시는 당나라 두보의 작품인데, 그 시제는 「월(月)」(『두시상주』 권17)로 전문을 소개하면, '四更山吐月, 殘夜水明樓. 塵匣元開鏡,風簾自上鉤. 兎應疑鶴髮, 蟾亦戀貂裘. 斟酌姮娥寡, 天寒奈九秋.'

123) 이 「기부 영회시(夔府詠懷詩)」는 두보의 시라고 중국의 여러 시화집에서 언급되고 있으나, 두보의 시집에서는 같은 제목의 시를 찾아볼 수 없음.

향한다[朝海]'는 것은 '푸른 강[蒼江]'을 뜻하는 것과 같은 것이니, 이 또한 시가(詩家)의 한 격식이다.

라고 하였다.

후-18 戱題韋偃畵松詩, 未見有戱之之語. 姑蘇朱德潤, 妙於丹靑, 謂予言, 凡畵松栢, 作輪囷礧砢則差易, 而昻霄聳壑之狀, 最爲難工. 此詩後四句, 我有一匹好東絹, 重之不減錦繡段. 已今拂拭光凌亂, 請君放筆爲直幹. 乃所以戱偃也.

위언(偉偃)[124]의 소나무 그림을 희롱하여 지은 시[「戱題韋偃畵松詩」][125]에서는 그를 희롱하는 말을 볼 수 없다. 고소(姑蘇) 주덕윤(朱德潤)[126]은 그림 솜씨가 절묘했는데, 나에게 말하기를,

---

124) 위언(偉偃) : 8세기 중엽에 활동한 중국 당나라의 화가. 장안 출신이었지만 주로 사천성 성도에 우거하였으므로 「희 위언 위쌍송도가(戱韋偃爲雙松圖歌)」 시를 보면 두보(712~770)와 자주 교류했던 것으로 추측됨. 『당조명화록(唐朝名畵錄)』에서 인물(人物), 안마(鞍馬), 산수(山水), 송석(松石), 죽목(竹木) 등을 잘 그렸다고 함. 당나라에서 시작된 발묵화풍(發墨畵風)의 선구적인 화가로 알려졌음.

125) 이 시는 중국 당나라 두보(杜甫, 712~770)가 지은 「희 위언위 쌍송도가(戱韋偃爲雙松圖歌)」(『두시상주』 권7)로 그 전문을 소개하면, '天下幾人畵古松, 畢宏已老韋偃少. 絕筆長風起纖末, 滿堂動色嗟神妙. 兩株慘烈苔蘚皮, 屈鐵交錯廻高枝. 白摧朽骨龍虎死, 黑入太陰雷雨垂. 松根胡僧憩寂寞, 龐眉皓首無住著. 偏袒右肩露雙脚, 葉裏松子僧前落. 韋侯韋侯數相見, 我有一匹好東絹, 重之不減綿繡段. 已今拂拭光凌亂, 請公放筆爲直幹.'

126) 주덕윤(朱德潤, 1294~1365) : 중국 원나라의 화가, 유학자. 자는 택민(澤民), 호는 고소(姑蘇). 고려인들과 가까이 지내 고려에 와서 머물렀다고도 함. 친구인 가구사(柯九思)와 함께 원대 후기의 유력한 문인화가이며 특히 원대 산수화풍을 일으켰음. 대표작에 『수야헌도권(秀野軒圖卷)』(북경 고궁박물원) 등이 있고, 저서로 『존복재집(存復齋集)』을 남겼음.

무릇 소나무와 잣나무를 그릴 때 둥글고 꾸불꾸불한 것과 크고 작은 바위가 층층이 쌓여있는 모습은 그런대로 그리기 쉽지만, 하늘을 향하여 우뚝 치솟은 모양을 그리기가 가장 어렵다. 이 시의 뒤 네 구인,

내게 동쪽 나라 좋은 비단 한 필 있으니,
귀하한 것이 아름답게 수놓은 비단에 못지 않네.
이미 지금 어지러운 광택을 닦아버렸으니,
그대 붓 가는 대로 곧은 줄기 그려 주게.[127]

我有一匹好東絹,
重之不減錦繡段.
已今拂拭光凌亂,
請君放筆爲直幹.

한 것은 바로 위언을 희롱한 것이다.

라고 하였다.

후-19 薛司成 文遇 言, 李太白淸平詞, 一枝仙艷露凝香, 雲雨巫山枉斷腸. 且問漢宮誰得似, 可憐飛燕倚新粧. 倚者, 賴也, 謂趙后專寵漢宮, 只賴脂粉耳, 可憐者, 譏之之辭也.

사성(司成) 설문우(薛文遇)[128]가 말하기를,

---

127) 이 말의 숨은 뜻은 위언(韋偃)의 이름이 '누울 언(偃)'자이므로 누운 소나무만 그리지 말고 곧은 소나무도 그리라고 희롱하는 것임.

128) 설문우(薛文遇) : 고려 후기의 문신. 충렬왕 때 의술로 이름을 날려 원나라 세조의 부름을 받아 총애를 받았으며 찬성사에까지 올랐던 설경성(薛景成)의 아들. 설문우에 대한 기록은 거의 보이지 않으나 관직은 성균대사성(成均大司成)에 이르렀음.(『고려사』 권122 설경성전)

이태백(李太白)[129]의 「청평사(淸平詞)」[130]에,

아름다운 꽃 한 가지에 이슬 맺혀 향기로운데,
무산의 운우지락[131]이 헛되이 애를 끊는구나.
묻노니, 한나라 궁중에서 누가 이와 같았는가,
가련하구나, 비연[132]이 화장에만 의지한 것이.

중국 후주(後周)의 장작감(將作監)으로 있으면서 956년에 광종을 왕으로 책봉하는 책봉사(冊封使)로 쌍기(雙冀)와 함께 고려에 들어온 설문우와는 동명이인임.

129) 이태백(李太白) : 태백은 중국 당나라 시인인 이백(李白, 701~762)의 자(字). 호는 청련거사(靑蓮居士)로 두보와 함께 '이두(李杜)'로 병칭되는 중국 최고의 시인이며, 시선(詩仙)이라 불리어짐. 1,100여 편의 작품이 현존하며, 『이태백시집』이 전함.

130) 「청평사(淸平詞)」 : 중국 당나라 악부곡(樂府曲)의 노랫말이라고 할 수 있음. 이백이 당시 최고의 가수인 이구년(李龜年)의 부탁을 받고 지은 노래로 모두 세 수로 이루어졌음. 여기에서 인용된 두 번째 노래에서 비만한 양귀비를 말라비틀어지고 출신성분이 낮은 조비연(趙飛燕)에 비유한 것을 문제 삼은 고력사(高力士) 때문에 현종이 이백을 장안에서 추방하라는 명령을 내렸음. 이 일로 세간에 수연비옥(瘦燕肥玉 양귀비의 본명이 양옥환楊玉環이었음)이라는 말이 유행했음. 세 수의 전문을 소개하면, (1) 雲想衣裳花想容, 春風拂檻露華濃. 若非群玉山頭見, 會向瑤臺月下逢. (2) 一枝穠艶露凝香, 雲雨巫山枉斷腸. 借問漢宮誰得似, 可憐飛燕倚新妝. (3) 名花傾國兩相歡, 長得君王帶笑看. 解釋春風無限恨, 沈香亭北倚闌干.

131) 운우지락(雲雨之樂) : 남녀가 사랑을 나눈다는 뜻의 말. 중국 초나라 양왕(襄王)이 고당(高唐)이라는 곳으로 유람 갔다가 피곤하여 낮잠을 자다가 꿈에 한 여인을 만났는데, 그 여인이 "저는 무산(巫山)에 사는 여인으로 왕이 유람 왔다는 말을 듣고 왔는데, 침석(枕席)을 받들고 싶사옵니다." 하고는 운우(雲雨)의 정을 나누었음. 여인이 돌아갈 적에 "저는 아침엔 구름이 되고 저녁엔 비가 되어 늘 양대(陽臺) 아래에 있습니다."라고 하였음. 깨어보니 과연 그 여인의 말과 같았으므로 그곳에 조운(朝雲)이라는 묘당(廟堂)을 세웠다고 함.(『高唐賦』)

132) 비연(飛燕) : 중국 한나라 성제(成帝)의 총애를 받았던 여인. 어릴 적 집안이 가난해 쌍둥이 여동생 합덕(合德)과 함께 성양후(成陽侯) 조임(趙臨)의 집에 팔려간 뒤 성이 조씨가 됐음. 뛰어난 몸매에 가무를 잘하여 성제의 총애를 받아 조황후(趙皇后)에까지 올랐음.

一枝仙艶露凝香
雲雨巫山枉斷腸.
且問漢宮誰得似,
可憐飛燕倚新粧.

라고 하였는데, '의(倚)'는 의지한다는 것이니, 조후(趙后)가 한나라 궁중에서 왕의 총애를 독차지한 것은 화장에만 의지하였을 뿐이라는 말이고, '가련(可憐)'은 조소하는 말이다.

라고 하였다.

후-20 劉賓客金陵懷古云, 潮滿冶城渚, 月斜征虜亭. 蔡州新草綠, 幕府舊烟靑. 興廢由人事, 山川空地形. 役庭花一曲, 哀怨不堪聽. 此所謂四人探驪, 夢得得珠者耶. 詩話, 以王濬樓船下益川一篇, 爲夢得得珠者耶.

유빈객(劉賓客)[133]의 「금릉[134]회고시(金陵懷古詩)」에,

야성[135]의 물가엔 조수가 밀려드는데,
햇살이 정로정에 비껴 있네.

133) 유빈객(劉賓客) : 당나라 문인인 유우석(劉禹錫, 772~842)이 태자빈객(太子賓客)이라는 벼슬을 지냈기 때문에 붙여진 이름임. 자 는 몽득(夢得). 지방관으로 있으면서 농민의 생활 감정을 노래한 『죽지사(竹枝詞)』를 펴냈으며, 만년에는 백거이와 교유하면서 시문 창작에 정진하였음. 시문집으로 『유몽득문집(劉夢得文集)』 30권, 『외집(外集)』 10권 등이 있음.

134) 금릉(金陵) : 중국 강소성에 속한 남경(南京) 지역의 옛 이름. 진(晉)·송(宋)·제(齊)·양(梁)·진(陳) 등의 도읍지이기도 함.

135) 야성(冶城) : 중국 강소성 강녕현(江寧縣) 서쪽에 있는 성 이름. 「금릉기(金陵記)」에, '冶城, 卽今府治西北朝天宮, …… 嘗與王羲之登冶城, 愁然遐想, 有高世之志.'

채주[136]에는 새로운 풀빛 파릇파릇하고,
막부에는 예처럼 연기가 푸르네.
흥폐는 인사에서 말미암는데,
산천은 덧없이 예보던 그대로네.
후정화[137] 한 곡조,
애절하고 원망스러워 들을 수 없네.

潮滿冶城渚,
日斜征虜亭.
蔡州新草綠,
幕府舊煙靑.
興廢由人事,
山川空地形.
後庭花一曲,
哀怨不堪聽.

라고 하였는데, 이 시가 이른바 네 사람이 용의 턱을 더듬었으나 몽득(夢得)이 여의주를 얻었다[138]는 얘기를 말한 것이 아니겠는가?

---

136) 채주(蔡州) : 중국 하남성 여남현(汝南縣)에 있던 옛 지명. 금나라 애종이 몽고군에 쫓겨 개봉에서 여기로 천도했다가 다음해에 자결했음.

137) 후정화(後庭花) : 중국 진(陳)나라 후주(後主, 재위기간 582~589) 때의 가곡명(歌曲名). 후주가 연회에서 귀인(貴人)·여학사(女學士)·압객(狎客) 등에게 시를 짓게 하여, 그 중 가장 잘 된 것을 뽑아 거기에 곡을 붙이고는 아름다운 여인을 선발하여 이를 노래 부르고 춤추게 하면서 즐겼는데 그 중 한 곡이 바로 이 후정화임. 옥수후정화(玉樹後庭花)라고도 함.(『진서(陳書)』 황후전)

138) 용의 턱을 …… 여의주를 얻었다. : 이 말은 『장자』 열어구(列禦寇)의 “황하 가에서 갈대로 발을 엮어 파는 가난한 사람이 있었는데 그 아들이 못 속에 들어가 천금의 값이 나가는 구슬[珠]을 가지고 나오자, 아들에게 ‘이 구슬은 용의 턱 밑에 있는 것인데 네가 이를 얻은 것은 용이 졸았기 때문이리라. 용을 잘못 건드려 깨

『시화』에는 "왕준(王濬)139)이 누선을 타고 익주(益州)로 내려간다.[王濬樓船下益州]"고 한 한 편이 몽득이 얻은 여의주라 하였다.

후-21 夢得金陵五題, 山圍故國周遭在, 潮打空城寂寞回. 淮水東邊舊時月, 夜深還過女墻來. 朱雀橋邊野草花, 烏衣巷口夕陽斜. 舊時王謝堂前燕, 飛入尋常百姓家. 生公說法鬼神聽, 身後空堂夜不扃. 猊座寂寥塵漠漠, 一方明月可中庭. 三篇皆佳作也. 白樂天獨愛 潮打空城寂寞回, 棹頭告吟曰, 吾知後之詞人不復措辭矣. 東坡賞書第三篇, 人問, 何不遵明月滿中庭. 坡笑而不答, 古人於詩所取者如此. 退之子厚之文, 古今以爲勍敵. 韓柳俱有論文, 書服讐議送文暢序, 及韓之圬者王承福傳, 柳之梓人傳, 韓之書張中丞傳後, 柳之睢陽廟碑, 韓之平淮西碑, 柳之平淮夷雅之輩, 以類相從編爲一書, 反覆而觀之, 尤可喜也.

웠다면 너는 살아서 돌아올 수 없었을 것이다.' 하였다."(河上有家貧, 恃緯蕭而食者. 其子沒於淵, 得千金之珠, 其父謂其子曰, 取石來鍛之, 夫千金之珠, 必在九重之淵, 而驪龍頷下, 子能得珠者, 必遭其睡也. 使驪龍而寤, 子尙奚微之有哉.)고 한 데서 용사한 것임. 여기서는 위에 서술한 유몽득의 시가 보배로운 구슬처럼 좋은 글이라는 뜻으로, 쉽게 지을 수 없는 아주 잘 된 글을 비유한 것임.

139) 왕준(王濬) : 중국 위진남북조시대의 무장. 자는 사치(士治). 관직은 산기상시(散騎常侍)에 올랐음. 『진서(晉書)』 왕준전에 의하면, 그가 밤에 꿈을 꾸었는데, 꿈속에서 칼 세 자루[三刀]가 집의 대들보 위에 걸려 있었고, 다시 한자루의 칼을 더[益]얻었음. 깨어나 주부(主簿) 이의(李毅)에게 물어보니 '三刀'은 '州'자가 되고 여기에 '益'자를 더했으니 익주자사(益州刺史)가 될 것이라고 하였는데, 과연 며칠 뒤에 익주자사가 되었다.(濬夜夢懸三刀於臥屋梁上, 須臾又益一刀, 濬驚覺, 意甚惡之. 主簿李毅再拜賀曰, 三刀爲州字, 又益一者, 明府其臨益州乎. 及賊張弘殺益州刺史皇甫晏, 果遷濬爲益州刺史. 後因以夢刀爲官吏升遷之典.) 그는 왕명을 받고 함선[樓船]을 건조하여 오(吳)나라를 쳐서 오왕 손호(孫皓)에게서 항복을 받기도 했음.(『진서』 왕준전 참조)

몽득의 「금릉오제(金陵五題)」[140]에

산은 옛 서울 두루 둘러 있는데,
조수는 빈 성을 때리다 쓸쓸히 돌아가네.
회수[141] 동쪽 가에 예보던 그 달 떠올라,
깊은 밤에 성가퀴 넘어 비쳐오네.

山圍故國周遭在
潮打空城寂寞回
淮水東邊舊時月
夜深還過女墻來

주작교[142] 가에는 들꽃 피었는데,
오의 거리[143] 입구엔 석양이 비꼈네.

---

140) 몽득(夢得)의 「금릉오제(金陵五題)」: 유우석(劉禹錫)의 『유몽득문집(劉夢得文集)』에 실려 있는 「금릉오제」 시 전문을 소개하면,

(1) 「石頭城」 '山圍故國周遭在, 潮打空城寂寞回. 淮水東邊舊時月, 夜深還過女墻來.'

(2) 「烏衣巷」 '朱雀橋邊野草花, 烏衣巷口夕陽斜. 舊時王謝堂前燕, 飛入尋常百姓家.'

(3) 「臺城」 '臺城六代競豪花, 結綺臨春事最奢. 萬戶千門成野草, 只緣一曲後庭花.'

(4) 「生公講堂」 '生公說法鬼神聽, 身後空堂夜不扃. 猊座寂寥塵漠漠, 一方明月可中庭.'

(5) 「江令宅」 '南朝詞臣北朝客, 歸來唯見秦淮碧. 池臺竹樹三畝餘, 至今人道江家宅.'

141) 회수(淮水): 중국의 강 이름. 옛날 사독(四瀆, 장강, 황하, 회수, 제수濟水) 가운데 하나로 하남성 동백산(桐柏山)에서 발원하여 안휘성·강소성을 거쳐 동해로 흘러들어감.

142) 주작교(朱雀橋): 당시의 서울인 금릉(지금의 남경) 도성의 남문 밖 진회하(秦淮河)를 가로지른 다리 이름. 시내 중심부에서 오의항으로 가려면 반드시 이 다리를 거쳐야만 했음.

143) 오의 거리[烏衣巷]: 남경에 있었던 거리 이름으로 동진(東晋) 시대에 재상을 지낸 왕도(王導)와 사안(謝安) 두 호족 집안이 웅거했던 대표적인 귀족 집단 주거지역이었음. 오의항은 왕씨와 사씨 두 집안 사람들이 검은 색깔의 옷을 즐겨 입어

옛날 왕·사[144]의 집 앞에 날던 제비,
예사로 백성들의 집으로 날아드네.

朱雀橋邊野草花
烏衣巷口夕陽斜
舊時王謝堂前燕
飛入尋常百姓家.

살아서 설법을 하면 귀신도 듣더니,
죽은 뒤 빈 집은 밤에도 열렸네.
예좌[145] 적막하고 속세는 아득한데,
한 줄기 달빛만이 중정에 어울리네.

生公說法鬼神聽
身後空堂夜不扃
猊座寂寥塵漠漠
一方明月可中庭

생긴 이름이라고 하고, 또는 이곳에 주둔했던 삼국시대 오나라 군사들이 검정색의 군복을 입은 것에서 유래된 이름이라고도 함.

144) 왕사(王謝) : 중국 동진(東晋) 시대에 명문세가였던 왕도와 사안의 가문을 가리키는 말로, 곧 명문세족 일반을 뜻하는 명칭으로도 쓰였음.

※ 왕도(王導, 276~339) : 동진의 정치가, 문인. 낭야왕씨 일족의 중심 인물. 왕람의 손자. 자는 무홍(茂弘). 동진 건국 후 정승에 올랐음. 행서(行書)를 잘 하여「성시첩(省示帖)」,「개삭첩(改朔帖)」 등이 있음.

※ 사안(謝安, 320~385) : 동진의 정치가, 서예가. 자는 안석(安石), 40세 이후에는 정치에 참여하여, 전진(前秦)의 부견(符堅)이 침입했을 때, 그들을 격퇴하여 도독십오주 군사(軍事)가 되었음. 글씨를 왕희지에게 배워, 예서, 행서, 초서를 두루 잘하여『매념군첩(每念君帖)』,『팔월오일첩』 등이 유명함. 시호는 문정(文靖).

145) 예좌(猊座) : 사자좌(獅子座)라고도 함. 부처는 사람 가운데 왕이란 뜻으로 그 상좌(牀座)를 가리키는 말이기도 하고, 후세에는 고승의 좌석을 말하기도 함.

이 세 편은 모두 가작(佳作)이다. 백낙천은 유독 '조수는 빈 성을 때리다 쓸쓸히 돌아가네.(潮打空城寂寞回)'라는 구를 좋아하여 머리를 끄덕이며 읊다가 말하기를,

> 나는 후세의 시인들이 다시는 이런 시구를 지을 수 없으리라는 것을 알겠다.

라고 하였다.

동파(東坡)가 일찍이 이 시의 제3편을 붓으로 썼는데, 어떤 사람이 묻기를,

> 왜 '밝은 달빛이 중정에 가득하네(明月滿中庭)'이라고 하지 않았소?

라고 하니 동파가 웃으며 대답하지 않았으니, 옛 사람들이 시에서 취하는 것이 이와 같다.

퇴지(退之)[146)]와 자후(子厚)[147)] 두 사람의 글을 두고 고금(古今)의 사람들은 정말 우열을 가리기 어렵다고 했다. 한유와 유종원은 모두 논(論)과 문(文)을 남겼는데 「서복수의(書服讐議)」[148)]·「송문창서(送文暢序)」[149)]와 한유의 「오자왕승복전(圬者王承福傳)」[150)], 유종원의 「재

---

146) 퇴지(退之) : 당나라 문장가인 한유(韓愈, 768~824)의 자.

147) 자후(子厚) : 당나라 문장가인 유종원(柳宗元, 773~819)의 자.

148) 서복수의(書服讐議) : 이 글은 당나라 헌종 7년(811)에 평민인 양열(梁悅)이란 사람이 아버지의 원수인 진고(秦杲)를 죽인 후에 자수하였는데, 관에서 정상을 참작하여 사형 대신 곤장 백 대를 치고 순주(循州)로 유배 보낸 사건을 두고 한유는 「복수장(復讎狀)」, 유종원은 「박복수의(駁復讎議)」라는 글을 써서 서로 다른 의견을 보였음.

149) 「송문창서(送文暢序)」 : 유종원이 쓴 이 글의 원제는 「송 문창상인 등오대 수유하

인전(梓人傳)」151), 한유의 「서 장중승전 후(書張中丞傳後)」152), 유종원의 「수양묘비(睢陽廟碑)」153), 한유의 「평회서비(平淮西碑)」154), 유종원의 「평회이아(平淮夷雅)」155) 등을 종류별로 모아 한 책으로 엮어서는 반복하여 읽는다면 더욱 즐거울 것이다.

삭 서(送文暢上人登五臺遂遊河朔序)」, 중국 당나라 덕종23년(803)에 문창(文暢) 스님이 동남쪽으로 여행을 떠날 때 한유와 유종원 등 많은 문인들에게 시를 청하였는데, 유종원이 시를 짓고 거기에 서(序) 형식으로 쓴 글. 같은 시기에 한유도 유종원의 소개로 찾아온 문창 스님에게 「송 부도 문창사 서(送浮屠文暢師序)」라는 글을 지어 주었는데, 그 글에서 자신의 숭유억불(崇儒抑佛)의 입장을 분명하게 밝히고 있어 이 글을 작은 「원도(原道)」라고도 함.

150) 「오자왕승복전(圬者王承福傳)」: 한유가 장안에서 이름을 날리던 당나라 덕종22년(801)에 쓴 글로 허구의 존재인 미장이 왕승복의 삶을 통하여 당시의 세태를 풍자한 전기체의 글. 한유의 「모영전(毛穎傳)」, 유종원의 「재인전」과 「종수곽탁타전(種樹郭橐駝傳)」 등은 거의 같은 시기에 나온 비슷한 내용과 형식의 작품들임.

151) 「재인전(梓人傳)」: '재인'은 악기(樂器)를 거는 틀과 그릇, 화살통 등을 전문적으로 만들던 목공(木工)을 이름. 목공 양잠(楊潛)의 삶을 통하여 세태를 풍자한 전기체의 글.

152) 「서 장중승전 후(書張中丞傳後)」: 당시 어사중승(御使中丞)이었던 장순(張巡, 709~757)의 전기를 읽고 빠진 내용이 많은 것을 안타까워하며 그의 사적을 자세하게 소개한 쓴 글. 서사문 가운데 걸작으로 장순(張巡)을 비롯한 허원과 남제운의 형상화에 뛰어난 솜씨를 발휘했고, 논리정연하게 사건을 서술하면서 의론과 서정을 한데 섞어 넣었음.

153) 수양묘비(睢陽廟碑): 이는 당나라 현종 때 문신인 남부군(南府君) 장재운(張霽雲)이 안록산의 난을 만나 수양의 원으로 있으며 이룩한 사실을 중심으로 기록한 비명(碑銘). 원 제목은 「당고특진 증개부의동삼사 양주대도독 남부군 양수묘비(唐故特進贈開府儀同三司揚州大都督南府君睢陽廟碑)」.

154) 「평회서비(平淮西碑)」: 이 글의 당나라 헌종 12년(817)에 회서절도사(淮西節度使) 오원제(吳元濟)가 일으킨 반란을 진압한 것을 널리 알리기 위하여 비석에다 쓴 글. 헌종이 실정을 거듭해 왔으나 이 일을 정치적 반전의 기회로 삼기 위하여 한유에게 명하여 짓게 한 글임. 한유는 이때 배도(裵度)의 추천으로 행궁사마(行軍司馬)로 출전하여 공을 세우고 장안으로 돌아와 형부시랑이 되었음.

155) 「평회이아(平淮夷雅)」: 이 4언체의 노래는 모두 두 수로 『시경』의 대아 강한(大雅 江漢)의 내용을 근거하여 지은 것임. 이 노래는 당나라 헌종 12년(817)이 오원제(吳元濟)의 반란을 진압한 것을 축하하는 내용으로 이루어져 있음.

후-22 屈原有天問，子厚隨而答之，曰天對，俱險澁難讀．吾家有朱晦庵註，讀之所謂渙然氷釋，怡然理順者也．近於閔學士相義家，見楊誠齋亦有此註，尤令人易曉．有能捋兩先生及王逸三家之說，纂爲集解，亦學者之一幸也．

굴원[156]의 글 「천문(天問)」[157]을 읽고 유종원이 그 물음에 답한 것이 「천대(天對)」인데 두 글이 모두 까다롭기 이를 데 없어 읽기 어렵다. 우리 집에 주회암(晦菴)[158]이 이 글에 주(註)를 단 것이 있는데 그 책을 읽으면 이른바 얼음이 녹는 것처럼 의심이 풀려서 글 속에 숨어 있는 이치를 환하게 깨칠 수 있어 즐겁기 한량없다. 근래에 학사(學士) 민상의(閔相義)의 집에서 양성재(楊誠齋)[159]가 또한 두 사람의 글에 주를 단 책을 보았는데 더욱 사람들이 이해하기 쉽도록 하였다. 두 선생과 왕일(王逸)[160] 등 세 사람의 설을 모아 편찬하여 집

---

156) 굴원(屈原, BC343~BC278) : 중국 춘추시대 초(楚)나라의 정치가, 문인. 이름은 평(平), 자는 원. 경양왕(頃襄王)때 대부(大夫)의 참언으로 정치현실에서 추방되어 방황하며 초(楚)나라 왕을 걱정하다 멱라수(汨羅水)에 몸을 던져 죽었음. 그는 뛰어난 시인으로 초사문학(楚辭文學)을 창시하여 이소(離騷), 어부사(漁父辭) 등 모두 25편의 작품을 남겼음. 송옥(宋玉), 경치(景差)같은 뛰어난 초사작가를 배출하였음.

157) 「천문(天問)」: 굴원이 남긴 초사 작품 가운데 하나로, 그 내용은 우주·전설·역사·설화 등 172종의 의문을 열거하고 하늘에 질문한 것임. 굴원이 선왕의 묘벽(廟壁)과 공경(公卿)의 사당(祠堂) 등에 그려져 있는 천지·산천의 신기한 고화(古畵)를 보고 벽에 표제를 붙인 것을 후세 사람이 논술·편찬한 것이라는 등 여러 설이 있음.

158) 주회암(朱晦庵) : 회암은 중국 북송시대의 성리학자인 주희(朱熹, 1130~1200)의 호.

159) 양성재(楊誠齋) : 중국 남송의 문신인 양만리(楊萬里, 1124~1206)를 말함. 자는 정수(廷秀). 성재(誠齋)는 그의 호.

160) 왕일(王逸, 89~158) : 중국 후한(後漢) 때의 문신. 자는 숙사(叔師). 관직은 시중(侍中)에 올랐음. 시문에 능했는데 특히 초사에 관심을 가져 「구사(九思)」 같은

해서(集解書)를 만들 수 있다면 이 또한 배우는 자들에게는 한 가지 다행스러운 일일 것이다.

후-23 歐陽永叔, 自矜曰, 吾之廬山高, 今人不能作, 太白能之, 吾之明妃後篇, 太白不能作, 子美能之, 前篇子美不能作, 我則能之. 此後之好事者, 見廬山高音節類太白, 明妃後篇類子美, 故妄爲之說耳. 蘇老泉, 有上歐公書, 云云之文, 非孟子韓子之文, 歐陽子之文也. 雖詩亦然. 使李杜作歐公之詩, 未必似之. 歐公而作李杜之詩, 如優孟抵掌談笑, 便可謂眞孫敖也耶. 荊公詩, 童蒙輩所習宋賢集中十許首, 皆妙絕. 如, 日西階影轉梧桐, 簾捲青山簟半空. 南澗夕陽煙自起, 西山漠漠有無中. 東江木落水分洪, 睡鴨殘蘆掩靄中. 歸去北人多憶此, 每家圖畫上屛風. 水光山氣碧浮浮, 落日將還又小留. 從此定應長入夢, 夢中還與故人遊. 金爐香盡漏聲殘, 剪剪輕風陣陣寒. 春色惱人眠不得, 月移花影上欄干. 落帆江口月黃昏, 小店無燈欲閉門. 半出岸沙楓欲死, 繫舟唯有去時痕. 我與丹青兩幻身, 世間流轉會成塵. 但知此物非他物, 莫問今人猶昔人. 垂楊一徑紫苔封, 人語蕭蕭院落中. 唯有杏花如喚客, 倚墻斜日數枝紅. 溪水淸漣樹老蒼, 行穿溪水踏春陽. 溪深樹密無人處, 只有幽花渡水香. 一字一句, 如明珠走盤宛轉可愛. 元澤云, 水邊山映碧紗窓, 松下圖書滿石牀. 外客不來春正靜, 花間啼鳥送斜陽. 眞得其家法矣. 巫山高, 白月如日明房櫳 李壁註曰, 白月言珠也. 劉須溪批云, 不必珠自佳. 璧之俗氣, 便不可掩.

작품을 남겼고, 그가 주석을 붙인 『초사장구(楚辭章句)』 16권이 지금 우리가 보는 초사의 정본임.

구양영숙(歐陽永叔)[161]이 스스로 자랑하여 말하기를,

내가 쓴 「여산고(廬山高)」[162]는 지금 사람들은 지을 수 없고 태백(太白)이라야 지을 수 있으며, 「명비후편(明妃後篇)」은 이태백도 지을 수 없고 자미(子美)라야 지을 수 있을 것이다. 「명비전편(明妃前篇)」[163]은 자미도 지을 수 없고 나만이 지을 수 있다.

라고 하였는데, 이것은 후세의 호사자(好事者)들이 「여산고」의 음절(音節)이 태백과 비슷하고 「명비후편」의 음절이 자미와 비슷한 것을 보고서 쓸 데 없이 만들어낸 말일 뿐이다. 소노천(蘇老泉)[164]이 구양

161) 구양영숙(歐陽永叔) : 영숙은 중국 송나라의 정치가이자 문인인 구양수(歐陽脩, 1007~1072)의 자. 호는 취옹(醉翁), 육일거사(六一居士). 관직은 태자소사(太子少師)에 올랐음. 송나라 초기의 유미주의 문학인 서곤체(西崑體)문학을 개혁하고 당나라 한유를 모범으로 하는 고문진작에 힘썼음. 당송팔대가의 한사람이며 『구양문충공집(歐陽文忠公集)』 153권을 남겼음. 시호는 문충(忠公)

162) 「여산고(廬山高)」 : 이 작품은 구양수의 나이 45세가 되던 1051년에 지은 것으로 자신과 같은 해에 과거에 급제한 유중충(劉中充', 중충은 관직명이고 이름은 응지凝之)이 남강(南康, 지금의 강서성 성자현星子縣)으로 돌아갈 때 이별을 아쉬워하며 준 시. 모두 38행의 고시형식임. '廬山高哉幾千仞兮 根盤幾百里 巀然屹立乎長江 長江西來走其下 是爲揚瀾左里兮 洪濤巨浪日夕相舂撞 雲消風止水鏡淨 泊舟登岸而遠望兮 上摩青蒼以晻靄 下壓后土之鴻龐 試往造乎其間兮 攀緣石磴窺空谾 千巖萬壑響松檜 懸崖巨石飛流淙 水聲聒聒亂人耳 六月飛雪灑石矼 仙翁釋子亦往往而逢兮 (중략) 策名爲吏二十載 青衫白首困一邦 寵榮聲利不可以苟屈兮 自非青雲白石有深趣 其意矻硉何由降 丈夫壯節似君少 嗟我欲說安得巨筆如長杠'

163) 「명비후편(明妃後篇)」: 구양수의 「명비곡」에는 「명비전편(明妃前篇)」과 「명비후편(明妃後篇)」이 있음. 이 두 작품은 왕안석의 「명비곡」에 화답한 것으로, 「명비전편」은 왕소군이 남긴 비파곡을 주제로 하여, 그 곡의 유래와 후세에 남긴 감동을 읊은 작품인데 왕안석 「명비곡」 중 두 번째 것에 화답한 것임. 「명비후편」은 『구양문충공문집』 권8에는 「재화명비곡(再和明妃曲)」이란 제목으로 실려 있는데, 왕안석의 「명비곡」의 첫 번째 작품에 화답한 것임. 이 작품은 왕안석의 작품과는 달리 정치적인 색채를 띠고 있는 것으로, 한나라의 대외 정책뿐만 아니라 원제의 어리석음까지도 신랄하게 비판하고 있음.

공(歐陽公)에게 올린 편지[165]에 말하기를

> …집사(執事)의 글은 맹자(孟子)나 한자(韓子)[166]의 글이 아니고 구양자(歐陽子)의 글입니다.

라고 했는데, 시(詩)도 또한 그러하다. 이백(李白)·두보(杜甫)로 하여금 구양공과 같은 시를 짓게 한다면 반드시 똑 같게 짓지는 못할 것이다. 구양공이 이백·두보와 같은 시를 짓는다면 우맹(優孟)이 손바닥을 치면서 담소(談笑)하는 것과 같으리니, 이를 진짜 손오(孫敖)라고 할 수 있을까."[167]

---

164) 소노천(蘇老泉) : 노천은 중국 북송시대의 문신인 소순(蘇洵, 1009~1066)의 호. 자는 명윤(明允). 사천성 미산(眉山) 출신. 젊은 시절에는 협객(俠客) 노릇을 하다가 날카로운 논법(論法)과 정열적인 필치에 의한 평론이 구양 수(歐陽修)의 인정을 받게 되어 일약 유명해졌음. 관직은 비서성 교서랑(校書郎)을 지냈음. 북송 이래의 예(禮)에 관한 글을 모은 『태상인혁례(太常因革禮)』 100권을 편찬하였음. 아들 소식·소철과 함께 삼소(三蘇)라 불렸고, 삼부자가 함께 당송팔대가(唐宋八大家)로 일컬어짐. 또, 소순을 노소(老蘇), 소식을 대소(大蘇), 소철을 소소(小蘇)라고도 부름. 문집인 『가우집(嘉祐集)』 20권과 『시법(謚法)』 3권이 전함.

165) 구양공(歐陽公)에게 올린 편지 : 이 편지는 『가우집(嘉祐集)』의 「상 구양내한서(上歐陽內翰書)」에 나오는 것으로 그 글의 일부분을 소개하면, '孟子之文, 語約而意盡, 不爲巉刻斬截之言, 而其鋒不可犯, 韓子之文, 如長江大河, 渾浩流轉, 魚黿蛟龍, 萬怪惶惑, 而抑遏蔽掩使自露, 而人望見淵然之光, 蒼然之色. 亦自畏避, 不敢迫視, 執事之文, 紆餘委備, 往復百折, 而條達疏暢, 無所間斷, 氣盡語極, 急言竭論, 而容與閑易, 無艱難勞苦之態. 此三者, 皆斷然自爲一家之文.惟李翱之文, 其味黯然而長, 其光油然而幽 俯仰揖讓, 有執事之態, 陸贄之文, 遺言措意, 切近的當, 有執事之實, 而執事之才, 又自有過人者, <u>蓋執事之文</u>, <u>非孟子韓子之文</u>, <u>而歐陽子之文也.</u>'

166) 한자(韓子) : 당나라 문인인 한유(韓愈)를 높여 이르는 말임.

167) 우맹(優孟)이 손바닥을 …… 할 수 있을까. : 우맹은 춘추시대의 초(楚)나라의 배우[樂人]이고, 손오(孫敖)는 초나라의 재상으로 장왕(莊王)을 도와 초나라를 강대국으로 만든 손숙오(孫叔敖)를 말함. 손숙오가 죽은 뒤에 그의 아들이 매우 빈궁한데도 나라에서 돌보지 않았으므로 우맹이 손숙오와 닮아 손숙오가 평소에 입던

아이들의 학습서로 만들어진 『송현집(宋賢集)』[168]에 형공(荊公)[169]의 시 10여 수가 실려 있는데 모두 빼어나다. 그 시는 이러하다.

해 기울자 섬돌 그림자 오동나무로 옮겨가는데,
발 걷으니 청산이 반공에 우뚝하네.
남쪽 시내엔 석양녘 연기 절로 피어나고,
서산은 아득히 보일 듯 말 듯 하네.

日西階影轉梧桐
簾捲靑山簞半空
南澗夕陽煙自起
西山漠漠有無中

동강에 나뭇잎 지고 물 갈라져 흐르는데,
스러진 갈대밭에서 조는 오리 노을에 가려 있네.
북쪽 고향에 돌아간 사람들 이 경치 추억하느라,
집집마다 병풍 위에 그려 놓았다네.

東江木落水分洪,

의관을 착용하고 손뼉을 치며 담소(談笑)하는 모습을 연출하였는데 그러기를 한 해가 지나자 생전의 손숙오와 똑같았으므로 장왕과 좌우(左右)의 근신(近臣)들도 분별할 수 없었음. 장왕이 이를 보고 감동하여 숙오의 아들을 침구(寢丘)에 봉했다고 함.(『사기』 권126, 골계열전滑稽列傳 제66) 이 고사에서 우맹의관(優孟衣冠)이라는 성어가 나왔는데, 이는 사람의 겉모양만 같고 그 실지는 다름을 비유하는 말로 아무리 모방하여도 진짜와 똑 같게 할 수는 없다는 뜻임.

168) 『송현집(宋賢集)』: 중국 송나라 시인들의 시를 가려 뽑아 만든 고려시대 아동용 학습서. 이런 시문(詩文) 선본 작업은 고려 후기에 본격적으로 진행되어 『송현집』, 『송문감(宋文鑑)』, 『영규율수(瀛奎律髓)』 등이 이때에 만들어졌음.

169) 형공(荊公) : 중국 송나라 정치가이자 문인인 왕안석(王安石, 1021~1086)이 사후에 형국공(荊國公)으로 봉해졌으므로 붙여진 이름임. 전-40 주)102번 참조.

睡鴨殘蘆掩靄中
歸去北人多憶此
每家圖畫上屛風

푸른 물빛과 산 기운 둥둥 떠 있어,
저물녘에 돌아가려다 잠깐 또 머무르네.
이제부터 이 경치 꿈에 자주 뵈리니,
꿈속에서도 돌아와 옛 친구와 놀리라.

水光山氣碧浮浮
落日將還又小留
從此定應長入夢
夢中還與故人遊

금 화로에 향불 다 하자 옥루 소리 나직한데,
불어오는 바람에 으스스 싸늘하기만 하네.
봄 경치에 이끌려 잠 못 이루는 밤,
달을 따라 꽃 그림자 난간에 오르네.

金爐香盡漏聲殘
剪剪輕風陣陣寒
春色惱人眠不得
月移花影上欄干

강어귀에 돛 내리니 달빛 어린 황혼녘인데,
작은 가게에 등불 없어 문 닫으려 하네.
반쯤 내민 모래 언덕에 단풍나무 죽으려 하는데,

배를 매던 자리엔 지난해 흔적만 남아 있네.

落帆江口月黃昏
小店無燈欲閉門.
半出岸沙楓欲死
繫舟唯有去時痕

나와 단청이 둘 다 허깨비라,
세상에 떠돌다 티끌 될 건 뻔하네.
다만 이 몸이 다른 몸 아님을 아노니,
지금 사람이 옛사람 같으냐고 묻지 마오.

我與丹靑兩幻身
世間流轉會成塵
但知此物非他物
莫問今人猶昔人.

수양버들 좁은 길에 붉은 이끼 덮였는데,
뜨락에는 사람의 말소리 쓸쓸하네.
오직 손을 부르는 듯한 살구꽃 있어,
석양녘 담에 기대어 몇 가지 붉네.

垂楊一徑紫苔封,
人語蕭蕭院落中
唯有杏花如喚客,
倚墻斜日數枝紅.

시냇물 맑게 흐르고 고목은 푸르기만 한데,

길을 떠나 시냇가 걸으며 봄볕을 밟네.
깊은 골짜기 나무 우거져 사람 없는 곳에,
다만 그윽한 꽃향기 물을 건너 전해 오네.

溪水淸漣樹老蒼,
行穿溪水踏春陽.
溪深樹密無人處,
只有幽花渡水香.

라고 하였다. 한 자 한 구가 마치 아름다운 구슬이 쟁반 위를 구르는 것 같아서 아낄 만하다. 원택(元澤)[170]의 시에 이르기를

물가에 산이 비추니 사창이 푸른데,
소나무 아래 석상에는 책이 가득하네.
외객이 오지 않아 봄은 진정 고요한데,
꽃 사이로 우는 새가 석양을 전송하네.

水邊山映碧紗窓
松下圖書滿石牀
外客不來春正靜
花間啼鳥送斜陽

라고 하였으니, 참으로 왕안석의 시법(詩法)을 터득했다고 하겠다.

「무산고(巫山高)」[171]에 '흰 달이 해와 같아서 방과 창을 밝히네[白

170) 원택(元澤) : 고려 전기의 문신인 최유(崔濡, 1072~1140)의 자. 관직은 문하시랑 평장사에 올랐음. 시호는 장경(莊敬).

171) 「무산고(巫山高)」 : 중국 한나라시대 악부(樂府)의 요가(鐃歌)로 고취곡사(鼓吹

月如日明房櫳].'의 구절이 있는데 이벽(李壁)이 주해(註解)하여 '백월(白月)은 구슬을 말한 것이다.'라고 하였는데, 유수계(劉須溪)[172]가 그를 비평하여 말하기를,

반드시 구슬이 절로 아름다운 것은 아니다. 이벽은 자신의 속기를 가리지 못하는구나.

라고 하였다.

후-24 有僧問, 東坡戱題吳江三賢詩, 其戱之者, 何意. 予曰, 以其不戒三業耳. 僧曰, 何謂也, 范蠡得西施身業也, 張翰爲鱸魚口業也, 龜蒙欺人取財意業也, 僧大笑.

어떤 스님이 묻기를,

동파가 오강(吳江)의 삼현(三賢)을 희롱하여 지은 시[173]에서 희롱

曲辭)에 속함. 한요가(漢饒歌)에는 모두 18곡이 있는데, 「무산고」는 그중 7번째 곡임. 그 내용이 본래는 무산의 험하고 높음을 노래한 것이었으나 후인들이 많이 모방하여 지으면서 내용이 변하고 보태지게 되었음. 그 곡의 가사를 소개하면, '巫山高, 高以大. 淮水深, 難以逝. 我欲東歸, 害不爲? 我集無高曳, 水何湯湯回回. 臨水遠望, 泣下霑衣. 遠道之人心思歸, 謂之何!'

172) 유수계(劉須溪) : 중국 송말 원초(宋末元初)의 문인인 유진옹(劉辰翁, 1234~1297)의 호가 수계. 자는 회맹. 그는 성당기(盛唐期)의 대표적인 자연파 시인(詩人)인 맹호연(孟浩然)의 시집에 비점을 찍은 『수계선생비점맹호연시집(須溪先生批點孟浩然集)』을 간행했음. 저서로는 문집인 「수계집」과 「반마이동평」, 「방옹시선후집」 등이 있음.

173) 오강(吳江)의 삼현(三賢)을 희롱하여 지은 시 : 오강은 중국 강소성에 있던 옛 지명이자 강 이름으로 여기에 이 지역을 대표하는 세 사람의 고사(高士)인 전국시대 오나라의 범려(范蠡), 진(晉)나라의 장한(張翰), 당나라의 육구몽9陸龜蒙) 등을 기리기 위하여 당나라 이백이 활동하던 때에 삼고사(三高祠)를 짓고 세 사람의

했다는 것은 무슨 뜻인지요?

라고 하였다. 내가 대답하기를,

"삼업(三業)[174]을 경계하지 않았다는 것일 따름이지요."

"그럼, 삼업은 무엇을 말하는 것입니까?"

"범려(范蠡)가 서시(西施)를 얻은 것은 신업(身業)이고,[175] 장한(張翰)이 농어를 생각한 것은[176] 구업(口業)이며, 육구몽(陸龜蒙)[177]이

초상화를 봉안했는데, 동파가 이 세 사람의 생전의 속된 처세를 희롱하는 시를 지었음. 『동파전집』 권6에 실려 있는 「희서오강삼현화상삼수(書吳江三賢畫像三首)」라는 시제의 시 전문을 소개하면, '誰將射御教吳兒, 長笑申公爲夏姬. 却遣姑蘇有麋鹿, 更憐夫子得西施.(范蠡)', '浮世功勞食與眠, 季鷹眞得水中仙. 不須更說知機早, 直爲鱸魚也自賢.(張翰)', '千首文章二頃田, 囊中未有一錢看. 却因養得能言鴨, 驚破王孫金彈丸.(陸龜蒙)'

174) 삼업(三業) : 업은 갈마(羯磨, Kamma)의 음역. 업은 '짓는다'는 의미로 정신으로 생각하는 작용인 의념(意念)이며, 이것이 뜻을 결정하고 선악을 짓게 하여 업이 생김. 여기에는 몸으로 짓는 온갖 동작인 신업(身業)과 입으로 짓는 업, 곧 언어를 뜻하는 구업(口業)과 뜻으로 동작하는 의업(意業) 등 세 가지 업이 있음.

175) 서시(西施) : 월나라의 미인으로 왕소군, 초선, 양귀비와 함께 중국 4대 미인의 하나. 월왕 구천이 오나라에 인질로 잡혀가자 이를 구하기 위한 범려의 미인계에 의해 오나라 왕 부차에게 바쳐진 인물. 이 미인계가 성공하여 부차는 서시와의 향락에 빠지고 정사를 돌보지 않아 복수설치(復讐雪恥)를 꿈꾸던 구천에 의해 대패하고 결국 자살하였음. 월왕 구천이 오나라를 정복한 뒤 서시를 찾았으나 서시는 평소 자신이 좋아하던 범려와 함께 제나라로 가 그곳에서 장사를 하여 거부가 되었다고도 전해짐.

176) 장한(張翰) : 중국 진(晉)나라 때의 문신. 자가 계응(季鷹), 오군(吳郡) 사람. 시문에 뛰어나고 자유분방한 성품이라서 예법에 구속되지 않아 사람들이 강동보병(江東步兵)이라 불렀음. 그는 벼슬하던 중 가을바람이 부는 어느 날 갑자기 고향 오중(吳中)의 농어와 순채국이 생각나 벼슬을 그만두고 고향으로 돌아갔다고 함. (『진서(晉書)』 권92 참조) 이 일로 인하여 「추풍가(秋風歌)」(일명 사오강가思吳江歌라고 함)를 지었음. 그 전문을 소개하면, '秋風起兮佳景時, 吳江水兮鱸正肥. 三千里兮家未歸, 恨難得兮仰天悲.'

남을 속여 재물을 취한 것은[178] 의업(意業)이지요.”

라 하니, 그 스님이 크게 웃었다.

후-25 戲題李公擇白石山房詩云, 偶尋流水上崔嵬, 五老蒼顏一笑開, 若見謫仙煩寄語, 匡山頭白早歸來. 若謂坡煩五老寄語於李, 失之矣. 昔以問崔拙翁, 翁三復下句, 擬議未對, 予喝之曰, 高著眼. 翁便會, 相與大噱.

(동파가)이공택[179]의 백석산방(白石山房)을 희롱하여 지은 시에 이르기를,

우연히 흐르는 물 찾다가 높은 데에 오르니,

---

177) 육구몽(陸龜蒙, ?~881) : 중국 만당(晩唐) 시대의 문인. 자는 노망(魯望), 호는 천수자(天隨子) 또는 보리선생(甫里先生). 송강(松江)의 보리(甫里)에 은거하며 농업을 진흥하는 일에 힘쓰는 한편 시서(詩書)에 심취하여 일가를 이루었음. 친구인 피일휴(皮日休)와 서로 주고받은 화답시가 유명하며, 저서로는 문집인 『당보리선생문집(唐甫里先生文集)』과 농서(農書)인 『뢰사경(耒耜經)』 등이 있음.

178) 남을 속여 재물을 취한 것은 : 육구몽에게는 잘 길러진 거위가 있었다. 이를 알고 그곳을 지나던 역사(驛使)가 그 거위를 죽이자 육귀몽이 그 거위는 사람의 말을 잘 따라하는 특이한 거위로 황제께 바치려던 것이라고 하였다. 이에 두려움을 느낀 그 역사는 주머니 속에 있던 황금을 주어 자신이 죽였다는 사실을 말하지 않도록 하였다는 고사가 전한다.(『시주소시(施註蘇詩)』 권9 참조)

179) 이공택(李公擇, 1027~1090) : 중국 송나라 때의 문인으로 이름은 상(常)이며, 공택은 그의 자. 진사에 합격하여 벼슬길에 올랐으나, 왕안석의 신법에 반대하여 좌천되기도 하였음. 그는 젊은 시절에 여산(廬山)의 능가원(楞伽院) 안에 있던 백석암(白石庵)에 9천 권의 이서(異書)를 갖춰놓고 공부하였는데, 뒤에 여기에 산방(山房)을 두었으므로 이곳을 백석산방(白石山房)이라고 했음. 그는 황정견의 외숙으로 황정견의 학문과 문학에 큰 영향을 미쳤다고 함.

오로봉[180] 푸른 얼굴 나를 맞아 한번 웃음 짓네.
적선[181]을 보게 되면 말 좀 전해 주시구려,
광산[182]의 머리 흰 늙은이 일찍 돌아오시라고.[183]

偶尋流水上崔嵬
五老蒼顔一笑開
若見謫仙煩寄語
匡山頭白早歸來

만약 동파가 오로봉으로 하여금 번거롭게 이태백에게 말을 전하도록 한 것이라고 이해했다면 시를 잘못 본 것이다.[184] 예전에 내가 이 사실을 최졸옹(崔拙翁)[185]에게 물었더니, 그가 아래 구를 세 번 반복해 읽고도 미심쩍은 구석이 있는 듯 대답을 하지 않자 내가 대갈일성(大喝一聲)으로 "높게 착안하시오."라고 하자, 최졸옹이 바로 깨닫고 서로 크게 웃었다.

---

180) 오로봉(五老峰) : 중국 강서성에 있는 여산의 동남쪽에 있는 산봉우리로 이백이 이 봉우리 아래에 집을 짓고 살았다고 함. 이백이 여기에 있으면서 「망 여산 오로봉(望廬山五老峰)」(『이태백집(李太白集)』 권20)이라는 시를 지었는데, 그 전문을 보면, '廬山東南五老峰, 靑天削出金芙蓉. 九江秀色可攬結, 吾將此地巢雲松.'

181) 적선(謫仙) : 중국 당나라 시인 이백(李白, 701~762)을 가리키는 말로, 그와 같은 시대의 시인인 이하(李賀, 790~816)가 그의 방달불기한 성품과 천의무봉한 품격의 시를 보고 감탄하여 그를 하늘에서 지상으로 귀양 온 신선[謫仙]이라고 불렀음.

182) 광산(匡山) : 중국 중국 강서성 성자현의 서북, 구강현 남쪽에 위치한 명산으로 여산(廬山)의 이칭. 광려(匡廬)라고도 함. 예부터 은일(隱逸)의 땅으로 이름이 높았으며 이백이 이곳에 은거하며 지은 「망 여산 폭포(望廬山瀑布)」는 유명함.

183) 이 시는 『동파전집』 권13에 「서 이공택 백석산방(書李公擇白石山房)」이라는 시제로 실려 있음.

184) 만약 동파가… 시를 잘못 본 것이다. : 이 말은 동파가 오로봉에게 부탁하는 것이 아니라 이공택에게 이백을 만나면 전해달라는 것으로 봐야 한다는 것임.

185) 최졸옹(崔拙翁) : 고려 후기의 문신인 최해(崔瀣, 1287~1340)의 호가 졸옹임.

후-26 陳簡齋贈相師云, 鼠目向來吾自了, 龜腸從與世相違, 醉來却欲憑師問, 黃葉漫山錫杖飛. 句法之工如此. 東坡云, 火色上騰雖有數, 急流勇退豈無人, 又豪宕可人.

진간재가 상(相) 스님에게 준 시에 이르길,

> 쥐눈[186] 같음은 원래 내 스스로 알던 것이며,
> 거북의 창자[187]라 전부터 세상과 어긋났네.
> 술 취하여 스님께 묻고자 하노니,
> 단풍잎 가득한 산에 왜 석장을 날리시는지요?[188]
>
> 鼠目向來吾自了
> 龜腸從與世相違
> 醉來却欲憑師問
> 黃葉漫山錫杖飛

라 하였는데, 구법이 이처럼 뛰어났다. 동파도 같은 스님에게 준 시에 이르기를,

> 불꽃처럼 출세하는 것은 비록 운수 소관이지만

186) 쥐눈[鼠目] : 체구에 비해서 너무 작은 쥐의 눈으로, 소견머리가 좁은 사람에 비유한 말임.

187) 거북의 창자[龜腸] : 거북이 먹지 않고 오래 버티는데 익숙하여 가늘어진 창자를 가리키는 말로, 사람의 형편이 곤궁함을 이르는 뜻으로 쓰이기도 함.

188) 이 연구는 『진간재집(陳簡齋集)』에 「송 선상승초연 귀려산(送善相僧超然歸廬山)」이라는 시제로 실려 있는데 그 전문을 보면, '九疊峯前遠法師, 長安塵染坐禪衣. 十年依舊雙瞳碧, 萬里今持一笑歸. 鼠目向來吾自了, 龜腸從與世相違. 酒酣更欲煩公說, 黃葉漫山錫杖飛.'

위태로운 벼슬길에서 용퇴하는 사람 어찌 없으랴.[189]

火色上騰雖有數

急流勇退豈無人

라 하였으니, 또한 호탕한 사람이라 할만하다.

후-27 先君閱山谷集, 因言 昔在江都, 有先達李湛者與今深岳君偶同名, 爲詩詞嚴而意新, 用事險僻, 與當時所尙背馳, 故卒不顯, 蓋學涪翁而酷似之者也. 由是觀之, 苦心之士, 不遇靑雲知己, 沒齒而無聞, 如李先達者, 幾何. 可不惜哉.

선군[190]께서 『산곡집(山谷集)』[191]을 열람하시다가 말씀하시기를,

예전 강도(江都)[192]에 있을 적에 선달(先達) 이담(李湛)이라는 사람이 있었는데, 지금의 심악군(深岳君)[193]과 우연히 이름이 같았다. 그가 시를

189) 이 연구는 『동파전집(東坡全集)』에 「증 선상정걸(贈善相程傑)」이라는 시제로 실려 있는데 그 전문을 보면, '心傳異學不謀身, 自要淸時閱搢紳. 火色上騰雖有數, 急流勇退豈無人. 書中苦覓元非訣, 醉裏微言却近眞. 我似樂天君記取, 華顚賞遍洛陽春.'

190) 선군(先君) : 돌아가신 아버지를 가리키는 말로 선친(先親), 선고(先考)라고도 함. 이제현의 아버지는 이진(李瑱, 1244~1321)으로 초명은 방연(方衍), 자는 온고(溫古)이며, 호는 동암(東庵), 임해군(臨海君)에 봉해졌음. 저서인 『동암집(東庵集)』을 남겼음. 찬성사(贊成事) 등의 벼슬을 역임하였고, 시호는 문정(文定)임.

191) 『산곡집(山谷集)』 : 중국 북송의 문신이자 문인인 황정견(黃庭堅, 1045~1105)이 남긴 문집. 내집(內集) 20권, 외집(外集) 17권으로 모두 15책(册)임. 산곡은 그의 호.

192) 강도(江都) : 고려 고종 때 몽고군의 침탈을 피해서 1232년에 개성을 버리고 강화도(江華島)로 서울을 옮겼으므로 강화도를 강도라고 불렀음. 이진이 강화도에 있을 때 생긴 이야기를 하고 있음.

지으면 말이 엄격하고 뜻이 참신하였으나, 용사(用事)한 것이 어렵고 궁벽져서 당시의 사람들이 좋아하지 않았으므로 결국 세상에 그 이름을 드러내지 못하였다. 대개 부옹(涪翁)[194]의 시법을 배워 그를 빼닮은 사람이라고 할 수 있을 것이다. 이로써 보건대, 고생하여 힘들게 공부한 선비 중에 그 높은 뜻을 알아주는 사람이 없어 죽을 때까지 이 선달같이 세상에 그 이름이 알려지지 않은 사람이 얼마나 많겠는가? 참으로 애석한 일이다.

라고 하셨다.

193) 심악군 이담의 생몰년과 행적에 대한 기록은 보이지 않음. 다만, 목은 이색의 글 「고려국대광완산군익문진최공묘지명(高麗國大匡完山君謚文眞崔公墓誌銘)」에 천력(天歷) 경오년(1330)에 순흥군(順興君) 안문개(安文凱)공과 심악군(深岳君) 이담(李湛)공이 최공(崔公)과 같이 고시(考試)를 관장했다는 기록이 나오는 것으로 보아, 심악군은 고위직을 지낸 문신임을 알 수 있음.

194) 부옹(涪翁) : 황정견의 호. 자는 노직(魯直)이며, 또다른 호는 산곡(山谷). 관직을 교서랑(校書郎)에 올랐음. 왕안석의 신법을 비난하다 무고를 당하여 선주(宜州)에 유배되었다가 그 곳에서 병사하였음. 시인으로서의 명성이 높아 스승인 소식과 나란히 송대를 대표하는 시인임. 그의 시는 고전주의적인 작풍을 띠고, 학식에 의한 전고(典故)와 수련을 거듭한 조사(措辭)에 강서시파(江西詩派)로 일컬어짐. 서예에도 능하여 채양(蔡襄)·소식·미불(米芾)과 함께 북송 사대가의 한 사람으로 일컬어짐.

역옹패설 후집 2

櫟翁稗說 後集 二

후-28 鄭司諫知常詩云, 雨歇長堤草色多, 送君南浦動悲歌. 大同江水何時盡, 別淚年年添作波. 燕南梁載嘗寫此詩, 作 別淚年年漲綠波. 予謂作漲二字, 皆未圓, 當是添綠波耳. 鄭又有 地應碧落不多遠, 人與白雲相對閑, 浮雲流水客到寺, 紅葉蒼苔僧閉門, 綠楊閉戶八九屋, 明月倚樓三四人, 上磨星斗屋三角, 半出虛空樓一間, 石頭松老一片月, 天末雲低千點山. 等句是家喜用此律.

사간(司諫) 정지상의 시에 이르기를,

비 개인 긴 둑에 풀빛 요란한데,
임을 보내는 남포[1]에 슬픈 노래 소리 떠도네.
대동강 물은 언제 다할런지,
이별의 눈물이 해마다 물결에 더하네.[2]

雨歇長堤草色多
送君南浦動悲歌
大同江水何時盡,
別淚年年添作波.

라고 했다. 연남(燕南)사람 양재(梁載)[3]가 일찍이 이 시를 모사하여

---

1) 남포(南浦) : 평양 대동강가에 있는 지명으로 옛날에 평양에서 남쪽으로 가는 사람을 남포에서 전송하였고, 북쪽으로 가는 사람은 보통문(普通門)에서 전송했음.

2) 이 시의 제목은「大同江」으로 많이 알려져 있으나,『동문선』권19에는「送人」이라고도 함.

3) 양재(梁載) : 중국 원나라 연남(燕南) 사람이었으나 고려 후기에 고려에 귀화하였음. 충숙왕의 총신(寵臣)인 왕삼석(王三錫)에게 아부하여 횡포를 부렸으므로 당시에 미움을 받았으며, 뒤에는 조신경(曹莘卿)과 함께 인사권을 잡고 정치를 농간하였음.

'이별의 눈물로 해마다 푸른 물결 넘쳐 흐르네[別淚年年漲綠波]'[4]라고 했다. 내 생각으로는 '작(作)'과 '창(漲)' 두 자는 모두 원만하지 못하므로 '푸른 물결을 더하네[添綠波]'라고 하는 것이 마땅하다고 본다.

정지상은 또,

> 땅과 하늘이 어우러져 그리 멀지 않고,
> 사람과 흰 구름이 서로 한가로이 마주했네."[5)
>
> 地應碧落不多遠
> 人與白雲相對閑
>
> 뜬 구름과 흐르는 물처럼 길손 절에 이르니,
> 붉은 잎 푸른 이끼 속에 스님은 문을 닫은 채네.[6]
>
> 浮雲流水客到寺
> 紅葉蒼苔僧閉門
>
> 푸른 버들숲 속에 문 닫힌 여덟아홉 집,

---

4) 이별의 눈물로 …… 흐르네[別淚年年漲綠波] : 조선 전기의 문신인 서거정(徐居正)이 그의 『동인시화(東人詩話)』권상(上)에서 이 구절이 두보의 「봉기고상시(奉寄高常時)」의 '汶上相逢年頗多, 飛騰無那故人何. 總戎楚蜀應全未, 方駕曹劉不啻過. 今日朝廷須汲黯, 中原將帥憶廉頗. 天涯春色催遲暮, 別淚遙添錦水波.'에서 유래한 것이라고 했음.

5) 이 시구의 제목은 「제 등고사(題登高寺)」(『동문선』 권12)로 그 전문을 소개하면, '石逕崎嶇苔錦斑, 錦苔行盡入禪關. 地應碧落不多遠, 僧與白雲相對閑. 日暖燕飛來別殿, 月明猿嘯響空山. 丈夫本有四方志, 吾豈匏瓜繫此閒.'

6) 이 시구의 제목은 「제 변산 소래사(題邊山蘇來寺)」(『동문선』 권12)로 그 전문을 소개하면, '古徑寂寞縈松根, 天近斗牛聊可捫. 浮雲流水客到寺, 紅葉蒼苔僧閉門. 秋風微凉吹落日, 山月漸白啼淸猿. 奇哉厖眉一老衲, 長年不夢人間喧.'

밝은 달빛 속에 누대에 기댄 서너 사람.[7]

綠楊閉戶八九屋
明月倚樓三四人

북두성 만질 듯 솟아있는 세 귀퉁이 집,
허공에 반쯤 모습 드러낸 한 칸의 누대.[8]

上磨星斗屋三角
半出虛空樓一間

바위 머리 늙은 소나무에 한 조각 달 걸려 있고,
하늘 끝 구름 나지막한 곳에 산, 산, 산.[9]

石頭松老一片月
天末雲低千點山

와 같은 시구를 남겼는데, 시인들이 이 운율을 즐겨 사용하였다.

---

7) 이 시구는 『동문선』에는 나오지 않으며, 허균(許筠)의 시화집인 『성수시화(惺叟詩話)』에서 절창(絕唱)이라며 소개하고 있는데, 그 원문을 소개하면, '鄭大諫詩, 在高麗盛時最佳, 流傳者絕少, 篇篇皆絕倡也. 如,風送客帆雲片片, 露凝宮瓦玉粼粼. 稍佻, 而至於 綠楊閉戶八九屋, 明月拳簾三四人. 方神逸也. 其石頭松老一片月, 天末雲低千點山. 雖苦亦自楚楚.'

8) 이 시구 역시 『동문선』에는 나오지 않으며 이수광(李晬光)의 『지봉유설(芝峯類說)』에 위의 일부 시구들과 함께 요체(拗體)의 예로 소개되어 있음. '鄭知常丹月驛詩云, '飲闌欹枕畫屏低, 夢覺前村第一鷄. 却憶夜深雲雨散, 碧空孤月小樓西.' 又有詩曰, '綠楊閉戶八九屋, 明月捲簾三四人. 又題靈鵠寺曰, 上磨星斗屋三角, 半出虛空樓一間. 又, 地應碧落不多遠, 人與白雲相對閑. 雖拗體亦好'

9) 제목은 「개성사 팔척방(開聖寺八尺房)」(『동문선』 권12)으로 그 전문을 소개하면, 「開聖寺八尺房」"百步九折登巑岏, 家在半空唯數間. 靈泉澄淸寒水落, 古壁暗淡蒼苔斑. 石頭松老一片月, 天末雲低千點山. 紅塵萬事不可到, 幽人獨得長年閑."

후-29 金尚書莘尹, 毅廟庚寅中九日, 有詩云, 輦下風塵起, 殺人如亂麻. 良辰不可負, 白酒泛黃花. 可見當時之事, 不可奈何, 而此老胸中, 亦磊落不凡.

김 상서[10] 이름은 신윤이다. 가 의종이 치세했던 경인년[11] 중구일(重九日)에 시를 남겼는데 그 시에 이르기를,

임금님 계시는 서울에 난리가 나,
사람 죽이기를 삼 베듯했네.
좋은 시절 저버릴 수 없어,
흰 술에 황국화 띄워 마시네.[12]

輦下風塵起,
殺人如亂麻.
良辰不可負,
白酒泛黃花.

라고 했다. 당시의 사태를 어떻게 할 수 없었다는 것을 알 수 있으니, 이 노시인의 가슴속에는 굽히지 않는 비범한 기개가 있음을 알

10) 김 상서(金尙書) : 고려 중기의 문신인 김신윤(金莘尹)을 가리킴. 관직은 상서에 올랐음. 무인지배체제 아래에서 당시 당로자(當路者)들의 부당한 처사에 대하여 직언을 잘 하여 불이익을 당하기도 했음.

11) 경인년(庚寅年) : 고려 의종 24년(1170, 경인년) 8월에 대장군 정중부, 견룡행수(牽龍行首) 이의방 등이 무신란을 일으켜 문관과 대소신료들을 살해하였음. 김신윤이 그해 9월 9일 중구절(重九節)을 맞아 1개월 전의 참변을 회고하며 슬퍼하는 시를 남긴 것을 보면 그의 기개가 범상치 않았음을 짐작할 수 있음.

12) 이 시는 『동문선』 권19에 「경인 중구(庚寅重九)」라는 시제로 실려 있는데, 첫 행이 '輦下干戈起'로 되어 있음.

겠다.

후-30 吳大祝世才諷毅廟微行, 詩云, 胡乃日淸明, 黑雲低地橫, 都人且莫近, 龍向此中行. 用人韻賦戟巖云, 城北石巉巉, 邦人號戟巖, 迥掎乘鶴晉, 高刺上天咸, 揉柄電爲火, 洗鋒霧是鹽, 何當作兵器, 亡楚却存凡. 病目云, 老與病相期, 窮年一布衣, 玄花多掩翳, 紫石少光輝, 怯照燈前字, 羞看雪後暉, 待看金榜罷, 閉目學忘機. 李文順公奎報謂, 先生爲詩學韓杜. 然其詩不多見. 金居士集中載其一篇, 有曰, 大百圍材無用用, 長三尺喙不言言. 亦老健可尙.

대축(大祝)[13] 오세재(吳世才)[14]가 의종의 미행(微行)을 풍자한 시가 있는데, 그 시에 이르기를,

어찌 이 청명한 날씨에,
검은 구름이 땅에 나직이 드리웠을까.

---

13) 대축(大祝) : 신에게 제사하는 일을 맡아 집행하는 관직. 또는 축관(祝官)의 수장(首長)을 이름. '大祝, 下大夫二人, 上士四人.'(鄭玄注)大祝, 祝官之長(『주례』 춘관春官, 서관庶官) 대축은 고대시대에 나라의 제사(祭祀)와 증시(贈諡)를 관장하던 전의시(典儀寺)에 소속된 관직으로 품계는 정9품이었음.(『고려사·지志』 권76) 그러나 대축이라는 관직을 충렬왕 때 처음으로 설치한 것으로 되어 있는데, 오세재가 어떻게 대축을 지냈다고 하는지 알 수 없음.

14) 오세재(吳世才, 1133~?) : 고려 중기의 학자이자 문인. 자는 덕전(德全). 한림학사를 지낸 오학린(吳學麟)의 손자이며, 세공(世功)·세문(世文)의 아우임. 과거에 급제하였으나 성격이 소루(疎漏)하고 지나치게 명민하였으므로 세상에 용납되지 못해 끝내 벼슬에 오르지 못하였음. 그는 53세의 나이로 18세였던 이규보(李奎報)에게 망년지교(忘年之交)를 허락하였고, 죽림고회(竹林高會)의 한 사람으로 이인로 등과 시주(詩酒)로 교유하였음. 시에 뛰어났으나 작품이 거의 전하지 않고, 다만 『동문선』에 오언율시 2편, 칠언율시 1편이 실려 있음.

도성 사람들이여 가까이 오지 마시구려,
용이 이 속으로 가고 있다오.

胡乃日淸明
黑雲低地橫
都人且莫近
龍向此中行

라고 했다. 다른 사람의 운자를 사용하여 창바위[戟巖][15]를 두고 시를 지었는데, 그 시에 이르기를,

북쪽 산마루에 뾰족뾰족한 바위 있어,
사람들은 이를 창바위라 부르네.
아득히 학을 탄 왕자진[16]을 칠 듯하고,
높이 하늘에 오르는 무함[17]을 찌를 듯하네.
굽은 창 자루에 번갯불 일고,
시퍼런 창날에는 하얀 서릿발 이네.
어떻게 하면 병기를 만들어,
초나라 없애고 범나라 망하게 할 수 있을까.[18]

15) 창바위[戟巖] : 개성 북쪽 31리에 있는 바위 이름.

16) 왕자진(王子晋) : 신선인 왕자교(王子喬)를 이름. 주나라 영왕(靈王)의 태자(太子)로 이름은 진(晋). 피리를 잘 불었어 봉황의 울음소리를 냈고, 도사 부구공(浮丘公)을 따라 숭고산(嵩高山)에 올랐으며, 30여 년 만에 백학을 타고 구씨산(緱氏山)에 내려왔다고 함.(『열선전(列仙傳)』「왕자교」)

17) 무함(巫咸) : 옛날의 신무(神巫)로 은(殷)나라 중종(中宗) 때의 명신(名臣). 하늘에서 내려왔다고 함.(『이소경(離騷經)』)

18) 초(楚)나라 …… 있을까. : 이 말은 『장자』 전자방(田子方)에서 용사한 것임. 대국인 초나라 문왕(文王)의 신하가 소국인 범나라가 망했다고 하자, 나라가 망했을지

北嶺石巉巉
傍人號戟岩
迥撞乘鶴晉
高刺上天咸
揉柄電爲火
洗鋒霜是鹽
何當作兵器
敗楚亦亡凡[19]

병든 눈[病目]을 두고 지은 시에 이르기를,

늙은 몸에 병이 따르기 마련,
궁색한 신세 포의로 살아가네.
눈꽃이 뻔적거려 눈 흐릿하고,
눈동자는 광채를 잃어가네.
등불 앞에서 글자 읽기 두렵고,
눈 온 뒤 햇빛에 눈이 부시네.
과거장에 내건 방을 보고 난 뒤에,
눈감고 앉아 세상 욕심 잊으리.

老與病相隨
窮年一布衣
玄花多掩映

라도 그 나라를 다스리는 왕이 존재한다면 망하지 않았다는 범나라 희후(僖侯)의 궤변이 소개되어 있음.

19) 『동문선』 권9에는 이 시의 제1행에서 '北嶺'이 '山北' 으로, 마지막 행 '亦存凡' 이 '亦亡凡'으로 되어 있음.

紫石少光輝
怯照燈前字
羞承雪後暉
待看金牓罷
閉目坐忘機

라고 하였다. 문순공 이규보가 말하기를,

선생은 한유(韓愈)와 두보(杜甫)의 시체(詩體)를 배웠다.

라고 하였으나, 지금 그의 시를 많이 볼 수 없다. 『김거사집(金居士集)』[20]에 한 편이 실려 있는데 그 시를 보면,

백 아름의 큰 재목 쓰이지 않는 것으로 쓰이고,[21]
석 자 긴 부리는 말 하지 않는 것으로 말을 삼네[22]

---

20) 『김거사집(金居士集)』: 고려 중기의 문인인 김극기(金克己)의 문집. 1220년경 당시의 집권자 최우(崔禹)의 명에 의해 고율시(古律詩)·사륙(四六)·잡문(雜文) 등을 모아 한국문학사상 초유의 대규모인 135권으로 간행되었으나 지금은 전하지 않음

21) 이 말은 『장자(莊子)』의 「소요유(逍遙遊」편에 나오는 것으로 그 내용을 소개하면, '혜자(惠子)가 말하기를, "내게 큰 나무가 있는데, 큰 줄기는 울퉁불퉁하여 먹줄을 대기 어렵고, 작은 가지는 굽어 자로 잴 수 없어 길 가에 서 있어도 목수가 거들떠보지도 아니한다……" 하니 장자(莊子)가 말하기를, "……지금 그대에게 큰 나무가 있으나 쓸 데가 없어 걱정인 듯하오만, 그 나무를 무하유(無何有)의 넓은 들판에 심어 두고, 그 밑에서 소요(逍遙)하면 그 나무가 도끼에 찍히거나 누가 해를 끼치지도 않을 것이오."라고 하였음.'

22) 이 시구는 「차운 김무적 견증(次韻金無迹見贈)」(『동문선』 권13)이라는 시제의 제2연으로 그 전문을 소개하면, '才先李賀賦高軒, 道比楊雄入聖門. 大百圍材無用用, 長三尺喙不言言. 仙童不寄西山藥, 公子須傾北海樽. 七葉蟬貂餘慶在, 忠純終被漢家恩'

大百圍材無用用
長三尺喙不言言

라고 하였는데, 또한 시가 노숙하고 기운차서 숭상할 만하다.

후-31 宋時上元日，內出御詩，宰相兩制三館，皆應製以爲盛事．王岐公云，雙鳳雲間扶輦下，六鰲海上駕山來，最爲典麗．我朝燈夕文機障子詩，李文順公云，三呼萬歲神山湧，一熟千年海果來．可與岐公竝驅爭先矣．今醴泉權一齋漢功云，南山釀瑞生銀瓮，北斗回杓酌玉杯．羯鼓百枝春浩蕩，鳳燈千樹月低徊．白評理元桓亦云，九宵月滿笙簫地，一夜春開錦繡山．自言，不及權詩遠矣．

송나라 때 상원일[23]에 내전(內殿)에서 어제시(御製詩)를 발표하면, 재상과 양제(兩制)[24]와 삼관(三館)[25]이 모두 응제(應製)하는 성대한 행사를 가졌다. 왕기공(王岐公)[26]이 지은 시에 이르기를,

봉황 한 쌍 구름 사이로 천자의 수레 메고 내려오며,

---

23) 상원일(上元日) : 음력 정월 보름날을 가리키는 말임.

24) 양제(兩制) : 중국 송나라 때의 관료제도의 하나로 내제(內制)와 외제(外制)를 가리킴. 내제는 한림학사로서 제고문(制誥文)을 담당했고, 외제는 중서사인(中書舍人)으로 군정(軍政)을 담당했음.

25) 삼관(三館) : 중국 송나라 때 학문을 연구하고 역사를 편찬하는 일을 맡았던 소문관(昭文館), 사관(史館), 집현전(集賢殿) 등을 가리킴.

26) 왕기공(王岐公) : 중국 북송의 문신이었던 왕규(王珪, 1019~1083)가 기국공(岐國公)에 봉해졌으므로 붙여진 이름임. 자는 우옥(禹玉). 그는 문학에 뛰어나 타의 추종을 불허할 만했고, 여기에 소개되는 시는 그가 젊은 시절 집현원(集賢院)에 근무할 때 지은 것으로 추측됨. 『화양집(華陽集)』 100권과 『궁사(宮詞)』 1권을 남겼음.

여섯 마리 자라 바다 위로 신산(神山) 끌고 오네.[27)]

雙鳳雲間扶輦下,
六鰲海上駕山來.

라고 하였는데, 이 시가 가장 전아하고 아름다운 것으로 뽑혔다.

우리나라에도 등석문기장자(燈夕文機障子) 시가 있는데, 이 문순공의,

만세 삼창 하니 삼신산 솟아오르고,
천 년에 한 번 익는 천도 복숭아 나왔네.[28)]

三呼萬歲神山湧,
一熟千年海果來.

라고 한 시는 왕기공과 나란히 선두를 다툴 만하다.

예천부원군(醴泉府院君) 일재(一齋) 권한공(權漢功)[29)]은,

---

27) 이 시구는 왕규의 『화양집(華陽集)』 권4 칠언율시 조에 「공화 어제상원관등(恭和御製上元觀燈)」이라는 시제의 제2연으로 그 전문을 소개하면, '雪消華月滿仙臺, 萬燭當樓寶扇開. 雙鳳雲中扶輦下, 六鰲海上駕山來最. 鎬京春酒霑周燕, 汾水秋風陋漢材. 一曲昇平人共樂, 君王又進紫霞杯.' 『역옹패설』에서는 '雙鳳雲間'인데, 『화양집』에는 '雙鳳雲中'으로 되어 있음.

28) 이규보의 『동국이상국집』 권13에 「기사년 등석 한림주정(己巳年燈夕翰林奏呈)」이라는 제목 아래 「문기장자시 2수(文機障子詩二首)」와 「등롱시 4수(燈籠詩四首)」가 함께 실려 있는데, 이 시구는 기사년(1209) 정월 보름날 밤에 지은 「문기장자시 2수」 가운데 첫째 시의 제3연에 해당됨. 그 전문을 소개하면, '九門淸蹕走驚雷, 藥闕華筵卜夜開. 龍燭影中排羽葆, 鳳簫聲裏送金杯. 三呼萬歲神山湧, 一熟千年海菓來. 恩許侍臣司宴樂, 宣花萬插醉扶廻.'

29) 권한공(權漢功, ?~1349) : 고려 후기의 문신. 호는 일재(一齋). 관직은 도첨의정승(都僉議政丞)에 올랐음. 원나라 간섭기에 허약한 고려 조정에 막강한 영향력을 발휘했음. 1324년에 예천군(醴泉君)으로 봉해졌음. 저서로는 『일재집』이 있고, 시

남산이 은 술동이에 상서로운 술 빚어내고,
북두가 자루 돌려 옥 술잔에 따르네.
갈고 소리에 가지마다 봄빛 화려한데,
나무마다 걸린 봉등에 달 배회하네.

南山釀瑞生銀瓮,
北斗回杓酌玉杯.
羯鼓百枝春浩蕩,
鳳燈千樹月作徊.

하였고,

평리(評理) 백원항(白元恒)[30]은,

밝은 달이 가무하는 곳 환히 비추니,
봄날 온 밤에 금수강산 열렸구나.

九霄月滿笙簫地
一夜春開錦繡山

라고 하고는, 스스로 말하기를,

권한공의 시를 따르려면 한참 멀었다.

고 하였다.

호는 문탄(文坦).

30) 백원항(白元恒) : 고려 후기의 문신. 관직은 첨의평리(僉議評理)에 올랐음. 충선왕이 총애하던 신하였음.

후-32 東坡題韓幹十四馬圖云, 韓生畫馬眞是馬, 蘇子作詩如見畫. 世無伯樂亦無韓, 此詩此畫誰當看. 李文順公題鷺鷥圖云, 畫難人人畜, 詩可處處布. 見詩如見畫, 亦足傳萬古. 語雖不侔, 其用意同也.

소동파가 한간(韓幹)의[31] '십사마도(十四馬圖)'를 두고 시를 읊기를,

한생이 그린 말은 진짜 말 같고,
소자의 시는 그림을 보는 것 같네.
세상에는 백락[32]도 없고 한생도 없으니,
이 시와 이 그림 누구에게 보여줘야 하나.[33]

韓生畫馬眞是馬,

---

31) 한간(韓幹, 701~761) : 중국 당나라 현종 때의 화가로 관직은 태상시승(太常寺丞)에 올랐음. 말(馬)을 잘 그려 처음에는 조패(曹霸)를 사사(師事)하였으나 뒤에 스스로 일가(一家)를 이루어 독보적 존재가 되었으며, 옥화총(玉花驄)·조야백(照夜白) 등의 말 그림이 특히 유명함. 현종은 대완국(大宛國)에서 바친 말 가운데 준일(駿逸)한 명마를 항상 그에게 그리게 하였다고 하며, 그 재주를 남종문인화(南宗文人畫)의 창시자인 왕유(王維)도 격찬하였음.

32) 백락(伯樂) : 중국 주(周)나라 때 말의 상(相)을 잘 보던 사람으로 성은 손씨(孫氏)이고 이름은 양(陽). 한유의 『한창려집(韓昌黎集)』 잡설(雜說) 4에 "세상에 백락이 있은 뒤라야 천리마(千里馬)가 있게 되었다."고 하였음. 『전국책(戰國策)』에 나오는 '백락일고(伯樂一顧)'라는 말은 명마(名馬)도 백락(伯樂)을 만나야 세상에 알려진다는 뜻으로, 재능 있는 사람도 그의 그림 재주를 알아주는 사람을 만나야 빛을 발한다는 것을 가리킴.

33) 인용된 시구는 소동파의 「한간 마 십사필(韓幹馬十四匹)」(『동파전집(東坡全集)』 권7)이란 시제의 제7, 8연으로 그 전문을 소개하면, '二馬竝驅攢八蹄, 二馬宛頸騣尾齊. 一馬任前雙擧後, 一馬却避長鳴嘶. 老髯奚官騎且顧, 前身作馬通馬語. 後有八匹飮且行, 微流赴吻若有聲. 前者旣濟出林鶴, 後者欲涉鶴俛啄. 最後一匹馬中龍, 不嘶不動尾搖風. 韓生畫馬眞是馬, 蘇子作詩如見畫. 世無伯樂亦無韓, 此詩此畫誰當看.'

蘇子作詩如見畫.
世無伯樂亦無韓,
此詩此畫誰當看

라고 하였다.

이 문순공이 '노자도(鸕鷀圖)'를 두고 지은 시에 이르기를,

그림은 사람마다 가지기 어렵지만,
시는 곳곳에 늘려 있다네.
시를 보는 것이 그림 보는 것과 같으니,
그 또한 만고에 전하고도 남으리.[34)]

畫難人人畜
詩可處處布
見詩如見畫
亦足傳萬古.

라고 하였는데, 비록 같은 시어를 사용하지는 않았으나 나타내고자 하는 뜻은 같다고 하겠다.

후-33 洪揔郎侃, 最喜鄭承宣襲明, 毅宗王時人. 百花叢裏淡丰容, 忽被

34) 인용된 시구는 「박군현구가 부쌍로도(朴君玄球家賦雙鷺圖)」(『동국이상국집』 권8)라는 시제의 제11, 12연으로 그 전문을 소개하면, '憶昔江南天, 扁舟泊烟浦. 霜菰映淸淺, 中有雙白鷺. 靜翹綠玉脛, 閑刷白銀羽. 擬將詩句摹, 久作猿吟苦. 寫形雖髣髴, 佳處殊未遇. 畫工眞可人, 到我所未到. 眼活而有力, 聳立勇前顧. 肉瘦而有骨, 未起已遐慕. 就中畫聲難, 解作啼態度. 我詩豈好事, 聊寫畫中趣. 畫難人人蓄, 詩可處處布. 見詩如見畫, 亦足傳萬古.'

狂風減却紅. 獺髓未能醫玉頰, 五陵公子恨無窮. 豈以其含咀之久而有餘味乎. 近世豐州有名妓, 西京存問使, 召置府籍妓, 頗以晩遇爲恨. 李學士顗作詩, 令妓歌之. 憶昔正年三五時, 金釵兩鬢綠雲垂. 自憐憔悴容華減, 來作紅蓮幕裏兒. 未必多讓.

홍총랑(洪摠郎)[35] 이름은 간(侃)이다. 이 정승선(鄭承宣) 이름은 습명(襲明)[36]으로 의종 때 사람이다. 의 시를 가장 좋아하였다. 그 시에 이르기를,

뭇 꽃 가운데서도 맑고 고운 얼굴이더니,
갑자기 광풍 불어 붉은 빛 사라졌네.
수달의 골수로도 옥 같은 뺨 돌이킬 수 없으니,
오릉공자[37]의 한은 끝이 없다네.[38]

百花叢裏淡丰容,

35) 홍총랑(洪摠郎) : 고려 후기의 문신인 홍간(洪侃)을 가리킴. 자는 자운(子雲) 또는 운부(雲夫), 호는 홍애(洪崖). 총랑은 정4품의 관직. 본관은 풍산(豊山). 1266년(원종 7)에 민지(閔漬)가 장원하였던 과방(科榜)에 함께 급제하여 벼슬이 비서윤(祕書尹)을 거쳐 도첨의사인(都僉議舍人) 지제고(知製誥)에 이르렀음. 뒤에 원주의 주관(州官)으로 나갔다가, 언사(言事) 때문에 동래현령으로 좌천되어 그곳에서 죽었음. 시문에 능하였고, 시체가 청려한 것으로 이름이 높았는데, 저서로는 12대손 홍방(洪滂)이 여러 시선집에 전하는 것을 모아 편찬한 『홍애집』이 있음.

36) 정습명(鄭襲明, ?~1151) : 고려 전기의 문신. 호는 형양(滎陽). 관직은 추밀원지주사(樞密院知奏事)에 올랐음. 김부식(金富軾) 등과 함께 '시폐 10조(時弊十條)'를 올렸으나 거부당했음. 인종의 유명을 받들어 의종에게 거침없이 간함으로써 왕의 미움을 사기도 했음.

37) 오릉공자(五陵公子) : 오릉은 중국 섬서성 서안 부근에 있는 한고제(漢高帝) 이하 오제(五帝)의 다섯 능을 이름. 곧 장릉(長陵, 高帝의 능호), 안릉(安陵, 惠帝), 양릉(陽陵, 景帝), 무릉(茂陵, 武帝), 평릉(平陵, 昭帝) 등을 가리킴. 당나라 때 이곳 오릉에 유협(遊俠)의 소년들이 놀았으므로 오릉공자라는 말이 생겼음. 이는 곧 한량(閑良)의 뜻으로도 쓰임.

38) 이 시는 『동문선』 권19에 「증 기(贈妓)」라는 시제로 실려 있음.

忽被狂風減却紅.
獺髓未能醫玉頰,
五陵公子恨無窮.

라고 하였는데, 시가 이러니 어찌 오랫동안 음미할수록 남는 맛이 없겠는가.

근세에 풍주(豐州)[39]에 이름난 기녀가 있었다. 서경존무사(西京存問使)[40]가 그녀를 불러다 부(府)의 기적(妓籍)에 올려놓고는 늦게 만난 것을 한스럽게 여겼다. 학사(學士) 이의(李顗)[41]가 시를 지어 기생으로 하여금 노래 부르게 하였는데 그 시에 이르기를,

옛날 열다섯의 꽃다운 시절 추억하노니,
금비녀 찐 양쪽 귀밑에 녹발이 출렁거렸지.
스스로 가엾어 하노니, 파리하게 여윈 얼굴,
근래에 막부의 홍련이 되었음을.

憶昔正年三五時,
金釵兩鬢綠雲垂.
自憐惟悴容華減,
來作紅蓮幕裏兒.

---

39) 풍주(豐州) : 지금의 황해도 송화군 풍해면의 고려 때 이름.

40) 서경존무사(西京存問使) : 고려의 수도인 서경(개성)의 치안과 방어를 총괄하던 관직.

41) 이의(李顗) : 고려 전기의 문신. 1080년에 동번(東蕃)이 쳐들어오자 우승선으로 병마부사가 되어 출전하여 승리를 거둠. 관직은 좌산기상시 지중추원사(左散騎常侍知中樞院事)에 올랐음.

라고 하였으니 정승선의 시에 견주어 보아도 그다지 못하지 않다.

후-34 張章簡, 鎰 昇平燕子樓詩云, 風月凄涼燕子樓, 郎官一去夢悠悠. 當時座客何嫌老, 樓上佳人亦白頭. 郭密直, 預 壽康宮逸鶬詩云, 夏涼冬暖飼鮮肥, 何事穿雲去不歸. 海燕不曾資一粒, 年年還傍畫樑飛. 李動安承休 夏雲詩云, 一片忽從泥上生, 東西南北便縱橫. 謂成霖雨蘇群槁, 空掩中天日月明. 鄭密直允宜 贈按廉使云, 凌晨走馬入孤城, 籬落無人杏子成. 布穀不知王事急, 傍林終日勸春耕. 令人喜稱之. 然章簡感舊而作, 無他義. 三篇, 皆含諷諭, 鄭郭微而婉.

장장간(張章簡)[42]이 이름이 일(鎰)이다. 승평(昇平)[43]의 연자루(燕子樓)[44]를 두고 시를 지었는데 그 시에 이르기를,

연자루의 풍월은 쓸쓸하기만 한데,
낭관이 떠난 뒤 꿈길조차 아득하였네.
그때 자리 같이 했던 손을 늙었다고 어찌 싫어 할 건가,
누대 위의 그 아름답던 미인도 백발 된 것을.[45]

---

42) 장장간(張章簡) : 고려 중기의 문신인 장일(張鎰, 1207~1276)로 초명은 민(敏), 자(字)는 이지(弛之). 관직은 병부시랑·예부시랑·좌간의대부(兵部侍郎禮部侍郎左諫議大夫)에 올랐음. 장간은 그의 시호.

43) 승평 : 지금의 전라남도 순천시의 옛 이름.

44) 연자루(燕子樓) : 전남 순천시의 남쪽 옥천(玉川) 위에 있었던 누각. 손억(孫億), 장일, 서거정 등의 유제시가 유명함. 경남 김해의 호계(虎溪)에도 연자루가 있었음.

45) 이 작품은 『동문선』 권20에 「과 승평군(過昇平郡)」이라는 시제로 실려 있는데, 그 제목에 달아놓은 주(註)에 '일찍이 이 고을 태수로 있던 손억(孫億')이 호호(好好)라는 관기를 좋아하였다. 내가 순시하는 길에 이 고을을 다시 들렀는데 호호를 만나보니 이미 늙었었다.'(曾倅此郡太守孫億, 眷官妓好好. 按部重過, 好好已老

風月凄涼燕子樓,
郎官一去夢悠悠.
當時座客何嫌老,
樓上佳人亦白頭.

곽밀직(郭密直)[46]이 이름이 예(預)이다. 수강궁(壽康宮[47]))에서 새매를 잃은 것을 두고 시를 지었는데 그 시에 이르기를,

사시사철 정성껏 보살펴 살찌웠더니,
무슨 일로 구름 뚫고 가 돌아오지 않는가.
제비에겐 한 알의 곡식도 먹인 적 없건만,
해마다 돌아와서 들보 옆을 난다네.

夏涼冬暖飼鮮肥
何事穿雲去不歸
海燕不曾資一粒
年年還傍畫樑飛

라고 했다.

이동안거사(李動安居士)[48]의 이름은 승휴(承休)이다. '여름구름[夏雲]'이

矣.)라고 하였음. 『동문선』에는 첫행의 '風月'이 '霜月'로, 세 번째 행의 '何嫌'이 '休嫌'으로 되어 있음.

46) 곽밀직(郭密直) : 고려 중기의 문신인 곽예(郭預, 1232~1286)를 가리킴. 그가 지밀직사사 감찰대부(知密直司事監察大夫)를 역임했으므로 붙여진 이름임.

47) 수강궁(壽康宮) : 지금의 창경궁(昌慶宮) 터에 있던 고려 시대의 이궁(離宮). 충렬왕 4년(1278)에 풍덕부(豊德府) 소속 폐현(廢縣)인 덕수현(德水縣)의 마제산(馬堤山)에 수강궁을 지어 이곳에서 주로 사냥과 연회를 일삼았음.

48) 이동안거사(李動安居士) : 동안거사는 고려 후기의 문신인 이승휴(李承休, 1224~1300)의 자호(自號). 자는 휴휴(休休). 가리(加利) 이씨의 시조. 관직은 자정원동첨

라는 시에 이르기를,

한 조각 구름이 문득 진흙탕 위에서 생겨,
동서남북으로 왔다 갔다 하다가.
장마비 내려 메마른 대지 소생시키겠다고,
부질없이 해와 달의 밝은 빛 가렸네.

一片忽從泥上生
東西南北便從橫
謂成霖雨蘇群槁
空掩中天日月明.

라고 했다.

정밀직(鄭密直)[49]이 이름은 윤의(允宜)이다. 안렴사(按廉使)[50]에게 준 시가 있는데 그 시에 이르기를,

새벽을 뚫고 말 달려 외로운 성에 들어가니,
인적 없는 울타리 가에 살구 열매만 열렸네.

사 비서시판사 숭문관학사(資政院同僉事秘書寺判事崇文館學士)에 올랐음. 1280년(충렬왕 6)에 국왕의 실정을 간언하다가 파직되어 삼척현의 구동으로 돌아가 용안당(容安堂)에 은거하면서 『제왕운기』와 불교적 내용의 『내전록(內典錄)』을 저술하였음. 아들 이연종(李衍宗)이 편집한 문집 『동안거사집』이 전하고 있음.

49) 정밀직(鄭密直) : 고려 후기의 문신인 정윤의(鄭允宜)를 가리킴. 1300년(충렬왕 26)에 동지공거가 되어 과거를 관장하고, 관직은 감찰대부에 이르렀음. 밀직은 고려시대 왕명의 출납(出納)과 궁궐의 경호 및 군사기밀(軍事機密)에 관한 일을 맡아보던 밀직사(密直司)에 속했던 관직으로 밀직부사(密直副使)를 말하는데 품계는 종2품이었음.

50) 안렴사(按廉使) : 고려 때 지방장관으로 충렬왕 2년(1276)에 안찰사(按察使)를 고친 이름.

뻐꾸기는 나랏일 급한 줄 아는지 모르는지,
온종일 숲가에서 봄 농사 권하네.

凌晨走馬入孤城
籬落無人杏子成
布穀不知王事急
傍林終日勸春耕

라고 하였다.

위에서 인용된 시편들은 사람들로 하여금 즐겁게 읊조리게 한다. 그러나 장장간의 시는 감격하여 지은 시로서 특별히 다른 뜻이 없다. 나머지 3편은 모두 풍자성을 띠고 있는데, 특히 정승선과 곽밀직의 시는 그 표현이 미묘하면서도 완곡하게 이루어졌다.

후-35 洪平甫侃, 每出一篇, 人無賢愚, 皆喜傳之, 語不云乎, 鄕人皆好之, 未可也, 皆惡之, 未可也, 不如其善者, 好之其不善者, 惡之也. 爲詩文, 亦奚以異於是乎. 古人云, 詩可以喧萬古, 不可以得首肯, 可以驚四筵, 不可以適獨坐. 眞名言也.

홍평보(洪平甫)가 이름은 간(侃)이다. 시 한 편을 내놓을 때마다 어진 사람이거나 어리석은 사람을 막론하고 모두 좋아하여 세상에 전해졌다. 『논어』에

마을 사람들이 모두 좋아하더라도 옳은 것이 아니고, 모두 미워하더라도 옳은 것이 아니니, 이는 선(善)한 사람이 좋아하고 선하지 않

> 은 사람이 싫어하는 것만 못하다.[51]

고 하지 않았던가. 시문(詩文)을 짓는 일도 이 경우와 무엇이 다르겠는가.

옛사람이 이르기를,

> 시는 만고에 떠들썩하게 전해 질 수 있으나 세상 사람들의 공감을 불러일으키기는 어렵고, 좌중(座中)의 모든 사람들을 놀라게 할 수는 있으나 홀로 앉은 사람의 마음에 쏙 들게 할 수는 없다.[52]

라고 하였으니, 참으로 명언(名言)이다.

후-36 月菴長老山立爲詩, 多點化古人語. 如云, 南來水谷還思母, 北到松京更憶君. 七驛兩江驢子小, 却嫌行李不如雲. 卽荊公, 將母邗溝上, 留家白苧陰. 月明聞杜宇, 南北兩關心也. 白岳山前柳, 安和寺裏栽. 春風多事在, 裊裊又吹來. 卽楊巨源, 陌頭楊柳綠烟絲, 立馬煩君折一枝. 唯有春風最相惜, 慇懃更向手中吹也.

월암장로(月菴長老) 산립(山立)은 시를 지을 적에 옛 사람의 시어

---

51) 이 내용은 『논어』 13장 자로(子路)편에 나오는 것으로 그 부분을 소개하면, '子貢問曰, 鄕人皆好之, 何如.子曰, 未可也. 鄕人皆惡之, 何如. 子曰, 未可也. 不如鄕人之善者好之, 其不善者惡之'

52) 이 말은 중국 금(金)나라 문인인 원호문(元好問, 1190~1257)의 문집 『중주집(中州集)』 권4에 실려 있는 「상산 주선생앙(常山周先生昻)」이라는 제목의 글에 나오는 것으로, 그 원문과 『역옹패설』에 소개된 것과는 차이가 있음. 『중주집』의 원문 일부분을 소개하면, '文章工於外, 而卒於內者, 可以驚四筵, 而不可以適獨坐, 可以取口稱, 而不可以得首肯.'

(詩語)를 점화(點化)[53]한 것이 많았다. 예컨대,

남으로 수곡에 오니 도리어 어머니가 그립고,
북으로 송경[54]에 이르니 다시 임금님 생각나네.
일곱 역에 두 강 건너야 하는 길에 노새마저 작으니,
문득 행장이 구름처럼 가볍지 않아 싫어지네.

南來水谷還思母
北到松京更憶君
七驛兩江驢子小
却嫌行李不如雲

라고 한 시는 형공(荊公)[55]의,

어머니를 한구[56] 가에 모시고,
집은 백저산[57] 북쪽에 남겨 두었네.
달 밝은 밤에 두견새 울음소리 들으면,
남북 두 곳이 다 마음에 걸리네.[58]

---

53) 점화(點化) : '點鐵化金'으로 쇠를 녹여 금을 만들듯이 한시 창작에 있어 타인의 작품에 나타난 내용이나 시어들을 잘 활용하여 보다 훌륭한 시를 창작해 내는 기교(技巧)를 말함. 점화에는 환골탈태(換骨奪胎)의 구체적인 방법이 있는데, 어설프게 이루어진 환골탈태는 도습(蹈襲)에 그칠 수 있어 점화하는 솜씨가 절묘하고 그 시의 격률(格率)이 삼엄(森嚴)해야 성공적인 작품이 될 수 있음.

54) 송경(松京) : 고려의 서울인 개성의 다른 이름.

55) 형공(荊公) : 중국 송나라 문신인 왕안석(王安石, 1021~1086)이 죽은 뒤에 형국공(荊國公)에 봉해졌으므로 붙여진 이름임.

56) 한구(邗溝) : 중국 춘추시대 오왕(吳王) 부차(夫差)가 중원(中原)을 제패하려는 웅지(雄志)를 품고 절강성 산양현(山陽縣)에 걸쳐 개통환 운하(運河)를 이름.

57) 백저산(白苧山) : 중국 태평주(太平州)에 있는 산으로 환온(桓溫)이 기녀들을 데리고 이 산에서 노닐며 백저가(白苧歌)를 지어 즐겨 불렀다고 함.

將母邗溝上
留家白苧陰
月明聞杜宇
南北兩關心

라고 한 시를 본뜬 것이다. 또

백악산 앞 버드나무,
안화사 안에 옮겨 심었네.
봄바람 근심이 많은지,
한들한들 또 불어오네.

白岳山前柳
安和寺裏栽
春風多事在
裊裊又吹來

라고 한 시는, 즉 양거원(楊巨源)[59]의,

언덕 위의 버드나무 실실이 푸르러,
말 세우고 그대 시켜 한 가지 꺾었네.
봄바람 그 가지 너무 아까운지,
은근히 꺾은 가지에 다시 불어오네.[60]

---

58) 이 시는『왕형공시집(王荊公詩集)』권40에 실려 있으며, 시제는「장모(將母)」임.

59) 양거원(楊巨源, 770~?) : 중국 당나라 중기의 시인. 789년 진사에 급제, 국자사업(國子司業)에 올랐으나, 840년 무렵 벼슬에서 물러났음. 백거이(白居易)·원진(元稹)과 교우하였고 그의 시에는 특히 음률(音律)을 중시한 작품이 많음.

60) 이 시의 시제는「억 양류(折楊柳)」또는「화 연수재 양류(和練秀才楊柳)」라고 하

陌頭楊柳綠烟絲
立馬煩君折一枝
唯有春風最相惜
慇懃更向手中吹

라고 한 시를 본 뜬 것이다.

후-37 金末詩人楊飛卿, 題紅樹云, 海霞不雨樓林表, 野燒無風到樹頭. 李文眞公藏用, 亦云, 廢院瞞盱秋思苦, 淺山塘揆夕陽明. 飛卿老膝不得不屈.

금나라 말기에 시인으로 활약한 양비경(楊飛卿)[61]이 붉은 단풍나무를 두고 지은 시에 이르기를,

비 내리지 않았는데 수풀 위에 바다 노을 어리고,
바람 조용한데 들불이 나무 끝에까지 이르렀네.

海霞不雨樓林表
野燒無風到樹頭

라고 하였다. 이문진공(李文眞公)[62] 이름이 장용(藏用)이다. 도 이러한 시

는데, 『전당시(全唐詩)』에는 제1행이 '水邊楊柳麀煙絲'로 되어 있음.

61) 양비경(楊飛卿) : 중국 금나라 말기의 문신이자 시인. 관직은 국록(國錄)을 지냈음. 시 창작에 생사를 건 것처럼 몰두하여 당시 금나라에서 시 공부에 매진한 유일한 사람으로 알려졌음. 원호문(元好問, 1190~1257)과 절친했음.

62) 이문진공(李文眞公) : 고려 후기의 문신인 이장용(李藏用, 1201~1272)의 시호가 문진공임. 초명은 인기(仁祺), 자는 현보(顯甫). 관직은 중서시랑평장사(中書侍郎

가 있는데 그 시에 이르기를,

> 폐원을 바라보니 가을 시름이 깊어지고,
> 나지막한 산 우뚝하여 석양에 빛나네.[63]
>
> 廢院瞞盱秋思苦
> 淺山塘揬夕陽明

라고 하였다. 이 시 앞에서는 아무리 노련한 양비경이라 할지라도 무릎을 꿇지 않을 수 없을 것이다.

후-38 文眞有三角山文殊寺長篇詩，語闌缺月入深扉，坐久微風吟聳栢．深得山中之趣．又一句云，鐘梵聲中一燈赤．羅氏路史戴，人有不改家火，至五世，其火色正赤如血．文眞用此事，以言長明燈也．

문진공의 「삼각산 문수사(三角山文殊寺)」라는 장편시(長篇詩)[64] 가

平章事)에 올랐음. 1264년(원종 5) 왕을 따라 몽고에 가서 해동현인(海東賢人)이라는 칭찬을 받기도 했음.

63) 이 시구는 「홍수(紅樹)」(『동문선』 권14)라는 시제의 제3연으로 그 전문을 소개하면, '一葉初驚落夜聲，千林忽變向霜晴．最憐照破靑嵐影，不覺催生白髮莖．廢苑瞞盱秋思苦，遙山唐突夕陽明．去年今日燕然路，記得屛風嶂裏行.' '淺山塘揬'이 『동문선』에는 '遙山唐突'로 되어 있음.

64) 삼각산 문수사(三角山文殊寺)라는 장편시 : 이는 문진공(文眞公) 이장용(李藏用)이 쓴 칠언배율의 「삼각산 문수사(三角山文殊寺)」(『동문선』 제18권)라는 시제의 한 연구임. 그 전문을 소개하면, '城南十里平沙白，城北數朶重岑碧．老守疏慵放早衙，出遊浩蕩尋幽跡．還他駕鶴楊州天，添却騎驢華山籍．官事欲了無奈癡，賞心易失尤堪惜．黃裾唱引大俗生 碧眼相携有高格．試攀崎嶇石逕斜，漸出像籠林嶺隔．俯臨絕谷但蒼茫，上到危巔增跼蹐．晴峯距日纔數尋，雲棧淩虛幾千尺．鳥飛杳漠楚天低，野廣分明漢江畫．非煙西望郎仙洲，大浸南聯通水驛．一廻徙倚獨嗟

운데,

> 말소리 무르익자 이지러진 달이 깊숙한 사립문 비추고,
> 오래 앉았노라니 미풍이 높은 잣나무 가지를 울리네.
>
> 語闌缺月入深扉
> 坐久微風吟聳栢

라는 연구(聯句)가 있는데, 산속의 정취를 깊이 터득하였다고 하겠다. 또 한 시구[65]에

> 염불 소리 종소리 속에 한 등이 붉구나.
>
> 鐘梵聲中一燈赤

라고 한 것이 있다. 이는 나필(羅泌)[66]의 『노사(路史)』에,

> 어떤 사람의 집에서 불씨를 5대 동안 꺼뜨리지 않고 전하여 왔는데

沓, 八極須臾可揮斥. 懸磴參差九十層, 舊躅依稀上下屐. 奇哉不世靑蓮宮, 云是大智眞人宅. 石崛呀開苔蘚斑, 睟容宛若福城東, 寶趺高馭金猊脊. 相望遍吉長者居, 誰識法界玄關闢. 大慈的的鐲煩襟, 一掬涓涓貯靈液. 遊人恐觸天龍嗔, 卜領試呪杯梭擲. 煙霞影裏孤塔白, 鍾梵聲中一燈赤. 依然勝會李普光, 應有妙供來香積. 聞昔先王焚御香, 至今中使祈宗祐. 我來適値雲揚秋, 僧留歡賞山色夕. 倚簷列岫玉嵯峨, 檻瑤林錦狼籍. 喜飡蔬食飫淸芳 旋借蒲團寄安適. 語闌缺月入深扉, 夜久微風吟聳栢. 最憐禪榻靜寥寥, 忽笑人生何役役. 未能容易掛衣, 倘可功名垂竹帛. 淸眠恰被健稚呼, 紅暈已動鴉輪赫. 擬追台崖招手人, 愧同盧嶽攢眉客. 莫嫌塵語汚靑山, 曾演綸言直丹掖.’

65) 이 시구는 앞에서 소개한「삼각산문수사」시의 한 행임.

66) 나필(羅泌) : 송(宋)나라 문신으로 자는 장원(長源). 폭넓은 인용과 미려한 문장으로『노사(路史)』47권을 지어 국명(國名)과 성씨를 고증하였음.

그 불빛이 진정 핏빛처럼 붉었다.

라고 한 말이 실려 있는데, 문진공이 이것을 용사하여 '길이 등불을 밝힌다[長明燈]'고 하였다.

후-39 朴文懿恒, 淺山白日能飛雨, 古塞黃沙忽放虹. 安文成珦, 一鳩曉雨草連野, 匹馬春風花滿城. 金密直怡, 片雲黑處何山雨, 芳草靑時盡日風. 皆佳句也. 但恨不見全篇耳.

박문의공(朴文懿公)[67] 이름이 항(恒)이다. 의 시에

대낮의 낮은 산에 어찌 소나기 내리나,
옛 변방 누런 모래톱에 문득 무지개 생기겠네.[68]

淺山白日能飛雨
古塞黃沙忽放虹

안문성공(安文成公) 이름은 향(珦)이다. 의 시에

67) 박문의공(朴文懿公) : 고려 후기의 문신 박항(朴恒, 1227~1281)의 시호가 문의공으로, 춘천박씨(春川朴氏)의 시조. 초명은 동보(東甫). 자는 혁지(革之). 관직은 찬성사에 올랐음. 필도치(必闍赤 : 文士)가 되어 궐내에서 기무(機務) 처리에 참여했고, 원나라의 원수 흔도(忻都), 우승(右丞) 홍다구(洪茶丘) 등을 견제하는데 노력을 기울였음. 매사에 공명정대하였고, 성품이 관대하며 문장에도 뛰어났음.

68) 이 연구는 칠언율시 「북경로상(北京路上)」(『동문선』 권14)이라는 시제의 제2연으로 그 전문을 소개하면, '一色平蕪觸處同, 四時無日不狂風. 淺山白日能飛雨, 古塞黃沙忽放虹. 地隔四千天共遠, 堠磨雙隻路何窮. 漢家信美非吾土, 歸夢時時落海東.'

새벽 비 싱그러운 들판 위로 비둘기 한 마리 날고,
봄바람에 꽃이 만발한 성을 필마로 돌아드네.[69)]

一鳩曉雨草連野
匹馬春風花滿城

김밀직(金密直)[70)] 이름이 이(怡)이다. 의 시에

한 조각 검은 구름 어느 산에 비 되어 내리나,
방초 푸른 계절에 온종일 바람 불어 오네.

片雲黑處何山雨
芳草青時盡日風

라고 했는데, 모두 아름다운 연구로, 다만 전편을 볼 수 없는 것이 한스러울 뿐이다.[71)]

---

69) 조선조 중기의 문신인 주세붕(周世鵬, 1495~1554 자는 경유景游, 호는 신재愼齋·남고南皐·무릉도인武陵道人·손옹巽翁)의 『무릉잡고(武陵雜稿)』 권7의 「죽계지서(竹溪志序)」에 안향의 이 연구를 인용하여 그가 유자로서의 기상이 높아서 회암(晦庵) 주희(朱熹)의 심덕을 지녔다고 하였음. 그 원문의 일부분을 소개하면, '佔畢齋慕其昌歌, 載得一句於靑丘集. 一鳩曉雨草運野, 匹馬春風花滿城. 其氣象如化工. 深味十四字, 足以知公之心矣. 蓋公之學問, 雖不及晦翁, 其心則晦翁之心也.'

70) 김밀직(金密直) : 고려 후기의 문신인 김이(金怡, 1265~1327)가 밀직이라는 벼슬을 지냈으므로 붙여진 이름임. 초명은 지정(之琔), 개명은 정미(廷美), 이(怡)는 충선왕이 내린 이름. 자는 열심(悅心) 또는 은지(隱之). 관직은 첨의중찬(僉議中贊)에 올랐음. 충렬왕 부자를 이간시키려는 간신배들을 제거하는 데 공이 컸고, 유청신(柳淸臣)·오잠(吳潛) 등이 왕위를 심양왕(瀋陽王) 고(暠)에게 전하게 하고 행성(行省)을 설치하여 국호의 폐기를 주장하자, 도당(都堂)에 상서(上書)하여 이를 중지시켰음. 시호는 광정(匡定).

71) 전편을 …… 한스러울 뿐이다. : 위에서 소개된 박항, 안향, 김이의 시 연구 가운데 박항의 시 전문이 『동문선』 권14에 실려 있는데, 이제현이 『역옹패설』을 저술할

후-40 山人悟生黃山江樓詩落句云，臥聞漁父軸轤語，走馬紅塵非我徒．東坡漁父詞云，江頭騎馬是官人，借我孤舟南渡坡．如龍眠畫李廣奪胡兒弓，引滿不發，悟生書作射中追騎矣．

산인(山人) 오생(悟生)[72]의 「황산강루(黃山江樓)」[73] 시의 낙구(落句)[74]에,

누운 채 어부들 뱃전에서 하는 말 들으니,
먼지 날리며 말 달리는 우리 같은 속인 아니라네.

臥聞漁父軸轤語，
走馬紅塵非我徒．

라고 하였으며, 동파(東坡)의 어부사(漁父詞)에 이르기를,

강 가에 말 타고 있는 저 벼슬아치,
내 배 빌려서 남쪽으로 건너겠다네.[75]

당시에 이 시 전문을 확인하지 못한 듯함.

72) 오생(悟生) : 고려 중기의 은자(隱者). 호는 취봉(鷲峰). 의종 말년인 1180년에 일어난 무신란으로 목숨을 부지하기 위하여 산으로 피해 불가에 귀의했던 사람임. 다른 사람들은 뒤에 개성으로 돌아와 무인정권에 참여했으나 그는 끝까지 지조를 지키며 야인으로 생을 마쳤음.

73) 황산강루(黃山江樓) : 황산강은 양산루 서쪽 10리(지금의 경남 양산시 원동면에서 시작되는 강임)에 있는 강으로 신라시대 사대독(四大瀆)의 하나로 쳤음. 도생의 7언 율시로 추측되는 이 시의 앞부분은 지금 확인하기 어려움.

74) 낙구(落句) : 율시의 일곱 번째와 여덟 번째로 이루어진 미련(尾联)을 가리킴.

75) 소동파의 이 시구의 시제는 「어부 4수(漁父 四首)」(『동파전집』 권15)로 그 전문을 소개하면, '漁父飮，誰家去魚蟹，一時分付，酒無多少醉爲期，彼此不論錢數．/ 漁父醉，蓑衣舞醉裏，却尋歸路，輕舟短棹任斜橫，醒後不知何去．/ 漁父醒，春江午夢斷，落花飛絮，酒醒還醉醉還醒，一笑人間今古．/ 漁父笑，輕鷗擧漠漠，一江風

江頭騎馬是官人,
借我孤舟南渡

하였는데, 동파의 시는 용면(龍眠)[76]이, 이광(李廣)[77]이 오랑캐의 활을 빼앗아 시위를 힘껏 당긴 채 쏘지 않고 있는 모습을 그린 것과 같고, 오생의 시는 추격하여 오는 기마병(騎馬兵)을 쏘아 맞힌 상태를 그린 것과 같다.

후-41 坦之登科, 有詩名, 出家號鷲峯, 賦落梨花云, 玉龍百萬爭珠日, 海底陽侯拾敗鱗. 暗向春風花市賣, 東君容易散紅塵. 正所謂村學中詩也. 金文貞坵 亦有之, 飛舞翩翩去却回, 倒吹還欲上枝開. 無端一片黏絲網, 時見蜘蛛捕蝶來. 作家手段, 固自不同.

탄지(坦之)는 과거에 급제하여 시로 명성을 날렸는데, 불문에 출가하여서는 호를 취봉(鷲峯)이라 하였다. 그가 지은 「낙 이화(落梨花)」라는 시에 이르기를,

백만의 옥룡이 구슬을 다투던 날,

雨, 江邊騎馬是官人, 借我孤舟南渡.' 『동파전집』에는 江頭가 江邊으로 되어 있음.

76) 용면(龍眠) : 중국 북송의 문인화가인 이공린(李公麟, 1049?~1106)의 호. 자는 백시(伯時). 관직이 조봉랑(朝奉郎)에 이르렀으나 병을 얻어 은퇴하고는 향리 근처의 용면산(龍眠山)에 은거하며 그림에 몰두했음. 그의 회화의 본령은 소식이 칭찬한 것처럼 말을 그리는 데 있었으며, 오랜 전통이 있는 백묘화(白描畵)를 부흥하기도 하였음. 그의 진적(眞跡)으로는 『오마도권(五馬圖卷)』이 있음.

77) 이광(李廣) : 중국 한나라의 무장. 문제 때 곽거병(霍去病) 등과 함께 흉노를 정벌하였으며 흉노가 비장군(飛將軍)이라 부르면서 두려워하였음. 뒤에 대장군(大將軍) 위청(衛靑)과 흉노를 치다가 길을 잃어 문책 당하자 자결하였음.(『한서』 권54)

바다 밑 양후가 떨어진 비늘을 주웠네.[78]
은근히 봄바람에 실어서 꽃 시장에 팔면,
봄이 붉은 티끌 흩뿌리기 쉽겠구나.

玉龍百萬爭珠日,
海底陽侯拾敗鱗.
暗向春風花市賣
東君容易散紅塵

하였는데, 정말 이른바 시골 학동의 시라 하겠다.

문정공(文貞公) 김구(金坵) 또한 같은 제목으로 지은 시가 있는데 이르기를,

춤추듯 나부끼며 날아갔다간 돌아오기도 하고,
거꾸로 날아 올라 도로 가지 위에 피려 하네.
무단히 꽃잎 하나 거미줄에 붙으면,
거미는 나비인 줄 알고 잡으러 나오네.

飛舞翩翩去却回,
倒吹還欲上枝開
無端一片黏絲網,
時見蜘蛛捕蝶來

라고 했다. 작가의 수법이 참으로 각기 다르다고 하겠다.

---

78) 백만의 옥룡이 …… 주웠네. : 백만의 옥룡이 다툰다는 것은 배꽃이 눈송이처럼 흩날려 떨어진다는 뜻. 여기에서 옥룡은 용으로 인용하였으며, 양후(陽侯)는 물 귀신의 이름.

후-42 世言, 康先生日用林祭酒惟正, 俱工百家依體詩. 康詩未知見也, 林則有集刊行, 鴻鵠家鷄之譏, 有所不能免焉. 近世崔集均之一, 其集句雖長篇險韻, 走筆立成, 觀者絕倒. 如白躑躅交紅躑躅, 黃薔薇對紫薔薇, 鬪鷄場裏看鷄鬪, 歸鴈亭前送鴈歸, 水色靑紅虹未斷, 雲容黑白雨初收, 藥圃蝸涎拖葉濕, 栗林蟬蛻抱枝乾. 對偶親切, 假使自爲, 未必過之.

세상에서 말하기를,

> 강일용(康日用)[79] 선생과 좨주(祭酒) 임유정(林惟正) 두 사람이 다 백가의체(百家衣體)[80]에 능하다.

라고 하였다. 강 선생의 시는 보지 못하였지만 임 좨주의 시는 문집이 간행되었으므로 볼 수 있었는데, 작품의 수준이 천차만별이라서 고니와 닭이 한데 뒤섞여 있다는 기롱을 면하기 어려울 정도였다.

근세에 최집균(崔集均)[81]이 집구체(集句體)[82]의 시를 짓는 데 제일

---

79) 강일용(康日用) : 고려 전기의 문신. 예종 때 문신 58명과 어전에서 각촉부시(刻燭賦詩)를 하여 크게 이름을 떨쳤다는 일화가 전하고, 『동문선』에 그의 시 한 수가 전함.

80) 백가의체(百家依體) : 시체(詩體)의 하나로, 옛사람의 시구(詩句)를 모아서 하나의 시를 구성하는 시작 방식을 이름. 이 백가의체는 북송에서 시작된 것으로 집구(集句)의 형식에서 발전한 것임. 우리나라에서는 고려 명종 때 임유정(林惟正)이 편찬한 『백가의시집(百家依詩集)』이 있음.

81) 최집균(崔集均) : 고려 중기의 문신. 집구체(集句體)의 시에 능하였음.

82) 집구체(集句體) : 한시의 별체(別體)로 선인들의 시구(詩句)를 모아서 한 편의 시를 이루는 수법임. 중국 진(晋)나라 부함(傅咸)이 경전(經典)의 구를 모아 만든 집경시(集經詩)가 집구시의 시작을 알렸으며, 송나라 석연년(石延年)·왕안석(王安石)·문천상(文天祥) 등이 두보(杜甫)의 시에서 집구한 집두시(集杜詩)가 있음. 우리나라에서는 고려의 임유정(林惟正)·최집균(崔集均)과, 조선의 김시습(金時習)·

이었다. 집구시(集句詩)가 비록 장편이고 운자가 어려울지라도 붓을 들면 바로 완성하였으므로, 구경하는 자들이 깜짝 놀라 자빠질 정도였다. 예컨대,

> 흰 철쭉꽃과 붉은 철쭉꽃이 섞여 있고,
> 노란 장미꽃과 붉은 장미꽃이 마주 서 있네.
>
> 白躑躅交紅躑躅,
> 黃薔薇對紫薔薇.
>
> 투계장 안에서 닭싸움 구경하고,
> 귀안정 앞에서 돌아가는 기러기 전송하네.
>
> 鬪鷄場裏看鬪鷄,
> 歸雁亭前送歸雁
>
> 물빛 푸르고 붉으니 무지개 그대로고,
> 구름 모양 검고 희니 비가 막 갰네.
>
> 水色靑紅虹未斷,
> 雲容黑白雨初收.
>
> 약포의 달팽이 침 흘려 잎이 젖었고,
> 밤나무 숲의 매미 허물 가지 안은 채 말라 있네.
>
> 藥圃蝸涎施葉濕,
> 栗林蟬脫抱枝乾.

김육(金堉) 등이 집구체 시에 능했음.

라고 한 이런 연구는 대우가 친절하여 설령 나로 하여금 지어보게 하더라도 반드시 이보다 잘 짓지는 못할 것이다.

후-43 林西河椿聞鶯詩云, 田家椹熟麥將稠, 綠樹初聞黃栗留. 似識洛陽花下客, 慇懃百囀未能休. 崔文淸公滋夜直, 聞採眞峯鶴唳詩云, 雲掃長空月正明, 松巢宿鶴不勝淸. 滿山猿鳥知音少, 獨刷踈翎半夜鳴. 二詩俱是不遇感傷之作, 然文淸氣節慷慨, 非林之比.

서하(西河) 임춘(林椿)[83]이 꾀꼬리 소리를 듣고 지은 시에 이르기를,

농가에 오디 익고 보리 무르익어가는데,
녹음 짙은 푸른 나무에 꾀꼬리 소리 처음 듣네.
낙양에서 꽃 아래 노닐던 사람 아는 듯이,
은근히 울기 자주 하여 그치지 않는구나.[84]

田家椹熟麥將稠
綠樹初聞黃栗留
似識洛陽花下客,

83) 임춘(林椿) : 고려 중기의 문인. 예천(醴泉) 임씨의 시조. 자는 기지(耆之), 서하는 그의 호. 무인집권시대에 용납되지 못하여 포의로 살아가며, 이인로, 오세재 등과 죽림고회(竹林高會)를 결성하여 문학 활동을 했음. 고려 중기에 문약한 과체인 장옥문학(場屋文學)을 배격하고 고문과 고시에 관심을 가지고 많은 작품을 남겼음. 「국순전(麴醇傳)」·「공방전(孔方傳)」 등의 가전이 유명하며, 문집인 『서하선생집(西河先生集)』(6권)은 그가 죽은 뒤 이인로(1152~1220)에 의하여 엮어진 유고집이며 『동문선』·『삼한시구감』에 여러 편의 시문이 실려 있음. 「국순전(麴醇傳)」, 「공방전(孔方傳)」 등의 가전체 소설을 남기기도 했음.

84) 『서하선생집』 권3에는 이 시의 시제가 「모춘문앵(暮春聞鶯)」이고, 첫 행의 '田家椹熟麥將稠'이 '田家三月麥初稠'으로 되어 있음.

慇懃百囀未能休

라고 하였다.

최문청공(崔文淸公)[85]이 이름이 자(滋)이다. 밤에 숙직하다가 채진봉(採眞峯)에서 학이 우는 소리를 듣고 지은 시에 이르기를,

구름 갠 높은 하늘에 달빛 밝기만 한데,
소나무 둥지에 깃던 학은 맑은 흥을 겨워하네.
온 산의 새와 짐승들 내 마음 알아주지 못하니,
홀로 성긴 날개 퍼덕이며 한밤중에 우네.[86]

雲掃長空月正明
松巢宿鶴不勝淸
滿山猿鳥知音少
獨刷疏翎半夜鳴

라고 하였다.

위의 두 시에서는 모두 불우한 신세를 슬퍼하고 있지만, 문청공의 시에 나타난 기절이 강개하여 임춘의 시가 여기에 견줄 바가 못된다.

---

85) 최문청공(崔文淸公) : 고려 중기의 문신인 최자(崔滋, 1188~1260)의 시호가 문청공임. 초명은 종유(宗裕) 또는 안(安). 자는 수덕(樹德), 호는 동산수(東山叟). 관직은 중서문하평장사에 올랐음. 시문에 뛰어나 이규보를 이어서 문한(文翰)을 맡았음. 저서로 『최문충공가집(崔文忠公家集)』(10권)이 있다고 하나 전하지 않고, 『보한집(補閑集)』 3권과 「삼도부(三都賦)」 등의 부작품이 전하고 있음.

86) 이 시의 시제는 「국자감직려 문 채진봉 학려(國子監直廬聞採眞峯鶴唳)」(『동문선』 권20)로 '獨刷疏翎半夜鳴'이 동문선에는 '刷盡疏翎半夜鳴'으로 되어 있음.

후-44 陳正言澕 詠柳云, 鳳城西畔條金, 勾引春愁作暝陰, 無限光風吹不斷, 惹煙和雨到秋深. 情致流麗. 然唐李商隱柳詩云, 曾共春風拂舞筵, 樂遊晴苑斷腸天, 如何肯到淸秋節, 已帶斜陽更帶蟬. 陳蓋擬此. 而作山谷有言, 隨人作計終後人. 自成一家乃逼眞, 信哉.

진정언(陳正言)[87]이 이름은 화(澕)이다. 버들[柳]을 두고 읊은 시에 이르기를,

봉성 서쪽 가의 수많은 금빛 가지들이,
봄시름 끌어다가 그늘을 만들었네.
한없이 상쾌한 바람이 끊이지 않고 불어오더니,
안개와 비 자욱한 깊은 가을에 이르렀네.

鳳城西畔萬條金
勾引春愁作暝陰
無限光風吹不斷
惹煙和雨到秋深

라고 하였는데, 그 정치(情致)가 유려(流麗)하다. 그러나 당나라 이상은(李商隱)[88]이 버들[柳]을 두고 읊은 시에 이르기를,

---

87) 진정언(陳正言) : 고려 중기의 문신인 진화(陳澕)가 정언이란 벼슬을 지냈기 때문에 붙여진 이름임. 호는 매호(梅湖). 시에 능하고 사어(詞語)가 청려(淸麗)하여 당대의 문호였던 이규보와 교우하며 문명을 떨쳤음. 그는 주필(走筆)에 능하여 「한림별곡(翰林別曲)」에 '이정언진한림쌍운주필(李正言陳翰林雙韻走筆)'이라고 했음. 문집으로 『매호유고(梅湖遺稿)』가 전함. 정언(正言)은 고려시대에 국가행정을 총괄하는 중서문하성에서 왕이 내리는 조칙(詔勅)을 심의하고 왕에게 간하여 잘못을 바로잡게 하는 간쟁(諫諍)을 맡아보던 낭사(郎舍)로서 품계는 정6품이었음.

88) 이상은(李商隱, 812~858) : 중국 만당 때의 문인. 자는 의산(義山), 호는 옥계생

일찍이 봄바람과 함께 춤자리 휩쓸었고,
동산에서 즐겨 놀며 가슴 아픈 이별도 보았네.
어쩌다가 청추절[89]이 이리 쉽게 찾아왔는가,
서글픈 석양녘에 처량한 매미 소리까지.[90]

曾共春風拂舞筵
樂遊晴苑斷腸天
如何肯到淸秋節
已帶斜陽更帶蟬

라고 하였는데, 진화가 아마도 이 시를 모방한 듯하다. 산곡(山谷)[91]의 시에,

(玉谿生). 관직은 검교공부랑중에 올랐음. 온정균(溫庭筠), 단성식(段成式)과 사륙변려문을 잘 지어 '삼십육체(三十六體)'라고 불리어졌음. 그의 시는 한(漢)·위(魏)·6조시(六朝詩)의 정수를 계승하였고, 전고를 자주 인용, 풍려한 시구를 구사하여 만당의 유미주의문학의 극치를 보여주었음. 저서로는 『이의산시집(李義山詩集)』, 『번남문집(樊南文集)』 등이 있음.

89) 청추절(淸秋節) : 음력 9월 9일인 중양절의 다른 이름.

90) 이 시의 시제는 「유(柳)」(『이의산시집』 권 상上)로, 여기에 소개된 시와 시집에 실려 있는 시의 글자 출입이 많음. 시집의 시를 소개하면, '曾逐東風拂舞筵, 樂遊春苑斷腸天. 如何肯到淸秋日, 已帶斜陽又帶蟬.'

91) 산곡(山谷) : 중국 북송시대의 문인으로 시·서·화(詩書畵)에 능했던 황정견(1045~1105)의 호. 또 다른 호는 부옹(涪翁). 자는 노직(魯直). 소식(蘇軾)의 제자로 시에 일가를 이루었음. 강서시파(江西詩派)를 형성하여 환골탈태(換骨奪胎), 점철성금(點鐵成金), 이속위아(以俗爲雅) 등의 이론을 내세우며 요체(拗體)를 즐겨 쓰고, 작법에서 용사(用事)와 점화(點化)에 치중하는 등 시작(詩作)에 있어 기발함과 참신함을 추구하였으나 세인들에게 난삽하고 생경하여 시의 흥취를 느낄 수 없다는 비판을 받기도 하였음. 저서에는 『예장선생문집(豫章先生文集)』 30권, 『산곡전집(山谷全集)』(39권) 등이 있음. 사후에 문인들에게서 문절선생(文節先生)이라는 시호를 받았음.

남을 따라 계책을 세우면 결국 뒤지기 마련.
스스로 일가를 이루어야 핍진한데 이르니라.

隨人作計終後人.
自成一家乃逼眞

라고 한 것은 믿을 만한 말이다.

후-45 古人多有詠史之作, 若易曉而易厭, 則直述其事, 而無新意者也. 常愛杜牧赤壁云, 折戟沈沙半未鎖, 試將磨洗認前朝, 東風不借周郎便, 銅雀春深鎖二喬. 烏江亭云, 勝敗兵家事未期, 包羞忍恥是男兒, 江東子弟多才俊, 捲土重來未可知. 雲夢澤云, 日旗龍旆想悠揚, 一索功高縛楚王, 直使飄然五湖去, 未如終始郭汾陽. 桃花夫人廟云, 細腰宮裏露桃新, 脈脈無言度幾春, 畢竟息亡緣底事, 可憐金谷墮樓人. 唐彦謙 仲山云, 千古孤墳寄薛蘿, 沛中鄕里漢山河, 長陵亦是閑丘壟, 此日誰知與仲多. 張安道歌風臺云, 落魄劉郎作帝歸, 樽前慷慨大風詩, 韓彭葅醢蕭何縶, 更欲多求猛士爲. 劉貢父塞上云, 自古邊功緣底事, 多因嬖倖欲封侯, 不如直與黃金印, 惜取沙場萬髑髏. 王介甫張良詩云, 漢業存亡俯仰中, 留侯於此每從容, 固陵始議韓彭地, 複道方圖雍齒封. 韓信詩云, 貧賤侵陵富貴驕, 功名無復在蒭蕘, 將軍北面師降虜, 此事人間久寂寥. 禪家所謂活弄語也. 李銀臺李文順詠史數十篇, 要之與胡曾伯仲之間耳.

옛사람들은 역사적인 일을 읊은 작품을 많이 남겼다. 그런데 만약 그 작품이 쉽게 이해되고 쉽게 싫증이 난다면, 그것은 역사적 사실만을 서술하였을 뿐 새로운 뜻을 담고 있지 않기 때문이다. 나는 항상 두목(杜牧)[92]의 시를 좋아했는데, 그 가운데 「적벽(赤壁)」[93]이라는 시에 이르기를,

모래톱에 박힌 부러진 창 채 반이 삭지 않았기에,
시험 삼아 갈고 닦으니 전 왕조의 것임을 알겠네.
동풍이 주랑[94]의 편이 되지 않았다면,
깊은 봄날 동작대[95]에 이교[96] 갇혔으리.

---

92) 두목(杜牧, 803~853) : 중국 만당 때의 문인. 자는 목지(牧之), 호는 번천(樊川). 용모가 수려하고 노래와 춤에 능하였다고 함. 관직은 중서사인(中書舍人)에 올랐음. 이상은(李商隱)과 더불어 이두(李杜)로 불리며, 시작품의 정치(情致)가 호매한 것이 두보(杜甫)와 비슷하다고 하여 소두(小杜)로도 불리어짐. 칠언절구(七言絕句)에 능했으며, 역사에서 소재를 빌어 세속을 풍자한 영사시(詠史詩)와 함축성이 풍부한 서정시를 많이 창작했음. 「아방궁의 부」·「강남춘(江南春)」 등이 유명하고, 문집에는 『번천문집(樊川文集)』(20권)이 있음.

93) 「적벽(赤壁)」: 이 시는 두목이 적벽대전에서 조조에 관해 읊은 것으로 적벽대전에서 조조가 이겼다면 교씨 자매는 조조의 아내가 되었으리라는 것을 말하고 있음. 『전당시』에 실려 있는 「赤壁」을 소개하면, '折戟沈沙鐵未銷, 自將磨洗認前朝. 東風不與周郎便, 銅雀春深鎖二喬.'

94) 주랑(周郎) : 중국 삼국시대 오(吳)의 명신(名臣)인 주유(周瑜, 175~210)를 이름. 자(字)는 공근(公瑾). 적벽대전에서 조조(曹操)의 위군(魏軍)을 대파했음. 한나라 말기의 무장인 손견(孫堅)이 동탁을 토벌하기 위해 군사를 일으키자 그를 도왔고, 손견의 아들 손책(孫策)이 오나라를 세우자 손책을 섬겼음. 손책과 함께 형주의 많은 지역을 점령하여 교공(喬公)의 두 딸을 포로로 생포하였는데, 이들 자매는 절세의 미인으로 언니 대교(大橋)는 손책의 아내가 되었고 동생 소교(小橋)는 주유의 아내가 되었음.

95) 동작대(銅雀臺) : 중국 후한 건안 15년(210)에 조조가 하북성 임장현(臨漳縣) 남서쪽 옛 업성(鄴城)의 서북쪽에 지었던 누대로 지붕을 구리로 만든 봉황으로 장식한 데에서 생긴 이름임. 금호(金虎)·빙정(冰井)과 함께 삼대(三臺)라 일컬어짐.

96) 이교(二喬) : 중국 삼국시대 오나라의 두 미인인 대교(大喬)와 소교(小喬) 자매를 이름.(『삼국지』오지吳志 주유전周瑜傳) 뒤에 '자매(姉妹)'를 일컫는 말로도 쓰였음.

折戟沈沙半未鎖
試將磨洗認前朝
東風不借周郎便
銅雀春深鎖二喬

라고 했고, 「오강정(烏江亭)」[97]이라는 시에 이르기를,

승패는 병가에서 기약할 수 없는 일,
부끄러움 끌어안고 수치를 참는 것이 남아라네.
강동의 자제들 중에 재주 있는 이가 많았으니,
힘을 키워 다시 싸웠다면 승패는 알 수 없었으리.[98]

勝敗兵家事未期
包羞忍恥是男兒
江東子弟多才俊
捲土重來未可知

라고 하였으며, 「운몽택(雲夢澤)」[99]이라는 시에 이르기를,

---

97) 오강정(烏江亭) : 중국 안휘성 화현 양자강 북쪽 언덕에 세워진 정자. 항우는 이곳에서 강동으로 가 군사를 모아 권토중래를 도모하라는 주위의 권유를 받았으나 강동의 자제들을 다 죽이고 무슨 면목으로 사람들을 볼 수 있겠느냐고 하면서 스스로 자결하였음.

98) 이 시의 시제는 「제 오강정(題烏江亭)」으로 항우가 후일을 기약하지 않고 오강정에서 자살한 것을 애석해 하며 읊은 시임.

99) 「운몽택(雲夢澤)」 : 중국 옛 소택(沼澤) 지대의 이름. 예전에는 이곳이 초(楚)나라 왕의 사냥터이기도 했는데, 진(秦)나라 이후 경학가들에 의하여 동정호까지도 그 범위가 넓혀졌음. 여기에서는 지금의 호북성 운몽현(雲夢縣) 지역을 가리킴. 이 시는 두목이 유방이 운몽택으로 순찰 가는 척하면서 한나라를 세우는데 크게 공헌한 한신을 제거한 일을 두고 읊은 것임. 『萬首唐人絕句』 卷25에 실려 있는 「雲夢澤」은 다음과 같다. "日旗龍旆想飄揚, 一索功高縛楚王, 眞是超然五湖客, 未如終

일기와 용패 아득하게 휘날리는데,

포승 하나로 초왕 결박하는 큰 공 세웠네[100].

곧바로 표연히 오호[101]로 떠났으니,

시종일관 충성한 곽분양[102]만 못하네.

日旗龍旆想悠揚

始郭汾陽."

*유방과 한신의 고사는『사기』권8「고조본기」에 보인다. "十二月, 人有上變事告楚王信謀反, 上問左右, 左右爭欲擊之. 用陳平計, 乃僞遊雲夢, 會諸侯於陳, 楚王信迎, 卽因執之. 是日, 大赦天下. 田肯賀, 因說高祖曰:"陛下得韓信, 又治秦中. 秦, 形勝之國, 帶河山之險, 縣隔千里, 持戟百萬, 秦得百二焉. 地埶便利, 其以下兵於諸侯, 譬猶居高屋之上建瓴水也. 夫齊, 東有琅邪·卽墨之饒, 南有泰山之固, 西有濁河之限, 北有勃海之利. 地方二千里, 持戟百萬, 縣隔千里之外, 齊得十二焉. 故此東西秦也. 非親子弟, 莫可使王齊矣." 高祖曰:"善." 賜黃金五百斤. 後十餘日, 封韓信爲淮陰侯, 分其地爲二國. 高祖曰將軍劉賈數有功, 以爲荊王, 王淮東. 弟交爲楚王, 王淮西. 子肥爲齊王, 王七十餘城, 民能齊言者皆屬齊. 乃論功, 與諸列侯剖符行封. 徙韓王信太原."

100) 포승 하나로…… 큰 공 세웠네. : 한고조가 초한전(楚漢戰) 승리의 주역들 가운데 한신(韓信)을 초왕으로, 팽월(彭越)을 양왕(梁王)으로, 영포(英布)를 회남왕(淮南王)으로 임명하여 제후로서 그 지역을 다스리게 했음. 얼마 뒤에 한신이 반역을 꾀한다는 첩보를 받은 한고조가 진평(陳平)의 계책에 따라 운몽택으로 순시를 떠나며 제후왕들에게 모두 진(陳)에 모여 황제를 배알하라는 어명을 내렸으므로 한신도 진으로 갔다가 역신으로 포박(捕縛)되어 수도인 장안으로 압송된 사건을 이름.(『사기』권8「고조본기」참조)

101) 오호(五湖) : 초나라 사람인 범려(范蠡)가 월왕(越王) 구천(句踐)과 함께 오왕(吳王) 부차(夫差)를 멸망시키고 오호로 떠난 고사(『사기』권129 화식지貨殖志 참조)를 말하는 것으로 이는 한신이 범려가 말한 토사구팽(兎死狗烹)의 교훈을 알지 못한 것을 빗대어 말한 것임.

102) 곽분양(郭汾陽) : 중국 당나라 장군인 곽자의(郭子儀, 697~781)가 분양왕(汾陽王)으로 봉해졌으므로 붙여진 이름임. 그는 섬서성 정현 출생으로, 안녹산(安祿山)의 난이 일어나자 중원(中原)의 반란군을 토벌했고 위구르의 원군을 얻어 장안과 뤄양을 수복했음. 토번(티베트)이 장안을 치려 하자 위구르를 회유(懷柔)하고 토번을 무찔렀음. 이러한 공로로 상보(尙父)의 칭호를 받고 분양왕에 봉해졌으며, 당나라 최대의 공신으로서 영광을 누렸음.

一索功高縛楚王
直使飄然五湖去
未如終始郭汾陽

라고 하였고, 「도화부인묘(桃花夫人廟)」[103]를 두고 지은 시에 이르기를,

세요궁[104] 안에 이슬 머금은 복숭아꽃 새로운데,
물끄러미 바라보며 말없이 몇 번이나 봄을 보냈던가.
필경 식후[105]가 멸망한 건 무슨 일 때문이던가,
가련쿠나, 금곡원[106] 누대에서 뛰어내린 여인[107]이여.

---

103) 도화부인(桃花夫人) : 중국 춘추시대 식후(息侯)의 부인으로 식부인(息夫人)이라고 불렀는데 절세미인이었음. 성씨는 규(媯). 초문왕(楚文王)이 식(息)을 쳐서 멸망시키고 식부인을 아내로 삼아 도오(堵敖)와 성왕(成王)을 낳았으나 식부인이 입을 닫고 말을 하지 않았으므로 왕이 이유를 물으니 대답하기를, "내가 한 여자로 두 남편을 섬겼으니, 비록 죽지는 못할망정 또 무슨 말을 하겠습니까!"라고 하였음.(『춘추좌전』 장공(莊公) 14년)

104) 세요궁(細腰宮) : 세요는 초나라 미인을 상징하므로, 세요궁은 곧 초나라 이궁(離宮)의 이름이었음. 송나라 육유(陸游)의 「입촉기(入蜀記)」에 '遊楚故離宮, 俗謂之細腰宮'

105) 식후(息侯) : '식'은 춘추시대 제후국의 이름으로 지금의 하남성 식현(息縣) 북쪽에 있었음.

106) 금곡원(金谷園) : 중국 서진(西晉)의 부호 석숭이 하남성 낙양현(河南省洛陽縣) 서쪽 금수(金水)가 흐르는 골짜기에 세웠던 별장 이름. 석숭이 이곳에서 애첩 녹주(綠珠)와 함께 자주 잔치를 베풀며 참석자들에게 시를 짓게 하고 못 지으면 벌주(罰酒) 삼배(三杯)를 돌리며 환락을 누렸음.

107) 금곡원(金谷園) 누대에서 뛰어내린 여인 : 애첩 녹주(綠珠)를 달라는 권신 손수(孫秀)의 요구를 거절한 일로 그의 모함에 걸려 석숭과 그 처자 등 일족 15인이 처형되었는데, 녹주는 금곡원 누대에서 몸을 날려 자결하였다고 함.

細腰宮裏露桃新
脈脈無言度幾春
畢竟息亡緣底事
可憐金谷墮樓人

라고 하였다.

당언겸(唐彦謙)[108]이 「중산(仲山)」[109]이라는 시에 이르기를,

천고의 외로운 무덤 쑥덤풀에 덮였으니,
패중[110]의 이 마을도 한나라 산하였지.
장릉[111]도 쓸쓸한 구릉 되어버렸으니,
이제 누가 있어 중씨보다 훌륭함[112]을 알겠는가.

---

108) 당언겸(唐彦謙) : 중국 만당 때의 문신. 자는 무업(茂業), 호는 녹문선생(鹿門先生). 여러 곳의 자사(刺史)를 지냈음. 글이 장려(壯麗)하고 서화에 능하였음. 저서로 시집 3권이 전함.

109) 중산(仲山) : 중국 한나라 고조의 형인 중(仲)이 살았던 산이라고 하여 붙여진 이름임. 지금의 섬서성 함양시 순화현(淳化縣)에 위치함. 이 시는 당언겸이 한고조 유방에 관하여 읊은 것으로 사람이 죽고 나면 생전의 부귀영화는 모두 소용없음을 노래하였음.

110) 패중(沛中) : 한고조 유방의 고향인 강소성 패현(沛縣)을 이름. 유방이 여기에서 처음 군사를 일으켰으므로 그를 패공(沛公)이라고 함. 이곳에서 한고조가 지어 부른 대풍가를 패중가(沛中歌)라고 함.

111) 장릉(長陵) : 한고조 유방의 능호(陵號).

112) 중씨(仲氏)보다 훌륭함 : 『사기』 권8 「고조본기」에 보면, 한고조가 미앙궁을 완공하고는 대거 군신들을 궁궐에 모이게 하여 큰 연회를 베푼 자리에서 고조가 옥잔에 술을 따라 태상황 유태공(劉太公) 유단(劉煓)에게 올리며 말하기를, "옛날 아버님께서는 늘상 저를 보고 쓸모없는 놈이라 자기 생업도 꾸려나가지 못하고 형 유중처럼 애써 노력하지도 않는다고 꾸중하셨습니다. 오늘 제가 이룬 공업이 둘째 형님의 것과 비교해서 누가 더 큽니까?"라고 했다.(未央宮成, 高祖大朝諸侯群臣, 置酒未央前殿. 高祖奉玉卮, 起爲太上皇壽, 曰, 始大人常以臣無賴, 不能治産業, 不如仲力. 今某之業所就孰與仲多.)

千古孤墳寄薛蘿
沛中鄕里漢山河
長陵亦是閑丘壟
此日誰知與仲多

장안도(張安道)[113]가 가풍대(歌風臺)[114]를 두고 지은 시에 이르기를,

불우했던 유랑이 황제 되어 돌아와서,
술동이 앞에서 강개하여 대풍시 읊었네.[115]

---

113) 장안도(張安道) : 안도는 중국 북송 때의 문신인 장방평(張方平, 1007~1091)의 자, 호는 낙전거사(樂全居士). 젊어서 천하기재(天下奇才)로 널리 알려졌고, 왕안석의 용사(用事)에도 전혀 굽히지 않은 사람으로 유명하였음. 관직은 태자소사(太子少師)에 올랐음. 문집으로 『낙전선생집(樂全先生集)』이 있고, 시호는 문정(文定).

114) 가풍대(歌風臺) : 중국 강소성 패현 남쪽의 옛 사수(泗水) 서쪽 강언덕에 있는 대(臺) 이름. 한고조가 대풍가를 지어 불렀던 곳임. 시는 유방이 공신인 한신과 팽월, 소하를 믿지 못하고 의심하여 죽인 것을 비판하고 있음. 『송시기사(宋詩紀事)』 권11에 실려 있는 「제 가풍대(題歌風臺)」는 다음과 같음. "落魄劉郎作帝歸, 樽前感慨大風詩. 淮陰反接英彭族, 更欲多求猛士爲."

* 가풍대(歌風臺) : 패현 치소 동남쪽 사수의 서안에 있는데, 유방이 천하를 얻고 고향에 돌아가 대풍시를 노래한 곳에 후세 사람들이 대(臺)를 쌓고 가풍대라고 불렀음.

115) 현달하지 못했던~대풍시를 읊었네 : 중국 한나라 고조 12년(BC196) 10월에 경포(黥布)의 반군을 진압하고 패현에 들려 패궁(沛宮)에서 잔치를 베푼 자리에서 고조가 직접 지어 부른 노래. 전부가 3구 23자의 짧은 노래로 삼후지장(三侯之章.)이라고 했음, '대풍(大風)이 일어남이여 구름이 떨쳐 일어나도다. 세상에 위엄을 떨치며 고향으로 돌아왔도다. 어찌하면 용맹한 사람 얻어서 천하를 지킬 수 있으랴.' 였는데, 아이들에게 모두 따라 부르게 하였음. '十二年, 十月, 高祖已擊布軍會甀, 布走, 令別將追之. 高祖還歸, 過沛, 留. 置酒沛宮, 悉召故人父老子弟縱酒, 發沛中兒得百二十人, 敎之歌. 酒酣, 高祖擊筑, 自爲歌詩曰, 大風起兮雲飛揚, 威加海內兮歸故鄕, 安得猛士兮守四方. 令兒皆和習之.'(『사기』 권8 「고조본기」)

한신과 팽월 저해[116]하고 소하는 가두면서,
다시 또 많은 맹사 구하려고 했네.

落魄劉郞作帝歸
樽前慷慨大風詩
韓彭菹醢蕭何縶
更欲多求猛士爲

라고 하였으며, 유공보(劉貢父)[117]가 변방에서 읊은 시에 이르기를,

예부터 변경에서 공을 세운 것은 무엇 때문이던가,
총애하는 사람 제후에 봉하고자 해서겠지.
차라리 그들에게 바로 황금인을 주어서,
사막에 흩어진 수많은 해골들을 아낀 것만 못하네.[118]

自古邊功緣底事
多因嬖倖欲封侯
不如直與黃金印
惜取沙場萬髑髏

라고 했으며, 왕개보(王介甫)[119]가 「장량(張良)」[120]이라는 시에 이르

116) 저해(菹醢) : 옛날 중국에서 체제에 도전하는 반역죄인의 종말을 여러 사람에게 보이기 위하여 죄지은 사람의 시체로 육장을 담그는 참혹한 형벌을 이름. 여기서는 초왕 한신과 양왕 팽월을 반역죄로 다스린 것을 의미하는 것임.

117) 유공보(劉貢父) : 공보는 중국 북송 때의 문신인 유반(劉攽, 1032~1088)의 자. 관직은 중서사인(中書舍人)에 올랐음. 사마광(司馬光)과 함께 『자치통감』을 편찬했음. 저서로 『공비집(公非集)』(60권)이 있음.

118) 이 시의 시제는 「영사(詠史)」(『송시기사(宋詩紀事)』 권16)

119) 왕개보(王介甫) : 개보는 중국 북송 때의 정치가이자 문인인 왕안석(1021~1086)

기를,

한 나라의 존망이 그의 마음에 달렸으니,

이런 때에 유후는 매양 침착하였네.

고릉에서 비로소 한신과 팽월의 봉지를 논하고,[121]

궁궐 복도에서 옹치를 제후에 봉하는 일 도모했네.[122]

의 자.

120) 장량(張良 ?~BC186) : 중국 한고조의 공신. 자는 자방(子房). 진승(陳勝)·오광(吳廣)의 난이 일어났을 때 유방의 진영에 속하였으며, 항우(項羽)와 유방이 만난 '홍문(鴻門)의 회(會)'에서는 위기에 처했던 유방을 구하였음. 소하(蕭何)와 함께 책략에 뛰어나 한나라 창업에 일등공신이 되어 유후(留侯)에 책봉되었음. 시호는 문성(文成).

121) 고릉(固陵)에서~봉지를 논하고 : 『사기』「항우본기」에 다음과 같은 이야기가 실려 있음. "한왕 5년, 유방이 항우를 추격하여 양하 남쪽의 고릉에 이르렀는데 오기로 약속한 한신, 팽월의 군사가 오지 않았다. 장자방에게 그 이유를 물으니, 대답하길 "초 군사가 장차 격파되는데 한신, 팽월이 땅을 나누어 받은 것이 없으니 그들이 이곳에 오겠습니까."라고 했다. 이에 유방이 사람을 보내 한신, 팽월에게 이르길 "힘을 합하여 초를 공격하라. 초가 격파되면, 진 이동에서 바다 까지를 제왕에게 주고 수양이북에서 곡성에 이르는 땅을 팽상국에게 주겠다고 하니, 한신과 팽월이 "지금 군사를 진군시키겠다."하였음.(漢五年, 漢王乃追項王至陽夏南, 止軍, 與淮陰侯韓信, 建成侯彭越期會而擊楚軍. 至固陵, 而信, 越之兵不會. 楚擊漢軍, 大破之, 漢王復入壁, 深塹而自守, 謂張子房曰 : "諸侯不從約, 爲之柰何?" 對曰 : "楚兵且破, 信, 越未有分地, 其不至固宜, 君王能與共分天下, 今可立致也, 卽不能, 事未可知也, 君王能自陳以東傅海, 盡與韓信. 睢陽以北至穀城, 以與彭越 : 使各自爲戰, 則楚易敗也," 漢王曰 : "善," 於是乃發使者告韓信, 彭越曰 : "并力擊楚, 楚破, 自陳以東傅海與齊王, 睢陽以北至穀城與彭相國," 使者至, 韓信, 彭越皆報曰 : "請今進兵,")

122) 옹치를 (제후에) 봉하다. : 『사기』 권55 「유후세가」에 이런 내용이 실려 있음. "한고조가 낙양 남궁의 복도에서 바라보니 여러 장수들이 모래 가운데 앉아 얘기를 나누고 있기에 그 까닭을 물으니, 모반을 꾀하는 중이라고 했다. 임금이 그 처방을 물으니, 장량이 말하길, "폐하께서 천자가 되시어 봉해준 것은 소하와 조공같이 몇몇 친애하는 사람들에 지나지 않습니다. 지금 군리들이 공을 계산해보니 골고루 봉하기에는 천하가 부족하고, 또 평소 과실이 있어 죽음을 당할지 않을

漢業存亡俯仰中
留侯於此每從容
固陵始議韓彭地
複道方圖雍齒封

라고 했고, 또 「한신(韓信)[123]」이라는 시에 이르기를,

빈천하면 모욕 받고 부귀하면 교만해지는 것,
공명을 회복하지 못하면 미천한 백성 될 것이네.
장군이 북면하여 군사들이 오랑캐에게 항복했으니,

까 두려워 서로 모여 모반을 도모하고 있을 뿐 입니다."하니, 한고조가 근심하여 말하길 "어찌 해야 하는가?"하였다. 장량이 말하길 "폐하께서 평소 증오했던 여러 신하 중에서 제일 심한 자가 누구입니까?" 한고조가 말하길 "옹치(雍齒)에 대한 원망이 오랫동안 쌓여왔다. 일찍이 나를 자주 군색하게 하고, 욕 되게 하여 내가 죽이고자하였으나 그의 공이 많아 차마 그러지 못하였다."하였다. 장량이 이르길 "지금 급히 먼저 옹치를 봉하셔서 여러 신하들에게 보이고, 군신들이 옹치가 봉해진 것을 보면 사람들이 스스로 굳게 믿을 것입니다." 이리하여 한고조가 주연을 베풀고 급히 옹치를 십방후(什方侯)에 봉하니 군신들이 주연이 끝난 후에 모두 기뻐하며 말하길 "옹치가 후가 되었으니 우리들에게는 우환이 없을 것이다"라고 하였음.(六年, 上已封大功臣二十餘人, 其餘日夜爭功不决, 未得行封. 上在雒陽南宮, 從複道望見諸將往往相與坐沙中語. 上日: 此何語? 留侯日: 陛下不知乎?此謀反耳. 上日:天下屬安定, 何故反乎? 留侯日: 陛下起布衣, 以此屬取天下, 今陛下爲天子, 而所封皆蕭, 曹故人所親愛, 而所誅者皆生平所仇怨, 今軍吏計功, 以天下不足 遍封, 此屬畏陛下不能盡封, 恐又見疑平生過失, 及誅, 故卽相聚謀 反耳, 上乃憂日:爲之奈何? 留侯日:上平生所憎群臣所共知, 誰最甚者?上日:雍齒與我故, 數嘗窘辱我, 我欲殺之, 爲其功多, 故不忍. 留侯日:今急先封雍齒 以示群臣, 群臣見封, 則人人自堅矣, 於是上乃置酒, 封雍齒爲什方侯, 而急趣丞相, 御史定功行封. 群臣罷酒, 皆喜日:雍齒尙爲侯, 我屬無患矣,)

123) 한신(韓信) : 이는 한고조를 도왔던 회음후(淮陰侯) 한신이 아니라 『사기』 권93에 실려 있는 「한왕한신(漢王韓信)」의 그 한신을 가리킴. 이 한신은 한(漢)나라 양왕(襄王)의 서손으로 한고조에게 귀부(歸附)하였다가 뒤에 흉노에게 항복하여 한나라를 배신하였으므로 한고조가 장군 시무(柴武)를 시켜 죽이게 했음.

이런 일은 인간 세상에 오래도록 뜸했다네.

貧賤侵陵富貴驕
功名無復在蒭蕘
將軍北面師降虜
此事人間久寂寥

라고 하였는데, 이는 선가(禪家)에서 이른바 활롱어(活弄語)[124]라고 하는 것이다. 은대(銀臺) 이인로[125]와 문순공(文順公) 이규보의 영사시(詠史詩)도 수십 편이 있는데, 작품들을 요약해보면 호증(胡曾)[126]의 그것과 백중지간일 따름이다.

후-46 後周使雙冀來聘, 光廟表請留之, 罷待優渥. 崔中令承老有疏, 略曰, 雖慕華之風, 未取華之令典, 雖用華之士, 未得華之高才.

---

124) 활롱어(活弄語) : 자질구레한 것에 구애받지 않는 활달한 말로, 이는 불가에서 고정관념을 타파하고 새로운 생각이나 판단력을 생성케 하는 말을 이름. 여기에서는 이제현이 한시 창작에 있어 지나친 답습이나 표절의 관행에서 벗어나 새롭고 독창적인 생각으로 문학을 형식과 내용 양면에서 참신하게 하려는 창작기법을 가리킴.

125) 은대 이인로(李仁老, 1152~1220) : 고려 중기의 문신, 학자. 초명은 득옥(得玉), 자는 미수(眉叟). 왕명의 출납을 맡아보던 비서감(秘書監)을 지냈기 때문에 붙여진 관직명임. 관직은 우간의대부(右諫議大夫)에 올랐음. 시문뿐만 시문평에도 능하여 우리 문학사에 중요한 업적을 남겼음. 1170년 무신의 난 때 머리를 깎고 절에 들어갔다가 환속한 이후 오세재(吳世才)·임춘(林椿)·조통(趙通)·황보항(皇甫抗)·함순(咸淳)·이담지(李湛之) 등과 죽림고회(竹林高會)를 맺어 시주(詩酒)를 즐겼음. 저서에 『은대집(銀臺集)』·『파한집(破閑集)』 등이 있고, 『쌍명재집(雙明齋集)』·『후집(後集)』을 편찬했음.

126) 호증(胡曾) : 중국 만당시대 사람. 당나라 의종(懿宗, 재위기간 859~873) 때에 촉땅을 진무(鎭撫)하던 고변(高騈)에게 서기로 발탁되어 전주(箋奏)의 글을 전담하였음. 저서로 『안정집(安定集)』(10권) 등이 있음.

盖爲冀發也.

후주(後周)[127]에서 쌍기(雙冀)[128]를 사신의 일행으로 보내왔었는데, 광종이 후주에 표문(表文)을 올려 그를 고려에 머물게 하여 주기를 청하고, 그를 파격적으로 대접했다. 중령(中令) 최승로(崔承老)[129]가 소(疏)를 올렸는데 대략 그 글에 이르기를,

> 지금까지 우리나라가 비록 중화의 유풍(遺風)을 사모하였으나 아직 중화의 법전을 얻지 못하였고, 비록 중화의 선비를 등용하기도 했으나 아직 중화의 뛰어난 선비는 얻지 못하였습니다.[130]

---

127) 후주(後周) : 중국 5대(五代) 최후의 왕조(951~960)로 주(周)라고도 함. 곽위(郭威)가 대량(大梁:開封)에서 군사를 일으켜 후한을 멸하고 951년 제위에 올라 국호를 주(周)라고 하였음. 제 2대 세종의 아들인 제3대 공제(恭帝)가 너무 어렸으므로 장군(將軍)들이 최고사령관인 조광윤(趙匡胤: 宋太祖)을 옹립, 제위를 양도하게 하여 결국 960년 3대 9년 만에 멸망하였음.

128) 쌍기(雙冀) : 고려 광종 때인 956년(광종 7)에 후주의 봉책사(封册使) 설문우(薛文遇)를 따라 고려에 왔다가 고려에 귀화한 사람. 후주에서 대리평사(大理評事)를 지낸 관료 출신으로 광종의 개혁정치를 도우기 위하여 우리나라에 최초로 과거제도를 도입했음.

129) 최승로(崔承老, 927~989) : 고려 전기의 문신. 신라 6두품 출신인 은함(殷含)의 아들로 경순왕을 따라 고려에 왔음. 관직은 문하시중에 올랐음. 982년 사회개혁 및 대중국관의 시정 등에 대한 시무책 28조를 올려 고려왕조 기초 작업에 큰 역할을 하기도 했음. 시호는 문정(文貞).

130) 이 상소문은 성종이 즉위하여(982년) 어사상주국(御事上柱國)으로 있던 최승로에게 국가경영에 대해서 구언(求言)하였으므로, 최승로가 자신의 생각을 정리하여 왕에게 올린 28조에 달하는 장문의 시무이십팔조(時務二十八條 : 28조 가운데 지금에는 22조까지만 그 내용을 알 수 있고, 나머지 육조는 확인할 수 없음)를 말함. (『고려사』 권93 열전 제6권 「최승로전」) 최승로가 이 시무28조에서 유교적 통치이념에 충실한 정치를 실현하려는 의도가 강하게 나타나 있어 최승로의 등장 이후 고려사회는 본격적인 문치주의(文治主義) 사회로 접어들었다고 할 수 있음.

라고 하였으니, 이 말은 아마도 쌍기를 기용한 일 때문에 나온 것인 듯하다.

후-47 周佇胡宗旦皆閩人, 顯王時與北朝往復文字, 多佇所撰. 宗旦有上仁王書, 博洽若不及佇, 而楚楚自喜. 又聰敏兼通雜藝, 故壓勝之, 訾至今, 莫有能辨者.

주저(周佇)[131]와 호종단(胡宗旦)은 모두 민(閔)[132]땅 사람이다. 현종 때 북송(北宋)과 주고받은 문서 가운데 대부분이 주저(周佇)가 지은 것이었다. 종단(宗旦)이 인종에게 올린 글이 있는데, 박학다식한 면에서는 주저(周佇)만 못하지만, 글이 선명하여 스스로 좋아할 만하였고, 또 총민(聰敏)한데다가 잡예(雜藝)에도 통달하였으므로, 두 사람 중에 누가 압도적으로 뛰어난가에 대해서 지금 생각해봐도 쉽게 가려내기 어렵다.

후-48 金侍中仁存清讌閣記, 載於宋徐兢高麗圖經, 藹然有德者之言也. 金文烈慧陰院記·歸信·覺華諸寺碑, 崔文肅玉龍寺碑, 不爲表襮, 自成一家. 金密直富轍, 文殊院記, 金壯元君儒松廣社碑, 亦可喜惜乎. 其有繁辭也. 尹政堂彦頤有禪學, 其作雲門圓應國師碑, 深造

131) 주저(周佇, ?~1024) : 고려 전기 중국 송나라에서 귀화한 사람. 1005년(목종 8) 상인을 따라왔다가 조정에 그의 재능이 알려져 고려에 머무르게 되었음. 관직은 우상시(右常侍)에 올랐음. 문장에 능하여 외국과 교빙(交聘)하는 사명(辭命)을 많이 지어 왕의 총애를 받았음. 그가 찬한 「현화사 비문」이 전함.

132) 민(閔) : 중국 춘추시대 송(宋)나라의 도읍지. 지금의 산동성 금향현(金鄕縣) 동북쪽에 위치했음.

理窟. 鄭司諫知常, 喜莊老, 爲東山眞靜先生碑, 飄飄有烟霞之想.

시중(侍中) 김인존(金仁存)[133] 이 지은 「청연각기(淸讌閣記)」[134]가 송(宋)나라 서긍(徐兢)[135]이 지은 『고려도경(高麗圖經)』에 실렸는데, 그 글이 풍부하여 덕 있는 자의 말이었다.

김문열[136]의 혜음원기(慧陰院記)[137]와 귀신사(歸信寺)[138]·각화사(覺華寺)[139]의 비문(碑文)과 최문숙(崔文肅)[140]의 옥룡사(玉龍寺)[141] 비문은 모두 화려하게 미사여구를 늘어놓은 것이 아니라, 스스로

---

133) 김인존(金仁存, ?~1127) : 고려 전기의 문신. 초명은 연(緣), 자는 처후(處厚). 관직은 문하시중(門下侍中)에 올랐음.

134) 청연각(淸讌閣) : 고려 예종이 1116년에 궁중에 경연(經筵)을 위하여 마련한 건물.

135) 서긍(徐兢) : 중국 송나라의 문신. 1123년(인종 1)에 사신인 노윤적(盧允迪)을 수행하여 고려에 와서 한달 동안 머물면서 보고 듣고 한 사실들을 기록한 것을 『선화봉사고려도경(宣和奉使高麗圖經)』 40권으로 (선화는 송나라 희종의 연호 1119~1125) 편찬하여 고려의 실정(實情)을 중국에 소개하였음. 현재 이 『고려도경』에는 그림은 없고, 글만 전하는데 그 가운데의 우리말 소개는 우리말 연구에 귀중한 자료가 됨.

136) 김문열(金文烈) : 고려 전기의 문신·학자인 김부식(金富軾, 1075~1151)의 시호가 문열이므로 붙여진 이름임.

137) 혜음원기(慧陰院記) : 혜음원은 고려시대 지금의 서울인 남경과 개성을 오가는 관료나 백성들이 묵을 수 있도록 고려 현종17년(1122)에 건립한 숙박시설. 경기도 파주시 광탄면 용미4리 234-1 일대에 위치했음. 지금 「혜음원기」의 내용이 무엇인지는 알 수 없음.

138) 귀신사(歸信寺) : 전라북도 김제시 금산면 청도리 모악산(母岳山)에 있는 절. 676년(문무왕 16)에 의상(義湘)이 창건하여 국신사(國信寺)라 하였으며, 최치원(崔致遠)은 이곳에서 『법장화상전(法藏和尙傳)』을 편찬하였음.

139) 각화사(覺華寺) : 경상북도 봉화군 춘양면 석현리 각화산에 있는 절. 676년(문무왕 16)에 원효(元曉)가 창건하였음.

140) 최문숙(崔文肅) : 고려 전기의 문신인 최유청(崔惟淸, 1095~1174)의 시호가 문숙(文淑)이었으므로 붙여진 이름임.

141) 옥룡사(玉龍寺) : 전라남도 광양시 옥룡면 추산리 백계산(白鷄山)에 있는 절. 864년(경문왕 4)에 도선국사(道詵國師)가 창건하였음.

일가(一家)를 이룬 훌륭한 내용의 글들이다.

밀직(密直) 김부철(金富轍)[142]의 문수원기(文殊院記)[143]와 장원(壯元) 김군유(金君儒)[144]의 송광사비(松廣社碑)[145]도 좋아할 만하지만, 애석하게도 그 글이 너무 번거로운 것이 탈이다.

정당(政堂) 윤언이(尹彦頤)는 불교에 조예가 깊었는데, 그가 지은 운문사(雲門寺)의 원응국사비(圓應國師碑)[146]의 글을 보면 불교의 깊은 이치에 통했다고 할 수 있다.

사간(鄭司諫) 정지상(鄭知常)은 노장사상을 좋아하였는데, 그가 지은 동산(東山)[147] 진정선생(眞靜先生)[148]의 비문(碑文)[149]을 보면 표

---

142) 김부철(金富轍) : 고려 전기의 문신인 김부의(金富儀, 1079~1136)의 초명이 부철이었음.

143) 문수원기(文殊院記) : 문수원은 강원도 춘천시 북산면 청평리 청평사(淸平寺)의 옛 이름. 예종 때 이자현(李資玄)의 아버지 이의(李顗)가 폐사(廢寺)되었던 백암선원(白岩禪院) 터에 처음 세웠을 때의 이름은 보현원(普賢院)이었음. 이자현이 이 절을 문수원이라 바꾸고 중수(重修)하고는 주석(駐錫)하다가 죽자 나라에서 진락공(眞樂公)이라는 시호를 내리고 그의 사적을 새겨 비를 세우게 하였으니, 그것이 바로 문수원중수비(文殊院重修碑)임. 비면 윗부분의 비제(碑題)는 '진락공 중수 청평산 문수원 기(眞樂公重修淸平山文殊院記)'로 비문은 김부철(金富轍)이 짓고, 글씨는 탄연(坦然)이 썼음.

144) 김군유(金君儒) : 송광사의 비문으로 불리어지는 '보조국사비명(普照國師碑銘)'을 찬한 김군수(金君綏)를 말하는 듯함. 그는 고려후기의 문신으로 돈시(敦時)의 아들. 호는 설당(雪堂). 명종 때 문과에 장원으로 급제했고, 관직은 우간의대부(右諫議大夫)에 올랐음.

145) 송광사비(松廣社碑) : 전라남도 순천시 송광면 신평리 송광사에 있는 고려 지눌(知訥, 1158~1210) 스님(시호가 불일보조국사佛日普照國師)의 석비. 이 석비가 불타 없어지고, 1678년에 다시 새워졌음. 비문은 공주지사(公州知事)로 근무하고 있던 김군수가 1210년(보조국사가 열반한 해)에 찬했다고 함.

146) 원응국사비(雲門寺圓應國師碑) : 경상북도 청도군 운문면 신원리 운문사에 있는 고려시대 학일(學一, 1052~1144) 스님(시호는 원응국사)의 탑비. 인종의 명에 의하여 윤언이(?~1149)가 비문을 찬하였음.

147) 동산(東山) : 고려 예종이 벼슬에서 물러나 은거하고 있는 곽여(郭輿, 1058~

표히 속세를 초월하는 듯한 생각이 깃들어 있다.

후-49 遼人欲過鴨江爲界, 朴寅亮參政修陳情表曰, 普天之下, 旣莫非王土王臣, 尺地之餘, 何必曰我疆我理. 又曰, 歸汶陽之舊田, 撫綏弊邑, 廻長沙之拙袖, 抃舞昌辰. 遼帝覽之, 寢其議. 荊公嘗有一句云, 功謝曹隨, 恩慙隗始. 或問, 郭隗事有恩字否. 答曰, 退之聯句云, 報恩慚隗始. 或者乃服. 朴公, 尺地之餘, 何必曰, 我疆我理, 豈亦別有來處乎.

요나라 사람이 압록강(鴨綠江)의 경계(境界)를 침범하려 하자, 참정(參政) 박인량(朴寅亮)이 진정표(陳情表)150)를 지어 올렸는데 그 글에 이르기를,

하늘 아래가 모두 왕의 땅이고 왕의 신하입니다. 그런데 얼마 되지

1130)에게 하사했던 개성의 성동(城東) 약두산(若頭山)의 한 봉우리를 이름. 여기에 그가 집을 짓고 살았으므로 동산처사(東山處士)라 자호(自號)하였음. '旣而固求退居, 賜城東若頭山一峯, 構室以居, 號東山處士.'(『고려사』 권97)

148) 진정선생(眞靜先生) : 진정은 곽여의 시호.

149) 『고려사』 권97 열전 권10에서 이에 대한 내용을 확인할 수 있음. '仁宗八年, 卒, 年七十二, 王嗟悼, 遣近臣祭之, 贈謚眞靜, 命知制誥鄭知常, 作山齋記, 立石.'

150) 진정표(陳情表) : 일찍이 거란이 압록강 동쪽지역에 야심을 가지고 강을 건너와서 동안(東岸)에다 보주(保州 : 평안북도 의주)를 설치하여 고려에서 여러 차례 반환을 요청해도 듣지 않다가, 1075년(문종 29) 박인량이 지은 진정표(陳情表)가 요주(遼主)를 감동시켜 철거하였음. 『고려사』에 그 내용이 보이는데, 관련 원문을 소개하면, '遼嘗欲過鴨綠江爲界, 設船橋, 越東岸, 置保州城, 顯宗以來, 屢請罷, 不聽, 二十九年, 遣使請之, 寅亮修陳情表曰, 普天之下, 旣莫非王土王臣, 尺地之餘, 何必曰我疆我理, 又曰, 歸汶陽之舊田, 撫綏弊邑, 回長沙之拙袖, 抃舞昌辰, 遼主覽之, 寢其事, 山.(『고려사』 권95 열전 권8)

않는 땅을 두고 내 구역이니 내 관할이니 하십니까?

라고 했다. 또 이르기를,

문양(汶陽)의 옛 땅을 돌려주어 폐읍(弊邑)을 어루만져 편안하게 하였고,[151] 태평성세를 축하 하느라 손뼉 치며 좁은 소매로 춤을 추던 장사정왕(長沙定王)에게 봉토를 넓혀 주었습니다.[152]

라고 하였는데, 요나라 임금[153]이 이 글을 보고 영토확장에 대한 논의를 그만두게 하였다.

왕안석이 일찍이 글 한 구를 지었는데 이르기를,

조수의 공만도 못하니,[154]

---

151) 문양(汶陽)의 …… 편안하게 하였고, : 우리나라의 경계를 침범하지 말라는 것을 비유를 통해 드러낸 말임. 폐읍은 노(魯) 나라를 가리킴. 춘추 시대에 제(齊) 나라와 노(魯) 나라가 문(汶)이라는 내[川]를 경계로 삼아 국경을 이루었는데, 제 나라가 노나라를 침략하여 문천(汶川)의 북쪽 토지를 많이 빼앗았으나 제 환공(齊桓公)이 그 것을 다시 노나라에게 돌려주었음.(『좌전』성공成公 2년 참조)

152) 태평성세 …… 봉토를 넓혀 주었습니다. : 나라의 땅이 좁고 인구는 많다는 뜻을 나타낸 말임. 한(漢)나라 경제(景帝)의 아들인 장사정왕(長沙定王) 유발(劉發)이 어머니가 미천하고 경제의 사랑을 받지 못했던 관계로 좁고 척박한 땅을 봉토로 받았음. 언젠가 여러 왕들이 조회를 와서 황제에게 헌수(獻壽)의 잔를 올리고 춤을 추는데, 정왕의 춤 동작이 무척 옹색하였으므로 남들이 모두 이를 보고 비웃기에 경제가 그 까닭을 묻자 대답하기를, "신의 나라는 땅이 좁아서 마음대로 회전을 할 수가 없어 연습을 못해서 그렇습니다." 하였음. 이 말을 들은 경제가 무릉(武陵)·영릉(零陵)·계양(桂陽) 등의 땅을 예속시켜 주었다고 함.(『사기』 권59 「오종세가(五宗世家)」)

153) 요나라 임금 : 요나라의 왕 도종(道宗, 재위기간1055~1100)을 가리킴.

154) 조수(曹隨)의 공 : 전임자(前任者)의 법규를 그대로 준수하여 성사(成事)시키는 것을 비유하는 말. 한(漢) 고조가 죽은 뒤 소하(蕭何)의 추천으로 평양후(平陽侯) 조참(曹參, ?~BC190)이 정승이 되었으나 조참은 소하가 세운 법규를 한 자도 고

외시의 은혜[155]에 부끄럽네.[156]

功謝曹隨
恩慙隗始

라고 했다. 어떤 사람이 묻기를,

곽외(郭隗)의 고사(故事)에 은(恩)자가 있었던가요.

라고 하니, 대답하기를,

퇴지(退之)[157]의 연구(聯句)에서는 '은혜를 갚는 것이 외시에 부끄럽구나.[報恩慚隗始]'[158]라고 하였소.

라고 하니, 질문했던 사람이 감복하였다.

치지 않고 그대로 따라 혜제(惠帝)를 잘 보필하여 나라를 안정시켰다는 데서 온 말임.(『사기』「조상국세가(曹相國世家)」)

155) 외시(隗始)의 은혜 : 자신을 알아준 은혜를 이르는 말. 중국 전국시대 연 소왕(燕昭王)이 현사(賢士)를 맞아들이는 방법을 물으니, 곽외(郭隗)가 말하기를, "변변찮은 저부터 등용하시면, 저보다 훌륭한 사람은 부르지 않아도 절로 올 것입니다."라고 한 데서 온 것임.(『사기』 권34「연소공 세가(燕召公世家)」)

156) 이 연구의 시제는「장시랑 시 동부신거시 인이화수 2수(張侍郎示東府新居詩因而和酬二首)」로 원래의 내용은 '功謝蕭規慙漢第, 恩從隗始詫燕臺'

157) 퇴지(退之) : 중국 당나라의 문인이자 정치가인 한유(韓愈, 768~824)의 자.

158) 이는 한유(韓愈)와 맹교(孟郊)가 각자 한 연씩 또는 2연, 3연씩 교대로 지어서 모두 25연의 장편시를 만든「투계연구(鬪鷄聯句)」(『한창려집(韓昌黎集)』 권8)라는 제목의 시에 들어 있는 한유의 연구. 그 연구를 소개 하면, '連軒尙賈餘, 청려比歸凱. 選俊感收毛, 受恩慙始隗. 英心甘鬪死, 義肉恥庖宰.' 이 시에서는 연구시의 정형을 보여주면서 당나라 현종 이후로 오락물로 크게 성행했던 투계의 현장을 방문하여 격렬한 투계의 모습을 리얼하게 소개함으로써 약육강식의 냉엄한 인간세계를 풍자하고 있음.

박공(朴公)이 '얼마 되지 않는 땅을 두고 내 구역이니 내 관할이니 하십니까?'라고 한 말도, 어찌 따로 출처가 있지 않겠는가?

후-50 劉蕡不第，我輩登科，則有雍齒且侯，吾屬無患，我見魏徵殊嫵媚 則有人言盧杞是姦邪. 文未嘗無對也，然而用之失實，亦奚足尙哉. 林宗庇投權學士適啓云，乘船歸上國，北方學者莫之先. 衣錦還故鄕，東都主人喟然歎. 崔文淸以爲，宋，西也，謂之北方，謬矣.

'유분이 급제하지 않았는데 우리가 급제하였다.[劉蕡不第，我輩登科]'159)에는 '옹치가 후에 봉해졌으니 우리들은 걱정이 없다.[雍齒且侯，吾屬無患]'160)가 있고, '내가 보건대 위징이 매우 아름답도다.[我見魏徵殊嫵媚]'161)는 '사람들이 말하길 노기가 간사하다고 하네.[人言盧杞是姦邪]'162)가 있다. 글이란 대(對)를 맞추지 않을 수 없으나

159) 유분(劉蕡, ?~838년경) : 중국 당나라 문신. 자는 거화(去華). 어려서부터 박학다식하고 글을 잘 지었으며, 『좌전』에 밝아서 대의(大義)를 숭상하였음. 당의 문종이 새로 등극하여(827년) 직언극간(直言極諫)할 수 있는 인재를 뽑기 위하여 과거를 보였는데, 유분의 글이 뛰어나 고시관들을 감복시킬 만하였으나 당시 권력을 좌지우지하던 환관들이 그를 두려워하여 불합격시키니 많은 사람들이 분하게 여겼음. 그때 23명의 급제자들 가운데 이태(李郃)라는 사람이 이르기를 '劉蕡下第，我輩登科，實厚顔矣.'라고 하였음.(『신당서(新唐書)』 예문지藝文志)

160) 후-45 주 120) '옹치를 (제후에) 봉하다.'를 참조.

161) 이 시구는 중국 남송의 문신인 육유(陸游, 1125~1210)의 시 「고순(苦笋)」(『방옹시사전집(放翁詩詞全集)』)의 한 구로 그 전문을 소개하면, '藜藿盘中忽眼明，駢頭脫襁白玉. 極知耿介種性別，苦節乃與生俱生. 我见魏徵殊媚妩，约東兒童勿多取. 人才自古要養成，放使干霄戰風雨.' 육유는 금(金)나라에 대한 철저한 항전주의자로 많은 우국시를 남겼는데, 이 시도 그러한 내용의 시라고 할 수 있음.

162) 중국 남송시대의 문인인 엽몽득(葉夢得, 1077~1148)이 편찬한 시화집인 『석림시화(石林诗话)』에 보면, '有東坡聯云，人言盧杞是奸邪，我觉魏征眞嫵媚.'라고 하였으나 『동파시집』에는 이 작품이 발견되지 않음. 노기(盧杞)는 중국 당(唐)나

그 대구한 내용이 실속이 없다면, 어찌 숭상할 만하겠는가. 임종비[163]가 학사 권적에게 준 글에,

배 타고 중국으로 가니,
북방의 학자들 그보다 나은 이 없었네.
금의환향하여 고향에 돌아오니,
우리나라 임금님 감탄하셨네.[164]

乘船歸上國,
北方學者莫之先.
衣錦還故鄕,
東都主人喟然嘆.

라고 하였는데, 최문청(崔文淸)[165]이 이르기를,

송나라는 서쪽에 있는데, 북방이라 한 것은 잘못이다.

라 때의 권신(權臣)으로 자(字)는 자량(子良). 덕종(德宗) 때 정승으로 전횡(專橫)을 일삼아 당시 정사를 문란하게 하였음. 이 사람은 당(唐)나라 초기 태종 때의 공신이자 학자로 간의대부 등의 요직을 역임하였고 재상을 지낸 위징(魏徵, 580~643)과는 대조적인 사람으로 시작(詩作)에서 두 사람에 관한 내용으로 대장(對仗)의 연구를 구성할 만한 소재임.

163) 임종비(林宗庇) : 고려 중기의 문신으로 임춘(林椿)의 백부. 한림학사를 지냈으며, 시문에 능하여 그의 시 2편이 『동문선』에 전함.

164) 이 글은 고려중기의 문신인 학사 권적(權適, 1094~1147)이 예종 때 유학생으로 뽑혀 송나라에 유학을 가 송나라 예부에서 실시한 만인과(萬人科)에 합격하여 중국학자들을 놀라게 했으며, 그 곳에서 관직생활을 하다가 1117년(예정12)에 귀국하여 예종의 환대를 받았던 행적을 찬양한 것임.

165) 최문청(崔文淸) : 고려 후기의 문신인 최자(崔滋, 1188~1260)의 시호가 문청이므로 붙여진 이름임.

라고 하였다.

후-51 世祖平阿里孛哥，金文貞坵 賀表云，赫斯怒，爰整旅，揚周家黃鉞白旄，愛克威，允罔功，剗曲沃素衣朱襮．翰林王百一學士，屢稱其工．世祖旣一四海，登用儒雅，憲章文物皆復中華之舊．文貞作表，得一句云，天下豈馬上理乎．更闡文明之化．三改其對，終莫慊．予追對曰，江南如囊中物耳，方臻混一之期．天下豈馬上理乎．更闡文明之化．取江南如囊中物耳，通鑑 李穀語也．

원나라 세조가 아리발가(阿里孛哥)[166]를 평정하자, 김문정(金文貞)[167]이 이름이 구(坵)이다. 하표(賀表)를 지었는데 이르기를,

> 분연히 노하시어 이에 군기(軍旅)를 정돈하시고는, 주(周)나라 무왕(武王)이 은(殷)나라를 공격할 때처럼 황월(黃鉞)과 백모(白旄)를 드날리셨도다.[168] 사랑이 위엄보다 성하시어 진실로 공을 세운다는 생각 잊으신 채, 진(晉)의 소후(昭侯)가 소의주박(素衣朱襮)으로 곡옥(曲沃)을 치듯이 평정하였습니다.[169]

---

166) 아리발가(阿里孛哥) : 몽고의 헌종인 몽가의 막내아우. 몽가가 전쟁 중에 죽자 그 아우인 홀필렬(忽必烈, 원나라를 세운 쿠빌라이, 세조)과 아리발가가 왕권을 다투다가 1260년에 쿠빌라이가 아리발가를 물리치고 승리한 사건을 가리킴.

167) 김문정(金文貞) : 고려 후기의 문신인 김구(金坵, 1211~1278)의 시호가 문정이었으므로 붙여진 이름임.

168) 주(周)나라 무왕(武王)이 …… 드날리셨도다. : 중국 주나라 무왕이 은(殷)나라 주왕(紂王)을 치기 위해 군사를 출동시킬 때 강태공(姜太公)을 사상보(師尙父)라 높여 부르고, 그의 왼손에는 황월(黃鉞, 누런 도끼로 전쟁에 나갈 때 왕이 원수元首에게 전권專權을 위임한다는 뜻에서 내리는 도끼)을 잡고 오른손으로는 백모(白旄, 깃대의 끝에 야크의 흰 꼬리로 장식한 깃발)를 잡게 한 뒤에 군사들을 향해 국가에 대한 충성과 전쟁에서의 승리를 맹서하게 하였음.

라고 하였는데, 한림학사 왕백일(王百一)[170]이 그 문장의 훌륭함을 거듭 칭찬하였다.

원 세조가 이미 천하를 통일하고 나서 우수한 선비들을 등용하였으므로, 헌장(憲章)과 문물이 모두 중화의 옛 모습을 회복하였다. 김문정(金文貞)이 표문을 지어 한 구절을 얻었는데 이르기를,

> 천하를 어찌 말 위에서 다스릴 수 있겠습니까. 다시 문명의 교화에 힘쓰소서.

라고 하였다. 이 글의 대구를 지어 세 번이나 고쳐지었지만, 끝내 마음에 들지 않아서 완성하지 못했다. 내가 나중에 대구를 맞추어 이르기를,

> 강남을 주머니 속의 물건과 같이 쉽게 얻었으니, 바야흐로 통일할 시기가 이르렀습니다. 천하를 어찌 말 위에서 다스릴 수 있겠습니까. 다시 문명의 교화에 힘쓰소서.[171]

---

169) 진(晉)의…… 평정하였습니다 : 이 말은 『시경』에 나오는 것으로 국풍(國風)·당풍(唐風) 양지수(唐·揚之水)에, 진(晉)의 소후(昭侯)가 그 숙부인 성사(成師)를 곡옥(曲沃) 땅에 봉하여 환숙(桓叔)이라 했는데, 그 뒤에 곡옥은 강성해지고 진나라가 미약하자, 백성들이 진나라를 배반하고 곡옥으로 돌아가려 하므로 이 시를 지은 것임. 물살은 느리고 약한데 돌은 뾰족함을 말하여 진나라는 쇠약하고 곡옥은 강성함을 비유하였음. 그러므로 백성들이 흰옷에 동정을 달고 붉은 색으로 선을 두른 제후의 의복을 입은 환숙을 따라 곡옥으로 가고자 하고, 또 군자를 만나봄을 스스로 기뻐하였다는 것임. '揚之水, 白石鑿鑿. 素衣朱襮, 從子于沃. 旣見君子, 云何不樂.'

170) 왕백일(王百一) : 고려 후기의 문신. 관직은 한림학사를 지냈음.

171) 『지포집(止浦集)』의 「연보」에 본문과 거의 같은 내용이 실려 있는데, 다만 출전이 『통감』이 아니라, 『해동야어(海東野語)』로 되어있음. '戊寅公六十八歲 …… 世祖旣一四海, 登用儒雅, 憲章文物, 皆復中華之舊, 文貞作表得一句云, 天下豈馬

라고 하였다. 이는『통감(通鑑)』에 나오는 이곡(李穀)의 말이다.[172]

후-52 唐楊嗣復率門生, 宴先僕射於里第, 座客楊汝士詩云, 文章舊價留鸞掖, 桃李新陰在鯉庭. 五代馬裔孫引門生, 謁座主裴皞宅, 裴公詩云, 三主禮闈年八十, 門生門下見門生. 我國掌試者, 謂之學士, 其門生稱之, 則曰恩門. 門生·座主之禮, 比古尤重, 學士有父母若座主在, 旣放牓, 必具公服往謁, 而門生綴行隨之. 學士拜於前, 門生拜於後, 衆賓雖尊長, 皆下堂庭立, 竢禮畢, 揖讓而升, 以次拜賀. 於是, 學士邀至其第, 奉觴稱壽, 盖用楊·裴故事, 而禮文過之. 延祐庚申, 僕承乏爲考試官, 先君年七十有七, 大夫人年七十, 俱康寧. 今菊齋政丞權公, 是僕登科時知貢擧也, 而同知貢擧, 悅軒趙公諱簡, 成均試官, 常軒鄭公諱僐, 三座主皆無恙. 於是歷謁而請之, 僕於菊齋又忝東床之選, 故卞國肩輿偕臨, 人謂科擧以來未嘗有也. 尹樗軒奕 賀詩云, 一宴共歡三座主, 四觴齋壽兩家尊. 讓前讓後蟬冠擁, 迎北迎南鳳盖奔. 後六年菊齋冑子政丞吉昌君, 亦知貢擧, 具慶之席, 昆仲·甥壻皆高官貴戚, 扶擁前後, 光彩滿路. 尹公又詩云, 盛事粧成九街晝, 美談排盡萬家燈. 無人不道人中佛, 老政丞耶小政丞. 形容當時事略盡.

上理乎? 更闡文明之化. 三改其對, 終莫嗛, 予追對曰, "江南如囊中物耳, 方臻混一之期. 天下豈馬上理乎. 更闡文明之化. 出海東野語.'

172) 강남을 주머니 …… 이곡(李穀)의 말이다. : 이 얘기는『송사(宋史)』열전 권21에도 나오는데,『통감(通鑑)』에 실려 있는 이곡(李穀)의 말을 보면, '熙載將南渡, 密告穀曰, 若江東相我, 我當長驅以定中原. 穀笑曰, 若中原相我, 下江南探囊中物爾.'

※ 이곡은 중국 오대(五代) 사람으로 자가 유진(惟進). 후진(後晋) 출제(出帝, 942~947) 때 자주자사(磁州刺史)를 지냈으며, 관직은 중서시랑평장사(中書侍郎平章事)에 올랐음. 신장이 8척이고 의협심이 강하여 많은 사람이 추종하였다고 함.

당나라 사람 양사복(楊嗣復)[173]이 문생을 거느리고 고향 집에서 그의 아버지 복야공(僕射公)[174]을 위하여 연회를 베풀었다. 자리를 함께 했던 양여사(楊汝士)[175]가 시를 지어 이르기를,

> 천자 곁에서 문장으로 이름 떨친 지 오래더니,
> 복숭아와 오얏이 이정에 새로이 무성하네.[176]
>
> 文章舊價留鸞掖,
> 桃李新陰在鯉庭.

라고 하였다.

오대(五代) 때에 마예손(馬裔孫)[177]이 문생을 이끌고 좌주인 배호(裵皥)[178]의 집에 가 뵈니 배공이 시를 지어 이르기를,

---

173) 양사복(楊嗣復) : 중국 중당 때의 문신. 자는 계지(繼之). 복야(僕射) 어릉(於陵)의 아들. 무종(재위기간 841~846) 때 주로 활동하였고, 관직은 중서문하평장사에 올랐음. 박학굉사(博學宏詞)하여 문명을 날렸음.(『구당서』 권126)

174) 복야공(僕射公) : 중국 중당 때의 문신인 양어릉(楊於陵, ?~830)이 상서좌복야를 지냈으므로 붙여진 이름임. 양어릉의 자는 달부(達夫). 헌종(재위기간 806~819) 때 주로 활약한 명신으로 불의에 굽히지 않고 정도를 추구하였음. 시호는 정효(貞孝).(『구당서』 권114)

175) 양여사(楊汝士) : 중국 중당 때의 문신. 헌종 5년(809)에 급제하여 형부상서(刑部尙書)에 올랐음. 시를 잘 지어 원진(元稹), 백거이(白居易) 등과 겨룰 만하였음.

176) 복숭아와 …… 새로이 무성하네. : 훌륭한 문생이 많다는 뜻임. 이정(鯉庭)은 아버지가 아들을 훈계하는 장소를 가리키는데, 『논어』 계시(季氏)편에서, 공자가 뒤뜰에서 그의 아들 리(鯉)를 훈계한 데서 온 말임. 복숭아와 오얏은 훌륭한 문생을 가리킴.

177) 마예손(馬裔孫) : 중국 당나라 후 오대(五代, 907~962) 때의 문신. 자는 경선(慶先). 후당(後唐) 때 재상에 올랐고, 후당 폐제(廢帝) 2년(935)에 예부시랑으로 지공거가 되어 자신이 선발한 문생들을 데리고 자신의 은문인 배호에게 가 잔치를 베푼 일화는 유명함.(『책부원구(册部元龜)』)

178) 배호(裵皥) : 중국 당나라 후 오대 때의 문신. 자는 사동(司東). 후당 장종(莊宗,

세 번 과거를 주관하던 팔십 늙은이가,
문생의 문하에서 문생을 보는구나.

三主禮闈年八十,
門生門下見門生.

라고 하였다.

우리나라에서는 과거시험관을 주관하는 사람을 '학사(學士)'라고 하는데, 문생은 그를 '은문(恩門)'이라 부른다. 문생과 좌주 사이의 예(禮)가 옛날보다 더욱 엄중해졌다. 학사의 부모나 좌주가 살아 있으면 급제자의 방이 나붙은 다음에는 반드시 공복(公服)을 갖춰 입고 가서 뵈는데, 문생이 줄지어 그 뒤를 따른다. 학사가 앞에서 절을 하면 문생은 뒤에서 절을 올린다. 거기에 참석한 많은 빈객 가운데 비록 나이가 많은 사람일지라도 모두 마루에서 내려와 뜰에 서서 예가 끝나기를 기다렸다가 읍양하고서 올라가 차례대로 절하며 하례한다. 이 일이 끝나면 학사가 자기 집으로 손님을 맞이하여 잔을 올리고 오래 살기를 축수하는데, 이는 대개 양사복과 배호의 고사를 본받은 것이나, 우리나라의 예도와 법식이 그보다 번잡하고 지나치다.

연우(延祐) 경신년(1320)[179]에 내가 부족한 사람인데도 고시관이 되었는데 돌아가신 아버님은 연세가 77세였고, 어머님은 70세로 모

재위기간 923~925) 때 예부상서로 지공거가 되어 세 번 과거를 관장하여 선발한 인물 가운데 상유한(桑維翰), 보정고(寶正固). 장려(張礪), 마예손 등 네 사람의 재상이 배출됐음.

179) 연우(延祐) 경신년(庚申年) : 연우는 원나라 인종의 연호(1314~1320년)로 경신년은 1320년에 해당됨.

두 강녕하셨다. 지금 정승을 지내신 국재(菊齋) 권공(權公)[180]은 내가 과거에 급제할 때 지공거(知貢擧)였고, 동지공거(同知貢擧)는 열헌(悅軒) 조공(趙公) 이름이 간(簡)이다. [181]이었으며, 성균관(成均試)의 시관(試官)은 상헌(常軒) 정공(鄭公) 이름이 선(僐)이다. [182]이었는데, 세 분 좌주께서 모두 무고하셨다. 이에 두루 찾아뵙고서 초청하였는데, 나는 또 국재공(菊齋公)에게 있어서는 사위가 됨으로[東床之選][183] 변국대부인(卞國大夫人)[184]의 가마도 함께 도착하니, 사람들이 과거가 있은 이래 일찍이 없었던 일이라고 하였다. 윤서헌(尹樗軒) 이름이 혁(奕)이다.[185]이 축하하는 시를 지어 이르기를,

---

180) 권공(權公) : 고려 후기의 문신인 권보(權溥, 1262~1346)를 말함.

181) 조공(趙公) : 고려 후기의 문신인 조간(趙簡)으로, 호는 열헌(悅軒). 관직은 찬성사에 올랐음.1300년 좌부승지로서 동지공거가 되어 진사를 뽑았음.

182) 정공(鄭公) : 고려 후기의 문신인 정선(鄭僐, 1251~1325)으로 초명은 현좌(賢佐). 자는 거비(去非). 관직은 첨의평리에 올랐음. 1301년(충렬왕 27) 국자감시를 주관하여 77명을 선발하였음.

183) 사위가 됨으로[東床之選] : 동상탄복(東牀坦腹)의 뜻. 중국 동진(東晋)의 명신인 태부(太傅) 치감(郗鑒, 269~339)이 당시의 명문집안인 왕씨 가문에서 사위를 맞이하기 위해서 사람을 보내어 살펴보게 하니 왕씨 집안의 모든 청년들이 낙점을 받기 위해 자신을 드러내려고 하였으나, 다만 한 젊은이가 따로 떨어진 동쪽에 놓여 있는 평상에 배를 드러내고 누워서[東牀坦腹] 전혀 관심없는 태도를 취했으므로 그 사람을 사위로 맞이했는데 그 사위된 사람이 바로 왕희지(王羲之, 307~365)였음. 사위를 東床坦腹, 東床之選이라고 한 말이 여기에서 나왔음. (중국 남북조시대 송나라 사람 유의경劉義慶이 편찬한 『세설신어(世說新語)』 아량雅量)

184) 변국대부인(卞國大夫人) : 권보의 부인으로 변국(卞國)에 봉해졌으므로 붙인 이름. 유패일(柳陛一)의 딸이고, 이제현의 장모. 이제현이 지은 「추성익조 동덕보리공신 삼중대광 수문전대제학 령도첨의사사사 영가부원군 증시문정공 권공 묘지명(推誠翊祚 同德輔理功臣 三重大匡 脩文殿大提學 領都僉議使司事 永嘉府院君 贈諡文正公權公墓誌銘)」에 그의 이력이 소개되어 있음.

185) 윤서헌(尹樗軒) : 고려 후기의 문신인 윤혁(尹奕)의 호가 서헌(樗軒). 『익재집』과 『동문선』에도 시가 수록되어 있음.

한 잔치자리에 세 좌주가 함께 즐기니,
네 잔의 술 나란히 올려 양가 어버이에게 축수하네.
앞으로 뒤로 길 물리며 선관[186] 옹위하여 오니,
남쪽과 북쪽에서 봉개[187]가 달려오네.

一宴共歡三座主,
四觴齋壽兩家尊.
讓前讓後蟬冠擁,
迎北迎南鳳蓋奔.

라고 하였다.

6년 뒤에 국재공의 맏아들로 정승을 지낸 길창군(吉昌君)[188] 또한 지공거가 되었는데, 경축하는 자리에 아들 형제와 생질과 사위들이 모두 고관대작이 되어 앞뒤에서 옹위하여 들어오니, 광채가 길에 가득하였다. 윤공이 또 시를 지어 이르기를,

성대한 일로 큰 거리 화려하게 꾸미고,
아름다운 이야기 나누느라 온 장안의 등불 밤늦도록 밝혔네.
수많은 사람들 중에 부처라고 말하지 않는 이가 없으니,

---

186) 선관(蟬冠) : 매미 날개처럼 섬세한 실로 짠 관으로 품질이 높은 조관(朝冠)을 말함.

187) 봉개(鳳蓋) : 봉황의 모양을 도안하여 장식한 일산(日傘)으로 황제의 의장(儀仗)을 뜻하는 말이나 여기서는 고관(高官)의 성대한 행차를 가리키는 말로 쓰였음.

188) 길창군(吉昌君) : 고려 후기의 문신인 권준(權準, 1280~1352)이 조적(曺頔)의 난이 평정된 뒤에 외손서가 되는 혜종에 의해 길창부원군으로 봉해졌으므로 붙여진 이름임. 아버지는 권보(權溥). 관직은 첨의찬성사에 올랐음. 조적 등이 충숙왕을 모함하여 심양왕(瀋陽王) 고(暠)에게 왕위를 넘기도록 책동하였고, 많은 사람들이 심왕에게 붙었으나 충숙왕에 대한 의리를 지켜 변하지 않았음. 아버지 보의 지시로 처남(妻男)인 이제현과 함께 『효행록』을 지었음. 시호는 창화(昌和).

늙은 정승을 말함인가 젊은 정승을 말함인가.

盛事粧成九街晝,
美談挑盡萬家燈.
無人不道人中佛,
老政丞耶小政丞.

라고 했는데, 당시의 일을 소략하게나마 잘 묘사하였다.

후-53 先君三昆季, 祖母金氏性嚴, 親授以書史. 伯父季父不幸早世, 先君獨年俯八旬, 敎養子姪, 無墮世業. 伯父之子, 內書舍人曰槫, 成均禮闈俱占魁, 其弟德原牧使曰櫓. 季父之子, 今僉議評理曰蒨. 吾家兄怡庵公及予, 亦皆以成均魁中第, 故閔默軒賀先君詩云, 華萼三家五牓魁, 人言皆是謫仙才. 知公積善眞無敵, 獨見年年慶席開. 內書無子, 德原之子未第. 唯評理之子達中培中, 余之第二子達尊登科, 而達尊好學, 頗爲時輩所推許, 未三十物故, 每念嗣續之難, 不覺出涕.

선군(先君)의 형제는 모두 세 분으로 성격이 엄격하셨던 조모(祖母) 김씨께서 친히 서사(書史)를 가르치셨다. 큰 숙부와 막내 숙부는 불행하게도 일찍 돌아가셨고 선군이 홀로 팔순 가까이 장수를 누리시면서 당신께서 몸소 자식들과 조카들을 가르치고 길렀으며 대대로 전해 오던 가업(家業)을 잘 지켜나갔다. 큰 숙부의 아들은 내서사인(內書舍人)189)을 지낸 전(槫)인데 성균시(成均試)와 예위시(禮闈試)190)

189) 내서사인(內書舍人) : 고려 말기에 도첨의부에 속한 종사품 벼슬. 공민왕(恭愍

에 모두 장원(壯元)을 차지하였으며, 그 아우는 덕원목사(德原牧使)를 지낸 규(樛)이다. 막내 숙부의 아들은 지금 첨의평리(僉議評理)로 재직 중인 천(蒨)[191]인데 나의 친형인 이암공(怡庵公)[192]과 나와 함께 세 사람이 모두 성균시(成均試)에서 장원급제하였다. 그러므로 민묵헌(閔默軒)[193]이 선군에게 하례하는 시를 지어 이르기를,

> 꽃봉오리 같은 세 집에서 장원이 다섯이니,
> 사람들이 다 적선[194]의 재주 타고 났다고 하네.
> 공께서 적선하신 것 진정 짝할 자 없음을 알겠노니,
> 홀로 해마다 경하의 자리가 열리는 것을 보네.
>
> 華萼三家五牓魁,
> 人言皆是謫仙才

王) 11년(1362)에 중서사인을 고쳐 부른 것임.

190) 예위시(禮闈試) : 회시(會試)를 말함. 문무과 과거의 예비고시인 초시(初試)의 급제자가 서울에 모여 다시 보는 복시(覆試)로 대과(大科)에 해당됨. 이 시험을 예부에서 주관했으므로 예위(禮闈)·춘당시(春塘試)·춘위(春闈)·동당시(東堂試)로도 불렸고, 합격자는 급제(及第)·등제(登第)·중제(中第)·중과(中科) 등으로 표현됐음.

191) 이천(李蒨, ?~1349) : 고려 후기의 문신. 자는 군실(君實), 호는 국당(菊堂). 1299년(충렬왕 25) 성균시에 장원급제. 관직은 첨의참리(僉議參理)에 이르고 월성부원군(月城府院君)에 봉해졌음. 시호는 문효(文孝).

192) 이암공(怡庵公) : 고려 후기의 문신인 이관(李瑁)의 호. 1295년(충렬왕 21) 성균시에 장원으로 급제하였고, 가락군(駕洛君)에 봉해졌음.

193) 민묵헌(閔默軒) : 고려 후기의 문신인 민지(閔漬, 1248~1326)의 호. 자는 용연(龍涎). 관직은 수정승(守政丞)에 올랐고, 여흥군(驪興君)에 봉해졌음. 충선왕 때 정치외교가와 문인학자로 활약하였음. 정가신(鄭可臣)의 『천추금경록(千秋今鏡錄)』을 증수하여 『세대편년절요(世代編年節要)』를 편찬하였고, 『본국편년강목(本國編年綱目)』을 저술하였음. 시호는 문인(文仁).

194) 적선(謫仙) : 당나라 시인 이백(李白, 701~762)을 가리키는 말임.

知公積善眞無敵,
獨見年年慶席開

라고 하였다.

내서사인에게는 아들이 없고, 덕원목사의 아들은 아직 급제(及第)하지 못하였다. 오직 첨의평리의 아들 달중(達中)[195]·배중(培中)[196]과 나의 둘째 아들 달존(達尊)[197]만이 과거에 급제하였는데 달존은 학문을 좋아하여 자못 당시 사람들이 그의 재능을 인정하였으나 30세도 못 되어 죽었다. 그런 까닭에 후사(後嗣)를 잇기가 어렵다는 사실에 생각이 미칠 때마다 나도 모르게 눈물을 흘린다.

---

195) 이달충(李達衷, ?~1385) : 고려 후기의 문신. 자는 지중(止中), 호는 제정(霽亭). 초명은 달중(達中)이었으나 공민왕이 '중(中)'자를 '충(衷)'으로 고쳤다고 함. 첨의참리(僉議參理)를 지낸 이천(李蒨, ?~1349)의 네 아들 중 셋째아들. 관직은 밀직제학(密直提學)에 올랐음. 1385년에 계림부원군(鷄林府院君)에 봉해졌음. 문집에 『제정집(霽亭集)』이 있고, 시호는 문정(文靖).

196) 이배중(李培中), 고려 후기의 문신. 이천의 둘째아들. 관직이 전리판서(典理判書)에 올랐음.

197) 이달존(李達尊, 1313~1340) : 고려 후기의 문신. 이제현의 아들. 자는 천각(天覺), 호는 운와(雲窩). 처음 음보(蔭補)로 별장(別將)이 되었으나 1331년(충혜왕 1) 문과에 급제하였고, 관직은 보문관직제학에 이르렀음. 1339년(충숙왕 복위 8) 충혜왕이 원나라에 잡혀갈 때 배종했다가 이듬해 충혜왕이 복위하자 왕과 함께 귀국도중에 병사하였음. 뒤에 임해군(臨海君)에 추봉되었음.

찾아보기

ㅊ

박성규 朴性奎

경남 고성(固城)에서 출생

고려대학교에서 수학하여 학사·석사·박사학위를 수여.
계명대학교 사범대 한문교육과 부교수를 거쳐 고려대학교
문과대학 한문학과에서 교수로 재직 중 고대신문사 주간,
한자한문연구소장, 동아시아 인문사회연구원장, 문과대 학장
등을 역임하고 지금은 고려대학교 명예교수로 있음.

35년간 한문학 연구에 종사하면서 한국한문교육학회장,
한국한문학회장, 민족어문학회장을 역임하였음.

연구분야는 고려조 한문학으로
『이규보연구』, 『고려후기 사대부문학 연구』, 중·고등학교
『한문』 교과서 등 15권의 저서와 『동인시화』, 『보한집』,
『삼국유사』 등의 번역서와 60여 편의 논문이 있음.

고려시화총서 4
역주 역옹패설

2012년 11월 23일 초판 1쇄 펴냄

저 자 이제현
역 자 박성규
발행인 김흥국
발행처 도서출판 보고사

등록 1990년 12월 13일 제6-0429호
주소 서울특별시 성북구 보문동7가 11번지 2층
전화 922-5120~1(편집), 922-2246(영업)
팩스 922-6990
메일 kanapub3@chol.com
http://www.bogosabooks.co.kr

ISBN 978-89-8433-477-9 94810
978-89-8433-478-6 (세트)

정가 18,000원